Claire Contreras

Kein Tag mehr ohne dich

Roman

Aus dem Amerikansichen von
Nele Junghanns und Sophie Wölbling

mtb

MIRA® TASCHENBUCH
Band 25977
1. Auflage: Dezember 2016

MIRA® TASCHENBÜCHER
erscheinen in der HarperCollins Germany GmbH,
Valentinskamp 24, 20354 Hamburg
Geschäftsführer: Thomas Beckmann

Dieses Werk wurde vermittelt durch die
Bookcase Literary Agency
im Auftrag der Rebecca Friedman Literary Agency

Konzeption/Reihengestaltung: fredebold&partner GmbH, Köln
Umschlaggestaltung: formlabor, Hamburg
Redaktion: Laura Oehlke
Titelabbildung: LenaBelkin; Iosw; Irtsya; mw2st; Seamartini Graphics / Shutterstock
Satz: GGP Media GmbH, Pößneck
Druck und Bindearbeiten: GGP Media GmbH, Pößneck
Printed in Germany
Dieses Buch wurde auf FSC®-zertifiziertem Papier gedruckt.
ISBN 978-3-95649-958-6

www.mira-taschenbuch.de

mtb

Zum Buch:

Er ist der beste Freund ihres Bruders und wird ihr niemals gehören. Damals hatte Elle die Hoffnung, dass sie beide über ihre Schwärmerei hinwegkommen und einfach weitermachen könnten wie vorher. Oliver tat es – er ging. Jetzt ist er zurück, und all die Gefühle für ihn, die Elle in Wut und Hass zu verwandeln geglaubt hatte, werden zu etwas, was ihr eine Heidenangst macht. Sie weiß, dass es nur eine Frage der Zeit ist, bis Oliver wieder aus ihrem Leben verschwindet. Trotzdem kann sie sich einfach nicht von ihm fernhalten, denn die Zeit hat vieles verändert – aber nicht ihre Liebe zu ihm.

Ein Buch, von dem man sich gern das Herz brechen lässt!

Zum Autor:

Die New York Times-Bestsellerautorin ist vor allem bekannt für ihre zeitgenössischen Liebesromane, schreibt aber auch Romantic Suspense und erotische Geschichten. Wenn sie nicht schreibt oder auf Social-Media-Plattformen unterwegs ist, lässt sie sich gern von den Geschichten anderer Autoren begeistern und träumt von den Orten, die sie eines Tages bereisen möchte.

Alle handelnden Personen in dieser Ausgabe sind frei erfunden. Ähnlichkeiten mit lebenden oder verstorbenen Personen wären rein zufällig.

Der Preis dieses Bandes versteht sich einschließlich der gesetzlichen Mehrwertsteuer.

Umwelthinweis:
Dieses Buch wurde auf chlor- und säurefreiem Papier gedruckt.

„And she always had a way
with her brokenness. She would take her pieces
and make them beautiful."
R. M. Drake

Prolog

Der erste Junge, in den ich verliebt war, erzählte mir immer Geschichten von Königen und Königinnen, von Krieg und Frieden und von seiner Hoffnung, irgendwann einmal für jemanden der Ritter in strahlender Rüstung zu sein. Ich fieberte bei seinen abendlichen Geschichten mit, hing an seinen Lippen, während er lebhaft erzählte, und freute mich, wenn seine grünen Augen strahlten, weil ich über einen seiner Witze lachte.

Er zeigte mir, wie es sich anfühlt, liebkost und innig geküsst zu werden. Später brachte er mir bei, wie schmerzhaft es ist, jemanden zu verlieren, der einem viel bedeutet. Wie man mit einem gebrochenen Herzen weiterlebt, brachte er mir leider nicht bei. Ich habe mich oft gefragt, ob ich diese Lektion verpasst habe. Heute frage ich mich, ob er selbst vielleicht versucht hat, dahinterzukommen, oder ob er die ganze Zeit einfach überhaupt keine Gefühle hatte.

1. Kapitel

Es heißt, am besten kommt man über etwas hinweg, indem man loslässt.

Als wäre loslassen so leicht. Als könnte man die guten und schlechten Erinnerungen an drei Jahre so einfach beiseiteschieben oder vergessen. Ich weiß, dass es nicht geht, denn in ein paar Wochen ist es genau ein Jahr her, und die Erinnerungen an ihn sind so präsent, als wäre er noch da. Seine Badelatschen der San Francisco Giants stehen noch vor dem Waschbecken, genau dort, wo er sie ausgezogen hat. Einige seiner Hemden riechen noch nach ihm – die wenigen, die ich noch nicht zum Schlafen angezogen habe. Auch wenn er nicht mehr da ist, ist seine Gegenwart immer noch so stark. Ich gehe durch das Haus und achte darauf, dass von ihm nichts mehr zu sehen ist – für mich ist das ein großer Schritt des Loslassens.

In der Küche beschrifte ich gerade die letzten Kisten, als ich erst Schlüssel klimpern höre und dann Schritte auf dem Parkett. Auch so ein Geräusch, das mir sicherlich fehlen wird, wenn ich hier ausgezogen bin.

„Estelle?“ Ihre Stimme klingt sanft und melodisch.

„In der Küche!“ Ich wische mir die Hände an meiner Jeans ab und gehe ihr entgegen.

„Hey. Du hast gestern Abend aber ganz schön viel geschafft“, sagt sie mit einem traurigen Lächeln. Ihre Augen glänzen beim Anblick der fast leeren Wohnung. Sie hat dieselbe Lockenmähne und die ausdrucksstarken karamellbraunen Augen, wie ihr Sohn sie hatte. Sie zu sehen versetzt mir erneut einen Stich.

Ich zucke mit den Schultern und beiße mir auf die Wange, um nicht zu weinen. Bloß nicht wieder weinen, wo das letzte

Mal doch schon so lange her ist. Felicia nimmt mich in den Arm, und ich atme langsam aus, um nicht völlig die Kontrolle zu verlieren. Ich möchte stark sein, für sie und für Phillip. Wyatt war ihr einziges Kind, und so schwer dieser Verlust auch für mich ist, muss die Leere für sie doch noch viel schlimmer sein. Normalerweise weinen wir nicht, wenn wir uns sehen – noch nicht einmal hier –, aber das Haus nun zu verkaufen ist mehr als nur ein Abschied von einem Zuhause. Es ist ein Abschied von Weihnachtsfesten und Thanksgiving-Essen. Es ist, als würden wir sagen: „Wyatt, wir lieben dich, aber das Leben geht weiter." Und das stimmt ja auch. Ein Grund, warum ich mich so schuldig fühle. Das Leben geht weiter, aber warum muss es denn ohne ihn sein?

„Alles wird gut", sage ich und wische mir die Tränen von den Wangen, als ich mich aus der Umarmung löse.

„Ja, bestimmt. Wyatt hätte nicht gewollt, dass wir wegen eines Hauses weinen."

„Nein, er hätte garantiert den Kopf darüber geschüttelt, dass wir an einem Gebäude hängen", sage ich zaghaft lächelnd. Ginge es nach Wyatt, würden alle Menschen in Zelten leben und sich mit Regenwasser waschen.

„Genau. Und er hätte auch schon vor zwei Monaten den Strom abgestellt, wo du dir doch sowieso nur Essen holst", fügt sie hinzu.

Unser Lachen verstummt. Kopfschütteln, neue Tränen, Stille.

„Bist du sicher, dass du nicht zu Phillip und mir ziehen möchtest?", fragt sie mich, als wir langsam von Zimmer zu Zimmer gehen und noch einmal überprüfen, dass wir nichts vergessen haben. Morgen zeigt die Maklerin das Haus den ersten Interessenten, und für die potenziellen Käufer soll alles perfekt sein.

„Ja. Victor würde es mir übel nehmen, wenn ich sein Angebot ablehne. Er fände es toll, wenn ich bei ihm wohne würde, wo ich doch schon auf ein anderes College gegangen bin und nicht dasselbe Footballteam mag wie er. Vielleicht hofft er ja auch, dass ich ihm wieder seine Wäsche wasche, wie in dem einen Jahr auf der Highschool."

Felicias Schultern bewegen sich beim Lachen auf und ab. „Na gut, dann bestell ihm liebe Grüße und sag ihm, dass wir uns sehr freuen würden, wenn er Sonntag auch zum Essen vorbeikommt."

„Mach ich." Mein Lächeln erstirbt, als mein Blick auf die Schuhe unter dem Waschbecken fällt.

„Soll ich die mitnehmen, oder möchtest du sie behalten?"

„Ich …", ich atme zitternd. „Würdest du sie nehmen?"

Ich ertrage es bestimmt nicht, sie Tag für Tag zu sehen, wenn ich woanders wohne. Ich behalte schon alle Hemden von Wyatt, und die Schuhe passen mir nun wirklich nicht – sie sind mir mindestens fünf Nummern zu groß –, aber es sind seine Lieblingsschuhe. Waren. Sie *waren* seine Lieblingsschuhe. Mit meinem Therapeuten habe ich lange daran gearbeitet, von Wyatt in der Vergangenheit zu sprechen. Manchmal zucke ich dabei noch zusammen, aber es ist schon besser geworden. Einige Zeit lebte ich in einer Parallelwelt, in der Wyatt nur beruflich unterwegs war. Er verreiste sehr gern allein und ließ sich von fremden Kulturen zu neuen Bildern inspirieren. Nach einem Monat ließ ich die Erkenntnis zu, dass er nicht mehr zurückkommen würde. Nach drei Monaten packte ich auf Vorschlag meines Therapeuten nach und nach seine Sachen weg, um nicht ständig an ihn erinnert zu werden.

Gebracht hat das nicht viel. Das Haus erinnerte mich an ihn, und auch unsere Galerie konnte ich ja nicht einfach wegpacken. Ich musste lernen, damit zu leben … ohne ihn zu leben. Nach sechs Monaten konnte ich das Haus und die Galerie betreten, ohne dass mir jedes Mal das Herz schwer wurde. Und heute, nach einem Jahr, bin ich wohl so weit, nach vorn zu schauen. Wenn Wyatts Tod mich irgendetwas gelehrt hat, dann dass das Leben kurz ist und wir es voll auskosten sollten. Ich begreife zwar, was damit gemeint ist, aber an manchen Tagen kann ich es einfach nicht.

„Liebes, du weißt, dass alles, was er hinterlassen hat, dir gehört“, unterbricht Felicia meine Gedanken. Ich merke erst, dass ich immer noch weine, als meine Lippen salzig schmecken. Ich möchte mich bei ihr bedanken, aber die Worte bleiben mir im Hals stecken.

Ein letztes Mal sehen wir uns um, umarmen uns, und ich verspreche, am Sonntag zu kommen. Auf dem Weg zum Auto werfe ich einen Blick über die Schulter und lasse den Stich in meinem Herzen ein letztes Mal zu, bevor ich einsteige und losfahre. Die Erinnerungen ... die Geborgenheit ... die Vergangenheit ... sind nichts als ein entferntes Bild im Rückspiegel, während ich zu meinem Bruder fahre. In Gedanken gehe ich gerade durch, was ich alles erledigen muss, als mich ein Anruf unterbricht.

„Hey, wie ist es gelaufen?“, will Mia sofort wissen.

„Es ging. Ein bisschen traurig, aber nicht so schlimm.“

„Tut mir leid, dass ich nicht kommen konnte. Hat Felicia ein paar seiner Sachen mitgenommen? Wie geht es ihr inzwischen?“

„Gut. Sie sieht ganz gut aus.“

„Bleibt es bei unserem Treffen morgen Abend?“, fragt Mia.

„Solange wir uns auf eine Kneipe beschränken, ja. Mir ist nicht nach einer Kneipentour und dem College-Quatsch, auf den du so stehst.“

Mia hat ihre wilde, ausgelassene Seite nicht aufgegeben, nur weil wir unseren Abschluss gemacht haben und „so richtig erwachsen“ geworden sind. So gern ich auch mit ihr weggehe, ich kann meine Leber nicht jede Woche mit einer unsäglichen Menge an Wasser wieder auffüllen, nachdem ich sie am Abend zuvor in Alkohol ersäuft habe, wie Mia es zu tun pflegt.

„Gut, dann keine Kneipentour. Ich bin Samstag sowieso zum Brunchen verabredet und kann es mir nicht leisten, total verkatert zum Date zu kommen, also lassen wir es besser ruhig angehen.“

„Ein Date?“, frage ich stirnrunzelnd, während ich in die Auffahrt meines Bruders einbiege.

„Ein Blind Date. Er heißt Todd. Ist Kurator im Pelican. Maria ist der Meinung, wir würden perrrfekt zusammenpassen". Sie rollt das R übertrieben, um ihre italienische Freundin nachzuahmen.

„Hm … einen Todd kenne ich nicht", erwidere ich.

Mia und ich kennen uns, seitdem ich denken kann. Unsere Mütter waren schon die besten Freundinnen und haben dann Männer geheiratet, die ebenfalls beste Freunde waren. Zum Leidwesen unserer Mütter stellte sich recht schnell heraus, dass sich dieses Schicksal nicht wiederholen würde, denn Mia steht eher auf die Bad Boys, während es mir mehr die ruhigen Typen angetan haben.

„Mist. Ich hatte gehofft, du kennst ihn. Du kennst doch jeden aus der Szene. Todd Stern?", fragt sie hoffnungsvoll.

Ich muss lachen, denn so falsch liegt sie da nicht. Vor einigen Jahren haben Wyatt und ich „Paint it Back" eröffnet, eine Mischung aus Galerie und Kunstatelier, und durch all unsere befreundeten Künstler und Galeristen und Mias Verbindungen zur Fotografenszene kennen wir tatsächlich so ziemlich jeden. Aber anscheinend doch nicht jeden.

„Nein. Kennt Rob ihn?"

„Den frage ich bestimmt nicht! Mein Bruder kann einfach nicht den Mund halten! Er würde es brühwarm meiner Mutter erzählen, und dann stürzen sie sich direkt in die Hochzeitsplanung, bevor ich den Kerl überhaupt gesehen habe."

Ich muss lachen, denn damit hat sie absolut recht. „Also mir sagt der Name jedenfalls nichts."

„Maria meint, er ist erst vor Kurzem aus San Francisco hergezogen, deshalb dachte ich, du würdest ihn kennen. Frischfleisch sozusagen."

„Mia, wir sind doch nicht mehr in der Highschool!"

„Es ist aber genau wie in der Highschool. Deshalb glaube ich, dass er total hässlich ist, wenn wir noch nichts von ihm gehört haben."

„Möglicherweise“, gebe ich lachend zu.

„Mist. Stefano ist gerade zum Shooting gekommen. Sag Bescheid, wenn ich nachher noch bei Vic vorbeikommen soll. Hab dich lieb!“

Noch während ich Tschüs sage, legt sie auf, und ich packe mein Handy weg und schalte den Motor ab. Im Rückspiegel überprüfe ich kurz, dass mein Mascara nicht verlaufen ist, und fahre mir mit den Fingern durch meine welligen braunen Haare, die ich schnell zu einem Pferdeschwanz binde. Mit einer Tasche in der Hand, in der sich meine letzten Habseligkeiten befinden, gehe ich zum Haus und höre nichts als den Kies unter meinen Schritten knirschen und die Wellen vom Strand, der nur einen Steinwurf entfernt ist.

Als ich den Ersatzschlüssel unter der Fußmatte hervorhole und aufschließe, macht sich Vorfreude in mir breit. Ich gehe ins Haus, durch das Wohnzimmer und rufe nach meinem Bruder. Sein Wagen steht bestimmt in der Garage. Aber ich erhalte keine Antwort. Ich gehe nach oben, wo sich die Gästezimmer befinden. Sein eigenes Schlafzimmer ist im Erdgeschoss, wie es sich für einen 28-jährigen Singlemann gehört, denn so hat er es nicht weit bis zur Küche und zum Wohnzimmer, wo natürlich ein überdimensionaler Fernseher steht. Im Gästezimmer verschlägt es mir den Atem. Er hat nicht nur mein Bett mit der neuen Bettwäsche bezogen, die ich gekauft und vor Kurzem hiergelassen habe, er hat das Zimmer auch noch in dem zarten Grauton gestrichen, den ich so toll finde.

Ich werfe meine Tasche aufs Bett und trete auf den Balkon hinaus. Die Balkone gefallen mir am ganzen Haus mit am besten. Beide Gästezimmer haben einen eigenen, mit Blick zum Strand. Just in dem Moment klingelt mein Handy: Vic schreibt, dass er in ein paar Minuten zu Hause ist. Ich will ihm gerade antworten, als ich aus Versehen gegen eine Staffelei stoße, die hier bei meinem letzten Besuch ganz sicher noch nicht stand. Ich gehe um sie herum und lese, was Vic in Großbuchstaben darauf geschrieben hat: „Willkommen zu Hause, Küken!" Und darunter ist die Zeichnung eines Huhns, wie sie ein Fünfjähriger nicht besser hinbekommen hätte. Ich muss lachen und mache erst mal ein Foto davon, das ich direkt an Mia und meine Mutter schicke, denn nur die beiden verstehen, was damit gemeint ist. Als ich fünf war und Angst im Dunkeln hatte – wie das nun mal bei vielen Fünfjährigen ist –, hat mein Bruder mich immer so genannt und gesagt, ich sei wie ein kleines verängstigtes Küken. Aus irgendeinem Grund ist dieser Spitzname hängen geblieben. Vielleicht weil es noch heute eine Art Ansporn für mich ist, nicht aufzugeben, wenn Vic mich so nennt.

Ich blättere in dem Skizzenblock auf eine leere Seite und wende mich dem Meer zu. Ich nehme die verschiedenen Blautöne wahr, die im Sonnenlicht funkeln – Coelinblau, Aquamarin und Mitternachtsblau. Solch ein Anblick lässt niemanden kalt. Mir zeigt er, wie klein ich doch im Vergleich zum großen Ganzen bin. Wie klein wir alle sind. Ich weiß nicht, wie lange ich dort stehe und nur schaue. Nur atme. Nur das Salz auf meinen Lippen schmecke, das dort anscheinend allein vom Meeresgeruch hängen bleibt. Plötzlich legt sich eine Hand auf meine Schulter, und ich zucke, herausgerissen aus meiner meditativen Stimmung, zusammen.

„Verdammt noch mal, Victor!", sage ich erschrocken und presse beide Hände an meine Brust.

„Gefällt dir dein Geschenk?", fragt er lachend und umarmt mich.

„Aber sicher, du Trottel", antworte ich und schlage ihm spielerisch gegen die Brust.

„Trottel? Ich besorge dir das tollste Geschenk überhaupt, und du nennst mich Trottel? Nur wegen der Zeichnung vom Huhn, stimmt's?"

„Du weißt doch, dass ich diesen Spitznamen hasse." Stöhnend gehe ich ins Haus und folge ihm nach unten. „Wo bleibt das Essen? Ich bin kurz vorm Verhungern."

„Müsste jeden Moment kommen. Ich zieh mich eben um“, erwidert er. „Ich muss gleich wieder zur Arbeit.“

„Du musst noch arbeiten?“

„Der Fall, an dem ich gerade sitze, ist der reinste Horror. Die Frau meines Mandanten will ihn bei der Scheidung komplett ausnehmen. Wann lernen diese Sportler endlich, dass es ohne Ehevertrag nicht geht?“

„Oh.“ Ich zucke leicht zusammen. Darüber haben Wyatt und ich bei unserer Verlobung gesprochen – und jedes Mal, wenn das Thema aufkam, gab es gewaltige Meinungsverschiedenheiten. Man glaubt gar nicht, dass Künstlern so etwas wichtig wäre, aber Wyatt war erfolgreich und vermögend. Mit dreiunddreißig zählte er bereits einige reiche Sammler zu seinen Kunden. Diese Leute hatten ihm eingeredet, eine Hochzeit ohne Ehevertrag würde unweigerlich in einem Rosenkrieg enden.

Ein Klopfen an der Tür reißt mich aus meinen Gedanken. Während ich zur Tür gehe, denke ich noch, wie dumm solche Meinungsverschiedenheiten im Nachhinein betrachtet doch sind. Wir waren noch nicht mal verheiratet, als Wyatt starb, und dennoch bestehen seine Eltern darauf, dass mir alles zusteht. Sie sind älter – bedeutend älter, als meine Eltern sein werden, wenn ich so alt bin wie Wyatt bei seinem Tod –, und sie sind auf ihre Art wohlhabend. Sie wissen sowieso nicht, was sie mit dem Geld anfangen sollen, und sind der Meinung, dass ich alles bekommen soll, da ich ja bei seinem Tod Miteigentümerin von „Paint it Back“ war. Aber das ist Vergangenheit. Ich will nicht noch mehr darüber nachdenken – das hier ist mein Neuanfang.

Dieser Gedanke zaubert mir ein Lächeln auf die Lippen, das bleibt, als ich die Tür öffne, und mir entgleitet, als ich dahinter einen Mann in grüner OP-Kleidung und weißem Arztkittel erblicke. Er sieht nach unten und versucht, etwas Dreck von seinen Turnschuhen zu streifen. Seine dunkelblonden Haare verdecken fast das ganze Gesicht. Ich kann seinen ausgeprägten

Kiefer und die volle Unterlippe zwar nur erahnen, aber ich erkenne ihn sofort. Als er nach oben schaut, mustern mich seine grünen Augen Stück für Stück, bis sie auf meine Augen treffen. Sein Mund verzieht sich zu einem schiefen Grinsen, und wie immer stockt mir der Atem.

„Bean", flüstere ich. Seine Mundwinkel ziehen sich noch ein Stück nach oben, und zwei Grübchen kommen zum Vorschein.

„Hallo Elle", sagt er. Ich halte mich am Türgriff fest. Ich habe ihn schon so lange nicht mehr gesehen, dass ich gar nicht mehr wusste, wie seine Stimme klingt. „Das Essen ist da."

Ich schaue auf die Tüten in seiner Hand, trete einen Schritt zurück und lasse ihn herein. „Oh, okay. Mit dir habe ich nicht gerechnet."

„Ist schon eine Weile her." Er bleibt direkt vor mir stehen. Ich lehne mich gegen die Tür, und als sein Gesicht näher kommt und seine Lippen leicht meine Wange berühren, halte ich die Luft an. Ich bemühe mich redlich, nicht seinen vertrauten Geruch einzuatmen, der bei mir schon so oft Schwindel ausgelöst hat. „Schön, dich mal wieder zu sehen." Sein Tonfall und das Strahlen in seinen Augen lassen mir das Herz in die Hose rutschen. Wie schafft er es, dass ich mich immer noch so fühle? Selbst nach Wyatt. Ich hasse ihn dafür.

„Freut mich auch", erwidere ich leise, schließe die Tür und folge ihm.

Dabei freue ich mich *gar nicht*. In all den Jahren habe ich eine Menge über Oliver Hart gelernt, aber das Wichtigste ist, dass er mir nicht guttut.

2. Kapitel

„Du siehst klasse aus“, sagt Mia, als ich in der Kneipe erscheine, die sie für unsere wöchentliche Happy Hour ausgesucht hat.

„Sie aber auch, Mylady“, erwidere ich mit einer leichten Verbeugung, die sie zum Kichern bringt. Sie trägt ein Kleid im viktorianischen Stil mit einem Bustier, bei dem ihre Möpse fast rausfallen. Ihre langen blonden Haare hat sie zu leichten Locken gedreht und vorne in zwei Strähnen zurückgenommen.

„Du bist blöd. Ich habe meine Eltern und Rob zu einem Halloween-Shooting überredet, damit ich die Fotos nächsten Monat im Studio ausstellen kann, und hatte keine Zeit mehr, mich umzuziehen.“ Sie dreht sich zur Bedienung um. „Zwei Lemon Drops, bitte.“

„Wen willst du denn darstellen? Königin Victoria?“, frage ich und werfe einen Blick unter den Tisch, um nachzusehen, wie der Rest ihres Kostüms aussieht. Als ich mich wieder aufrichte, schaut sie mich an, als hätte ich sie nicht alle, und mir wird klar, dass sie keine Ahnung hat, wer Königin Victoria ist.

„Nein! Ich bin Cersei Lannister.“

„Ahhh …“, mache ich und nippe an dem Cocktail, den die Kellnerin mir hingestellt hat.

„Rob hat sich als Jaime verkleidet.“

„Was?“, frage ich und pruste die Hälfte meines Schlucks zurück ins Glas.

Das Lachen, das aus ihr heraussprudelt, verwandelt sich in blanke Hysterie. „Doch, ernsthaft“, sagt sie nach Luft schnappend. „Du hättest das Gesicht meiner Mom sehen sollen!“

Robert ist Mias Bruder. Zwillingsbruder. Und normal ist eindeutig keiner von beiden.

„Ihr spinnt echt. Was haben deine Eltern denn gesagt?“, frage ich und stimme in ihr Lachen ein.

„Mom hat keinen blassen Schimmer, was *Game of Thrones* ist. Und Dad war geschockt, als er dahinterkam. Er wollte nicht, dass meine Mom die Halloween-Karten verschickt, aber es war das erste Mal, dass wir Halloween-Fotos gemacht haben, seit Rob und ich ungefähr acht waren. Jedenfalls hat sie sich als Mary Poppins verkleidet und Dad als Bert.“

„Ach, wie süß … aber ihr beide seid trotzdem bekloppt“, murmele ich. „Erzähl doch mal was über diesen Todd. Hast du irgendwas rausgefunden?“

„Sein Nachname ist Stern.“

„Klingt wie ein Rechtsanwalt oder so“, unterbreche ich sie.

Mia verdreht die Augen. „Er ist Buchhalter.“

„Ich dachte, er wäre Kurator?“

„Keine Ahnung, was Maria gedacht hat. Ehrlich, manchmal glaube ich, es ist so ein Sprachbarriere-Ding.“

„Was genau?“, frage ich und versuche, nicht zu lachen.

„Das ist der fünfte Kerl, mit dem sie versucht, mich zu verkuppeln, und er ist ein bescheuerter Buchhalter! Sehe ich so aus, als würde ich mit einem Buchhalter ausgehen?“

„Eigentlich nicht, aber du hast bei Männern nicht gerade den besten Geschmack, also ist das vielleicht nicht die schlechteste Idee.“

„Naaa jaaaa“, sagt sie lang gezogen, bevor sie ihren Cocktail austrinkt und per Handzeichen zwei neue bestellt. „Wie war deine erste Nacht bei Vic?“

Ich gebe ein Seufzen von mir … Meine erste Nacht bei Vic. Schwermütig, einsam, schräg, traurig, fröhlich, schräg …

„Gut.“ Ich zucke mit den Schultern.

Mia legt ihre Hand auf meine, damit ich aufhöre, Linien aus Wasser auf dem Tisch zu malen, und fordert meine Aufmerksamkeit ein. „Es ist in Ordnung, wenn es dir nicht gut geht, Elle.“

„Es ist aber alles in Ordnung", antworte ich stirnrunzelnd.

„Du brauchst nicht für alles und jeden stark zu sein, weißt du? Du darfst zusammenbrechen. Die Liebe deines Lebens ist gestorben, du bist dabei, euer gemeinsames Haus zu verkaufen, und du bist gerade zu deinem Bruder gezogen. Das ist eine ganze Menge zu verdauen. Keiner verlangt von dir, das einfach so wegzustecken. Es ist in Ordnung, dir eine Auszeit von der Arbeit zu nehmen, wenn du eine brauchst."

„Es ist ein Jahr her. Und ich habe bereits eine Auszeit genommen", erinnere ich sie. Nach Wyatts Tod nahm ich mir zwei Monate frei, was allerdings dazu führte, dass ich die ganze Zeit zu Hause war. Ich lebte sogar ein paar Wochen bei meinen Eltern, um aus diesem Haus rauszukommen. Ich ertrug die Erinnerungen nicht und die Tatsache, dass ich ohne ihn dort war, aber man kann vor der Realität nicht davonlaufen und erwarten, dass sich alles von selbst klärt. Das funktioniert einfach nicht. Also ging ich wieder nach Hause und stellte mich der Tatsache, dass er nicht zurückkommen würde. Ich suchte mir einen Therapeuten, der mir half, mein Leben langsam wieder in den Griff zu bekommen. Aber nicht mehr in dem Haus zu wohnen fühlt sich an … als ob es endgültig vorbei ist.

„Manchmal komme ich mir so mies vor, weil ich das Haus verkaufe", sage ich schließlich. „Als würde ich ihn aus meinem Leben auslöschen oder so."

Mia drückt meine Hand. „Ach Süße, niemand denkt das. Du musst nach vorn schauen. Du bist jung, du bist klug, du bist wahnsinnig talentiert, und mit dir kann man Pferde stehlen. Du kannst nicht wegen eines Geists aufhören zu leben."

Mein Blick trifft ihren. „Ich habe nicht aufgehört zu leben. Ich will nur nicht weitermachen, als wäre nichts gewesen. Wenn ich jemand Neues finde, dann finde ich jemand Neues – und wenn nicht, dann nicht." Mia hat versucht, mich in den letzten paar Monaten zu zwei Blind Dates zu schicken. Sogar Felicia wollte mich zu einem überreden, aber ich war noch nicht bereit.

Ich glaube, ich bin es immer noch nicht, auch wenn alle etwas anderes denken. Selbst meine Mom liegt mir in den Ohren, ich solle mit Männern ausgehen, als würde irgendein Mann den Schmerz einfach wegzaubern.

„Elle …"

„Ich sage doch nur, dass mir im Moment nicht nach einem Date zumute ist. Außerdem brauche ich keinen Mann. Ich bin sehr gern allein."

„Elle …"

„Doch, im Ernst. Und da bin ich keine Viertelstunde bei Vic zu Hause und denke, das wird wie im Ferienlager, da kommt dieser verflixte Oliver vorbei, und es ist genauso wie …"

„Du bist Oliver begegnet?", ruft Mia und bringt mich (und ein paar andere um uns herum) erfolgreich zum Schweigen.

Ich nicke und nehme einen Schluck von meinem Cocktail.

„Und dann? Oh. Mein. Gott. Was ist passiert, als er dich da gesehen hat? Wusste er, dass du da bist? Wusstest du, dass er hier ist? Hat Victor dich nicht gewarnt? Ach du meine Güte!", kreischt sie schon fast.

„Deswegen wollte ich es eigentlich gar nicht ansprechen."

Ihr Blick spricht Bände. „Raus mit der Sprache. Sofort. Ich will ganz genau wissen, was passiert ist. Ist er immer noch so verdammt heiß?"

„Was denkst du denn?", sage ich und lache kurz auf.

„Ich denke, er reift wie ein guter Wein. Hat er immer noch die langen Haare? Seine Haare waren so toll", sagt sie und fächelt sich mit der Hand Luft zu.

„Seine Haare waren so toll? Ja, lang sind sie noch. Nicht ganz so lang, aber lang genug", sage ich und merke dann erst, wie das klingt – nicht die Worte an sich, sondern wegen der Bilder in meinem Kopf, wie ich mit den Fingern durch diese Haare fahre.

„Na ja, das ganze Paket war verdammt heiß. Aber wie war es denn, ihn wiederzusehen?", will sie wissen.

„Für ihn wie in alten Zeiten, schätze ich. Für mich, keine Ahnung. Es war …“

„Wie in den alten Zeiten vor oder nach Oliver?“, unterbricht sie mich wieder.

„Immer schön eine Frage nach der anderen, Columbo.“

„Du kannst mir nicht so was erzählen und dann nicht mit allem rausrücken. Komm schon!“, quengelt Mia.

„Meinetwegen. Ihn zu sehen war … ein ziemlich blödes Gefühl. Wie ein Überfall aus dem Hinterhalt, obwohl er nur mit was zu essen in der Hand dastand. Er hat Sandwiches und Sushi mitgebracht.“

Mia sieht mich eindringlich an. „Also wusste er, dass du da bist.“

Ich zucke mit den Schultern. Offensichtlich wusste er es, denn er hatte genug zu essen für uns drei dabei. Ich weiß nur nicht, wie lange vorher er es wusste. Sushi ist in Santa Barbara nicht gerade schwer aufzutreiben, aber Victor und Oliver machen sich gar nichts aus Sushi. Nur ich kann nicht genug davon bekommen.

„Ich habe ihn nicht gefragt“, sage ich kleinlaut. „Wir haben nicht viel geredet, außer über seine Facharztausbildung und meine Skulpturen.“

„Er hat nach den Herzen gefragt?“, fragt Mia im Flüsterton.

Ich nicke.

„Hast du ihm erzählt, warum du sie machst?“

„Natürlich nicht“, sage ich höhnisch. „So mutig bin ich nicht.“

Wir tauschen ein jämmerliches, mitleidvolles Lächeln aus, bevor sie das Thema wechselt. „Und? Was hast du dieses Wochenende vor?“

Ich fange an, ihr von meinen Plänen fürs Wochenende zu erzählen, und das Gespräch dreht sich nun darum. Jedes Mittel ist mir recht, um von dem Thema Oliver Hart abzulenken.

3. Kapitel

Ich gehe durch mein Studio und stelle auf jede Staffelei eine neue Leinwand.

Samstags ist Ladies' Night, und heute habe ich einen Junggesellinnenabschied hier, als Auftakt ihrer Party. Die Trauzeugin hat vorher schon Wein zum Kühlstellen vorbeigebracht und eine CD mit Musik, die sie nachher hören wollen. Ich gebe am Anfang nur eine kurze Einweisung und habe danach nichts mehr groß zu tun. Sie bezahlen, damit sie hier Spaß haben und mit ihren Freundinnen rumblödeln können. Und auf gar keinen Fall wollen sie von mir wissen, welche Pinselstriche auf ihrem Meisterwerk noch fehlen.

Um 19 Uhr gehe ich ins Bad und überprüfe mein Make-up. Ich fühle mich gut. Ich trage ein rotes Shirt mit schwarzen Schleifen am Ärmel, schwarze Pumps und eine zerrissene, hautenge Jeans, von der ich letztes Jahr nicht zu träumen gewagt hätte, meinen Hintern hineinzubekommen. Ich höre Schritte und reiße mich vom Spiegel los. Lächelnd gehe ich zum Eingang der Galerie und bereite mich auf die Begrüßung vor. Wie vom Donner gerührt bleibe ich stehen, als ich Oliver im Atelier vor einem von Wyatts Bildern stehen sehe.

Heute trägt er keine OP-Kleidung, also hat er wohl frei. Er hat eine Jeans an, die seinen schmalen Hüften schmeichelt, ein blaues Hemd und darüber eine anthrazitfarbene Anzugjacke. Total *GQ*, würde Mia sagen. Vermutlich ist er auf dem Weg zu dem Gruppendate, das Vic erwähnt hat. Er meinte, sie gingen in eine Sportsbar, was bei ihnen so viel bedeutet wie: Wir gehen mit den Frauen aus, mit denen wir aktuell rumvögeln, damit sie uns nicht vorwerfen, es ginge nur um Sex, und damit sie wissen, dass wir es nicht ernst meinen, machen wir das alle zusammen in einer Sportsbar.

„Hey, was machst du denn hier?"

Oliver dreht sich zu mir um und scannt mich einmal von oben bis unten ab. „Von Mal zu Mal wirst du schöner. Wie ist das nur möglich?"

Ich verbiete mir, so zu reagieren, wie er es gern hätte. Stattdessen konzentriere ich mich auf das Gemälde, das er betrachtet hat. Das mit dem dunklen Auge mit Schmetterlingsflügeln anstatt Wimpern. Das Bild, das beobachtet, wie Oliver mich ansieht, und lauscht, wie er mit mir flirtet.

„Ich war gerade in der Gegend und wollte mir mal kurz deinen Laden ansehen. Ich hoffe, das ist okay", sagt er und kommt auf mich zu.

„Bisher wolltest du ihn noch nie sehen", erwidere ich mit ruhiger Stimme, aber innerlich könnte ich schreien. Er hat sich nie die Mühe gemacht, sich das Atelier anzusehen – noch nicht einmal, als ich ihm vor ein paar Jahren eine Einladung zu unserer großen Eröffnungsfeier geschickt habe.

Olivers Blick, seltsam ernst und eindringlich, bringt mein Innerstes ins Wanken, aber ich halte dagegen. Ich halte gegen alles, was mich wie magnetisch zu ihm hinzieht, während er einen letzten Schritt auf mich zu macht, sodass er direkt vor mir steht.

„Das hätte ich wohl besser", sagt er in einem Tonfall, der mich dazu bringen soll, meine Augen zu schließen. Aber ich bleibe standhaft. Ich schaue zur Seite – zu dem Auge, das uns weiterhin ansieht, über uns urteilt. Ich schlucke, bevor ich etwas sage, damit meine Stimme ruhiger klingt, als ich mich fühle.

„Warum bist du hier?"

„Du bist für heute fast fertig, oder?" Er sieht sich um.

„Eigentlich fange ich gerade erst an. Ich habe einen Junggesellinnenabschied …" Bevor ich den Satz beenden kann, sehe ich eine Blondine im kleinen Schwarzen hereinkommen. Dicht gefolgt von ihren fünf Freundinnen, die ebenfalls alle Schwarz tragen, bis auf eine, die ein kurzes weißes Kleid anhat und eine Tiara. Ich lächele ihnen zu. „Und da sind sie."

„Hi!", begrüßt mich Gia, die Trauzeugin, die ich bereits kenne, lächelnd.

„Oh mein Gott, gehört diese Augenweide etwa dazu?", fragt eine der Frauen. „Ist er heute Abend unsere Muse?"

Oliver schmunzelt und schenkt ihnen ein Lächeln, das alle bis auf eine wie kleine Mädchen erröten lässt. Sie steht vermutlich nicht auf Männer, denn dieses Lächeln lässt grundsätzlich alle Frauen in Verzückung geraten.

„Leider nein. Das ist mein Freund Oliver, der gerade auf dem Weg zu einem Date ist", antworte ich und ernte einen belustigten Blick von ihm. „Ihr Mädels könnt schon mal nach nebenan gehen, ich komme sofort. Gia, es ist alles auf dem Tisch."

„Das ist so lieb von dir", flötet Gia und geht in den Nebenraum. Ihre Freundinnen folgen ihr, lassen Oliver aber nicht aus den Augen. Ich bin kurz davor, ihn zu fragen, ob ich ihn nicht mal ausstellen darf. Vielleicht kämen dann mal mehr Leute in mein Atelier.

„Also …", wende ich mich an ihn.

„Ich wollte dich fragen, ob du uns heute Abend nicht Gesellschaft leisten möchtest", sagt er. Seine Stimme ist eine Oktave tiefer als vorher, er streckt seine Hand nach mir aus, greift nach einer Haarlocke und wickelt sie sich um seine Finger.

„Warum sollte ich?", frage ich ruhig und gehe ein Stück zurück, sodass er meine Haarsträhne loslassen muss.

„Weil du auch mal wieder ausgehen solltest." Seine Augen schwenken von meinen Augen zu meinen Lippen.

Ich trete noch einen Schritt zurück, denn ich brauche plötzlich mehr als nur etwas Abstand. „War ich gestern schon."

„Aber nicht mit mir."

Die Erinnerung an das letzte Mal, als er diese Worte zu mir sagte, ist plötzlich da, und er grinst, als würde er in meinem

Kopf in der ersten Reihe sitzen, mit bestem Blick auf die Vorstellung, bei der er die Hauptrolle spielt.

„Ich muss los. Sie warten auf mich."

Die Hände in den Hosentaschen, nickt Oliver. Er zieht diese Show ab, bei der er auf seine Füße starrt, den Kopf ein wenig hebt und mich durch seine Wimpern hindurch ansieht. Total sexy und verführerisch, und mir gefällt gar nicht, wie mein Herz auf diesen Blick reagiert. Ich schaue zu Wyatts Bild, um dieses Gefühl zu unterdrücken, aber das klappt nicht. Das Gefühl bleibt, tief in meinem Inneren, zwischen einem großen Stück Schmachten und einem Hauch Schuldgefühlen.

„Dann vielleicht ein anderes Mal", schlägt er vor, ohne den Blick abzuwenden.

„Vielleicht."

„Es ist wirklich toll hier, Elle. Das hast du gut hinbekommen."

„Danke. Obwohl Wyatt eigentlich fast alles gemacht hat", antworte ich. Olivers Lächeln gefriert. Ich sehe, wie sich sein Adamsapfel bewegt, als er seinen Stolz herunterschluckt und nickt.

„Ihr beide habt das gut hinbekommen. Ich hatte Vic gebeten, dir meine Nummer zu geben. Hat er?"

„Ich habe ihn kaum gesehen", lüge ich. Dabei habe ich meinen Bruder heute Morgen und letzte Nacht gesehen, aber Olivers Nummer hat er mit keiner Silbe erwähnt.

„Ich dachte, er hätte sie dir vielleicht gegeben und du hast dich einfach nur noch nicht gemeldet."

„Warum sollte ich mich melden?", will ich wissen.

„Das wäre zur Abwechslung mal ganz schön", antwortet er schulterzuckend.

Mir klappt die Kinnlade hinunter. „Es wäre ganz schön?"

Wir schauen uns wortlos an, ich warte, dass er zurückrudert, er wartet, dass ich darauf anspringe. Keiner von uns greift an. Wir wissen beide, dass dafür keine paar Minuten reichen, und mir persönlich reicht es sowieso. Ich muss darauf nicht eingehen. Mir fällt der Junggesellinnenabschied wieder ein, und ich räuspere mich.

„Okay, also, ich denke, wir laufen uns mal über den Weg. Viel Spaß bei deinem Date heute Abend." Ich winke ihm etwas unbeholfen zu, während ich mich umdrehe, um mich endlich meiner Arbeit für heute Abend zu widmen.

„Hättest du Interesse, ein- oder zweimal pro Woche ins Krankenhaus auf die Kinderstation zu kommen?" Er grinst, als ich mich umdrehe und eine Augenbraue hebe, damit er weitererzählt.

„Ich dachte mir, du könntest vielleicht mit den Kindern malen oder so. So etwas machst du doch gerne." Im Krankenhaus zu sein würde bedeuten, irgendwie wieder mit Oliver in Verbindung zu sein. Als würde er meine Zweifel erahnen, wirft er ein: „Ich habe genug damit zu tun, meine Facharztausbildung zu Ende zu bringen, also könnte ich nicht groß helfen, aber eine Freundin von mir kann mit dir die Details besprechen."

„Klar. Ruf mich an und sag mir, welcher Tag passt." Ich drehe mich ein letztes Mal um, strahle über das ganze Gesicht und gehe zu den völlig aufgekratzten, angeheiterten Frauen. Dann wird es mir schlagartig bewusst: Oliver hat mich zum Strahlen gebracht. Die Erinnerung an all die Momente, in denen er das in meinem Leben bereits geschafft hat, prasselt auf mich ein, und beim Anblick der fröhlichen Frauen, die das Leben und die Liebe feiern, würde ich am liebsten weinen. Aber das mache ich nicht. Oliver hat gar nicht das Recht, mich zum Weinen zu bringen. Nicht mehr.

4. Kapitel

Sonntagmorgen wache ich von einem metallischen Scheppern auf und krieche verschlafen aus dem Bett, um der Ursache des Lärms auf den Grund zu gehen.

„Was machst du denn da?“, frage ich gähnend.

„Scheiße! Hast du mich erschreckt. Ich hab mich immer noch nicht daran gewöhnt, dass du hier bist“, sagt Vic und bückt sich, um eine Pfanne vom Boden aufzuheben.

„Wenigstens hast du was an“, erwidere ich mit einem dezenten Blick auf seine weiß-blauen Basketball-Shorts. „Was machst du da?“, frage ich erneut.

Er seufzt. „Okay, das ist jetzt peinlich.“ Er spricht im Flüsterton weiter. „Da ist jemand in meinem Zimmer, und ich versuche, Frühstück zu machen.“

Ich halte mir den Mund zu, um nicht loszulachen über die Vorstellung, dass Vic irgendwas auch nur entfernt Essbares zustande bringen könnte, und spähe dann verstohlen um die Ecke in Richtung seines Zimmers.

„Und ich bin nicht sicher, ob sie angezogen sein wird“, fügt er hinzu.

Ich reiße die Augen auf. „Vielleicht solltest du ihr sagen, dass ich da bin.“

„Ja, das werde ich wohl müssen … Du bist irgendwie ein Abtörner für das, was ich vorhatte“, sagt er und sieht sich hilflos in der Küche um.

Ich halte mir die Ohren zu. „Sag nichts. Ich gehe unter die Dusche und dann mit Mia frühstücken.“

Vics Augen leuchten auf, und er lacht. „Das musst du nicht.“

„Pssst! Sag nichts.“

Ich gehe nach oben und schnappe mir meine Klamotten, bevor ich mich im Bad so schnell wie nur menschenmöglich fertig mache. Ich habe wohl nicht so richtig durchdacht, wie es sein würde, mit meinem Bruder im selben Haus zu wohnen. Während ich mich aus der Wohnung verdrücke und in Gedanken schon eine verzweifelte E-Mail an meine Maklerin schreibe, schalte ich mein Handy ein und finde zwei neue Nachrichten von einer unbekannten Nummer vor.

Das ist meine Nummer – Oliver

Ich speichere sie, bevor ich die nächste Nachricht lese.

Jen will wissen, ob es dir dienstags passt, ins Krankenhaus zu kommen. Sie konnte einen freien Raum für dich organisieren.

Ein Blick in meinen Kalender sagt mir, dass ich ein paar Termine verschieben kann – nicht, dass ich zurzeit viele hätte. Ich antworte.

Dienstags passt super. Sag ihr, sie soll dir eine Zeit nennen und wo ich dann hinkommen soll.

Ich erwarte keine Antwort von ihm, denn es ist erst neun Uhr, und die meisten kinderlosen Personen in unserem Alter schlafen zu dieser Zeit noch, aber als ich gerade in mein Stamm-Café biege, summt mein Telefon.

Ich frag sie. Sehen wir uns später?

Ich überlege, ob ich irgendwas verschwitzt habe, aber mir fällt nichts ein.

Uns sehen?

Bei Vic.

Wusste nicht, dass du vorbeikommst.

Football-Sonntag.

Ich runzele die Stirn, als mir klar wird, wie lange es her ist, dass ich das letzte Mal bei ihrem Football-Sonntag dabei war.

Vic vergisst immer wieder, dass ich vorübergehend bei ihm wohne.

Oh je …

Ich sage nur, ich bin heute wesentlich früher aus dem Haus gegangen, als ich es mir an einem Sonntagmorgen gewünscht hätte.

LOL. Tut mir leid. Wo bist du jetzt?

Will gerade frühstücken.

Willst du herkommen? Du kannst bei mir schlafen.

Wie gebannt starre ich auf das Display und warte darauf, dass die Wörter umspringen und doch etwas anderes dasteht.

Bei mir, nicht mit mir.

Ich fange an, eine Nachricht zu tippen, lösche sie aber wieder, als seine nächste ankommt.

Okay. Wenn du nicht antwortest, rufe ich dich eben an.

Einen Augenblick später vibriert das Telefon in meiner Hand, und mich räuspernd nehme ich den Anruf an.

„Das kam jetzt vielleicht falsch rüber“, sagt er. Seine Stimme. Gott, ich liebe seine Stimme. Sie ist tief und voll und klingt immer so, als wäre er gerade aufgewacht.

„Schon gut. Ich hab’s überlebt. Danke.“

„Ich glaube, wir haben noch nie miteinander telefoniert“, sagt er.

„Nein, glaube ich auch nicht“, stimme ich zu, ohne die zig Millionen anderen Dinge zu erwähnen, die mir in den Sinn kommen – *weil du ein Arschloch bist, weil du einfach gegangen bist, weil ich die kleine Schwester deines besten Freundes bin, weil du nicht einmal eine Beziehung führen könntest, wenn dein Leben davon abhinge …*

„Tja, das haben wir ja jetzt nachgeholt. Okay, ich wollte nur sichergehen, dass du das nicht falsch verstanden hast. Also, es sei denn, du willst es. Das wär für mich auch völlig in Ordnung.“ Ich stöhne, als ich das Lächeln in seiner Stimme höre.

„Oliver …“

Sein Schmunzeln dringt bis in meinen Körper vor und fliegt dort wie ein Geschoss hin und her. Ich hasse es, dass er diese Wirkung auf mich hat. „Ich spiele doch nur, Elle. Apropos Spiel, machst du heute Abend Bohnendip?“

„Du willst, dass ich heute Abend Bohnendip mache?“

„Ist der Papst katholisch?“

„Wenn du ganz nett fragst, mache ich dir Bohnendip, Oliver. Wenn du das sarkastische Arschloch rauskehrst, lege ich auf.“

Er atmet tief durch. „Estelle Reuben, mein Lieblingsmensch auf der ganzen Welt, würdest du mir bitte Bohnendip machen? Mit extra Guacamole.“

Ich muss lächeln, obwohl ich eigentlich nicht sollte. *Es ist nicht gut*. Er ist gefährlich, rufe ich mir in Erinnerung. Er macht das jedes Mal mit dir. Jedes. Verdammte. Mal.

„Okay."

Ich höre bei ihm eine Tür zuschlagen, gefolgt von irgendwelchem Geraschel und noch mehr Geraschel und am Ende einen tiefen Seufzer. „In meinem Bett ist noch ein Platz frei zum Schlafen, falls du müde bist."

„Danke für das Angebot, aber wir sehen uns später."

Ich lege auf, als er ein Lachen anstimmt, stecke mein Telefon weg und wende mich meinem mittlerweile kalten Eier-Sandwich zu, das ich mir bestellt hatte. Als ich mit dem Essen fertig bin, lege ich den kurzen Fußweg zu meinem Atelier zurück und schließe die Tür hinter mir ab. Als ich die Bilder an den weißen Wänden betrachte, frage ich mich, ob ich sie vielleicht umhängen sollte. Viele davon stammen von Wyatt, aber die meisten von lokalen Künstlern, Werke, in die ich mich im Laufe der Jahre verliebt habe. Auch ein paar von mir sind dabei, aber die stelle ich nicht im vorderen Teil der Galerie aus. Der vordere Teil ist für Stücke reserviert, die ich zum Verkauf anbiete, und die einzigen Schöpfungen, die ich von mir verkaufe, sind meine Kaleidoskop-Herzen.

Eigentlich wollte ich Kunstlehrerin werden, war mir aber dessen nie so ganz sicher. Irgendwie konnte ich mich selbst nicht in einem so anspruchsvollen Bereich arbeiten sehen. Als ich Wyatt davon erzählte, hatte er die Idee zu „Paint it Back". Er meinte, auf diese Weise würde meine Kreativität lebendig bleiben, und wenn ich wollte, könnte ich ja ein Programm für Kinder anbieten. Durch das Atelier war es uns möglich, ein Sommerprogramm für ältere Kinder ins Leben zu rufen, die tagsüber bei ihrer Ferienfreizeit waren und danach zu uns kommen und an ihren Bildern arbeiten konnten. Ursprünglich war es eine Möglichkeit, sie von der Straße zu holen und ihre Energie auf etwas anderes zu lenken, aber als dann die Schule wieder anfing, vereinbarten sie immer wieder neue Termine, zu denen sie in kleinen Gruppen kamen.

Ich hänge gerade weiße Laken über die Staffeleien meines Montagnachmittag-Kurses, als mein Telefon klingelt.

„Elle“, trällert mein Bruder, als hätte er mich nicht vor ein paar Stunden quasi vor die Tür gesetzt. „Ich hab ja ganz vergessen, dir zu sagen, dass nachher ein paar Leute vorbeikommen.“

„Ach ja?“

„Ja, so gegen zwölf. Meinst du, du könntest vielleicht deinen Bohnendip machen?“

Ich muss mich ganz schön beherrschen, um ihn auf diese Bitte hin nicht anzufauchen. „Klar. Für wie viele Personen?“

„Hmmm … ich, Bean, Jenson und Bobby … das war's.“

„Also essen nur vier Personen mit?“, frage ich.

„Ja, vier.“

Ich blinzele ein paarmal und frage mich, ob er mich überhaupt mit einplant.

„Na ja, fünf, wenn du auch bleiben willst“, korrigiert er sich mit einem Räuspern.

„Wer ist denn Bobby? Der Typ, mit dem du arbeitest?“

„Ja, das ist der Neue. Du wirst ihn mögen, er ist locker drauf.“

„So locker drauf wie du wahrscheinlich“, murmele ich. Mein Bruder und seine Freunde sind als Sportskanonen getarnte Comic-Nerds. Die Clique ist immer noch dieselbe wie in der Grundschule, und es kommt nicht oft vor, dass er jemand Neues in diesen erlauchten Kreis einführt. Ich vermute mal, dass auf Bobby dieselbe Beschreibung passt wie auf den Rest.

„Du kannst ja Mia Bescheid sagen, wenn du willst“, fügt er hinzu, wohl um mir die Sache schmackhaft zu machen.

„Mia und Jenson im selben Raum? Na, vielen Dank.“

Vic lacht. „Ist sie immer noch nicht drüber weg?“

„Darüber, dass er sie wegen seiner Ex verlassen hat? Eher nicht.“ Ich hebe eine Augenbraue, während ich neue Pinsel aus der Verpackung nehme und sie in die silbernen Blechgefäße neben jeder Staffelei stelle.

„Er ist ein Arsch", sagt Vic. „Aber sie ist auch nicht die Hellste. Ich hätte dich nie mit einem meiner Freunde ausgehen lassen."

Ich stelle die Materialien ab, die ich noch in der Hand halte, und suche Halt an der Kante der Theke. „Und warum nicht?"

Er gibt ein tiefes, vollmundiges Lachen von sich, das mir unter anderen Umständen ein Lächeln entlockt hätte. „Ach komm, Elle. Du kennst sie doch."

Bei seinen Worten zucke ich zusammen. Und ob ich sie kenne. Sehr gut sogar.

„Na ja, wir sehen uns dann. Sie kommen um zwölf zur Pre-Show, also …"

„Ja, schon klar, Vic. Dein Dip wird vor dem Kick-off fertig sein. Ist dieses Mädchen schon weg?"

„Ja, sie ist weg. Ich habe sie für Mittwoch zum Abendessen eingeladen. Oliver und Jenson kommen auch mit ein paar … Freundinnen, dann lernst du sie kennen."

Ich notiere mir in Gedanken, mich Mittwochabend zu verdünnisieren, und sage Vic Bis später. Als ich in den Galeriebereich zurückgehe, bemerke ich, dass eins meiner Kaleidoskop-Herzen schief auf seinem Ständer steht, also rücke ich es wieder gerade. Eine Zeitschrift, die über eins unserer Events berichtet hat, hatte meine Herzen einst als „Herzschmerz auslösende und ergreifend schöne Stücke" bezeichnet. Dieses hier ist zwar ausgestellt, aber unverkäuflich. Es war eins der ersten, die ich gemacht habe, und Wyatt weigerte sich, es wegzugeben. Bei diesem Stück habe ich viele Lilatöne verarbeitet, und jedes Mal, wenn sich ein Sonnenstrahl hier hineinverirrt, sind die Wände mit lila Lichtflecken gesprenkelt.

„Wenn irgendjemand reinkommt und es kaufen will, sag ihm, egal, was er zahlt, ich zahle das Doppelte", hatte er grinsend zu mir gesagt.

Meine Augen werden feucht, als ich betrachte, wie es das Licht reflektiert, und an Wyatt denke. Ich wische mir über die

Augen, hole tief Luft, verlasse die Galerie, schließe hinter mir ab und fahre zurück zu Vic. Ich höre ihn unter der Dusche. Während ich den Dip zubereite, mache ich mir eine Flasche Wein auf: die zerstampften Bohnen zuunterst, in der Mitte die Avocado und obendrauf die Sour Cream. Als ich eine große Schüssel davon fertig habe, hole ich den Schongarer hervor, den ich meinem Bruder vor drei Jahren zu Weihnachten geschenkt habe und den er eindeutig noch nie benutzt hat, und bereite Frikadellen vor. Dann nehme ich noch einen letzten Schluck Wein, gehe in mein Zimmer und werfe mich aufs Bett.

5. Kapitel

Ich weiß nicht, wie lange ich geschlafen habe, aber wildes Gegröle aus dem Wohnzimmer lässt mich aus meinem Nickerchen hochschrecken.

Ich blinzele mehrmals, um wach zu werden, und gehe ins Bad. Ich sehe fürchterlich aus, also kämme ich meine ellbogenlangen Haare und zaubere die rötlichen Adern mit Augentropfen weg, sodass meine Augen wieder haselnussbraun aussehen. Nachdem ich etwas Make-up aufgetragen habe, rücke ich mein schwarzes Shirt mit der Aufschrift *Elvis is King* so zurecht, dass meine linke Schulter frei bleibt, klopfe meine hippe zerrissene Jeans ab und mache mich auf den Weg ins Wohnzimmer. Erst dort fällt mir auf, dass ich ja immer noch meine Darth-Vader-Pantoffeln anhabe. Aber zu spät, sie haben mich schon entdeckt.

„Hey Elle“, ruft Jenson, und alle drehen sich zu mir um.

„Hey Jenson. Wohnst du wieder hier?“

„Nö, aber in den nächsten Monaten werde ich viel in dieser Gegend sein“, antwortet er.

„Toll. Hallo Jungs“, sage ich in die Runde und zwinkere Oliver, Vic und einem blonden Typen zu, den ich nicht kenne.

„Hallo“, ertönt es wie aus einem Mund.

„Elle, das ist Bobby. Bobby, das ist meine Schwester Estelle“, stellt Vic uns vor, ohne vom Fernseher aufzuschauen.

Bobby steht auf und gibt mir die Hand. Er sieht eigentlich ziemlich gut aus, auf eine adrette Art und Weise wie der nette Junge von nebenan, was mich zum Schmunzeln bringt, denn ich lag falsch – er ist nicht so wie die anderen Freunde meines Bruders. Er ist nicht groß und sportlich wie Vic und Oliver. Er macht keinen auf Bad Boy wie Jenson, aber er schenkt mir ein breites Zahnpastalächeln, als er mir die Hand schüttelt. Und schon erliege ich dieser charmanten Ausstrahlung, die sie alle haben und die Frauen dazu bringt, einen zweiten Blick zu riskieren, ganz egal, wie der Mann aussieht.

„Als du von deiner kleinen Schwester gesprochen hast, dachte ich an einen Teenager mit Zahnspange", sagt Bobby, während er mich von oben bis unten mustert.

Ich lasse seine Hand los. „Ich wette, genau dieses Bild hat er vor Augen, wenn er mich beschreibt."

„Also ich würde dich garantiert nicht so beschreiben."

Bei diesem kleinen Flirtversuch muss ich kurz zu Vic schauen, aber mein Blick landet stattdessen bei Oliver. Es macht mich wahnsinnig, dass ich nicht weiß, was er gerade denkt. Verärgert oder eifersüchtig sieht er nicht aus, noch nicht einmal neugierig. Er starrt einfach nur.

„Ich glaube, ich will gar nicht wissen, wie du mich beschreiben würdest", erwidere ich.

Bevor er antworten kann, gehe ich in die Küche, hole das vorbereitete Essen und stelle es auf den Tisch, ohne auch nur eine der unzähligen Bierdosen umzuwerfen.

„Sie sieht klasse aus und kann kochen?", fragt Bobby, als er sich die Chips greift. „Ich glaube, sie wäre was für mich."

„Ja, ist klar", gibt Jenson leicht genervt von sich. Da sind sich die Freunde meines Bruders ähnlich. Sie glauben alle, sie müssten mich vor Eindringlingen beschützen, als lauere die Gefahr jenseits ihrer Höhle. Meine Verlobung mit Wyatt hat sie bestimmt eiskalt erwischt, da niemand damit gerechnet hat.

„Du hältst Bobby nicht die übliche Standpauke, dass er die Finger von deiner Schwester lassen soll?"

Mein Blick trifft Olivers, und ich lächele, als er auf den freien Platz neben sich zeigt. Mein Körper rührt sich und will zu Oliver, aber mein Gehirn hat auch noch etwas zu melden, also setze ich mich stattdessen neben Victor.

„Klappe", ist Vics einzige Antwort auf Jensons Kommentar.

„Früher mussten wir uns alle das volle Programm anhören", erklärt Jenson. Ich beuge mich ein Stück nach vorn, um ihn besser sehen zu können, während er die Geschichte erzählt, die ich noch nicht kenne. „Als wir Kinder waren, war Elle uns egal, weil sie eher wie unsere kleine Schwester war … aber dann wurde sie älter, und sobald auch nur einer von uns irgendeinen Kommentar über sie losließ, ging es bei Vic los mit *Gafft sie nicht an. Tatscht sie nicht an. Sonst breche ich euch die Arme und sorge dafür, dass ihr nie wieder mein Haus betretet.*"

„Nur fürs Protokoll: Dafür hätte ich mir gerne die Arme brechen lassen", meldet Bobby sich lächelnd zu Wort, während er mich aus seinen blauen Augen ansieht.

„Die gebrochenen Arme hätten uns auch nicht abgehalten, aber das Hausverbot! Er hatte die coolsten Eltern! Wir haben praktisch dort gewohnt", erklärt Jenson grinsend und nippt an seinem Bier, bevor er mir damit zuprostet. „Na ja, außerdem hatte ich einen guten Wurfarm, den ich nicht für ein Mädchen aufs Spiel setzen konnte. Tut mir leid, Elle."

„Mir nicht, das kannst du glauben." Ich lehne mich wieder zurück und strecke die Beine aus, während die Jungs lachen.

„Elle weiß sich von euch Trotteln fernzuhalten. Von euch ist keiner gut genug für sie", sagt Vic, schnappt sich ein paar Chips und greift zum Dip.

Ich sehe genau in dem Moment zu Oliver, als Vics Worte ihn kurz zusammenzucken lassen. Unsere Blicke treffen sich, und tausend Gedanken schießen mir durch den Kopf – *war das der Grund? Zählte Vics Wunsch mehr als meiner?* Fragen, auf die ich die Antworten kenne. Gedanken, die mich jahrelang verfolgt haben, auch wenn ich sie beiseiteschieben wollte.

„Ernst gemeinte Frage", kommt es von Jenson, der meine Aufmerksamkeit wieder auf sich zieht. „Vom heutigen Standpunkt aus betrachtet, was würdest du sagen, wer war am ehesten dein Typ?"

Bei dieser Frage und bei dem Gesichtsausdruck meines Bruders muss ich mir ein Lachen verkneifen. Victor war immer ein Kumpeltyp – so einer, mit dem jeder zum Spiel oder einen trinken gehen will. Junior, Jenson und Oliver sind sich da ziemlich ähnlich. Von den vieren ist nur Junior verheiratet und hat Kinder, während die anderen drei ewige Junggesellen bleiben werden. Vermutlich. Jenson ist der Inbegriff des Kerls, den man nicht seinen Eltern vorstellt. Er sieht klasse aus, groß, dunkel, attraktiv, aber er hat auch eine wilde Seite, der tätowierte Bad Boy auf seinem Motorrad.

Ich sehe zu Oliver, der immer diese lässige Art hatte, träges Lächeln und zerzauste rotbraune Haare, durch die man am liebsten durchwuscheln würde. Er kann einen so ansehen, als wäre man die einzige Frau im Raum. Und seine Grübchen … Gott, seine Grübchen. Alle meine Freundinnen wollten den unerreichbaren Oliver daten. Er hat diese magische Anziehungskraft starker Männer. Schon früher strömte ihm das Charisma aus jeder Pore.

„Ja, Elle", sagt Oliver und grinst mich bedächtig und sexy an, während sein Blick von meinem Mund zu meinen Augen wandert. „Wer war am ehesten dein Typ?"

Ich werfe ihm einen Blick zu, bevor ich mich zu Jenson wende, der mich amüsiert beobachtet.

„Ganz ehrlich? Jenson", sage ich schulterzuckend.

„Tadaa!", ruft dieser. „Ich hab's doch schon immer gewusst! Du wärst also mit mir ausgegangen?"

„Das habe ich nicht gesagt. Du warst nur am ehesten mein Typ", antworte ich lachend. Ich erwähne nicht, dass er zu jener Zeit der Traumtyp so ziemlich jedes Teenie-Mädchens war.

„Und genau deshalb musste ich die Jungs im Zaun halten", erklärt Vic Bobby, der belustigt den Kopf schüttelt.

Ich konzentriere mich auf das Spiel der Cowboys gegen die Forty-Niners und zucke zusammen, als mich jemand am Fuß berührt.

„Wirklich?“, fragt Oliver lautlos und legt die Hände auf sein Herz, als wäre er schwer getroffen. Ich schüttele nur den Kopf. „Ich steh auf deine Pantoffeln“, sagt er mit einem verschmitzten Lächeln.

„War mir klar“, erwidere ich augenzwinkernd und würde mich für dieses Zwinkern am liebsten selbst ohrfeigen. Wir schauen uns noch an, als Bobby etwas sagt, und diesmal kneift Oliver die Augen zusammen.

„Wurde dieses Verbot mittlerweile aufgehoben? Darf ich sie zu einem Date einladen?“

„Ich date nicht“, entgegne ich und löse meinen Blick von Oliver.

„Kann ich nicht glauben. Jemand wie du hat doch ganz bestimmt Dates“, sagt Bobby.

„Jemand wie ich.“ Ich kann mir ein spöttisches Grinsen nicht verkneifen. Eigentlich will ich das so im Raum stehen lassen, aber ich muss dazu einfach noch etwas sagen. „Selbst wenn ich Dates hätte, dann definitiv nicht mit den Freunden meines Bruders. Euer Ruf eilt euch voraus.“

„Unser Ruf eilt uns voraus?“, fragt Jenson.

„Soll ich das wirklich genauer erklären?“ Ich funkele ihn an, bis der Groschen bei ihm fällt und seine Miene sich abrupt verdüstert.

„Nein, lieber nicht. Du hast recht. Vic hat recht“, räumt er ein.

„Dann können wir das Thema *Dates mit meiner Schwester* ja jetzt abhaken und uns auf das Spiel konzentrieren“, schlägt Vic vor und wirft jedem seiner Freunde noch einen langen, eindringlichen Blick zu. Nachdem er mich einige Male mit dem Ellbogen angerempelt hat, wenn er sich was zu essen vom Tisch schnappt, stehe ich auf und setze mich zu Oliver auf das Zweiersofa.

„Ach … hast du mich also doch vermisst“, sagt er, sobald ich es mir gemütlich gemacht habe.

„Erstens kann ich nicht klar denken, wenn du mich mit Blicken so löcherst, und zweitens warst du meine zweite Wahl, also …“, ich zucke mit den Schultern und schenke ihm ein Lächeln. Wir sehen uns lange an, bevor sein Blick erst zu meinem Mund wandert und dann zum Fernseher. Noch ein Touchdown, noch ein Kick-off, und die Jungs fluchen vor sich hin. Als ich gerade beschließe aufzustehen, rutscht Oliver näher an mich heran.

„Ich meine, mich an eine etwas andere Reihenfolge zu erinnern“, flüstert er mir heiser ins Ohr, und ich bekomme eine Gänsehaut.

„War mir klar“, flüstere ich zurück und gestehe mir nur ungern ein, dass mein Herz Purzelbäume schlägt.

„Weil es stimmt.“ Er rutscht noch ein Stück heran, sodass sein Arm meinen berührt.

„Du hast deine Erinnerungen und ich meine.“

Olivers Gesichtsausdruck wechselt von spielerisch zu ernst. „Ja, das wird es wohl sein.“ Er atmet hörbar aus. „Bereit für Dienstag?“

„Ja. Ich freue mich darauf, dass es losgeht. Danke, dass du mich gefragt hast“, sage ich und hoffe, er weiß, wie viel mir das bedeutet.

„Ich kann mir niemand Besseres dafür vorstellen.“ Er stößt erneut gegen meinen Fuß, und mein Herz macht bei dieser Berührung einen Sprung.

„Hör auf, mit mir zu füßeln“, flüstere ich.

„Sonst was?“, flüstert er zurück. Er neigt seinen Kopf so, dass seine Haare über das linke Auge fallen und bei jedem Blinzeln auf seinen Wimpern hüpfen.

„Sonst muss Darth Vader wohl sein Laserschwert zücken.“

Als er gluckst, scheint das ganze Sofa zu wackeln und ich auch. „Glaub mir, gegen meins zieht er den Kürzeren.“

Als mir die Doppeldeutigkeit bewusst wird, klappt mir die Kinnlade runter, und Oliver lacht.

„Manche Dinge ändern sich wohl nie“, sage ich.

Seine Augen verfinstern sich. „Manchmal werden sie besser.“

Ich hänge meinen eigenen Gedanken nach und bleibe noch ein wenig sitzen, bevor ich wieder in mein Zimmer gehe, weil ich angeblich noch Mia treffen muss, bevor ich zum Essen bei Wyatts Eltern eingeladen bin. Nachdem ich mich verabschiedet habe, denke ich über Olivers Worte nach. Ich schwöre, dieser Mann verfolgt mich mehr als mein toter Verlobter. Es ist nervenaufreibend.

6. Kapitel

Früher bin ich eigentlich immer voller Optimismus durchs Leben gegangen, doch dann verpasste mir das Leben eine Ohrfeige und zwang mich, Realistin zu werden.

Ich bin nicht etwa zynisch geworden, aber ich habe genug erlebt, um die Welt nicht mehr durch eine rosarote Brille zu sehen. Der Tag begann ziemlich normal – Mom rief an und versuchte mal wieder, mich mit diesem Derek zu verkuppeln. Das versucht sie nun schon, seit ich ungefähr sechs war. Dieses Mal habe ich Ja gesagt. Die Freudenschreie, die daraufhin durch die Telefonleitung drangen, waren, gelinde gesagt, ohrenbetäubend. Es war, als hätte man ihre innere Hyäne losgelassen. Soweit ich mich erinnere, ging es von da an nur noch bergab.

Die Galerie war tipptopp, als ich dort ankam, so wie ich es mag. Jetzt sieht sie aus, als wären zehn Kleinkindergruppen hindurchgefegt. Es fing alles damit an, dass Finlay, ein dreizehnjähriger Junge, Veronika zu einem Date eingeladen hat. Offenbar hatte aber Finlays bester Freund Brett sie ebenfalls einladen wollen, und als er das Gespräch mithörte und sie Ja sagte, ist er ausgerastet. TOTAL AUSGERASTET. In meinem Atelier! Er warf mit den Pinseln nach Finlay, das Blau, mit dem er gerade einen Ozean malte, spritzte überallhin, und das Ganze wuchs sich zu einer Farbschlacht aus, die damit endete, dass ich ihre Eltern anrief, um sie abholen zu lassen.

Also bin ich jetzt schon eine Stunde länger hier, als ich vorhatte, und wische von jeder Oberfläche im Raum Farbe ab. Mein einziger Silberstreif ist, dass es sich um ein abgeschlossenes und von der Kunst draußen getrenntes Zimmer handelt, denn wenn eins der Werke der lokalen Künstler – oder noch schlimmer: eins von Wyatt – etwas abbekommen hätte, wäre ich gestorben. Als ich die Bückerei leid bin, lande ich mit dem Hintern auf dem Boden und sehe mich noch mal um. Die Leinwände, auf die sie gemalt haben, befinden sich noch auf ihren Staffeleien, und ich betrachte in Ruhe Fins Werk. Es beschreibt einen düsteren Tag in seiner Welt. Unter grauem Himmel brechen sich die Wogen des Wassers wütend an den Felsen. Die dunkelblauen Pinselstriche auf dem Ozean lassen mich die Wellen fast hören, und ich beschließe, dass ich das Schauspiel in echt sehen will. Mein Atelier liegt nicht weit vom Strand entfernt, und ich koste das viel zu selten aus. Ich suche alles zusammen, was ich für den Termin in der Klinik brauche, verstaue es in einer Kiste und stelle sie neben die Tür. Als ich aufblicke, entdecke ich Spritzer von der Farbschlacht auf meinem Arm. Verdammte Kids.

Um die Abenddämmerung sinkt meistens die Temperatur, und pünktlich zu Beginn des Sonnenuntergangs verspüre ich einen kühlen Windhauch. Ich ziehe meine leichte Jacke zu, als ich zum Wasser hinunterschlendere.

Einen Block weiter bleibe ich an der Ampel stehen, lausche den Wellen, und mir wird schon leichter ums Herz. Neben den anderen Galerien in der Gegend war die Nähe zum Meer für uns damals ein wesentliches Kaufargument. Wenn ich die Augen schließe und ganz fest daran denke, sehe ich Wyatt vor mir, wie er mit seinem Surfbrett unter dem Arm auf den Strand zurennt und sein Neoprenanzug ihm am Körper schlackert. Bei dieser Erinnerung muss ich lächeln, obwohl es mir das Herz in der Brust zusammenschnürt. Als ich zum ersten Mal ins Atelier zurückkehrte, war das mein erster Gedanke. Nicht die Galerie, nicht das Bild, an dem er gearbeitet hatte und das ich ins Hinterzimmer räumte, nicht unser tagtägliches gemeinsames Frühstück oder sein Lächeln, wenn ich einen Raum betrat – sondern die Erinnerung, wie er auf das Wasser zulief.

Surfen war vermutlich so ziemlich das Einzige, was er mit

meinem Bruder gemeinsam hatte. Als ich mit Wyatt zusammenkam, witzelte Mom, dass ich mit Absicht den kunstbeflissensten Mann mit nach Hause gebracht hätte, den ich finden konnte. Ganz davon abgesehen, dass er auch extrem erfolgreich und älter war und sich die Mühe machte, bei seinem ersten Besuch in ihrem Haus einen Anzug zu tragen. Meine Mom sah den wahren Wyatt hinter alldem. Nicht auf negative Art. Mit der Zeit akzeptierte sie ihn, genauso wie mein Dad. Was man von Vic nicht behaupten konnte, aber er sagte nichts. Ich glaube, sie sahen ihn alle als eine Art Erweiterung von mir an. In ihrer Welt war ich ohnehin schon so was wie eine Außenseiterin. Ich hasste es, auf diese protzigen Partys und Galas zu gehen, zu denen meine Eltern jedes Jahr eingeladen waren. Mein Dad ist Kieferorthopäde und meine Mom Englisch-Dozentin. Alle dachten, dass ihre Kinder in ihre Fußstapfen treten würden. Na ja, Vic wurde Anwalt und ich Malerin. Trotzdem unterstützen sie mich. Sie lieben meine Arbeit und spornen mich an, und obwohl ich weiß, dass ich gewissermaßen das schwarze Schaf bin, lassen sie es mich nie spüren.

Als ich den schmalen Streifen Strand erreiche, atme ich ganz tief ein und genieße den Moment mit geschlossenen Augen. *Jede Sekunde zählt. Lebe in diesem Moment. Das ist das Leben. Nur das ist wichtig.* Es ist ein einfacher Gedanke, und doch vergisst man es so leicht. Aber der Ozean ist meine ständige Erinnerung daran. Die hohen Wellen, die gegen die Felsen schlagen, sind ebenso reinigend wie gefährlich. Ich setze mich in den Sand, sehe den Surfern zu, jungen und alten, und tauche in die Geräusche ein. Aber anstatt meinen aufgestauten Kummer zu vertreiben, zerreißt es mich. Wyatts Todestag war vor ein paar Tagen. Er kam und ging ohne großes Gedenken, abgesehen von dem Telefongespräch zwischen mir und seinen Eltern, um uns nach einander zu erkundigen.

Vor etwas mehr als einem Jahr war ich aus einem ganz anderen Grund hier am Strand. Ich sah Krankenwagen durch den Sand fahren und folgte ihnen, weil mich die Neugier übermannte. Gott. Was wäre gewesen, wenn ich ihnen nicht gefolgt wäre? Wie hätte ich es erfahren? Ich näherte mich dem Wasser, erinnere mich an den kleinen Menschenauflauf, hauptsächlich Surfer, die zusehen, wie die Rettungssanitäter sich um jemanden kümmern. Es war wie eine außerkörperliche Erfahrung, als ich zu ihnen gelangte. Es war, als zöge mich etwas zu der Katastrophe hin, aber instinktiv wusste ich, dass ich sie nicht würde sehen wollen, wenn ich erst dort war, also ging ich ganz langsam.

Ich erhaschte einen Blick auf den Mann am Boden und dachte: „Verdammte Scheiße, der sieht ja aus wie … Aber …“, und warf voller Panik einen Blick auf mein Handy. Ich schaute mich in alle Richtungen um – nach der Galerie, dem Strand und der kleinen, bunten Holzbude, wo Getränke verkauft wurden –, während mein Herz in meiner Brust hämmerte.

Meine Füße trieben mich voran, näher an die Sanitäter … näher an den Körper. Und dann sah ich ihn. Sah ihn wirklich. Sein langes blondes Haar auf dem Sand ausgebreitet, die braunen Augen geschlossen und sein Neoprenanzug hinuntergezogen, sodass sein dünner Oberkörper frei war. Mein Blick begann zu verschwimmen, Wände, die nicht da waren, begannen, sich um mich zu schließen. Ich hatte das Gefühl, langsam zu verschwinden. Als wäre ich dort und irgendwie auch nicht, weil es einfach nicht sein sollte, dass ich sah, was ich zu sehen glaubte. Meine Knie drohten einzuknicken, als ich endlich bei ihm war und sah, wie weiß seine Lippen waren, wie blass sein Gesicht.

„Wyatt?“, hörte ich mich selbst sagen, aber der Schrei stammte von einer anderen Person … einer Person, die die Panik packte … einer Person, die spürte, dass sie gerade die Liebe ihres Lebens verlor, und diese Person konnte unmöglich ich sein. „Was ist passiert? Er ist mein Verlobter. Was ist los? Wyatt!“, schrie ich immer wieder von Panik geschüttelt.

Eine Sanitäterin hielt mich fest, während ich zusah, wie sie an ihm arbeiteten. Herz-Lungen-Reanimation … immer wieder pumpende Stöße auf seinen Brustkorb … Schließlich holten sie das Gerät hervor, das ich schon so oft in Filmen gesehen hatte, womit man Leute, die bereits tot sind, zurückholt – oder auch nicht. Als ich die Maschine erblickte, sank ich kreischend auf die Knie und griff mit beiden Händen in den warmen Sand unter mir, während die Sanitäterin versuchte, mich zu beruhigen.

„Warum wacht er denn nicht auf?", schluchzte ich. „Warum lassen Sie mich nicht zu ihm?"

„Bleiben Sie bitte ruhig …"

Mein Flehen verklang in einem Heulen und dem Tosen der Brandung hinter uns.

„Er ist einfach nur gesurft", sagte jemand hinter uns.

„Er brauchte viel zu lang, um nach seinem letzten *Wipe Out* wieder hochzukommen", fügte ein anderer hinzu.

„Als ich merkte, dass er nicht wieder hochkommt, hab ich den Notruf gewählt", sagte ein Dritter. „Ich hoffe, er packt es!"

Die Sanitäterin half mir auf, während sie Wyatt auf eine Trage legten, und ich ließ mich von ihr hinten in den Krankenwagen bringen. Dort saß ich zu Wyatts Füßen und starrte ihm ins Gesicht.

„Wird er überleben?", fragte ich, halb schluchzend und halb schreiend.

Niemand antwortete mir. Sie arbeiteten einfach weiter, legten ihm eine Kanüle, bliesen ihm Luft in den Mund und pumpten seinen Magen aus. Sie erklärten ihn für tot, als wir am Krankenhaus ankamen, bevor sie ihn überhaupt reinbrachten. Ich wusste schon, dass er uns verlassen hatte, bevor sie ihn in den Krankenwagen verfrachtet hatten, aber es ausgesprochen zu hören traf mich mit voller Wucht. Tagelang fühlte ich mich verloren. Er war erst fünfunddreißig und ein hervorragender Schwimmer gewesen. Das Einzige, woran ich denken konnte, war, dass mich diese braunen Augen nie wieder ansehen würden. Dass diese Hände nie wieder malen, diese Lippen nie wieder lächeln würden. Wenn ich seitdem zum Strand gehe, kehren diese Erinnerungen immer wieder zurück.

Die Autopsie besagte, dass er im Wasser einen Herzinfarkt erlitten hatte. In seiner Lunge sei nicht genug Wasser gewesen, um ertrunken zu sein. Ich dachte immer wieder: Er war erst fünfunddreißig.

Ich weine nicht mehr, wenn ich herkomme. Es ist nicht mehr mit schlimmen Erinnerungen verbunden, denn ich weiß, dass Wyatt diesen Ort ebenso sehr liebte wie die Galerie. Aber heute … heute weine ich. Heute lasse ich die Erinnerung an seinen Blick und sein Lächeln zu, wenn wir morgens zusammen gefrühstückt haben. Ich schließe die Augen und atme ein, in der Hoffnung, seinen Geruch nach getrockneter Farbe und Glanzlack zu riechen, und schlinge meine Arme fest um mich bei der Erinnerung, nachts in seinen Armen zu liegen. Ich lasse diese Gedanken mich fluten und hoffe, dass die Wellen meinen Schmerz selbst aus der Ferne fortspülen können. Morgen wird es mir wieder gut gehen, aber heute gebe ich mich dem Schmerz hin, und das ist okay.

7. Kapitel

Mit dem Leben ist es so, dass man nie weiß, wann es sich von einer Seite zeigt, die einen so tief berührt, dass man einfach nur für alles dankbar ist … selbst für die unschönen Dinge.

So geht es mir, als ich mit einer Kiste Malutensilien die Krankenhausflure entlanggehe und Kindern im Rollstuhl begegne. Auf dem Weg zu Jens Büro biege ich um eine Ecke und bleibe wie angewurzelt stehen, als ich Oliver aus einem Zimmer kommen sehe, der sich noch mit der Person im Raum unterhält. Wegen seiner Facharztausbildung verbringt er hier offenbar endlose Stunden, denn immer wenn Vic von ihm erzählt, ist er in der Klinik. Ich stehe noch immer an Ort und Stelle, als er die Tür schließt und auf mich zukommt. Die grüne OP-Kleidung und der Arztkittel tun seinem guten Aussehen wirklich keinen Abbruch. Im Gegenteil. Es sind jedoch eher sein selbstsicherer Gang und sein schiefes Grinsen, die mein Herz schneller schlagen lassen.

„Du bist früh dran", begrüßt er mich und bleibt direkt vor mir stehen.

Ich runzele die Stirn. „Gar nicht. Ich bin genau pünktlich."

Oliver grinst. „Pünktlich ist für dich ja früh dran. Sonst kommst du doch immer elegant zu spät."

„Früher kam ich immer elegant zu spät. Heutzutage bin ich pünktlich."

„Ich bin beeindruckt", sagt er, und seine grünen Augen funkeln schelmisch, während er mein Gesicht genau betrachtet. Da ich wegen der Malutensilien keine Hand frei habe, muss ich mir eine Haarsträhne aus dem Gesicht pusten. Oliver schmunzelt, nimmt die Strähne und streicht sie mir hinters Ohr. Eine kleine

Geste, die sich doch so intim anfühlt. Unsere Blicke treffen sich, seine Hand ist noch an meinem Ohr, und er kommt einen Schritt näher. Noch nie war ich so froh, eine Kiste in der Hand zu haben, denn so wie er mich ansieht, setzt mein Herz aus, und ich weiß nicht, was ich tun würde, hätte ich die Hände frei.

„Was?“, frage ich leise.

„Du bist so erwachsen geworden“, murmelt er so leise wie ich zuvor. In meinem Bauch beginnen die Schmetterlinge zu flattern.

„Das klingt ja, als wärst du so viel älter.“

Früher wies mich Oliver immer gern darauf hin, dass er älter ist. Manchmal sagte er es unbeschwert – manchmal klang es wie ein Fluch –, aber nur, wenn es gleichzeitig hieß: *Du bist Vics kleine Schwester*. Und einmal sagte er …

Er lächelt sanft. „Ich bin alt genug, um es besser zu wissen.“

Mir bleibt der Mund offen stehen, und ich weiche einen Schritt zurück, damit er seine Hand von mir nehmen muss. *Das*. Genau das hat er damals gesagt.

Oliver räuspert sich, als ihm anscheinend dieselbe Erinnerung kommt.

„Ich muss los. Ich möchte ja nicht grundlos zu spät kommen“, sage ich und gehe, bevor er mich daran hindern kann.

Was macht er da?

Was mache *ich* da?

Vor der Tür mit dem Schild „Jennifer Darcia, stellvertretende Koordinatorin“ bleibe ich stehen und klopfe an. Sie bittet mich herein. Ich folge ihrer Aufforderung und stoße anschließend die Tür mit meiner Hüfte wieder zu. Ich stelle die Kiste auf einem leeren Stuhl vor ihrem Schreibtisch ab und lächele.

„Hallo, ich bin Estelle“, sage ich mit einem tiefen Seufzer.

„Setzen Sie sich. Ich bin Jen“, erwidert sie.

Wir geben uns die Hand, und ich setze mich auf den freien Stuhl. Sie sieht genauso aus, wie ich mir Olivers Typ vorstelle – blonde Haare, strahlend blaue Augen, sympathisches Lächeln und große Brüste. Was mich aus dem Konzept bringt, ist ihr Alter. Sie ist bestimmt zehn Jahre älter als ich, was ein völlig anderes Licht auf Olivers Aussage von gerade eben wirft. Vielleicht ist es ja das – er steht auf ältere Frauen, und ich bin ihm zu jung.

„Ich bin Ihnen so dankbar, dass Sie das für uns tun", beginnt sie. „Ich bin immer auf der Suche nach etwas Neuem, um die Kids bei Laune zu halten. Der Clown und die Filmabende kamen in letzter Zeit nicht mehr so gut an. Es muss vielleicht etwas anderes her oder zumindest jemand anderes, verstehen Sie? Wenn sie schon hier sein müssen, dann sollten sie wenigstens auch mal mit anderen Menschen etwas machen können und nicht immer nur mit denen, die ihnen ihre Medizin geben." Bei ihren Ausführungen zieht sie ihre Augenbrauen zusammen, und ich merke, wie wichtig ihr diese Kinder sind. Ich beschließe, dass ich Jen mag.

„Ich gebe mein Bestes", sage ich mit einem gewinnenden Lächeln.

„Vielen Dank." Sie zögert. „Oliver hat erzählt, dass Sie sich von früher kennen."

Bei diesem plötzlichen Themenwechsel zucke ich kurz zusammen. „Stimmt. Er ist der beste Freund meines Bruders."

„Ich glaube, er hat Sie als seinen ‚allerliebsten Lieblingsmenschen aller Zeiten' bezeichnet", sagt sie. Sie lächelt, und es kommt mir so vor, als wolle sie ein paar private Dinge über Oliver hören, aber ihre Aussage macht mich schlichtweg sprachlos.

„Das hat er gesagt?"

Jen nickt. „Hat er."

„Das ist ja … interessant." *In Anbetracht all dessen,* würde ich am liebsten hinzufügen, lasse es aber.

„Kommen Sie, ich zeige Ihnen Ihre neue Wirkungsstätte. Sie sagten, Sie hätten dreimal pro Woche Zeit, richtig?", fragt sie und steht auf.

„Ich komme auf Bestellung, so ähnlich wie ein Clown, nur

ohne Schminke – es sei denn, Sie brauchen mich zum Kinderschminken –, aber ich kann Ihnen nicht versprechen, dass das Zeug sich gut abwischen lässt."

Sie lacht und hebt die Hände. „Nein danke. Dafür will ich nicht die Verantwortung tragen."

Jen führt mich in den nächsten Trakt und zeigt mir, wo und bei wem ich mich anmelden muss, bevor sie in ihr Büro zurückkehrt. Als ich den Flur entlanggehe, sticht mir die altmodische Wandbemalung ins Auge. Von dem Blau der Wände heben sich nur die Fische ab, die in alle möglichen Richtungen schwimmen. Bei diesem Anblick habe ich das Gefühl, keine Luft mehr zu bekommen. Wer malt denn ein Aquarium an die Wände einer Kinderklinik? Hier sollten Kinder und Eltern etwas sehen, was sie beruhigt, und nicht so etwas. Unmöglich. Ich schüttele angewidert den Kopf, als mich ein Lachen aus diesem Moment reißt.

„Ich schließe daraus, dass es dir nicht gefällt", sagt Oliver, der direkt neben mir steht.

„Musst du nicht mal arbeiten?", frage ich ihn und lege all meinen Ärger über das hinein, was vorhin passiert ist, und über diese abscheuliche Wand vor uns. Ich will an ihm vorbeigehen und rempele ihn aus Versehen am Arm an.

„Tut mir leid", entschuldigt er sich, und ich bleibe wie angewurzelt stehen. Ich drehe mich nicht um. „Das vorhin", fügt er hinzu. „Es ist nur … als ich dich sah … wollte ich nur … Ach Mist."

Daraufhin drehe ich mich jetzt doch zu ihm um und schaue ihn an. „Schon okay. Entschuldigungen waren ja schließlich noch nie deine Stärke."

Er zuckt zusammen, und diesmal gehe ich endgültig.

8. Kapitel

Jeder hat eine andere Vorstellung, was es bedeutet, dass das Leben weitergeht.

Für mich ist der Verkauf des Hauses, in dem ich mit Wyatt wohnte, ein wichtiger Schritt. Für meine Mom bedeutet es, sich mit anderen Männern zu treffen. Deshalb sitze ich jetzt Derek gegenüber, der eigentlich ein ganz netter Kerl ist. Er ist aufmerksam, hat mir die Tür aufgehalten, gewartet, bis ich Platz genommen habe, bevor er sich hinsetzte, mich nach meinem Tag gefragt und mir interessiert zugehört. Er sieht auch nicht schlecht aus. Er ist sportlich und stilbewusst, aber aus irgendeinem Grund bin ich nicht richtig hier bei ihm. Immer wieder schweifen meine Gedanken ab, während er von seinem Beruf als Architekt erzählt.

„Ich langweile dich doch nicht etwa?“, fragt er höflich.

„Nein, überhaupt nicht. Entschuldige. Es ist nur …“, ich seufze. „Das ist für mich etwas ungewohnt.“

„Das verstehe ich. Meine Mom hat mir erzählt von – du weißt schon“, sagt er mit einer Handbewegung in meine Richtung.

„Ja. Ich habe kein Problem, darüber zu reden. Es ist nur merkwürdig, mit einem anderen auszugehen.“ Ich versuche mich an einem Lächeln.

„Es ist dein erstes Date, seit du ihn verloren hast“, sagt er und lächelt verständnisvoll.

„Ja.“

„Bist du denn noch nicht … wie soll ich sagen … *über ihn hinweg* klingt irgendwie komisch; es ist ja nicht so, dass er dein Exfreund wäre und jetzt andere Wege geht …“ Er lässt seine Worte im Raum stehen.

„Doch, mir geht es gut. Ich meine, es geht mir gut damit, wie es ist, wirklich. Nur, ich sitze hier und überlege, was als Nächstes passiert – ob du versuchen wirst, meine Hand zu halten oder mir nachher einen Abschiedskuss zu geben oder … keine Ahnung“, ich zucke mit den Schultern und weiche etwas peinlich berührt seinem Blick aus. „Ich glaube, jetzt habe ich es noch merkwürdiger gemacht.“

Derek lacht. „Wie wär's, wenn wir das Ganze einfach langsam angehen? Kein Händchenhalten und keinen Kuss, wenn du das nicht willst. Ich meine, wir haben ja noch nicht mal die Vorspeisen serviert bekommen.“

„Du hast recht.“ Dank seiner Worte fühle ich mich gleich etwas weniger unwohl in meiner Haut. Es ist nur ein Abendessen. Irgendwie neige ich in allen Lebensbereichen dazu, viel zu weit vorzupreschen. Manchmal sollte ich mir nicht so viele Gedanken machen und einfach entspannen. Ich fange an, Derek von der Klinik und meiner Arbeit mit den Kindern zu erzählen. Ich beschreibe ihm, wie sehr es mir die Augen für die Dinge geöffnet hat, die ich als selbstverständlich hinnehme. Danach vergeht das Essen wie im Flug, und als wir am Haus meines Bruders ankommen, ist die Sonne bereits untergegangen.

„Sieht aus, als hättet ihr Besuch“, bemerkt Derek, als seine Scheinwerfer die Autos vor dem Haus streifen.

„Ja, Victor lädt gerne Leute zu sich ein. Nur blöd, dass er immer vergisst, das Licht am Eingang einzuschalten“, sage ich und bringe ihn damit zum Schmunzeln.

„Ich begleite dich und passe auf, dass du nicht stolperst.“

An der Tür angelangt, stehen wir unbeholfen da, unschlüssig, was wir jetzt tun sollen.

„Also … Kuss oder kein Kuss?“, fragt er. Ich kann sein Gesicht nicht erkennen, aber das Lächeln in seiner Stimme gibt mir ein gutes Gefühl.

Ich denke einen Moment darüber nach. Seit Wyatt habe ich keine Lippen auf mir gespürt, aber ich würde ja schon gerne wissen, wie es wäre, jemand anderen zu küssen. Wyatt zu küssen fühlte sich immer leicht an. Angenehm, vertraut. Ich atme tief ein und beuge mich vor. Dereks Hände umfassen meine Oberarme, und seine Lippen pressen sich auf meine. Im nächsten Augenblick geht das Licht an, und die Haustür fliegt auf. Ich reiße die Augen auf, und Derek und ich springen auseinander, als wären wir bei viel mehr als nur beim Küssen erwischt worden. Ich fühle mich zurückversetzt in die neunte Klasse. Unsere Köpfe fahren herum zu Oliver, der die Tür aufhält, die Arme über seinem schwarzen T-Shirt verschränkt. Seine grünen Augen blicken zwischen mir und Derek hin und her.

„Tut mir leid. Ich wusste nicht, dass ihr hier draußen seid“, sagt er, obwohl er überhaupt nicht aussieht, als ob es ihm leidtut.

„Ein Gentleman begleitet seine Verabredung bis zur Tür“, sagt Derek und lächelt mich an.

Ich erwidere sein Lächeln. „Danke für den schönen Abend.“

„War mir ein Vergnügen. Ich ruf dich morgen an. Vielleicht können wir das bald mal wiederholen?“

Ich werfe Oliver einen Seitenblick zu, der schamlos unsere Unterhaltung mit anhört, und funkele ihn wütend an, bevor ich wieder Derek ansehe. „Gern. Ruf mich an.“

Ich warte, bis er den halben Weg zu seinem Auto zurückgelegt hat, bevor ich mich mit zusammengekniffenen Augen wieder zu Oliver wende. „Und? Wolltest du nicht gerade gehen?“

„Nein, ich habe nur Geräusche hier draußen gehört und wollte nachsehen, was los ist.“

Seine Augen funkeln spitzbübisch, was mich nur noch wütender macht. Ich will an ihm vorbeirauschen, aber er packt mich am Arm und beugt sich zu meinem Ohr, und sein tiefes Raunen lässt mich von innen her verbrennen.

„Wann darf ich dich zu einem Date einladen?“, fragt er.

Mein Herz beginnt, wie verrückt zu hämmern, und ich reiße meinen Arm los. „Niemals.“

Ich höre ihn leise hinter mir lachen, als ich wie ein Angsthase die Treppe raufrenne und mir klar wird, dass ich Angst *habe*. Ich habe eine Scheißangst davor, Oliver in mein Leben zu lassen, weil ich beim letzten Mal kaum mit heilem Herzen davongekommen bin. Und ich frage mich, ob er das überhaupt weiß.

9. Kapitel

Während ich den ganzen Vormittag mit meiner Maklerin telefoniere, gelange ich zu einer Erkenntnis: Man kann zwar versuchen, sein Leben in eine bestimmte Richtung zu steuern, aber letztlich bestimmt der Wind, wohin es geht.

Was für eine beschissene Erkenntnis. Den restlichen Vormittag male ich vom Balkon meines Zimmers aus das Meer, dann packe ich meinen Kram zusammen und mache mich auf den Weg ins Krankenhaus. Dort angekommen gehe ich direkt zu Jens Büro und klopfe einmal an, auch wenn die Tür leicht offen steht.

„Herein!“, ruft sie, und ich stecke den Kopf hinein. Im Gegensatz zu den meisten anderen Klinikangestellten trägt Jen eine Stoffhose und eine Bluse – zumindest immer wenn ich sie sehe. Sie blickt auf und lächelt mich an, während sie einen Fleck von ihrer weißen Bluse wischt. „’tschuldigung. Dieser blöde Kaffee.“

„Das passiert immer, wenn man Weiß trägt“, sage ich, und sie lacht.

„Jedes Mal. Langsam sollte ich das doch gelernt haben.“

Ich schaue auf mein eigenes weißes Shirt hinab und zucke die Schultern. „Ich bin Malerin, also macht mir das nichts aus. Aber ich bin hergekommen, weil ich eine Frage habe.“

„Natürlich. Setzen Sie sich doch.“ Sie weist auf die Stühle ihr gegenüber, und ich lasse mich auf den ersten fallen.

„Vermutlich wird es nicht gehen, aber ich will zumindest fragen: Wäre es möglich, dass ich die Wände in der Kinderklinik neu gestalte?“

Jen zieht nachdenklich die Augenbrauen zusammen.

„Ich habe natürlich vollstes Verständnis, falls das nicht möglich ist, aber ich wollte wenigstens fragen."

„Nein, nein, wir müssen sowieso einige Patienten vorübergehend in einen anderen Trakt verlegen, weil wir eine neue Ausstattung bekommen. Also denke ich mal, es wäre möglich, wenn Sie diese Tage nutzen. Natürlich muss ich erst noch meinen Vorgesetzten fragen."

Ich könnte vor Freude kreischen. „Die Zimmer stehen dann leer?"

Jen betrachtet mein Gesicht und lächelt. „Was schwebt Ihnen denn vor?"

„Nun", beginne ich und knete nervös die Hände. Ich sollte diese Chance nutzen, auch wenn ich die ganzen Kosten selbst tragen und meine ganze Zeit opfern würde. „Ich würde das alles ehrenamtlich machen. Sie müssen mich dafür nicht bezahlen. Aber wenn ich noch ein paar Freunde mitbringe, können wir wirklich etwas Tolles machen."

Einen Augenblick lang sagt sie nichts, bindet nur ihre strohblonden Haare zu einem Pferdeschwanz. „Sie würden die Kosten für Material und Ihre Helfer tragen?"

„Selbstverständlich", antworte ich sofort.

Jen schweigt weiterhin, während sie mein Gesicht länger betrachtet, als mir lieb ist, aber ich halte ihrem Blick stand, und meine Hände verkrampfen sich ineinander, während ich auf ihre Antwort warte.

„Sie wollen das unbedingt tun", stellt sie schließlich fest. „Warum?"

Ich atme laut aus und lasse die Schultern hängen. „Brauche ich denn einen Grund?"

„Vermutlich nicht", erwidert sie achselzuckend. „Aber es gibt nicht viele Leute, die das pro bono tun würden."

„Ich bin nicht viele Leute", antworte ich lächelnd. „Wenn Sie möchten, spreche ich selbst mit Ihrem Vorgesetzten."

Sie schüttelt den Kopf. „Ich rufe ihn gleich an. Ich kann mir nicht vorstellen, dass er etwas dagegen hat. Er sagt schon seit Jahren, dass dieser Trakt mal generalüberholt werden müsste. Sobald ich seine Antwort habe, schicke ich Ihnen eine Nachricht."

„Vielen Dank. Ich freue mich, von Ihnen zu hören." Ich stehe auf und gehe zur Tür.

„Estelle", ruft sie mir hinterher. Ich drehe mich um, und sie schenkt mir ein Lächeln. „Es sollte mehr Menschen wie Sie geben."

Ihre Worte zaubern mir ein stolzes Lächeln auf die Lippen. Mein Leben ist vielleicht chaotisch und schwierig, aber meistens gehe ich abends mit dem schönen Gefühl schlafen, dass ich vielleicht das Leben wenigstens eines Menschen besser gemacht habe. Es tut gut, wenn jemand anderem genau das auffällt. Ich bedanke mich bei ihr und gehe schnell auf die Kinderstation, um mich nicht lächerlich zu machen, weil ich losheule oder so. Dort sehe ich als erstes Oliver. Er steht mit dem Rücken zu mir, die Hüfte lässig an den Stationstresen gelehnt.

Ich verstehe nicht, was er sagt, aber so wie die beiden Schwestern kichern, muss er Jim Carey alle Ehre machen. Kann ich nicht glauben. Oliver ist kein witziger Typ – auch wenn er es versucht –, aber die Frauen scheint das nicht zu stören. Mich eingeschlossen, zumindest früher. Am liebsten würde ich mit den Augen rollen, aber ich ringe mich zu einem breiten Grinsen durch und gehe grüßend vorbei. Es geht zu schnell, um Olivers Gesicht zu sehen, aber ich nehme wahr, wie er sich aufrichtet und vom Tresen wegdrückt.

Ich schaue mir den Raum, der mir zugeteilt wurde, genau an, mein Blick wandert von Staffelei zu Staffelei und zu den Behältern daneben. Ich hefte ein weißes Blatt an jede Staffelei und blicke auf, als ich höre, wie die Tür geöffnet wird. Gemma, eine mollige, rothaarige Krankenschwester, schiebt einen Rollstuhl herein. Ich habe die Kinder bei meinem letzten Besuch kennengelernt und weiß, dass das hier Johnny ist, ein 13-jähriger

Junge mit Zerebralparese. Ich begrüße ihn und danach Danny, Mae und Mike – alle gerade mal Teenies –, die alle Krebs haben.

„Alle startklar?“, frage ich lächelnd.

Sie nicken, aber keiner sagt was. Natürlich sind alle außer Johnny mit ihren Handys beschäftigt. Ich seufze, weil ich weiß, wie das weitergeht. Das passiert jedes Mal, wenn neue Teenager an meinem Nachmittagsprogramm im Atelier teilnehmen. Dadurch habe ich gelernt, dass Teenager wie neue Schuhe sind – unbequem und man muss sie erst mal eingewöhnen –, aber wenn das geschafft ist, hat sich jede einzelne Blase gelohnt.

„Wollt ihr erst eine langweilige, blöde Einführung ins Thema, oder wollt ihr gleich losmalen, bis diese Scheißpinsel qualmen?“, frage ich und habe direkt ihre Aufmerksamkeit gewonnen. Sie reißen die Augen auf, als könnten sie gar nicht glauben, dass ich das gerade wirklich gesagt habe.

Mike steckt sein Handy in die Hosentasche und schaut mich zum ersten Mal an. Schüchtern ist er nicht, denn seine grauen Augen scannen meinen Körper ab, als wäre ich ein Mädchen zum Anbaggern.

„Kann ich dich malen?“, fragt er. Lachend verneine ich. Ganz schön frech, der Kleine. Mae scheint wenig beeindruckt von dieser Anmache und verdreht die Augen, während sie ihr Handy wegsteckt und die Arme vor der Brust verschränkt.

„Okay“, fange ich an. „Punkt eins: Es werden keine Menschen gemalt. Punkt zwei: Ich merke schon, dass du gern Unruhe stiftest“, sage ich, während ich, eine Augenbraue hochgezogen, mit dem Finger auf Mike zeige. „Das lasse ich durchgehen, denn irgendwie mag ich Ärger … solange du mich nicht angräbst.“ Ich stehe mit dem Rücken zur Tür, sodass ich nicht sehe, ob noch andere Kinder reinkommen, aber ich rede tapfer weiter, selbst wenn ich alles vielleicht noch mehrmals wiederholen muss.

„Das ist tatsächlich eine meiner Regeln. Ja, es gibt Regeln“, sage ich zu Mike, als er stöhnt. „Erste Regel: Niemand gräbt die Lehrerin an. Zweite Regel: Jeder behält seine Hände bei sich." Ich schaue zwischen Mike und Mae hin und her, und als ich sie erröten sehe, bin ich froh, dass ich dieses Thema angesprochen habe. „Dritte Regel: Wir respektieren uns gegenseitig. Wir zeichnen alle anders, und wenn wir ehrlich sind, zeichnet nicht jeder gut, noch nicht mal ich. Also macht nicht die Bilder der anderen schlecht oder die Skulpturen oder was auch immer wir hier zustande bringen. Und zu guter Letzt: Dieser Raum ist wie Las Vegas. Hier darf über alles geredet werden. Wir schreien und schmieren Farbe auf die Leinwände, und niemand urteilt darüber. Verstanden?"

Alle nicken langsam.

„Ich habe eine Frage", kommt es von Mae, die auf einem Hocker vor einer Staffelei sitzt. Sie stellt das Gerät, das sie immer mit sich herumschleppen muss, so ab, dass es nicht im Weg steht, und schaut in mein erwartungsvolles Gesicht. „Sie sagten, Sie können nicht gut zeichnen, aber Sie sind doch Malerin. Gibt es da einen Unterschied?"

Bei dieser Frage muss ich lächeln. „Einen großen. Am besten kann ich Dinge mit meinen Händen herstellen. Normalerweise fertige ich aus Glasscherben kleine Skulpturen an."

„Aus Glasscherben?", fragt Mike mit aufgerissenen Augen.

„Genau."

„Was stellen Sie denn her?", will Danny wissen.

„Herzen."

„Sie machen Herzen aus Glasscherben?", fragt Mae nach Luft schnappend.

Ich nicke und drehe mich um. Als ich Oliver erblicke, der mit verschränkten Armen neben der Tür lehnt, hebe ich unwillkürlich die Hände an die Brust. Seine grünen Augen funkeln vergnügt, und als er sieht, was ich für ein Gesicht mache, grinst er breit.

„Was machst du denn hier?", frage ich, immer noch die Hand auf mein hämmerndes Herz gepresst.

„Alle meinen Patienten sind hier." Er löst die Arme und steckt schulterzuckend die Hände in die Kitteltaschen.

„Oh", sage ich und wende mich blinzelnd wieder den Kindern zu. „Wie dem auch sei, am besten zeige ich euch einfach, wovon ich rede." Ich gehe zu der Kiste, die ich beim letzten Mal mitgebracht habe und die auf dem Tisch neben Oliver steht. Als ich an ihm vorbeigreife, streift mein Arm seinen Oberkörper; ich höre, wie er Luft holt, und mache dasselbe. Reiß dich zusammen, Estelle! Ich schnappe mir die kleine Kiste und gehe zur anderen Seite des Raumes, damit ich der Gruppe gegenüberstehe und die Tür im Blick habe. Gemma kommt rein und flüstert Oliver etwas zu. Er nickt, bevor sie wieder geht.

„Pinkelpause", formt er lautlos mit seinen Lippen, als ich ihn das nächste Mal ansehe. Ich nicke, öffne die Kiste, nehme vorsichtig das Glasherz und den Ständer, auf dem es steht, heraus und stelle beides auf den Tisch.

„Oh mein Gott", sagt Mae. Sie reißt ihre blauen Augen auf, als sie es sieht. „Das ist von Ihnen?"

„Ja." Ich lächele stolz. Mein Blick wandert zu Oliver, der ebenfalls lächelt. Mein Herz setzt einen Moment aus, denn das ist nicht sein umwerfendes Lächeln, mit dem er Frauen beeindrucken will. Es ist vielmehr warm, beruhigend. Das Lächeln, das er einem nur schenkt, wenn er einem zustimmt oder stolz auf etwas ist, was man gemacht hat. Ich konzentriere mich wieder auf das Herz und nehme es in die Hand. Es ist nicht flach, sondern dreidimensional.

„Hammer", sagt Mike.

„Das ist wirklich schön", stimmt Danny ein.

„Danke. Diese Herzen sind mein Spezialgebiet. Die meisten Künstler sind für eine Sache bekannt. Warhol benutzte ein Siebdruckverfahren, um seine unverkennbaren Bilder von Campbell's-Suppendosen und von Marilyn Monroe zu schaffen. Romero Brito benutzt ausgefallene Farben, sodass man auf den ersten Blick genau weiß, von wem die Skulpturen und Bilder sind. Selbst wenn sie etwas völlig anderes machen würden, gäbe es einen Hinweis, dass es von ihnen stammt. Ich hab's nun mal mit Herzen. Ich male sie … forme sie … aber das hier ist mein Kaleidoskop-Herz, mein Markenzeichen."

„Oooh", gibt Mae von sich, als würde ihr jetzt erst aufgehen, was sie da vor sich hat. Sie streckt die Hand danach aus, überlegt es sich aber anders und lässt sie wieder sinken.

„Nimm es ruhig in die Hand", fordere ich sie auf.

„Nein, ich will es nicht kaputt machen. Es ist so schön."

„Nur keine Scheu. Es gehört sowieso dir. Dann kannst du dich genauso gut schon mal daran gewöhnen."

Mae reißt die Augen auf. „Ich kann es behalten?"

„Natürlich."

„Aber wenn es kaputt geht?", fragt sie, als sie das Herz zögernd vom Ständer nimmt. Sie dreht und wendet es, und das sich brechende Licht wirft kleine Regenbögen in den Raum.

„Nun ja", sage ich und schaue Oliver an, der seinen Blick nicht von mir abwendet. „Es ist ein Herz. Irgendwann bricht jedes Herz. Früher oder später kommt jemand, der es kaputt macht – warum dann nicht du selbst." Ich mache eine Pause, mein Herz schlägt wie wild, als Olivers Blick ernst wird. Ich bin davon wie hypnotisiert und versuche verzweifelt, dieser Intensität zu entkommen. „Außerdem", fahre ich fort und sehe wieder zu Mae, „kenne ich diejenige, die es hergestellt hat. Wenn es kaputt geht, besorge ich dir ein neues." Ich zwinkere ihr zu und klatsche in die Hände. „Jetzt geht's aber ums Malen."

Die nächste Stunde über scheint Olivers Blick Löcher in meinen Rücken zu bohren, aber ich schaue nicht zurück. Die Kinder malen verschiedene Dinge: Mae ein Herz, Mike das LA-Lakers-Logo, Danny einen Fisch. Sie kommen alle gut mit Pinsel und Leinwand zurecht. Ich gehe durch das Zimmer, helfe ihnen bei der Pinselführung und dabei, die Striche zu perfektionieren. Als die Stunde vorbei ist, bedanken sie sich bei mir und versichern mir, dass sie sich auf das nächste Mal freuen. Ich bin erleichtert und erfüllt, zumindest die drei Minuten, bis Oliver sich von der Wand abstößt und zu mir kommt, während ich mit Aufräumen beschäftigt bin.

„Zerbrochene Herzen", sagt er zähneknirschend. „Wie treffend."

„Es sind keine zerbrochenen Herzen, sondern Kaleidoskop-Herzen", verbessere ich ihn.

„Wo ist der Unterschied? Du stellst sie aus Scherben her."

Ich gehe ein Stück auf ihn zu, nah genug, um seinen warmen Atem auf meinem Gesicht zu spüren. Als ich den Kopf hebe, um ihn anzusehen, ballen sich meine Hände zu Fäusten.

„Der Unterschied ist, dass Scherben schon kaputt sind. Ich nehme sie, um etwas Neues zu erschaffen. Der Unterschied ist, dass das Herz eine zweite Chance hat, und vielleicht wird es wieder gebrochen, aber da es ja schon mal kaputt war, ist der Aufprall vielleicht nicht mehr ganz so schlimm."

Seine Augen untersuchen mein Gesicht, als suche er dort nach einer anderen Antwort. Wir blicken uns lange an – lang genug, dass mein Atem schneller geht und mein Herz rast. Lange genug, dass er mit seinen flinken Fingern meinen Nacken fasst, meinen Kopf abrupt zu sich zieht und seine Lippen auf meine presst. Meine Entschlossenheit ist schnell dahin, als ich meine Finger in seinem Haar vergrabe. Ich ziehe ihn näher zu mir, und unsere Zungen tanzen einen leidenschaftlichen Tango miteinander. Er stöhnt in meinem Mund, und ich spüre es bis in meinen Unterleib, wo es heftig brodelt. Ich weiß nicht, wann ich zuletzt so geküsst wurde. Es fühlt sich an, als würde ich auf den Wellen treiben und gleichzeitig untergehen, Luft holen und dann wieder untertauchen.

Als wir uns voneinander lösen, atmen wir beide heftig, und ich merke, wie ich erröte. Ich betrachte ihn noch einen Herzschlag lang – mit seinen zerzausten dunklen Haaren und dem Bartschatten sieht er echt zum Anbeißen aus. Mein Blick wandert über seine vollen Lippen und die leicht gebogene Nase zu dem kleinen Grübchen am Kinn und den intensiven grünen Augen, die mich vor langer Zeit in ihren Bann gezogen haben. Als ich mir unseres Kusses bewusst werde, trifft es mich wie ein Schlag aus dem Hinterhalt, und ich weiche zurück.

„Das hätte nicht passieren dürfen“, sage ich und verschwinde, bevor er etwas erwidern kann. Er läuft mir nicht hinterher, und das ist auch gut so, denn selbst wenn ein Teil von mir es sich wünscht, rechne ich nicht damit. Denn das hat er noch nie gemacht.

10. Kapitel

Vergangenheit

Oliver

Über Entwicklung lässt sich einiges sagen, insbesondere darüber, wie sich manchmal Schönheit entfaltet, wo man es am wenigsten erwartet hätte.

So ging es mir mit Estelle, als ich in jenem Jahr für die Sommerferien nach Hause kam. Ich hatte gerade die Schnapsleichen von Jenson und Junior zu Hause abgeliefert und dann vor Vics Haus geparkt. Sein Zustand war auch nicht viel besser als der von den beiden anderen. Ich hatte in jenem Jahr mit dem Trinken aufgehört, nachdem ich gelernt hatte, was das mit der Leber anstellt. Die Jungs hatten mich die ganze Nacht damit aufgezogen und Wetten abgeschlossen, wie lange ich meine Saufpause wohl durchhalten würde, als ich mich immer noch an dem einen Bier festhielt, das ich mir Stunden zuvor geholt hatte. Während sie damit beschäftigt waren, sich die Kante zu geben und ein paar fragwürdige Mädchen anzubaggern, bei deren Anblick sie garantiert am nächsten Morgen zusammenzucken würden, stellte ich mir schon mal vor, wie sich Trishs Kopf zwischen meinen Beinen auf und ab bewegte. Sie war kein fragwürdiger Aufriss, sondern ein Model und praktisch die fleischgewordene Playboy-Fantasie eines jeden Mannes.

Seufzend zog ich Vic hoch, denn ich wusste, ohne meine Hilfe würde er es nicht schaffen. Es nervte, dass ich den Babysitter für drei Kerle spielen musste, die normalerweise wussten, wann sie genug hatten. Aber in jener Nacht hatten sie sich alle benommen wie die Verbindungsluder, über die wir uns auf Partys immer lustig machten. Ich öffnete die Haustür, Vic lallte so etwas wie „danke“, und ich sah ihm hinterher, als er in sein Zimmer ging.

Kopfschüttelnd drehte ich mich wieder um, schloss die Tür und steckte die Schlüssel in einen der Blumentöpfe, die seine Mom vor dem Haus stehen hatte. Ich trottete die Stufen hinunter und musste lächeln beim Gedanken an Trish – ihre großen Möpse, ihr fester Hintern und die Erinnerung daran, wie sie mir einen geblasen hatte, noch so frisch, dass ich es fast noch spüren konnte. Als ich die Hausecke erreichte, stutzte ich, und mir wurde klar, dass ich nach Hause laufen musste. Das war kein Problem, meine Mom wohnte nur wenige Blocks entfernt, trotzdem überlegte ich, ob ich nicht lieber in dieses Haus zurückkehren und hier übernachten sollte. Da erregten kleine Schluchzer meine Aufmerksamkeit. Im ersten Moment dachte ich mir nichts dabei – es konnte alles Mögliche sein. Draußen war es dunkel und für normale Menschen längst Schlafenszeit. Aber nachdem mich ein Windstoß gezwungen hatte, mir die langen Haare wieder aus dem Gesicht zu streichen, hörte ich es wieder und blieb stehen.

Ich sah mich um und stellte fest, dass es von Vics Haus herkam. Ich erstarrte für einen Moment und hoffte, dass es nicht Mrs. Reuben war. Das letzte Mal, als ich versucht hatte, die weinende Mutter eines Freundes zu trösten, hatte sie sich an mich rangemacht und mich in eine unschöne Situation gebracht.

Widerstrebend schaute ich nach oben und sah eine kleine Gestalt auf dem Dach des Hauses sitzen. Bei dem Anblick hätte ich mich fast auf den Hosenboden gesetzt, zum Teil, weil ich den Hals so sehr reckte, um hochzusehen, aber vor allem, weil ich hätte schwören können, dass es Estelle war – nur, dass das nicht sein konnte. Das Mädchen, das dort oben saß, war kein Mädchen. Aber dann traf es mich wie ein Donnerschlag – *wann hatte ich Elle denn das letzte Mal gesehen?* Ich kniff die Augen zusammen, um mehr erkennen zu können, aber vergeblich. Also ging ich hinters Haus und kletterte auf die Eiche, auf die ich aus den verschiedensten Gründen schon eine Million Mal geklettert war, und stieg auf das Dach. Sie saß mit hängendem Kopf da, ihr langes, welliges Haar fiel ihr über die Schultern und verdeckte ihr Gesicht.

Als ich mich neben sie setzte, schreckte sie mit einem Quietschen hoch, und ihr Kopf fuhr zu mir herum. In ihrem vom Kummer gezeichneten Gesicht sah ich Angst. Ich kannte Estelle, seit ich dreizehn war, und so hatte ich sie noch nie zuvor gesehen. Nicht einmal, als sie nicht die Hauptrolle im Nussknacker bekommen hatte, für die sie monatelang geübt hatte. Sofort ging ich davon aus, dass der Grund für ihre Tränen Liebeskummer war, und mein Blut begann zu kochen bei dem Gedanken, dass irgendein Waschlappen ihr das angetan hatte.

„Was ist denn los?", fragte ich, und sie wischte sich die Tränen ab und schüttelte den Kopf. Ihr Gesicht war nun nicht mehr nass, abgesehen von der Vertiefung über ihren Lippen. Bis dahin war mir noch nie aufgefallen, wie voll sie waren. Auch nicht ihre rosigen, ausgeprägten Wangenknochen, und wie sich ihre Augenbrauen leicht kräuselten, als sie mich ansah. Ich hatte nie bemerkt, wie wahnsinnig faszinierend ihre Augen waren. Die unterschiedlichen Farbtöne ließen sie aussehen wie die Murmeln, die ich als kleiner Junge gesammelt hatte. Mein Blick wanderte hinunter zu ihrem Hals, wo ich sah, wie sie schluckte, und dann über ihre Brüste, die jetzt rund waren – nicht wie beim letzten Mal, als ich sie im Badeanzug gesehen hatte und sie noch flachbrüstig gewesen war. Heiliges Kanonenrohr, war dieses Mädchen heiß!

Ihr Räuspern ließ meine Augen wieder zu ihren fliegen und beendete deren voyeuristische Reise über ihren erwachsen gewordenen Körper.

„Du bist so erwachsen geworden", rutschte es mir raus, ehe ich es verhindern konnte, und ich erschrak selbst über meine

Stimme: geil, heiser und scheißverzweifelt. Ich rechnete damit, dass sie die Augen verdrehte, wie sonst immer, wenn ich etwas zu ihr sagte, aber dieses Mädchen – dieses verflixte Mädchen – sah mir ins Gesicht und lächelte mich so sexy an, wie noch nie irgendjemand zuvor. Dabei war ich gerade erst auf einer Party gewesen, wo es von heißen, lächelnden Girls nur so gewimmelt hatte, aber Elles Lächeln breitete sich langsam aus und war so unglaublich sinnlich, ohne dass sie es darauf anlegte. Es war einfach ihr Lächeln, das ich schon immer an ihr kannte. Aber dieses Lächeln an dieser erwachsenen Ausgabe von ihr gehörte schlichtweg verboten.

„Baggerst du mich etwa an?", fragte sie mit einer lasziven Stimme, die mich völlig überraschend traf.

„Kommt drauf an", sagte ich und rutschte ein Stück näher, wobei ich irgendwie komplett vergaß, dass ich bei meinem besten Freund zu Hause und das hier seine kleine Schwester war. Flüchtig kam mir der Gedanke, dass Vic uns erwischen könnte, aber ich verdrängte ihn. In jenem Moment, unter dem Sternenhimmel mit einer traurigen Estelle, konnte ich an nichts anderes denken als daran, sie aufzuheitern.

„Worauf denn?", flüsterte sie.

„Ob es funktioniert oder nicht", flüsterte ich zurück, während ich die Hand hob und damit über ihren Rücken strich – was ich lieber hätte lassen sollen, denn jetzt wusste ich, dass Elle unter ihrem weiten Pulli keinen BH trug, und dieses Wissen löste ein unerwartet heftiges Verlangen in mir aus.

Sie schüttelte leicht den Kopf, und ihre Augen schnellten zwischen meinen Augen und meinem Mund hin und her, als würde sie tatsächlich daran denken, wie meine Lippen ihre berührten. Dieser Gedanke gefiel mir leider viel zu gut.

„Tut es nicht", sagte sie schließlich.

„Warum hast du geweint?", fragte ich, nahm ihr Haar zusammen und strich es ihr hinters Ohr, um sie besser sehen zu können. Ein Zucken ihres ausgestreckten Beins erregte meine

Aufmerksamkeit, und mir fiel auf, dass sie eine Knieschiene trug.

„Was ist denn passiert?"

„Ich habe mir beim Tanztraining zum vierten Mal das Knie verdreht, und als ich heute beim Arzt war – in der Annahme, die Schiene würde in ein paar Wochen abkommen, wie beim letzten Mal –, sagte er mir, mein Kreuzband wäre gerissen und ich könne nicht mehr tanzen", flüsterte sie mit rauer Stimme. Als sie den Blick abwandte, konnte ich sehen, wie ihre Augen wieder feucht wurden. „Nie mehr. Mein Traum, auf die Juilliard School zu gehen, ist geplatzt wie eine Seifenblase. Nicht, dass ich wirklich eine Chance gehabt hätte, zugelassen zu werden, aber jetzt habe ich nicht mal mehr die Möglichkeit."

Mir fehlten die Worte. Die einzigen beiden Sachen, die Estelle in ihrem Leben machte, waren Tanzen und Malen, aber das Tanzen war ihre große Leidenschaft. Es brachte sie zum Strahlen. An jeder ihrer Bewegungen konnte man sehen, was es ihr für ein Gefühl gab und wie sehr sie es liebte.

„Du hast doch noch ein Jahr Schule vor dir, Elle. Schließ es nicht gleich ganz aus. Du hast selbst gesagt, es ist schon mal passiert", sagte ich, umschloss mit den Händen ihr Gesicht und wischte mit dem Daumen eine verirrte Träne fort. Sie sah mich wieder an und schüttelte den Kopf, wich aber nicht zurück.

„Nicht so, Bean", flüsterte sie und leckte sich die Tränen von den Lippen. „Dieses Mal ist es aus für mich. Ich weiß es einfach."

Ich zog ihr Gesicht an meine Brust, hielt sie ganz fest und ließ sie mein Shirt vollheulen, denn etwas anderes konnte ich nicht tun.

„Das tut mir so leid, Küken", murmelte ich und drückte ihr einen Kuss auf den Scheitel. Man hätte es als eine brüderliche Geste ansehen können, hätte ich nicht dabei die Augen geschlossen, den Duft ihres Haars eingeatmet und mir vorgestellt, wie es sich auf meinem Kopfkissen ausbreitet.

Sie löste sich von meiner Brust, rieb sich das Gesicht und blickte zu mir auf. Ihre Wimpern klebten noch zusammen, als sie blinzelte. „Warum bist du überhaupt hier? Solltest du nicht auf einer von diesen beknackten Partys sein, von denen ihr immer redet?"

„War ich auch. Ich habe Vic heimgefahren und dich weinen gehört."

Sie nickte knapp, sah kurz weg und dann wieder zu mir. „Ich bin also so erwachsen geworden", wiederholte sie meine Worte und lächelte mit einem Funkeln in den Augen, das nicht nur in meiner Brust, sondern auch in meiner Hose ein Gefühl der Enge hinterließ.

„Allerdings."

Ihr Gesicht näherte sich mir wieder, sodass wir den Atem des anderen spüren konnten. Wenn einer von uns sich noch einen Zentimeter vorgebeugt hätte, hätten sich unsere Lippen berührt, und Gott, wie sehr ich mir das wünschte.

„Was denkst du?", fragte sie leise.

„Sachen, an die ich nicht denken sollte", gab ich zurück. Mein Blick fiel wieder auf ihren Mund, und ich fragte mich, wie er sich anfühlen würde.

„Zum Beispiel?" Ihr Atem kitzelte meine Lippen.

Ich schloss die Augen und lehnte mich ein winziges Stück zurück. „Zum Beispiel Sachen, die ein Neunzehnjähriger nicht über eine Sechzehnjährige denken sollte."

„Du tust so, als wärst du so viel älter als ich." Wir flüsterten beide immer noch, um diese verrückte Sache, was sie auch immer war, geheim zu halten. Ich war überzeugt, dass das Knistern in der Luft zwischen uns jeden in der Nachbarschaft wachrütteln musste.

„Ich bin alt genug, um es besser zu wissen", antwortete ich, beugte mich zu ihr, berührte sanft ihre Lippen mit meinen und streifte dann bis zu ihrem Mundwinkel darüber, wo ich einen Kuss hinterließ.

„Ich habe mich immer gefragt, wie sich das anfühlen würde." Sie gab einen langen Atemzug von sich, während meine Lippen über ihre wanderten.

„Du hast noch nie einen Jungen geküsst?" Erschrocken fuhr ich hoch. Was zum Geier stimmte mit den Typen in ihrer Schule nicht? Ich hatte sie ja nicht mal geküsst. Jedenfalls nicht richtig.

Elle lachte leise. Sie sah mich an, als wäre mir ein zweiter Kopf gewachsen. „Ich meinte, wie es sich anfühlen würde, *dich* zu küssen." Sie lächelte verlegen und blickte an die Stelle zwischen uns hinunter, wo sich unsere Hände berührten.

„Darüber hast du nachgedacht?", fragte ich und wünschte, ihr Geständnis würde mich nicht so freuen.

„Des Öfteren", sagte sie und versuchte, ihrerseits ein Lächeln zu unterdrücken.

Ich stieß einen Seufzer aus, fuhr mir mit einer Hand durch die Haare und drehte mich zu ihrem offenen Fenster um. Ich musste das Thema wechseln. Ich durfte nicht daran denken, dass sie davon geträumt hatte, mich zu küssen, oder dass ich plötzlich so viel mehr als das mit ihr tun wollte. „Ich kann nicht glauben, dass du mit dieser Schiene hier rausgeklettert bist. Lass mich dir wieder reinhelfen."

Ich streckte meine Hände nach ihr aus und half ihr auf, wobei ich in die Ferne blickte und meine Aufmerksamkeit auf das Rauschen des Ozeans hinter uns lenkte – alles, nur um nicht auf sie hinabzusehen. Wir hielten uns immer noch an den Händen, und ich konnte ihren Blick auf mir spüren. Ich wusste, wenn ich sie ansah, würde ich sie küssen – richtig küssen –, mit meiner Zunge in ihren Mund eintauchen und dabei an dieser vollen Unterlippe saugen. Ich wusste es. Ich wollte es so sehr. Aber ich durfte es nicht. Das wäre weder ihr noch Vic gegenüber fair gewesen.

„Bist du bereit?" Seufzend zog ich sie an den Händen zu ihrem Fenster und sah zu, wie sie hineinkletterte, ohne sich nach mir umzudrehen. Als ich ihr eine gute Nacht wünschte und mich zum Gehen wandte, rief sie mir nach. Also kehrte ich zurück, steckte den Kopf in ihr Fenster und hielt mich am Rahmen fest.

„Kommst du morgen wieder?", fragte sie mit großen, hoffnungsvollen Augen.

Ich hoffte, irgendwas würde mich ermahnen, dass das keine gute Idee war, dann atmete ich aus und sah sie wieder an. „Ich kann mir nichts vorstellen, was ich lieber täte." Und so war es wirklich. In jenem Monat kam ich jede Nacht zu ihr, wenn ich mit den Jungs weg gewesen war, und erzählte ihr von unseren Abenteuern. Die meisten meiner Geschichten waren gespickt mit Warnungen, was Mädchen auf Partys auf keinen Fall tun sollten. Obwohl ich mich so sehr zu ihr hingezogen fühlte, gab ich ihr also dennoch ein paar Ratschläge, die denen eines älteren Bruders würdig gewesen wären.

Estelle machte es mir schwer, mich von ihr fernzuhalten, also kehrte ich Nacht für Nacht zurück. Ich liebte unsere unbeschwerten Gespräche über Gott und die Welt. Ich liebte es, wenn sie sagte, meine Witze seien scheiße, und wie ihre Augen aufleuchteten, wenn endlich mal ein guter dabei war. Aber in manchen Nächten lehnte sie sich an mich und fragte, ob ich sie küssen würde, wenn sie achtzehn wäre, und was ich tun würde, wenn sie eine Fremde in einem meiner College-Kurse wäre. Bei solchen Fragen konnte ich kaum noch klar denken und versuchte, ihnen mit einem Lächeln oder Lachen auszuweichen. Ich sagte ihr nie, dass ich sie, wenn sie eine Fremde in einem meiner Kurse wäre, so sicher vernaschen würde wie das Amen in der Kirche. Ich sagte nicht, dass ich, wenn sie achtzehn wäre, die Regel brechen und mit den Konsequenzen leben würde. Dafür erzählte ich ihr, dass ich mich normalerweise mit älteren Frauen traf, weil sie weniger kompliziert waren und nicht so viel erwarteten. Ich war viel zu sehr mit dem Lernen und den ganzen College-Erfahrungen beschäftigt, um mich fest zu binden. Sie sah mich immer böse an, wenn ich solche kleinen

Andeutungen fallen ließ, als wollte sie mich herausfordern und meine Abneigung gegen eine echte Beziehung umkehren. Fast wünschte ich mir, sie würde sich dieser Herausforderung stellen, nur um zu sehen, wie ernst es ihr wäre, obwohl ich wusste, dass das am Ergebnis nichts ändern würde.

11. Kapitel

Gegenwart

Estelle

„Du hast *was* gemacht?“, fragt Mia fassungslos, und ich muss mir einfach die Hände vors Gesicht schlagen.

„Ich weiß“, murmele ich.

„Sieh mich an! Ich will sehen, wie es dir wirklich damit geht, denn, lass dir gesagt sein, ich bin entsetzt.“

Ich nehme die Hände vom Gesicht und schaue sie an, bemüht, meine Gesichtszüge unter Kontrolle zu halten und beim Anblick ihres Gesichtsausdrucks nicht loszulachen.

„Oh mein Gott. Es hat dir gefallen. Ich dachte, er hätte dich mit dem Kuss überrumpelt und du wärst stinksauer, aber es hat dir offensichtlich gefallen! Bist du wahnsinnig, Elle?“

Meine Miene verfinstert sich.

„Nein, ernsthaft“, fährt sie fort. „Ich finde es toll, dass du dein Leben weiterlebst, aber *Bean*? Es gibt Tausende andere Männer da draußen.“

„Jaja, ich weiß“, grummele ich frustriert. „Ich fasse es nicht, dass ich ihn geküsst habe. Zumindest bin ich diesmal als Erste gegangen.“

„Vermutlich“, sagt sie leise.

„Vermutlich?“, erwidere ich sofort.

„Es ist nur … beim letzten Mal bist du auch gegangen, und du weißt ja, wohin es dich geführt hat.“

„Zu einem neuen Freund und späteren Verlobten?“

„Wyatt war nur ein weiterer schrecklicher Rückschlag, aber

ich will nicht schlecht über jemanden reden, der sich nicht mehr verteidigen kann."

Ich atme hörbar aus und zucke mit den Schultern, weil ich dieses heiße Eisen jetzt nicht anpacken will. Als ich Wyatt kennenlernte, diesen älteren – sehr viel älteren – Mann, rückten meine Freunde und Familie an zweite Stelle. Ich wurde so, wie ich nie wegen eines Mannes werden wollte, aber er war nicht irgendein Mann, sondern so viel mehr. Er war mein Mentor, mein Freund, mein Liebhaber, und auch wenn er ein wenig ein Kontrollfreak war und ich wegen ihm hin und wieder ganz schöne Stimmungsschwankungen hatte, liebte er mich doch. Er war gut zu mir.

„Ich will nicht über Wyatt sprechen", sage ich.

„Das willst du nie", kontert Mia, eine Augenbraue nach oben gezogen. Ich weiß, dass sie mich provozieren will – so lange, bis ich die Kontrolle über mich verliere –, denn ihre Worte lösen etwas in mir aus, mit dem ich nicht umgehen kann.

„Ich will jetzt nicht streiten, Meep."

„Weil du weißt, dass du diesen Kampf nicht gewinnst."

„Ich kann das jetzt nicht", beende ich das Ganze, stürze den Rest meines Weins in einem Zug herunter und stelle das Glas klirrend zurück. Ich nehme einen Geldschein heraus und werfe ihn auf den Tisch.

„Wegen dem Quatsch haust du jetzt ab?", rudert sie zurück.

„Ich hab noch was zu tun, bevor ich heute Abend zu Felicia zum Essen eingeladen bin, und außerdem bin ich nicht in Stimmung, um mit dir jetzt darüber zu diskutieren."

„Wie willst du denn ein neues Leben anfangen, wenn du weiterhin jede verdammte Woche bei seinen Eltern zum Essen gehst?"

Mir klappt die Kinnlade herunter. Ich fasse nicht, dass sie so weit geht, obwohl sie weiß, wie sehr mich das ärgert. Ich versuche, meinen Puls wieder unter Kontrolle zu bringen, aber je länger ich dastehe, umso unmöglicher wird das.

„Wenn ich das nächste Mal deinen Rat brauche, frage ich dich danach. Du solltest lieber nicht so eine große Klappe haben! Dein Ex hat dich verlassen, um seine Ex zu heiraten, und du hast mit seinem Onkel angebandelt! Wie bescheuert ist das denn?“ Ich schreie schon fast.

„Ich wusste nicht, dass er sein Onkel ist!“ Sie knallt die Hände auf den Tisch und steht auf, sodass es aussieht, als wären wir im Ring und der Tisch der Ringrichter.

„Ich … ich …“, ich lege mir die Hände auf den Kopf, um die sich anbahnenden Kopfschmerzen wegzudrücken. „Ich muss los. Das … das ist mir jetzt zu viel.“ Ich bereue jetzt schon, was ich ihr an den Kopf geknallt habe. Das hat sie nicht verdient, das ist mir klar, aber verdammt! Sie weiß genau, wie sehr ich es hasse, wenn sie von Wyatt anfängt. Selbst als er noch lebte, habe ich nach einiger Zeit nicht mehr mit ihr über ihn gesprochen, denn es endete immer in einem riesigen Streit.

Als ich bei Victors Haus ankomme, habe ich beschlossen, dass ich alles und jeden hasse, und bete inständig, dass mir niemand über den Weg läuft, denn ich habe so viel Wut in mir angestaut, dass jeder wild gewordene Stier harmlos dagegen ist. Die Tür fällt knallend hinter mir zu, und ich stürme zur Treppe, ohne die Stimmen in der Küche zu beachten.

„Elle?“, ruft Vic.

„Ja. Bin nur kurz da. Was holen“, rufe ich zurück und schließe die Zimmertür hinter mir. An sie gelehnt sacke ich zusammen und komme mir wie ein Teenager vor, der sich vor seinen Eltern versteckt. Ich bemühe mich, einen klaren Kopf zu bekommen, bevor die unvermeidlichen Schritte die Treppe heraufkommen. Kurz darauf ein Klopfen, ich seufze, gebe nach und öffne die Tür. Das bereue ich sogleich, denn Oliver steht davor, mit nichts als Badeshorts und einem Lächeln auf den Lippen. Dem Drang, meinen Blick über seinen nackten Oberkörper schweifen zu lassen, gebe ich nicht nach. Da können meine Augen machen, was sie wollen. Und meine

Hände auch – sie werden seine zerzausten braunen Haare nicht aus seiner Stirn streichen.

„Was willst du?“, frage ich und versuche gar nicht erst, meine schlechte Laune zu verbergen.

Sein Lächeln erstirbt, er runzelt die Stirn und verschränkt die Arme vor der Brust. Ich sehe gar nicht erst zu seinen durchtrainierten Armen. Ich weigere mich.

„Welche Laus ist dir denn über die Leber gelaufen?“, hakt er nach, und ich versuche, ihm die Tür vor der Nase zuzumachen, aber er hält sie mit der Hand auf. Ich räuspere mich verärgert.

„Für so was habe ich jetzt keine Zeit, Oliver. Wenn du mir auf die Nerven gehen willst, komm nach neun wieder“, grummele ich, während ich auf seine nackten Füße schaue. Sie sind vermutlich der unattraktivste Teil an ihm, aber das haben Füße ja so an sich.

„Gut“, sagt er und drückt die Tür auf, um hereinzukommen.

„Was tust du da?“

„Dir auf die Nerven gehen.“

„Ich sagte ‚nach neun‘. Es ist zwanzig vor sieben, und ich muss los.“ Ich schnappe meine Tasche vom Boden, in der lauter Bilder von Wyatt sind.

„Wohin? Noch ein Date?“, will er wissen, während er durch mein Zimmer geht, alles Mögliche anfasst und alles begutachtet – sogar den rosa BH, der über meinem Stuhl hängt. Er bleibt stehen und starrt ihn an.

„Könnte man so sagen.“ Ich wende mich zum Kleiderschrank und sehe die Klamotten durch, um etwas Angemesseneres zu finden. Das schwarze Shirt, das ich trage, ist rückenfrei und deshalb nichts, das ich im Haus von Wyatts Eltern tragen würde, wenn er nicht dabei sein kann.

„Was du anhast, gefällt mir“, raunt Oliver mir heiser ins Ohr, und ich fahre herum, ganz schnell, mit erhobenen Händen, um ihn notfalls wegzuschieben, bin aber völlig perplex, als meine Nase auf seiner Brust landet und ich seinen Geruch einfach einatmen muss. Er riecht nach Salzwasser und seinem natürlichen Körpergeruch, süß, aber doch männlich. Ich habe nur eine halbe Sekunde gezögert, aber das reicht schon, damit er seine Hände auf meine legt. Er drückt sie auf seine warme Brust, und ich atme schneller.

„Sieh mich an, Elle“, sagt er mit dieser herrlich tiefen, fordernden Stimme, die mich vor langer, langer Zeit einst so durcheinandergebracht hat. Ich kann nicht anders, als meinen Kopf in den Nacken zu legen und ihm meine Aufmerksamkeit zu schenken. „Vergiss diese Deppen, mit denen du ausgehst. Geh mit mir aus.“

Mein Herz schlägt noch schneller, wenn das überhaupt geht, und schiebt alle Warnungen vor der drohenden Katastrophe beiseite. Ich verlagere meine Aufmerksamkeit auf das Poster neben uns, aber das Bild eines knutschenden Pärchens lässt meinen Blick zurückschnellen zu seinen dunklen grünen Augen, die tief in meine sehen. Mein Magen schlägt Purzelbäume – wie immer, wenn er mich so ansieht. Ich versuche, meine Hände zurückzuziehen, denn diese Gefühle machen mir Angst, und damit kann ich gerade nicht umgehen, aber er verstärkt seinen Druck, führt sie zu seinem Mund und küsst die Spitze meines Ringfingers. Warum wollte er ausgerechnet diesen Finger küssen? Ich ziehe stärker, und endlich lässt er los.

„Ich kann nicht“, sage ich, meine Stimme ist eher ein Krächzen.

Unzählige Gefühle blitzen in seinen Augen auf, bevor es auf Entschlossenheit hinausläuft, sodass ich einen Schritt zurückgehen muss – weg von seinem Geruch, seiner Wärme.

„Warum nicht?“

Ich seufze und kann meinen Blick von ihm endlich lösen, um ihn wieder auf seine Füße zu richten. „Es geht einfach nicht.“ Er weiß genau, warum. Er hätte das nicht fragen sollen. „Was macht Vic eigentlich?“

Sein Körper kommt so schnell auf meinen zu, dass ich gar

nicht reagieren kann, als seine großen Hände meine Arme packen und sein Gesicht näher kommt, bis seine Nase meine berührt. Ich starre ihn einfach nur an, mit großen Augen, warte darauf, dass seine Lippen das letzte Stückchen überbrücken, aber das tun sie nicht. Er sieht mich nur an … sein Atem auf mir … mein Atem auf ihm, dann stöhnt er. Und dieses blöde Stöhnen überwindet die Entfernung zwischen uns und kriecht in mich, legt sich um jede Faser meines Seins.

„Was willst du, Oliver?“, flüstere ich an seinem Mund. „Was willst du von mir? Willst du mich küssen? Willst du mit mir ins Bett? Willst du wie ein Wirbelwind durch mein Leben fegen und alles zerstören, was ich mir aufgebaut habe, bevor du wieder verschwindest?“

Seine Lippen berühren sanft meine – nur der Hauch einer Berührung – und doch so innig, als wolle er mich verschlingen. Will er natürlich nicht. So weit geht er nie. Er wirft nur den Köder aus, holt mich ein und durchtrennt dann die Leine. Wie erwartet lässt er los und ist so schnell von mir fort, wie er gekommen ist. Tief in mir spüre ich einen stechenden Schmerz und verfluche mich dafür.

„Tut mir leid“, sagt er leise und schüttelt den Kopf so, dass seine Haare vor und zurück fliegen. Seine Augen ruhen sanft auf meinen, und ich kann seine Gedanken beinahe hören: *Ich hätte sie niemals küssen dürfen. Ich hätte sie niemals …*

Dennoch ziehe ich meine Augenbrauen vor Überraschung über seine Entschuldigung nach oben. So vieles könnte ich jetzt zu ihm sagen, aber der geschlagene Ausdruck in seinem Gesicht bringt mich dazu, den Mund zu halten. Ich atme schließlich tief durch und drücke mich von der Wand ab, um direkt vor ihm zu stehen, natürlich mit genügend Abstand, damit wir gar nicht erst in Versuchung kommen, einander zu berühren.

„Ist schon gut, aber … tu das nie wieder. Der Kuss neulich war ein Ausrutscher …“ Ich verstumme und gehe um ihn herum, lege den BH weg und wühle durch das Schubfach mit meiner Unterwäsche, als würde ich nach einem Schatz buddeln oder so. Als ich ihn dieses Mal zu mir kommen spüre, lasse ich den Kopf sinken und seufze. Er sollte wirklich aufhören, sich von hinten an mich heranzuschleichen.

„Oli…", fange ich an, muss dann aber nach Luft schnappen, als ich seine warmen Lippen auf meinem Nacken spüre, weich und warm. Mein Herz schlägt wie wild, und ich stehe wie angewurzelt da, meine zitternden Hände noch im Schubfach. Ich schließe die Augen und konzentriere mich aufs Atmen, als er einen weiteren Kuss direkt neben den ersten setzt. Ich wusste gar nicht, dass ich am Nacken so empfindlich bin. Es jagt mir Schauer über die Arme und durch meinen ganzen Körper.

„Es war kein Ausrutscher", flüstert er heiser, und ich bekomme eine Gänsehaut. „Du warst nie ein Ausrutscher. Willst du, dass ich deinen Bruder um ein Date mit dir bitte? Ist es das?"

Ich ziehe die Hände aus der Schublade, um mich auf der Kommode abzustützen, und mir entfährt ein Stöhnen.

„Dieses Geräusch", er stöhnt ebenfalls, als er sich von hinten an mich drückt. Ich spüre die Härte seiner Brust … seine Härte … an mir. „Dieses verfluchte Geräusch raubt mir den Verstand, Elle", sagt er und saugt zärtlich an meinem Nacken. Ich fange an zu keuchen, und es stört mich noch nicht einmal. Ich weiß nicht mehr, was ich will. Ich weiß nicht, was ich brauche und ob das eigentlich wichtig ist, wenn Oliver mich so etwas fühlen lässt. Ich habe noch nicht mal Zeit für Gewissensbisse, denn nicht einmal dieses Gefühl hat im Moment Platz. In mir erwacht die Lust, und mein Herzschlag stolpert weiter vor sich hin, während seine Lippen mich wieder und wieder berühren.

„Ich halte das nicht noch einmal aus", flüstere ich zitternd. „Ich kann … Oh Gott, du musst damit aufhören." Ich stöhne, als seine Hände meine Taille herabgleiten und seine Fingerspitzen meine bereits harten Brustwarzen streifen.

Er presst sich erneut gegen mich, drückt mich gegen die Kommode. „War ich in deinen Augen ein Ausrutscher?"

„Oliver“, wimmere ich leise, dennoch bittend. Mir gehen die Augen über, als seine Hände mich sinnlich necken – auf und ab wandern und streicheln – ohne Eile … als hätte er alle Zeit der Welt für diese Verführung. Als wüssten wir beide nicht, dass alles vorbei ist, sobald er dieses Zimmer verlässt … wie immer.

„Was willst du, Elle? Willst du, dass ich dich küsse? Willst du, dass ich mit dir schlafe? Willst du behaupten, dass *ich* wie ein Wirbelwind durch dein Leben fege?“ Seine Stimme klingt kehlig, als er sich an meinem Hintern reibt. Ein weiteres Stöhnen entschlüpft mir.

Plötzlich kommen seine Worte bei mir an, und ich reiße die Augen auf. Augenblicklich entziehe ich mich seiner Umarmung, drehe mich um und funkele ihn an. Sein Blick ist verhangen, seine Haare sind verwuschelt und so sexy. Himmel, alles an ihm ist sexy. Oliver Hart ist das lebende Beispiel für sexy, aber ich bin stinksauer und lasse mich davon nicht beeindrucken.

„Bin ich etwa der Wirbelsturm?“, frage ich und zeige auf mich. *„Ich?“* Ich werfe einen Blick auf die Uhr, die auf der Kommode steht, und bemerke, dass ich bereits spät dran bin wegen diesem … was auch immer wir gerade machen.

„Etwa nicht?“, hält Oliver dagegen.

„Du spinnst.“ Ich gehe wieder zum Schrank, drehe Oliver den Rücken zu, um mein Shirt auszuziehen. Ich höre, wie er scharf die Luft einzieht, aber ich genieße das nicht so, wie ich es normalerweise tun würde. Ab sofort ist er bei mir ganz offiziell wieder unten durch.

„Nein. Du spinnst, Estelle“, erwidert er, kommt auf mich zu, sodass er wieder hinter mir steht und ich seine Stimme direkt an meinem Ohr höre. Diesmal fasst er mich nicht an. „Du bist so unglaublich durchgeknallt, und genau jetzt will ich nichts mehr, als dich zu berühren und dich um den Verstand zu vögeln.“

Ein Schauder durchläuft meinen ganzen Körper, während ich mir ein anderes Oberteil anziehe. „Das wird nicht passieren.“

„Nicht jetzt, aber irgendwann. Geh nicht zu diesem Date“,

sagt er. Das sanfte Bitten in seiner Stimme erweicht mich ein wenig, und ich drehe mich zu ihm um.

„Warum nicht? Warum sollte ich nicht zu einem Date gehen?"

„Weil", er atmet durch und fährt mit einer Hand durch seine Haare. Sein Blick schweift schnell durch mein Zimmer, als stünde die Antwort irgendwo an der verfluchten Wand. Als meine Wut gerade mächtig anschwillt, weil mir das alles wie ein Déjà-vu vorkommt, landet sein Blick wieder auf mir, so voller Kraft, dass ich erstarre. „Weil ich es nicht will. Weil ich dran bin. Weil ich dich schon Tausende Male vorher habe gehen lassen, und ich will mir diese Chance bei dir jetzt nicht entgehen lassen. Geh mit mir aus. Lass mich dir zeigen, dass ich gut genug für dich bin, und damit meine ich jetzt nicht im Bett, sondern ich meine mich, als Person. *Ein Date, Elle.*"

Als mein Herz wieder schlägt, atme ich hastig aus. „Ein Date."

Oliver lächelt. Jenes Lächeln, bei dem mir schwindelig wird – das breite Grinsen, bei dem man seine Grübchen sieht. „Ein Date."

„Wir definieren Date vollkommen verschieden", sage ich und winde mich innerlich wegen dieser ganzen Situation.

„Gut, dann lass es uns definieren, damit wir beide vom selben reden."

Ich muss kurz lachen. „Gut, ich denke mal darüber nach. Aber wenn ich zustimme, gibt es auch Regeln."

Er lacht leise. „Schick mir eine Nachricht mit deinen Regeln."

„Mache ich."

Als ich später nach unten gehe, höre ich ihn und Vic in der Küche und stecke kurz den Kopf rein, um mich zu verabschieden. Olivers Blick verschlingt mich langsam, als wäre ich ein Pizzastück, über das er sich gleich hermachen will, und ich schaue schnell weg, bevor ich mich in seinen Augen verliere.

„Du gehst zu Felicia, oder?“, fragt Vic.
„Genau. Wird nicht so spät werden. Tschüs, Jungs.“
„Felicia?“, fragt Oliver, als ich schon halb zur Tür hinaus bin.
„Ja, Wyatts Mutter“, erklärt Vic.
„Was?“, fragt Oliver verwirrt.
Den ganzen Weg bis zum Auto muss ich lachen, und dort angekommen, bekomme ich eine Nachricht von ihm.

Du hast mich reingelegt.

Ich amüsiere mich darüber, schicke aber keine Antwort.

Wie lauten die Regeln?

1. Anfassen ist tabu. 2. Küssen ist tabu … Wenn mir noch mehr einfällt, melde ich mich.

Passt dir Freitag?

Ich habe noch nicht mal zugestimmt.

Wirst du aber.

Ich antworte nicht. Ich frage mich, ob er tatsächlich Vic um ein Date mit mir bitten würde. Aus irgendeinem Grund löst dieser Gedanke ein Kribbeln in meinem Bauch aus. Dann stöhne ich auf, als mir bewusst wird, was ich vorhabe und mit wem. Vielleicht hat Mia recht. Oliver ist der Letzte, mit dem ich dieses Spiel spielen sollte. Er hat dieses verdammte Spiel erfunden. Ich bin nur eine Anfängerin, die sich ein paar falsche Hoffnungen macht.

12. Kapitel

Vergangenheit

Oliver

Früher war Jenson derjenige, mit dem ich mich am meisten identifizieren konnte – wir kamen beide aus zerrütteten Familien.

Unsere Eltern waren nicht wohlhabend wie die von Victor oder Junior, und wir haben beide schon mit fünfzehn gejobbt. Aber trotz des ähnlichen Hintergrunds unterschieden Jenson und ich uns auch. Er brauchte immer eine Freundin, während eine feste Bindung das Letzte war, was ich wollte. Kann sein, dass die Scheidung meiner Eltern viel damit zu tun hatte. Und die Tatsache, dass mein Dad, wenn meine ältere Schwester und ich jedes zweite Wochenende bei ihm verbrachten, immer ganz offen über seine Probleme mit unserer Mutter redete. Sein Hauptproblem war laut meiner Schwester, dass unsere Eltern zu jung geheiratet und keine Lebenserfahrung ohne den anderen gesammelt hatten. Als sie das sagte, war sie sechzehn und ich neun. Aus irgendeinem Grund prägten ihre Worte sich mir ein. Vielleicht weil ich immer nach dem „wahren Grund" suchte, weshalb es mit ihnen nicht geklappt hatte.

Sosehr ich meinen Vater auch liebte und respektierte, ich sagte mir immer, dass ich nicht so enden wollte wie er. Niemals würde ich meine Familie verlassen, bloß weil mich die Abenteuerlust packte. Als Teenager hatte ich Freundinnen, aber keine davon fesselte meine Aufmerksamkeit lang genug, als dass etwas Langfristiges daraus hätte werden können. Es war nicht so, dass ich in der Weltgeschichte herumvögeln oder einfach nur mit anderen schlafen wollte. Es lag schlicht und ergreifend daran, dass wir unterschiedliche Interessen hatten oder dass ich nicht lange genug mit ihr telefonieren konnte, ohne dabei einzuschlafen. Davon abgesehen mochte ich Frauen wirklich. Ich mochte, wie sie dufteten … wie sie schmeckten … und ich versuchte gerne, aus ihnen schlau zu werden. Meine Schwester, Sophie, zog mich immer auf und meinte, ich würde immer mehr wie unser Vater – was mir ganz und gar nicht passte –, und dann erinnerte ich sie daran, dass ich ja mit niemandem fest zusammen war.

„Das ist ja das Problem, Bean, du bist nicht George Clooney. Du kannst nicht für immer Junggeselle bleiben."

„Clooney kriegt ein paar heiße Feger ab. Ich hätte nichts dagegen, wie er zu sein."

„Ja, aber ich will, dass meine Kinder irgendwann mit deinen spielen können", ermahnte sie mich.

„Ich habe eben noch nicht die Richtige gefunden."

Und genau das war der Punkt. Nicht, dass ich direkt auf der Suche war, aber ich stellte mir gerne vor, dass ich merken würde, dass sie die Richtige für mich war, wenn ich mit ihr schlief. Es ist nicht so, dass ich mit Frauen ins Bett ging, ohne mich vorher mit ihnen zu unterhalten. Aber bei allen sammelte sich mein Blut sofort in meinem Schwanz, und das war's dann. Das letzte Mal, als ich verliebt gewesen war, war ich zwölf, und laut Sophie zählte das eigentlich nicht. Ich brauchte nur auf dem College weiterhin meinen Spaß zu haben – alles andere würde sich dann schon von allein ergeben.

Genau das war meine Einstellung, als Vic anrief und mich zu einer Party einlud, die er und seine Verbindungsbrüder gaben. Er studierte an der UCLA und ich am Cal Tech – die nicht weit voneinander entfernt liegen –, so konnten wir jedes Wochenende zusammen abhängen. Ich hatte mich sowieso schon entschlossen, auf diese Party zu gehen, aber als er erwähnte, dass Elle ihn übers Wochenende besuchte und auch da sein würde, war ich Feuer und Flamme. Ich ging unter die Dusche und ignorierte die Anrufe von Pam, dem Mädchen, das gerade aktuell war. Ich wollte auf dieser Party mit meinen Freunden chillen, und wenn ich Pam mitgenommen hätte, hätte ich den Babysitter spielen müssen, denn sie gehörte zu den Mädchen, die zwar schon von einem Becher betrunken sind, dann aber noch zehn runterkippen.

Auf der Party angekommen, begrüßte ich ein paar Jungs, die ich kannte, bevor ich nach hinten ging, wo Vic immer rumhing und Dart spielte. Er tauchte in meinem Blickfeld auf, und ich musste lachen, denn er bewachte das Bierfass wie den Heiligen Gral.

„Was ist los, du Armleuchter?“, sagte ich und klopfte ihm auf den Rücken, als ich ihn erreicht hatte.

Er drehte sich mit einem trägen Grinsen zu mir um, das mich zum Schmunzeln brachte. „Bean! Schnapp dir ’nen Becher. Oder vielmehr zwei. Ich steh schon seit einer Stunde vor dem Ding hier und warte auf dich.“

„Du hättest mir auch einfach sagen können, dass ich noch mehr Bier mitbringen soll“, meinte ich lachend, während ich nach einem roten Plastikbecher griff.

„Jaja, schon klar.“ Er zapfte mir ein Bier und gab das Fass endlich wieder frei.

„Kommt noch jemand? Jenson? Junior?“

„Also was Jenson macht, weiß ich nicht so genau, aber er ist nach Hause gefahren, und Junior stattet Rose’ Familie einen Besuch ab.“

Ich pfiff durch die Zähne. „Dann wird es jetzt wohl richtig ernst bei denen.“

Vic nickte, und in seinem Gesicht zeichnete sich dasselbe Entsetzen ab, das mich zu jener Zeit packte, wenn es mit einer Frau drohte, ernst zu werden.

„Meinetwegen. Solange es nicht mich betrifft, ist es okay.“ Vic zuckte mit den Schultern.

Ich grinste. „Oder mich.“

„Ich hab mich noch gar nicht dafür bedankt … dass du neulich mitgekommen bist", sagte er und verfiel in einen ernsteren Tonfall. Ich stieß mit ihm an und nickte nur. Als er sich testen lassen musste, weil irgendein Mädchen, mit dem er im Bett gewesen war, ihn angerufen hatte, weil sie eine sexuell übertragbare Krankheit hatte, war ich mitgekommen. Nicht, dass ich mit ihm im Behandlungszimmer gewesen wäre oder so, aber da die Nachricht ihn ziemlich durcheinandergebracht hatte, ging ich zur moralischen Unterstützung mit. Er wollte niemand anderem davon erzählen. Ich bin nicht mal sicher, ob er mir davon erzählt hätte, wenn er ihren Anruf nicht entgegengenommen hätte, als wir zusammen surfen waren.

„Dafür sind Brüder schließlich da. Hast du …" schon die Ergebnisse, war meine Frage, aber sie erschien mir zu ernst, um sie auf einer Verbindungsparty laut auszusprechen, und ich war mir nicht sicher, ob er bereit war, darauf zu antworten.

„Negativ", sagte er und kippte den Rest von seinem Bier hinunter. „Alle Tests waren negativ."

Ich atmete erleichtert aus. Ich weiß nicht, wie ich es aufgenommen hätte, wenn seine Antwort anders gelautet hätte. Es war kein Scherz, wenn wir einander Brüder nannten. Ich konnte mich nicht an eine Zeit erinnern, in der Vic nicht zu meinem Leben gehört hätte, was heutzutage viel bedeutet, wo viele die Freunde wechseln wie die Unterhosen. Er war da, als meine Eltern sich scheiden ließen, als mein Dad krank wurde – und bei allem dazwischen. Seine Eltern nahmen mich im Sommer wochenlang auf, als meine Mutter beruflich unterwegs war und Sophie schon nicht mehr zu Hause wohnte. Nicht, dass eine sexuell übertragbare Krankheit gleich den Tod bedeutet hätte, aber die Sache war ernst genug, um mir klarzumachen, welches Glück wir hatten, dass wir von solchem Scheiß bisher verschont geblieben waren.

„Du musst echt jedes verdammte Mal ein Gummi benutzen, Kumpel", raunte ich ihm zu und trank einen Schluck Bier.

„Jaja, weiß ich doch."

Ich stand neben ihm, nickte und sah dabei in den Garten, der voll war mit Typen in lila Shirts und trinkenden und tanzenden Mädchen. Ganz links war ein Bereich zu einer Tanzfläche mit DJ umfunktioniert worden. Nur wenige Leute tanzten tatsächlich dort, und ein Paar erregte besonders meine Aufmerksamkeit. Er trat mehr oder weniger bloß von einem Fuß auf den anderen, während sie die Hände in die Luft streckte und sich mit den Fingern durch ihr langes braunes Haar fuhr. Sie trug ein kurzes, enges schwarzes Kleid, das jede Kurve ihres Körpers zur Geltung brachte, und an den Füßen schwarze Chucks. Ich war völlig hingerissen von ihr und den Bewegungen ihres Körpers. Es war, als vollführe sie einen Striptease, nur ohne sich auszuziehen. Irgendwie bedeckte ihr Kleid, so kurz es auch war, ihren hübsch geformten Po. Ich machte den Mund auf, um etwas über sie zu Victor zu sagen, doch dann drehte sie sich lächelnd um, den Rücken ihrem Tanzpartner zugewandt, und ich merkte, dass ich sie kannte.

„Was zum Teufel?", stieß ich fast knurrend hervor.

„Was ist denn?", fragte Vic, und sein Blick traf meinen.

„Du lässt Elle das da auf dieser Party tragen?" Ich wusste, dass ich mich anhörte wie ein eifersüchtiger Freund und kein Recht dazu hatte, aber da stand das Mädchen, von dem wir gefälligst schön die Finger zu lassen hatten, um das wir uns kümmern sollten, als wäre es unsere eigene Schwester, und dann … das da … und Vic stand daneben und sah zu. „Was zum Teufel?", wiederholte ich und funkelte ihn an.

Er sah mich an, als wäre ich verrückt geworden, und lachte über mein Gesicht, das wahrscheinlich ziemlich wütend aussah. „Sie ist achtzehn. Ich kann ihr wohl kaum vorschreiben, was sie zu tragen hat und was nicht. Und überhaupt, hast du je erlebt, dass sie mehr anhatte? Außerdem … stehe ich schon den ganzen Abend hier und beobachte sie mit Argusaugen, falls dieses Arschloch irgendwelche Dummheiten versucht."

Ich nahm meine Haare zusammen, die aus dem Dutt gerutscht waren, zu dem ich sie geknotet hatte, und dachte über das nach, was er gerade gesagt hatte. Es war mir gar nicht aufgefallen. Wir hatten jenen Sommer über jede Nacht zusammen bei ihr auf dem Dach gesessen und uns unterhalten, und sie war mir ausreichend bekleidet vorgekommen. Obwohl, wenn ich jetzt darüber nachdachte, eigentlich nicht. Sie hatte entweder weite Shirts und winzige Shorts an oder Pyjamahosen mit winzigen Oberteilen. Ich hatte sie nie auf einer Party gesehen außer ihrer eigenen oder einer von Victor. Und da hatte sie weder Make-up getragen noch knallenge Kleider, die in jedem männlichen Wesen, das noch atmete, den Wunsch weckten, sie hinter die Büsche zu zerren und von hinten zu nehmen.

„Ist mir nie aufgefallen“, sagte ich schließlich.

Er lachte. „Ja, weil sie wie deine Schwester ist.“

Ich erstarrte. Irgendwann war sie mal wie eine Schwester für mich gewesen, als sie noch nicht erwachsen war. Vor jenem Sommer. Ich glaubte nicht, dass mein Herz es ertragen konnte, mir noch einen solchen Tanz anzusehen, jetzt, wo ich wusste, dass sie es war und ich nicht ihr Tanzpartner.

„Wer ist der Typ?“

„Ach, das ist Adam. Ich glaube zumindest, dass sie Adam sagte.“

„Sie ist mit ihm hier?“ Warum störte mich das?

„Ja. Irgendwie konnte Mia nicht kommen, und sie wollte hier nicht allein mit einem Haufen notgeiler Typen und nerviger Tussis abhängen, die sie nicht kennt, so ungefähr hat sie es ausgedrückt.“

Nervige Tussis. Das klang ganz nach ihr, aber was wusste ich schon? Ich kannte diese Elle nicht.

„Also sind sie zusammen?“ Ich zeigte auf die beiden. Endlich lösten sie sich voneinander und verließen die Tanzfläche. Während sie auf uns zukamen, nahm Elle ihre Haare zu einem Pferdeschwanz zusammen und ließ sie dann wieder durch ihre

Finger hinunterfließen. Sie lachte über irgendwas, das Adam hinter ihr sagte, und ich fragte mich, ob er wohl einen Scherz über ihren Hintern machte, denn dort hatte er seine Augen.

„Nee, glaub ich nicht. Sie hat es nicht so mit ernsthaften Beziehungen."

Ich starrte Victor mit offenem Mund an, aber er zuckte bloß mit den Schultern. „Und das lässt du durchgehen?"

Ungerührt trank er einen weiteren Schluck Bier. „Was soll ich denn machen? Ihr sagen, dass sie auf der Stelle heiraten soll? Elle, mach, dass du heiratest? Sie ist achtzehn!"

Der Gedanke, dass Elle auf der Stelle heiratete, gefiel mir auch nicht, also schwieg ich und sah wieder in ihre Richtung. Als sie näher kam, konnte ich sehen, wie sich ihre Augenbrauen zusammenzogen und ihr Lächeln erstarb, als sie mich erblickte. Es schnürte mir ein wenig die Brust zusammen. Hatte ich ihr je irgendwas getan? Hatte sie nicht eher Grund zum Lächeln?

„Hey, Bean", begrüßte sie mich, als sie uns erreichten. In diesem Moment – als ich zusah, wie sich beim Sprechen ihre vollen Lippen bewegten – missfiel es mir zum allerersten Mal, dass sie meinen Spitznamen benutzte. Den Spitznamen, den mir meine Mutter gegeben hatte. Irgendwie war er hängen geblieben, und sogar all meine Freunde nannten mich so. Es hatte mich nie gestört, wenn die kleine Elle mich so nannte, aber die erwachsene Elle? Ich wollte, dass sie mich Oliver nannte. Ich wollte, dass sie Oliver *schrie*. Und bei diesem Gedanken räusperte ich mich.

„Hey, Küken", sagte ich und amüsierte mich, als sie mich anfunkelte, weil ich ebenfalls ihren Spitznamen benutzte.

Lachend schaltete Adam sich ein. „Küken?"

Elle stöhnte. „Lange Geschichte."

„So lang ist sie gar nicht", erklärte Vic. „Als Kind fürchtete sie sich vor allem und jedem, daher der Name Küken."

Sie verdrehte die Augen und nahm den Becher Bier, den Vic sich gerade eingeschenkt hatte, und stürzte ihn in Nullkommanichts hinunter. Und ich stand da und gaffte sie an, völlig fasziniert davon, wie sie sich mit zwei Fingern den Mund abwischte und dabei breit lächelte über irgendwas, was Adam sagte. Ich konnte mich nicht auf sein Gelaber konzentrieren – hörte nur ihr kehliges Lachen, sah nur ihr Gesicht ... ihren Körper ... und ich musste wirklich aufhören damit. Ich wusste, dass ich aufhören musste. Adam fragte nach der Toilette, und ich schäumte, als Elle ihm hinterherblickte, während er sich auf den Weg in die Richtung machte, die Vic im gewiesen hatte.

„Was macht das Basilikum?“, wandte sie sich an Vic, der nur mit den Schultern zuckte.

„Ist doch deine Pflanze, nicht meine.“

„Willst du mich verarschen? Victor, wie soll es denn überleben, wenn du dich nicht darum kümmerst? Ich sehe mal nach.“

„Basilikum?“, fragte ich und blickte ihrem hin und her schwingenden Hintern hinterher, als sie wegging.

„Sie hat Basilikum neben mein Haus gepflanzt, weil es in ihrer Wohnung nicht genug Licht kriegt oder so, und jetzt erwartet sie von mir, dass ich mich darum kümmere. Keine Ahnung.“

„Ach. Das schau ich mir mal an.“

„Gut, dann kannst du sie auch im Auge behalten.“

Skeptisch zog ich eine Augenbraue hoch. „Wie war das eben mit ‚sie ist achtzehn‘?“

„Ja, mit Adam oder so kann sie meinetwegen achtzehn sein – aber bei meinen Verbindungsbrüdern ist das was anderes.“

Ich starrte ihn an und wartete darauf, dass er das näher erklärte. Er schnaubte ungeduldig und schüttelte den Kopf. „Das ist ein Sakrileg. Das wäre, als würde ich mich an Sophie ranmachen oder so. So was macht man einfach nicht.“

Ich verzichtete darauf, ihn darauf hinzuweisen, dass Sophie älter war als wir und verheiratet, denn ich verstand, worauf er hinauswollte. Sie war Elle, die kleine Schwester, und wir waren Vics Arschlochfreunde, die in der Weltgeschichte herumvögelten und sich wegen sexuell übertragbarer Krankheiten in die

Hose machten. Nicht die Art von Typen, in deren Gesellschaft man gern seine Schwester weiß. Trotzdem tat es weh.

Die Erkenntnis, wie er das sah und was er von uns erwartete, vertrug sich ganz schlecht mit der Tatsache, dass ich mich, wenn ich Elle ansah, nach etwas sehnte, das ich nicht haben konnte.

Das Lärmen der Party verebbte mit jedem Schritt, den ich auf die Hausseite zu machte – in die Richtung, in die sie verschwunden war. Als ich sie fand, blieb ich stehen. Sie beugte sich vor und betrachtete die Pflanze am Boden, und ich bewunderte ein paar Sekunden lang, wie gut sie in dieser Position aussah.

„Seit wann bist du denn unter die Gärtner gegangen?", fragte ich, während ich näher kam.

Ihr Kopf fuhr hoch, und schulterzuckend und grinsend richtete sie sich auf. „Seit Neuestem. Ich versuche, mich gesund zu ernähren. Ich würde gern selbst etwas anbauen, aber in meinem Wohnheim ist das ziemlich unmöglich."

Ich stellte mich neben sie und sah mir die Pflanze an. „Sieht gut aus."

„Ja, es riecht auch gut", sagte sie. Ich konnte das Lächeln in ihrer Stimme hören, was wiederum auch mich zum Lächeln brachte.

„Und, wie ist dein erstes Semester so?"

„Och … ganz gut. Macht Spaß."

Ich drehte mich mit meinem ganzen Körper zu ihr und steckte die Daumen in die Taschen meiner Jeans. „Klingt, als hättest du etwas zu viel Spaß."

Elle neigte den Kopf und sah mich mit diesem leichten Stirnrunzeln an, das immer verriet, wenn sie versuchte, aus irgendwas schlau zu werden.

„Wie kommst du denn darauf?"

„Keine Ahnung. Adam … wie du eben getanzt hast … dass Vic meinte, du hättest es nicht so mit festen Beziehungen …"

Sie lachte, und ihre Augen leuchteten vor Belustigung auf. „Und das ausgerechnet aus deinem Mund."

„Was soll das denn jetzt heißen?“

„Du hattest es doch noch nie mit festen Beziehungen. Und du hast Spaß ohne Ende.“

„Das ist was anderes.“

„Wieso? Weil ich ein Mädchen bin?“, fragte sie und verschränkte die Arme vor der Brust.

„Nein“, sagte ich schnell. „Das ist es nicht.“ Das war es wirklich nicht. Die Frauen, mit denen ich ins Bett ging, waren alle solo und wollten keine feste Beziehung – es war unsere größte Gemeinsamkeit. Aber das hier war Elle. Es war … *Elle*.

„Was dann?“, hakte sie herausfordernd nach.

Ich stöhnte, strich mir mit der Hand über die Haare und ließ sie dort. „Ich weiß nicht. Ich … weiß es nicht. Du hast recht. Du solltest tun, was immer du willst.“

„Deine Haare sind ganz schön gewachsen.“ Ihre Augen wanderten von meinen Augen zu meinem Bizeps und dann zu meinem Kopf. Ich musste lächeln.

„Jetzt kannst du sie besser flechten.“

Sie lächelte zurück. „Dreh dich um.“

Ich gehorchte. Meine Schultern spannten sich an, als ich ihre Hände auf ihnen spürte.

„Ich komme nicht dran. Du musst dich wohl hinknien“, flüsterte sie an meinem Hals. Meine Augen fielen zu, während ich versuchte, das Feuer, das sich in mir entfachte, in Schach zu halten. Ich drehte mich um und ging zu einer Bank an der Hausseite. Sie war ziemlich siffig, und Vic wollte sie schon seit Jahren loswerden, aber jetzt war ich froh, dass sie da war.

Elle setzte sich neben mich, und ich drehte ihr den Rücken zu, damit sie meine Haare öffnen konnte. Ich zuckte zusammen, als sie an dem Gummiband zog.

„Ich hab dir doch gesagt, du sollst die nicht nehmen“, sagte sie mit einem tiefen Seufzer, während sie mir mit ihren Fingern durchs Haar fuhr. Sie massierte meine Kopfhaut, als würde sie mir die Haare waschen. Ich kämpfte gegen ein Stöhnen an, weil es sich so gut anfühlte. Frauen spielten gern mit meinen Haaren, und ich hatte nichts dagegen, aber die Art, wie Elle sie berührte, hatte etwas an sich, das meinen ganzen Körper zum Kribbeln brachte. Als sie damit fertig war, sie durchzukämmen, ließ sie die Hände sinken. Die Pause war so lang, dass ich mich zu ihr umdrehte und sie ansah.

„Willst du sie nicht flechten?", fragte ich und runzelte die Stirn, als mir ihr abwesender Blick bewusst wurde.

Sie schüttelte den Kopf, und ihr Blick fiel auf meine Brust. Ich rückte näher zu ihr, bis unsere Gesichter dicht voreinander waren, aber sie sah mich immer noch nicht an.

„Elle?", flüsterte ich.

Ihr Blick traf meinen, und für eine Sekunde verlor ich mich in dem Wirbel der verschiedenen Farben ihrer Augen. Sie erinnerten mich immer an eine Murmel. Meine Lieblingsmurmel – blau, grün und braun. Sie sah mich auf eine Art an, die mein Herz zum Rasen brachte. In jenen Augen schien eine ganze Welt voller Wunder zu liegen. Ich wünschte, ich könnte mich selbst so sehen, wie sie mich sah. Vielleicht wäre ich dann ein anderer Mensch gewesen. Vielleicht wäre ich dann ein Mann, der nur eine Frau liebte – der übers Wochenende zu ihren Eltern fuhr und auf der Stelle sesshaft wurde. Als ich Elle ansah – genau in jenem Moment –, wollte ich dieser Mann sein.

„Ich wollte es, aber es ruft Erinnerungen wach", flüsterte sie zurück. „Dir die Haare zu flechten, meine ich."

Ich nickte, schluckte und strich mir mit den Händen über die Oberschenkel, damit ich sie nicht berührte.

„Weißt du noch, wie ich dich mal gefragt habe, ob du mich küssen würdest, wenn ich achtzehn wäre?", fragte sie leise. Sie streckte die Hand aus und tippte mit ihren Fingerspitzen auf meine Fingerknöchel, als wären es Klaviertasten. Es beschleunigte meinen Herzschlag.

„Ja", sagte ich. Es klang heiser.

„Würdest du?" Ihre Augen blickten zwischen meinen hin

und her, und ihre Hände kamen auf meinen zum Stillstand. „Würdest du mich küssen, Oliver?"

Mein Herz raste so schnell, dass ich gar nicht denken konnte. Meine Lippen öffneten sich leicht, und ich nickte. Ich war immer der Jäger – derjenige, der den Mädchen Honig um den Mund schmierte –, aber dieses Mädchen machte mich immer wieder um Worte verlegen. Sie brachte mich aus dem Gleichgewicht. Wir bewegten uns aufeinander zu, bis sich unsere Nasenspitzen berührten. Wir blickten einander fest in die Augen, und als uns nur noch eine Millisekunde trennte, schlossen wir die Augen. Unsere Münder berührten sich ... meine Lippen rutschten zwischen ihre ... ihre Zunge schob sich in meinen Mund ... und sobald sie meine berührte, spürte ich, wie das zuvor entfachte Feuer sich in mir zu einer wahren Feuersbrunst ausbreitete.

Estelle zu küssen war so, wie ich mir vorstellte, eine Wolke zu küssen – leicht und süß und alles vereinnahmend. Unsere Münder bewegten sich gemeinsam im Gleichklang, als küssten wir uns schon, seit wir auf der Welt waren. Unsere Hände umfassten das Gesicht des anderen, als hätten wir Angst, uns voneinander zu lösen, weil der Augenblick dann vorüber wäre. Noch nie hatte ich mir so sehr gewünscht, zu zerschmelzen und in dem Mund eines Mädchens zu verschwinden wie in jenem Moment. Als ich schließlich den Kuss unterbrach – weil meine Hände dabei waren, ein Eigenleben zu entwickeln, und ich nichts tun wollte, was ich am nächsten Tag bereuen würde –, flogen ihre Augen auf. Sie sah mich an, als sehe sie mich gerade zum ersten Mal – oder vielleicht hatte ich auch nur das Gefühl, weil ich wollte, dass sie mich so ansah. Ich küsste sie erneut, diesmal drängender, und stöhnte in ihren Mund, während ihre Hände an meinen Haaren zogen. Wir ließen ein letztes Mal voneinander ab, mit bebender Brust, als wir jemanden ihren Namen rufen hörten.

„Das ist Adam. Wahrscheinlich will er gehen", sagte sie atemlos.

„Wirst du mit ihm Spaß haben?", fragte ich, senkte den Kopf und nahm ihre Unterlippe zwischen meine Zähne. Sie stöhnte, zog wieder an meinen Haaren und positionierte sich so, dass sie rittlings auf meinen Schoß steigen konnte. Meine Hände rutschten von ganz allein auf ihre Oberschenkel. Alles in mir wollte sie so sehr – alles an ihr. Ich wollte so viel mehr als nur einen Abend mit ihr herummachen.

„Ich habe doch gerade Spaß mit dir", sagte sie an meinen Lippen und rieb sich an mir.

„Scheiße, ja", keuchte ich, als sie es wieder tat.

Unsere Zungen trafen sich, und als Estelle begann, sich zu bewegen, führte ich ihr Becken meinen Stößen entgegen. Es war verrückt. Wir waren verrückt. Jeden Moment konnte jemand von der Party um die Ecke kommen und uns beim Rummachen auf dieser dreckigen Bank erwischen, aber es war uns egal. Wir hatten ja nicht *wirklich* Sex, obwohl ich es mir wünschte. Mehr als alles andere wollte ich meinen Schwanz aus der Hose holen und in sie eindringen, aber das hier war Estelle, sie hatte mehr verdient als einen Quickie auf einer Verbindungsparty. Die Rufe wurden lauter, und schnell lösten wir uns voneinander. Sie nahm wieder neben mir Platz, und wir versuchten, zu Atem zu kommen, bis schließlich eine Gestalt an der Ecke auftauchte.

Vic kam zu uns rüber. „Elle, ich hab dich überall gesucht. Siehst du dir etwa immer noch diese bescheuerte Pflanze an?"

„Na ja, wir haben uns unterhalten", sagte sie, stand auf und zog sich das Kleid gerade.

„Adam kotzt alles voll. Vielleicht solltest du ihn lieber nach Hause bringen."

Sie seufzte tief. „Ist das dein Ernst? Ich bringe extra keine Freundin mit, weil ich keine Lust habe, den Babysitter zu spielen, und dann benimmt sich der Typ, den ich mitbringe, wie ein alkoholisiertes Partygirl?"

Ich schmunzelte. „Brauchst du Hilfe?"

Sie zuckte die Schultern. „Schätze schon. Wenn es dir nichts ausmacht.“

Ich stand auf und folgte ihr zu dem Kerl. Wir warteten, bis er sich ausgekotzt hatte, und halfen ihm dann ins Auto – einem auf Hochglanz polierten schwarzen BMW, der offenbar ihm gehörte. Zufällig parkte er genau neben meinem abgefuckten Maxima, und aus irgendeinem Grund nervte es mich, dass dieser volltrunkene Scheißer dieses Auto fuhr und versuchte, bei Elle zu landen. Sie war nie sehr materialistisch gewesen. Ich wusste, sie brauchte nicht viel, aber es gab mir ein Gefühl der Unzulänglichkeit und rief mir wieder ins Gedächtnis, warum ich noch damit wartete, sesshaft zu werden. Weil ich erst einen sicheren Platz im Leben haben wollte. Ich wollte das Auto, das Haus – und alles andere, was mir notwendig erschien – vorher abhaken, und ich wusste, dass das nicht so bald passieren würde.

Als sie sich ans Steuer setzte und den Wagen startete, trat ich an ihr Fenster. Wir sahen einander lange an, und dann lächelte sie schüchtern.

„Ich habe mich immer gefragt, wie es sich wohl anfühlen würde, dich zu küssen“, flüsterte sie. Ich grinste und sah mich in der Einfahrt um. Alle waren drinnen auf der Party, also steckte ich meinen Kopf durch das Fenster und küsste sie noch mal. Dass Adam danebensaß, war mir total egal, der war sowieso weggetreten.

„Und?“, fragte ich, als ich den Kopf wieder zurückzog.

„Es war … absolut perfekt.“ Ihr Gesicht erstrahlte, als sie es sagte. „Aber keine Angst. Ich weiß, dass es eine einmalige Sache war.“

Mein Lächeln verschwand. Ich wollte ihr sagen, dass mehr daraus werden konnte. Wir studierten nicht weit voneinander entfernt. Es konnte mehr daraus werden. Dann fiel mir wieder ein, wer sie war und dass ihr Bruder niemals damit einverstanden wäre, dass ich mit seiner Schwester ausging. Bei meiner Vergangenheit wäre ich selbst nicht mit mir einverstanden. Und sie war erst achtzehn. Es war ihr erstes Semester am College, und ich würde bald meinen Abschluss machen und dann Medizin studieren.

„Du bist doch diejenige, die ihren Spaß haben will, jetzt, wo sie auf dem College ist“, meinte ich scherzhaft und hoffte irgendwie, dass sie mir widersprechen würde. Stattdessen strahlte sie noch mehr.

„Das ist wahr. Bis zum nächsten Mal, Bean.“

Adam stöhnte neben ihr auf, und wir erstarrten beide und sahen zu ihm. Er rührte sich nicht.

„Ja, bis dann“, sagte ich, als sie davonfuhr. Ich seufzte. Mein Herz wurde schwer, als ich die Rückleuchten hinter der Kurve verschwinden sah, und ich fragte mich, ob es je wieder solche Tänze und Luftsprünge vollführen würde wie kurz zuvor.

13. Kapitel

Gegenwart

Estelle

Ich hasse Streit.

Ich hasse es, wenn ich unrecht habe, aber noch mehr hasse ich Streit. Ich kann einfach nie jemandem lange böse sein. Ich werde sauer, schreie herum, und dann ist es gut. Mia hingegen wird sauer, schreit herum und saugt sich an ihrer Wut fest wie ein Blutegel. Ich muss ja wohl nicht erwähnen, dass zwischen uns seit einigen Tagen Funkstille herrscht. In den letzten Tagen konnte ich Oliver im Krankenhaus aus dem Weg gehen, als ich mit den Kids Schallplatten und Surfbretter gemalt habe. Ich habe ihn nur ein paarmal bei den Krankenschwestern stehen sehen und einmal, wie er aus Jens Büro kam. So langsam erahne ich, woraus sein Leben besteht – Flirten, zahlreiche wechselnde Sexpartner, nächtliche Rendezvous in der Klinik während seiner Nachtschicht. Solche Dinge will ich mir gar nicht freiwillig vorstellen, aber meine Gedanken schweifen automatisch in diese Richtung, wenn ich an Oliver denke.

Zwei Freunde von mir, Micah und Dallas, stehen mitten auf dem Gang Richtung Kinderstation, beide mit demselben entsetzten Gesichtsausdruck, wie ich ihn hatte, als ich diese Wände sah. So, wie Micah sich wieder und wieder mit den Fingern durch seine langen blonden Haare fährt, weiß ich, dass er wegen dieses Projekts nervös ist. Dallas starrt die Wände an, als würden sie ihn verspotten. Micah dreht sich als Erster um und wirft mir einen Blick zu, der besagt: *Wo hast du uns denn da mit reingezogen,* und ich kann nicht anders, als zu lachen.

„Ernsthaft?", fragt er, als ich bei ihm bin. Ich umarme ihn von hinten und drücke ihn.

„Danke, danke, danke", sage ich zu seinem Rücken und tue dann das Gleiche mit Dallas.

„Schätzchen, du solltest dein ‚Danke' mit einem Blowjob unterstreichen", meint Dallas, als ich ihn loslasse und laut lache, bis ich hinter mir ein Räuspern höre. Ich drehe mich um und sehe Oliver, der ein komisches Gesicht macht. Ich muss noch mehr lachen, denn offensichtlich hat er gehört, was Dallas gesagt hat.

„Hey, das sind Micah und Dallas. Jungs, das ist Oliver, ein Freund meines Bruders – er hat das Ganze hier ins Rollen gebracht."

Sie nicken sich kurz zu. Dallas, der nicht viel größer ist als ich, mustert Oliver von oben bis unten, und Micah lässt ein „Hey Mann" los, das klingt, als wäre er so zugekifft wie jemand in Woodstock. Oliver grüßt sie höflich zurück, bevor er wieder mich anschaut.

„Kann ich kurz mit dir reden?", fragt er. Mein Magen krampft sich zusammen bei der Intensität seines Blicks.

„Natürlich. Jungs, die Farbe ist dort drüben. Ich denke, wir fangen mit dem Raum hinten links an. Bin gleich wieder da", antworte ich und zeige auf den Raum, bevor ich Oliver stirnrunzelnd hinterhergehe. „Wohin gehen wir?"

Er öffnet eine Tür und bedeutet mir, hineinzugehen, aber ich bleibe wie angewurzelt stehen. Dieser Teil des Krankenhauses ist wegen des Malprojektes leer, aber ich will nicht, dass uns jemand sieht und falsche Schlüsse zieht.

„Komm rein."

„Wir können hier draußen reden."

Oliver schließt die Augen und atmet tief ein, als müsse er sich sammeln. Als er die Augen wieder öffnet, sehen sie müder aus als zuvor, falls das überhaupt möglich ist. „Bitte, Elle. Tu mir den Gefallen."

Ich schüttele den Kopf, mache es aber doch, weil ich die Jungs nicht zu lange alleine lassen will. Er hat mich in eine Art Abstellraum gebracht, die Wände voller Aktenschränke.

„Also?", frage ich und sehe ihn an. Er lehnt an der Tür, die Hände in den Kitteltaschen, und sieht mich nur an. „Worum geht's?"

„Du hast dich nicht gemeldet. Die ganze Zeit sehe und höre ich nichts von dir, und als du mir dann doch mal wieder über den Weg läufst, redet irgendein Typ davon, dass du ihm einen blasen sollst?" Er klingt nicht verärgert, nur verwirrt und vielleicht ein wenig verletzt, so scheint es mir, was lächerlich und unmöglich ist – denn wir reden hier schließlich von Oliver.

„Und?"

„Und du fehlst mir."

Mein Herz setzt bei diesem Geständnis und der Art, wie er es sagt, so sanft und leise, kurz aus. Dann denke ich an Wyatt und wie selten er mir sagte, dass ich ihm fehle. Worte, die er nicht oft sagte, nur wenn er auf einer seiner Reisen war, und nur, wenn wir einige Tage nichts voneinander gehört hatten. Ich habe ihn oder das, was er tat, nie infrage gestellt. Ich habe nie darüber nachgedacht, ob er eine andere hatte, selbst wenn Mia mir immer mal wieder diesen Floh ins Ohr setzen wollte, denn aus irgendeinem Grund kümmerte es mich nicht. Ich habe mich immer gefragt, ob mit mir etwas nicht stimmt, weil es mir egal war.

„Ich fehle dir nicht, Oliver. Mal davon abgesehen: Bist du nicht mit jemandem zusammen?", erinnere ich ihn funkelnd.

Er verdreht die Augen. „Zusammen wäre jetzt übertrieben."

„Bloß Sex", erwidere ich, verbitterter als beabsichtigt. „Nicht, dass es mich stört", füge ich schnell hinzu. Oliver grinst, und ich merke, wie ich rot werde. „Ich hab noch viel zu tun", sage ich, als ich mich wieder im Griff habe, mache einen Schritt vorwärts, aber er gibt die Tür nicht frei.

„Hast du Spaß mit ihm?", will er wissen und zeigt mit dem Kopf Richtung Tür. Ob ich Spaß mit ihm habe. Witzig, dass ich ihn direkt fragen kann, ob er rumvögelt, aber wenn er mich fragt, benutzt er den Begriff *Spaß haben*. Das erinnert mich an unsere Teenagerzeit, als Mias Mom immer von ihren *kleinen Freunden* sprach. „Oder stehst du eher auf den Typen mit den langen Haaren? Ich weiß, dass du ein Faible dafür hast."

Ich trete einen Schritt zurück. Ich habe tatsächlich ein Faible für langhaarige Männer, wahrscheinlich wegen ihm. Eigentlich sollte ich langhaarige Männer wegen ihm hassen. Sollte ich, tu ich aber natürlich nicht. Olivers Haare sind nicht mehr lang, aber noch lang genug, um mit den Fingern hindurchzufahren und sich daran festzukrallen, wenn sein Kopf zwischen meinen Beinen wäre. Ein dunkelblonder Dreitagebart zieht sich über seine Wangen, mehr als nur ein leichter Schatten. An der Innenseite meiner Oberschenkel würde es sich wahrscheinlich fantastisch anfühlen.

„Warum schaust du mich so an?" Seine raue Stimme reißt mich aus meinen Träumen.

„Was?"

Er kommt einen Schritt auf mich zu, sodass er direkt vor mir steht, meine Augen in Höhe seines Arztschildes auf der linken Kitteltasche.

„Elle, sieh mich an", sagt er. Langsam keimt die Lust in meinem Bauch auf. Ich habe zwei Möglichkeiten: an ihm vorbeigehen und das Weite suchen oder ihm in die Augen blicken und einsehen, dass die Lust die Luft zwischen uns aufheizt wie ein Heizstrahler. Ich entscheide mich für Letzteres, denn ich bin ein Idiot und will mir offensichtlich wieder und wieder das Herz brechen lassen. „Du willst mich. Nach der langen Zeit willst du mich immer noch."

„Ich habe jetzt keine Zeit für so was. Sie warten auf mich", flüstere ich und versuche, von seinem magnetischen Blick loszukommen.

„Ein Date, Elle. Eins. Ich halte mein Wort und fasse dich nicht an, versprochen."

„Du gehst doch schon mit einer ins Bett. Brauchst du wirklich noch jemanden?"

Seine Augen werden langsam schmaler. „Nur zu deiner Information: Tue ich nicht. Glaubst du wirklich, es geht hier um Sex?"

Weiß ich doch nicht, würde ich am liebsten entgegnen. Geschichten wiederholen sich gern mal, aber ich sage nichts in der Richtung.

„Ich weiß nicht, worum es geht", antworte ich und reiße mich von seinem Blick los. Es kommt mir vor, als würde ich hier mit ihm in diesem kleinen Raum ersticken. Ich versuche, an ihm vorbeizuschlüpfen, aber er hält mich am Arm fest.

„Ein Date."

Ich schließe die Augen und schüttele den Kopf. Verärgert stelle ich fest, dass mir die Tränen kommen. „Ich bin noch nicht so weit."

Mit schmerzerfülltem Gesicht lässt er mich los. Er wird es verkraften. Er findet immer etwas, um die Zeit totzuschlagen. Ich öffne die Tür und sehe ihn über die Schulter hinweg an.

„Ach übrigens … Dallas, der Kerl mit dem Blowjob, ist schwul. Micah, der mit den langen Haaren, war einer von Wyatts besten Freunden und ist so gar *nicht* mein Typ!"

***

„Der ist aber schnuckelig", sagt Dallas später, als wir die Wände grundieren, und ich weiß sofort, dass er Oliver meint, also schnaube ich nur genervt, was ihn zum Lachen bringt. Mein Blick wandert zu Micah, der sich raushält.

„Ich sag ja nur, den würde ich nicht von der Bettkante schubsen", erklärt Dallas.

„Er dich wohl auch nicht, wenn er von deinem Ufer wäre.

Du bist älter, siehst ganz gut aus mit deiner Nerdbrille und der Fliege … ja, ich glaube, du wärst was für ihn." Über meine Erklärung muss er lachen und er verdreht die Augen.

„Worüber wollte er denn mit dir sprechen?", will Micah wissen, und ich kann meinen eigenen Herzschlag hören. Sein Tonfall ist immer gelassen, sodass ich ihn schlecht deuten kann, und das macht mich wahnsinnig.

„Ach, nichts weiter."

„Bist du mit ihm zusammen?", fragt er. Ich atme geräuschvoll ein. Micah kommt mir manchmal wie der Draht zu Wyatt vor, und immer wenn ich versuche, die Verbindung zu kappen, zieht er ihn fester.

„Nein, tue ich nicht! Ich bin mit niemandem zusammen."

Micah seufzt laut und legt den Farbroller beiseite, bevor er mich direkt anschaut. „Er kommt nicht zurück, okay? Er ist nicht auf einer seiner Reisen durch die ganze Welt und kommt nächste Woche wieder. Du hast jedes Recht, dein Leben weiterzuleben."

„Ich bin noch nicht so weit", sage ich mit brüchiger Stimme, als ich mir eine Farbrolle schnappe und weiterstreiche. Ich höre, wie der metallene Griff seines Rollers auf den Boden knallt, dann Schritte, die näher kommen. Ich weiß, dass er hinter mir steht, aber ich drehe mich nicht um. Ich weiß, wenn ich das tue, kommen mir die Tränen. Wenn er weiterredet auch. Ich will hier nicht weinen. Bei diesem Projekt soll es um Hoffnung und Leben gehen, nicht um Schmerz und Verlust.

„Diese Wand", sagt Micah neben mir und zeigt darauf. „Diese Wand ist wie dein Leben, Elle. Das Blau ist nicht hässlich oder traurig, aber wir übermalen es, weil seine Zeit vorbei ist. Die Krankenschwestern werden sich daran erinnern, wenn sie in dieses Zimmer kommen. Die Kinder, die den lieben langen Tag auf diese Wand starren, werden es nicht vergessen, vielleicht werden sie es sogar hin und wieder vermissen, aber wir müssen ihnen etwas geben, dessen Anblick ihnen Freude bereitet. Das

Leben ist kurz, und es kann grausam und schmerzhaft sein und uns unsere Liebsten so unvermittelt nehmen, wie es sie in unser Leben gebracht hat; aber das Leben ist auch schön. Wyatt hätte gewollt, dass du dein Leben weiterlebst und glücklich bist. Geh aus, heirate, gründe eine Familie, reise durch die Welt ... tu alles, wodurch du dich lebendig fühlst. Je länger du trauerst, umso weniger lebst du, und du weißt selbst, wie kurz unsere Zeit auf Erden sein kann."

Es fühlt sich an, als würden sich Finger um meinen Hals legen und so fest zudrücken, dass ich nichts sagen kann. Ich merke noch nicht einmal, dass ich weine, bis Micah mich an seine Brust zieht und mir ein lautes Schluchzen entfährt. Ich höre, wie am anderen Ende des Raumes etwas zu Boden fällt, und dann fühle ich, wie auch Dallas die Arme um uns schlingt. Wir stehen alle drei da und weinen um denjenigen, der uns alle in seine Arme geschlossen hätte. Kurz danach machen wir Feierabend, denn ich kann diese Wand nicht mehr ansehen, ohne in Tränen auszubrechen. Auf dem Weg nach draußen sehe ich Oliver, die Ellbogen auf dem Tresen abgestützt und das Gesicht in den Händen vergaben. Ich frage mich, ob er erschöpft ist oder ob es einem seiner Patienten nicht gut geht.

Ich denke immer noch über diese blöde blaue Wand nach, und auch wenn ich es besser lassen sollte, würde ich ihn gern trösten. Nachdem ich an die schlimmen Dinge in der Vergangenheit gedacht habe, konzentriere ich mich jetzt auf die guten. Ohne Zögern gehe ich zu ihm, umarme ihn von hinten und lege meine Wange an seinen Rücken. Er versteift sich.

„Lass uns als Freunde ausgehen. Kein Date", sage ich von hinten und spüre, wie er tief aufatmet. Als er sich aufrichtet, um mich anzusehen, lasse ich los. Er runzelt die Stirn, als er mein Gesicht genau betrachtet. „Abgemacht?", frage ich leise. Er antwortet nicht. Stattdessen legt er die Hände auf meine Wangen. Sanft streichelt er mit den Daumen mein Gesicht, und ich bekomme eine Gänsehaut.

„Abgemacht. Ein Freundschafts-Date“, antwortet er. Er sieht mir weiter in die Augen, als er den Kopf zu mir neigt. Langsam schwindet meine Selbstbeherrschung. Oliver kennt meine Dating-Regeln, auch das mit dem Nichtküssen, und wir haben noch nicht mal ein Date, weder freundschaftlich noch richtig. Aber als sein Atem über meine Lippen streift, schließe ich die Augen. Er küsst mich nicht. Seine Lippen berühren meine Mundwinkel, wie vor vielen Jahren auf dem Dach meines Elternhauses. Nach der Ein-Mann-Kapelle in meiner Brust zu urteilen, müsste er etwas viel Gewagteres getan haben. Als er sich von mir entfernt, öffne ich langsam die Augen, und er betrachtet mich eingehend, als wäre ich etwas sehr Kostbares.

„Das heißt weiterhin Ja, oder? Ich habe mich an die Regeln gehalten.“

Langsam nicke ich, ganz gefesselt von ihm, auch wenn es in mir NEIN schreit. Wenn das ein freundschaftlicher Kuss war, überlebe ich bestimmt keinen richtigen, auch wenn ich es mittlerweile besser weiß.

„Schickst du mir die restlichen Regeln? Auch wenn wir nur als Freunde zusammen ausgehen?“, fragt er mit einem Glanz in den Augen, der mich nervös macht.

Wieder nicke ich.

„Sprachlos?“

„Du hast mich überrumpelt“, flüstere ich.

Er versucht, ein Lächeln zu verbergen, aber ich erkenne es an seinen Grübchen am Kinn.

„Du hast mir einen ziemlich miesen Tag wesentlich versüßt“, erwidert er, nimmt mein Gesicht in seine Hände und fährt mit dem Daumen meine Unterlippe nach.

„Willst du mir davon erzählen?“, frage ich und beuge mich zu ihm.

Er schüttelt den Kopf. „Das reicht schon.“

Einen Augenblick stehen wir so da, schauen einander in die

Augen, sein Finger auf meinen Lippen und mein Herz in seinen Händen, bis sein Name ausgerufen wird.

„Ich sollte gehen. Du musst arbeiten, und anders als andere Leute muss ich auch mal schlafen."

Oliver nickt, lässt mein Gesicht los und geht in Richtung Krankenzimmer.

„Gute Nacht, schöne Elle."

„Gute Nacht, gut aussehender Oliver."

Er grinst, und ich wende mich zum Gehen.

„Schreib mir, wenn du zu Hause angekommen bist", ruft er mir hinterher. Ich verlasse das Krankenhaus beschwingter, als ich es betreten habe. Am Auto angekommen, lege ich eine Hand auf die Stelle, die er geküsst hat, und schwöre, dass es dort kribbelt. Ich schließe die Augen und versuche, mich daran zu erinnern, ob Wyatt jemals solche Gefühle in mir ausgelöst hat. Ich habe ihn geliebt – wirklich –, aber immer wenn Oliver in meiner Nähe ist, stelle ich das infrage. Ich fühle mich schon schrecklich, dass ich die beiden miteinander vergleiche. Vielleicht habe ich sie nur auf verschiedene Arten geliebt. Vielleicht war Oliver eher die vertraute, hormongesteuerte Teenie-Liebe und Wyatt eher die erwachsene, vorhersehbar-solide Liebe. Ich weiß nicht, welche besser ist oder ob überhaupt eine besser ist. Nicht, dass ich das wissen müsste. Wyatt ist nicht mehr da, und daran kann ich nichts ändern. Wieso fühlt es sich dann bloß so an, als würde ich den ultimativen Treuebruch begehen, wo ich doch nur freundschaftlich mit Oliver ausgehe?

14. Kapitel

Ich gehe in der Galerie auf und ab, als eine Frau hereinkommt und mich wie angewurzelt stehen bleiben lässt.

Lächelnd schiebt sie sich die Sonnenbrille ins Haar. Sie ist älter – wahrscheinlich im Alter meiner Mom – und hat eine Körperhaltung wie eine Primaballerina.

„Sind Sie die Inhaberin?“, fragt sie und lässt ihren Blick einmal umherschweifen, ehe sie sich wieder mir zuwendet.

„Ja“, antworte ich und gehe auf sie zu. „Estelle Reuben. Waren Sie schon mal hier?“ Sie kommt mir bekannt vor, aber ich weiß nicht, wo ich sie hinstecken soll. Früher richteten Wyatt und ich in unserer Galerie manchmal Vernissagen aus. Vielleicht war sie bei einer davon.

„Eigentlich nicht. Ich glaube, wir sind uns mal in New York begegnet“, sagt sie und neigt das Gesicht, um meines zu ergründen. „Sie sind Wyatts …“

„Verlobte“, fülle ich die Lücke aus. Verlobte, Exverlobte, Verlobte, als er noch lebte; ich weiß nie genau, was ich zu Fremden sagen soll, die von mir gehört haben.

„Mein herzliches Beileid“, sagt sie mit einem traurigen Lächeln. Ihre Gesichtsmuskeln bewegen sich dabei kaum, und es lässt sie eher grimmig aussehen als mitfühlend, aber trotzdem erwidere ich es.

„Danke. Sind Sie Sammlerin?“, frage ich und denke mir, dass es wohl so sein muss, wenn wir uns in New York begegnet sind.

„Ja. Ich habe schon seit Langem ein Auge auf dieses Stück geworfen.“ Sie hebt ihre zierliche Hand und zeigt auf mein Glanzstück, das Auge, das über die Galerie wacht.

„Oh“, sage ich im Flüsterton.

„Wie viel wollen Sie dafür? Ich habe schon mehrfach vergeblich versucht, es zu erwerben."

Ich reiße die Augen auf, als der Groschen fällt. „Priscilla?", sage ich und drehe mich wieder zu ihr, um ihr ins Gesicht zu sehen. Seit fast einem Jahr ruft Priscilla Woods nun schon an – oder lässt die Assistentin ihres Mannes anrufen. Ich lehne ihre Angebote immer wieder ab, obwohl es sich um große Summen handelt, denn sie will die Bilder, an denen ich am meisten hänge, und bisher war ich nicht bereit, mich von ihnen zu trennen.

„Sie erinnern sich", stellt sie lächelnd fest. „Ich bin für ein paar Tage in der Stadt, also dachte ich, ich schau mal vorbei, um zu sehen, ob Sie jetzt bereit sind, mir diese Stücke zu verkaufen."

„Das hier ist nicht zu verkaufen." Ich räuspere mich, um sicherzugehen, dass sie mich auch hört.

„Und das andere? Die zerbrochenen Herzen mit den Flügeln?"

Mein Blick schweift von ihr zur gegenüberliegenden Wand, an der das Bild hängt. „Es heißt ‚Winged Kaleidoscopes'", erwidere ich und habe plötzlich einen Kloß im Hals. Wyatt hat es kurz nach unserer Verlobung gemalt. Er malte drei, verkaufte zwei und behielt eins für die Galerie. Ich war mir nie sicher, ob er es verkaufen würde, obwohl die Bedeutung dahinter mich immer zu Tränen rührte und gleichzeitig zum Lächeln brachte. Letztendlich war es sein Bild, und er konnte damit machen, was er wollte.

„Es ist schön", sagt sie, geht hin und stellt sich davor. „Es erinnert mich an eine Art Wiedergeburt."

Ich nicke, schlucke und hoffe, dass ich mich lang genug zusammenreißen kann, um eine Unterhaltung durchzustehen. „Es hat viel von einer Wiedergeburt." Es ist eine Wiedergeburt meines Herzens, meiner Hoffnung auf Liebe, meines Liebeslebens und die Geburt unserer Beziehung.

„Es hat gar kein Preisschild."

„Manche Dinge sind eben nicht käuflich."

Sie dreht sich zu mir und legt den Kopf schief. „Alles Materielle ist käuflich."

„Das mag sein, aber die damit verknüpften Erinnerungen nicht."

Meine Antwort lässt sie verständnisvoll nicken. Ihre Augen fliegen wieder von meinen zu dem Gemälde. „Sie sind also nicht bereit, die Erinnerungen loszulassen, die es birgt?"

Schweigend starre ich auf das Bild. Ich weiß zwar, dass kein Preis je hoch genug sein wird, um jene Erinnerungen zu bezahlen, aber sie werden für immer ihren Platz in meinem Herzen haben, also vielleicht sollte ich aufhören, das Bild unter diesem Aspekt zu betrachten. In den letzten Wochen ist es mir gelungen, ein neues Kapitel aufzuschlagen, und die Richtung, die ich eingeschlagen habe, scheint mir richtig. Und doch, wenn ich mit so etwas konfrontiert werde – der Realität des Loslassens, die letzten drei Jahre meines Lebens *wirklich loszulassen* –, gerate ich ins Schlingern wie ein Auto mit einem platten Reifen. Ich atme tief ein, nehme den allgegenwärtigen Geruch nach Holz und Farbe in mir auf, und als ich wieder ausatme, habe ich eine Entscheidung getroffen.

„Ich bin bereit, es loszulassen", sage ich fest und entschlossen.

Priscilla dreht sich um und klatscht mit einem Freudenschrei in die Hände – das genaue Gegenteil von allem, wonach sie aussieht mit ihren feinen Perlen und ihrem perfekt geschnittenen Bob. Es bringt mich ein bisschen zum Lächeln, und ich bin auch gleich etwas weniger traurig über den Verkauf des Bildes.

„Ich kann es Ihnen nach Hause liefern", sage ich und weiß, dass es verkauft ist, denn wenn jemand mit Geld ein Auge auf etwas geworfen hat, geht er nicht ohne es.

„Ich wohne in New York", entgegnet sie. „Ich erwarte nicht von Ihnen, dass Sie extra dorthin fliegen, um es zu liefern."

„Das machen wir ständig. Ich hätte kein gutes Gefühl dabei, es Ihnen zu schicken. Nicht dieses."

Sie lächelt leicht. „Ich nehme es selbst mit. Wir besitzen einen Privatjet, ich hätte also nicht einmal das Problem, es in einer Passagiermaschine unterbringen zu müssen. Wir werden uns gut darum kümmern."

Wie sie darüber spricht – wie über ein Kind –, besänftigt mich noch etwas mehr wegen des Verkaufs.

„Dann bereite ich die Papiere für Sie vor."

„Habe ich inzwischen noch Zeit für ein kurzes Mittagessen? Ich bin mit einer Freundin verabredet", sagt sie mit einem Blick auf ihre Armbanduhr.

„Natürlich. Ich brauche nur ein paar Angaben von Ihnen. Bis Sie fertig sind, habe ich es fix und fertig und verpackt."

„Perfekt. Ich kann es gar nicht abwarten, es über meinem Kamin hängen zu haben und mein neues Bild herzuzeigen."

Ihr Bild. Ich reiße mich zusammen, damit ihre Worte mich nicht treffen, aber sie tun es doch. Als sie gegangen ist und ich den Papierkram fertig habe, nehme ich das Bild herunter, wobei ich darauf achte, es nur hinten an den Kanten der Leinwand zu greifen, als ich es auf dem Boden abstelle. Ich setze mich im Schneidersitz davor und fahre mit den Fingerspitzen jedes kaputte Herz nach, bunt und so schön, und die Flügel, die sie in die Lüfte heben. Tränen laufen mir übers Gesicht, als ich jedes einzelne berühre und mich von ihm verabschiede. Ich fange an, es einzuwickeln, eine Schicht, zwei Schichten, drei … und nach jeder Schicht muss ich eine Pause machen und mir die Tränen abwischen. Ich denke an Wyatts ernstes Gesicht, als er die Aquarellfarben mischte … und wie euphorisch er wurde, als er zu den elfenbeinfarbenen Flügeln kam und er seine Vision auf die Leinwand brachte.

„Gefällt es dir?", hatte er gefragt. Und er strahlte, als er begriff, dass ich es liebte.

„Ich will es niemals verkaufen", sagte ich, und er schlang lachend die Arme um mich und zog mich an sich.

„Eines Tages vielleicht. Wenn wir es nicht mehr sehen können."

Ich hoffe, er denkt nicht, ich könnte es nicht mehr sehen, denn so ist es nicht. Ich glaube nicht, dass ich je genug davon haben werde, seine Bilder zu betrachten, aber darum geht es hier nicht. Das ist mein Abschied, sage ich mir, als ich aufstehe und schweren Herzens ein Stück meiner Vergangenheit jemand anderem aushändige. Die Geschichte dahinter wird sie niemals kennen, aber sie wird es trotzdem in Ehren halten.

15. Kapitel

Am vierten Tag der Mia-Funkstille rufe ich sie an, und nachdem wir länger über alles gesprochen haben, fahre ich zu ihr ins Studio.

Ich trete schwungvoll ein und bewundere kurz die Fotografien an der Wand. Seit meinem letzten Besuch hat sie sie komplett ausgetauscht. Rechts hängt eine Schwarz-Weiß-Aufnahme einer Frau im Bett. Sie sieht von der Kamera weg, und das weiße Bettlaken bauscht sich knapp über ihrem Po, sodass man nur die Kurve ihres nackten Rückens und die üppigen schwarzen Haare sehen kann, die ihr über die Schulter fallen. Lichteinfall und Körperhaltung machen dieses Bild so atemberaubend. An der Wand gegenüber der Tür hängt ein Familienfoto: Der Vater trägt eine braune Cordhose, ein blaues Hemd und eine Chewbacca-Maske. Der kleine Junge neben ihm trägt genau das Gleiche, dazu aber eine Stormtrooper-Maske. Neben ihm steht die Mutter: enge braune Hose, weißes Shirt und eine Frisur wie Prinzessin Leia. Ich muss lachen, weil dieses Foto so hinreißend ist, und schrecke zusammen, als Mia um die Ecke kommt und mich begrüßt.

Ich blicke sie von oben bis unten an und stelle fest, dass sie ein rotes Wickelkleid trägt und barfuß ist, was witzig ist, denn ich habe das gleiche Kleid in Schwarz an. Wir mustern uns kurz gegenseitig und lachen.

„Hi", sage ich verlegen.

„Tut mir leid, dass ich so ein Arsch bin und dass ich nicht da war, als du das Bild verkauft hast", erwidert sie und wiederholt noch einmal, was sie mir schon am Telefon gesagt hat.

„Schon gut. War nicht so schlimm. Was ich gesagt habe, tut mir leid – das stand mir nicht zu."

Wir seufzen beide, gehen mit ausgebreiteten Armen aufeinander zu und umarmen uns ganz fest.

„Manchmal bist du so eine Zicke“, sagt sie an meinem Hals.

„Genau deshalb sind wir befreundet.“ Wir lassen einander los, und ich betrachte wieder die Wand vor mir. „Ich liebe dieses Foto.“

Mia lächelt. „Das ist wirklich klasse, oder? Das wird deren Halloween-Karte dieses Jahr.“

„Das da ist atemberaubend.“ Ich deute mit dem Kinn zu dem Frauenrücken.

„Stimmt, Boudoir-Fotos für ihren zukünftigen Ehemann. Eine ganz bezaubernde Frau.“ Ihre blauen Augen sehen wieder zu mir. „Wann darf ich solche Aufnahmen von dir machen? Du wärst perfekt.“

Ich gebe ein undefinierbares Geräusch von mir. „Würde ich nicht hinkriegen. Ich kann nicht auf Kommando sexy aussehen.“

Mia lacht. „Genau das ist es ja! Wenn man es auf Teufel komm raus versucht, sieht man nur bescheuert aus. Und ich helfe dir natürlich – du weißt doch, dass ich wahre Wunder vollbringen kann.“

„Offensichtlich“, sage ich und mache eine Handbewegung, die ihr ganzes Studio einschließt.

„Sag mal, wollen wir dieses Wochenende Fotos von dir machen?“

„Fotos von mir? Ich wollte dich zum Mittagessen abholen und um Vergebung betteln, aber keinen Termin für Aktaufnahmen ausmachen.“

„Weiß ich doch, aber das Model, das ich gebucht hatte, hat gerade abgesagt, weil es krank ist, und obendrein geht es auch noch um wichtige Aufnahmen für eine lokale Zeitschrift, die Auftraggeber wollen die Fotos schon nächste Woche. Das ist eine große Chance, Elle. Das könnte mein Durchbruch werden.“

„Mist“, ist meine knappe Antwort, und ich atme langsam aus.

„Ja, Mist. Alle Models, mit denen ich schon gearbeitet habe, haben mich mit einem ‚Vielleicht‘ vertröstet, aber ein Vielleicht bringt mir nichts.“

Sie sieht aus, als würde sie gleich weinen, und ich kann es nicht mit ansehen, wenn ein Auftrag sie so unter Druck setzt.

„Okay. Ich mach’s.“ Solche Sachen habe ich schon früher für sie gemacht. So schlimm kann es ja nicht werden.

„Ah! Danke!“, ruft sie, macht einen kleinen Luftsprung und umarmt mich erneut.

„Ist es … hm, weißt du noch, das eine Mal, als du mich mit diesem Typen am Strand fotografiert hast? Ist es wieder so etwas?“ So schlecht war es gar nicht, bis Wyatt aufgetaucht ist. Wir haben im Wasser herumgetollt, möglichst nicht zur Kamera gesehen und so getan, als würde die Chemie zwischen uns stimmen – was nicht gerade leicht ist mit einem Typ, den man nicht kennt, egal, wie süß er ist.

Als wir miteinander warm geworden waren – genug, um „so zu tun, als würden wir uns gleich küssen“ –, stand Wyatt plötzlich da. Er brachte mich so aus dem Konzept, dass ich nicht mehr unbeschwert mit dem Typen umgehen konnte. Ich muss ja wohl nicht erwähnen, dass er sich damit seinen ersten Minuspunkt bei Mia eingehandelt hatte. Es war schrecklich.

Mias Lachen reißt mich aus meinen Gedanken. „Nein, diesmal ist es drinnen und viel intimer, also ganz gut, dass du noch keinen neuen Freund hast.“

„Ja, was für ein Glück“, murmele ich halbherzig, bevor ich sie weiterarbeiten lasse und mich meinerseits auf den Weg in meine Galerie mache. Unterwegs will ich mir noch irgendwo ein Sandwich besorgen.

Als ich später alles für die Kids vorbereite, bekomme ich eine Nachricht von Oliver, die mich skeptisch macht.

1. Regel: kein kurzes Kleid.

Einen langen Moment starre ich nur auf die Nachricht, dann sehe ich an mir selbst herab und dann aus dem Fenster, um zu überprüfen, ob er mich beobachtet.

Beobachtest du mich?

??

Siehst du mich gerade von irgendwo?

Das Handy vibriert und zeigt seinen Namen an.

„Soll das heißen, du hast gerade ein kurzes Kleid an?", fragt er flüsternd.

„Ja, und so, wie du klingst, bist du wohl gerade im Krankenhaus."

„Wie kurz?", will er wissen und übergeht meine Aussage total.

„Freunde, Oliver", erinnere ich ihn.

„Um Himmels willen, sag mir nur, wie kurz. Ich will es mir vorstellen."

„Bis kurz übers Knie."

„Welche Farbe?"

„Schwarz."

Ich höre, wie sich eine Tür öffnet und wieder schließt, bevor ich seinen Atem wieder über das Telefon höre. Ich erschaudere, als würde er hinter mir stehen.

„Ist es eng?"

Ich muss lachen. „Versuchst du hier gerade Telefonsex am Nachmittag? Von deiner Arbeit aus?"

Er atmet hörbar aus. „Ich habe dir extra geschrieben, dass du kein kurzes Kleid bei unserem Freundschafts-Date tragen sollst, und du erzählst mir, dass du so eins gerade anhast, für jeden gut sichtbar."

„Na und? Du tust ja so, als hätte ich nur Dessous an."

„Nein, aber jeder Mann in Santa Barbara wird auf deine Beine starren und sich wünschen, sie wären um seine Hüfte geschlungen, und beim Anblick deines Dekolletés wünscht er sich, er könnte dir das Kleid nach unten streifen, um mehr zu sehen …"

„Oliver!", unterbreche ich ihn aufgebracht. Ich bekomme Hitzewallungen und atme schwer, dabei ist er noch nicht einmal hier, um etwas davon mit mir zu machen. „Freunde!", rufe ich. „Nur Freunde! Wenn du weiterhin solche Sachen sagst, werde ich nicht mit dir ausgehen."

Er schweigt so lange, dass ich sogar auf mein Display sehe, um sicherzugehen, dass er noch dran ist.

„Was löst es bei dir aus, Estelle, wenn ich solche Sachen zu dir sage?", fragt er, seine Stimme reibt über mich und bereitet mir unwillkürlich eine Gänsehaut.

„Nichts", flüstere ich.

„Nichts?" Bei seiner herausfordernden Stimme schließe ich die Augen, denn ich weiß, ich hätte diese Frage lieber überhören sollen. „Wünschst du dir nicht, wir wären jetzt irgendwo für uns?"

„Warum sollte ich mir das wünschen?" Ich hoffe, dass meine Stimme fester klingt, als sie sich anfühlt.

„Weil meine Hand unter dein Kleid gleiten würde, wenn wir für uns wären …", er macht eine kurze Pause und sagt dann noch leiser: „Und in dein Höschen."

„Wer sagt denn, dass ich eins anhabe?"

„Trägst du etwa nichts drunter, böse Elle?" Das Lächeln in seiner Stimme lässt mich erröten.

„Wer weiß."

„Wenn meine Hand unter deinem Kleid wäre und du nichts anhättest, könnte ich mich nicht zurückhalten. Ich müsste dir das Kleid ausziehen, um nachzusehen, ob du darunter komplett nackt bist."

„Und wenn?“, frage ich leise. *Warum mache ich bei diesem Spiel mit? Warum, warum, warum gehe ich darauf ein? Warum gefällt es mir?*

„Dann hättest du ein großes Problem“, sagt er mit einem tiefen Brummen, und mein Herzschlag setzt einen Moment aus.

„Ach wirklich? Welches Problem?“, fordere ich ihn heraus.

„Als Erstes würde ich dich schmecken wollen“, beginnt er.

„Küssen verboten beim Freundschafts-Date“, necke ich lächelnd.

„Ich würde ja nicht deinen Mund küssen“, raunt er. „Ich würde mir Zeit lassen und deinen Körper langsam von oben nach unten mit Küssen bedecken, bis ich bei deinen Knöcheln angelangt wäre, und dann würde ich mich langsam wieder nach oben arbeiten, meine Zunge würde an der Innenseite deiner Schenkel entlanggleiten ... jeden Zentimeter deines Körpers würde ich kosten ...“ Er umgarnt mich mit Worten, und bei der bloßen Vorstellung dessen, was er so anschaulich beschreibt, muss ich keuchen, als spürte ich seine warme Zunge auf meiner empfindlichen Haut. „Ich würde dich genießen, bis du darum bettelst, dass meine Lippen dich ...“

„Oliver!“, unterbreche ich ihn und kann ein Stöhnen nicht unterdrücken. Genau so etwas wollte ich hören – das weiß ich selbst –, aber seine Worte sind mir doch zu heiß, zu scharf, zu ... viel. Ich atme tief durch und bringe irgendwie heraus: „Musst du keine Menschenleben retten?“

„Ich mache gerade Pause“, erwidert er ungerührt, als hätte er das zuvor alles gar nicht zu mir gesagt. „Ich esse übrigens gerade zu Mittag.“

„Während deiner Mittagspause hast du Telefonsex mit mir?“ Ich reiße die Augen auf und blinzele ein paarmal, um mich an das Licht im Atelier zu gewöhnen.

Er grinst. „Ich bin eben multitaskingfähig.“

„Okay ... Ich lasse dich mal in Ruhe, damit du deine Mittagspause genießen kannst.“

„Musst du nicht. Ich habe gerade so einen Ständer, dass ich mich hier erst mal verstecken und mir etwas einfallen lassen muss, bevor ich weiterarbeiten kann."

Ich seufze und lasse mich auf den Stuhl hinter mir fallen. Vor meinem geistigen Auge sehe ich ihn mit all den Krankenschwestern flirten. „Ich bin mir sicher, du findest genügend willige Schwestern … und Führungskräfte, die dir gern zur Hand gehen."

Erneute Stille, dann atmet er scharf aus. „Ich wünschte, du würdest nicht so schlecht von mir denken."

„Ich wünschte, du hättest mir gar nicht erst einen Grund gegeben, so von dir zu denken, aber so ist das nun mal, Bean."

„Ich hasse es, wenn du mich Bean nennst", flüstert er, seine Stimme ist plötzlich tiefer, irgendwie trauriger geworden.

„Warum?", flüstere ich zurück, obwohl ich ganz alleine bin.

„Ich habe meine Gründe", antwortet er, bevor er sich räuspert. „Egal, das Problem hat sich soeben von selbst gelöst, ich brauche keine Hilfe mehr. Nicht, dass ich mir welche geholt hätte."

„Na dann … mach dir einen schönen Tag", sage ich, weil mir nichts Besseres einfällt.

„Du dir auch."

Ich lege mein Handy beiseite, und als ich gerade eine Glasscherbe in die Hand nehmen will, um mit einer neuen Skulptur zu beginnen, vibriert es erneut.

Nächste Regel: Nenn mich beim Freundschafts-Date nicht „Bean".

Geht klar.

Und ich dich nicht Küken. Nur Estelle und Oliver.

Kleine geflügelte Geschöpfe flattern in meinem Bauch.

E & O

Danke. War ne harte Woche. Die Aufmunterung gerade konnte ich gut gebrauchen.

Wenn er so etwas schreibt, würde ich am liebsten weinen. Ich weiß, dass sein Beruf hart ist – dass er auch nach seiner Facharztausbildung im Bereich Kinderheilkunde bleiben will, kann ich nicht nachvollziehen. Als ich ihn neulich so erschlagen gesehen habe, war das nicht der Oliver, den ich kenne. Und jetzt diese Nachricht? Es bricht mir das Herz.

**Knicks* Ich stehe Ihnen den ganzen Tag hier zur Verfügung.*

In deinem Kleid?

LOL. Natürlich!

Danach schreibt keiner von uns mehr, und während ich mich wieder einem meiner üblichen zerbrochenen Kaleidoskopherzen widme, lächele ich. Er war der Grund, warum ich mit diesen Herzen begonnen habe, auch wenn es Wyatt war, der mir zeigte, wie ich es so hinbekomme, dass das Herz auch hält. Ich frage mich, ob darin eine tiefere Bedeutung liegt, aber allzu viel Zeit widme ich diesem Gedanken nicht. Man braucht gar nicht erst an das Schicksal zu glauben, wenn man sowieso zu stur ist, sich ihm zu fügen.

16. Kapitel

Mein Freundschafts-Date mit Oliver fällt schließlich auf einen Samstag.

Seit unserem Gespräch per SMS beziehungsweise Telefon haben wir uns nur flüchtig gesehen, und ich habe mich hauptsächlich darauf konzentriert, mit Micah und Dallas die Wände der Klinikräume zu bemalen.

Oliver hat mir für unser Date drei Regeln gegeben: kein kurzes Kleid, bequeme Schuhe und kein Lippenstift. Über die letzte Regel musste ich herzhaft lachen, und natürlich habe ich mich nicht daran gehalten. Ich habe eine Jeans angezogen, flache, schwarze Stiefel, ein weißes Trägertop mit Rüschen und darüber eine dunkelgrüne Jacke, falls es später kühl wird. Meine Haare habe ich geglättet und trage sie offen, und ich habe Make-up aufgelegt – inklusive dunkelrotem Lippenstift. Als ich in den Spiegel sah, lächelte ich meinem Spiegelbild zu. Bevor ich Wyatt kennenlernte, trug ich nie Lippenstift. Er hatte es mir vorgeschlagen. Die Veränderung gefiel mir. Er war älter als ich und hatte mehr Ahnung und mehr Lebenserfahrung. Daher nahm ich mir jeden seiner Vorschläge zu Herzen.

Vor Wyatt zog ich an, was ich wollte – kurze Kleider, enge Röcke, hohe Absätze, das volle Programm. Er führte mich langsam weg von solchen Dingen und hin zu dem, was er einen „erwachsenen Kleidungsstil“ nannte. Mia fand das idiotisch. Sie meinte, wir seien schließlich erst einundzwanzig und könnten, ja sollten sogar zeigen, was wir hatten.

„Vor allem du mit deinem Körper einer Tänzerin“, sagte sie immer.

Ich trug immer noch Chucks und Doc Martens und ließ mir

die Nase piercen. Aber ich lief nur nicht mehr herum und zeigte zu viel Bein oder zu viel Dekolleté, daran war nichts falsch. Ich bin dankbar für Wyatt und alles, was er mir gegeben hat, aber ich habe beschlossen, dass ich mich für niemanden mehr in etwas verwandeln werde, was ich nicht bin – schon gar nicht für einen Mann.

Ich poltere die Treppe hinunter, schnappe mir eine Wasserflasche und trinke daraus, während ich mich auf die Suche nach einem kleinen Snack mache.

„Du siehst hübsch aus", sagt Vic, als er den Kühlschrank öffnet.

Lächelnd drehe ich mich um. „Danke."

„So früh schon ein Date?"

Ich sehe auf die Uhr. Es ist zehn, und Oliver müsste jeden Moment da sein. Und plötzlich werde ich nervös. Langsam dringt die ganze Realität der Sache zu mir durch – Oliver holt mich gleich zu einem Freundschafts-Date bei meinem Bruder ab – bei seinem besten Freund. Das haben wir eindeutig nicht richtig durchdacht. Ich bin fünfundzwanzig. Ich bin kein Kind mehr, aber für Victor ist das ein absolutes No-Go. Ich weiß es, weil ich es mir immer wieder anhören musste. Ich weiß es, denn sosehr er Oliver auch liebt und sogar so weit geht, ihn immer, wenn sie zusammen sind, als seinen Bruder vorzustellen, würde er nicht gutheißen, dass er mit mir ausgeht.

„Nicht direkt ein Date", erläutere ich. „Ich treffe mich nur mit Bean."

Victor runzelt die Stirn, als er mir prüfend ins Gesicht sieht, nickt dann aber langsam. „Ihr kommt euch wohl näher durch dein Projekt im Krankenhaus?" Er formuliert es als Frage. Eine sehr neugierige Frage. Zu neugierig dafür, dass sie von meinem Bruder, dem Anwalt, kommt. Ich lächele knapp und nicke als Antwort. Bevor er noch irgendwas sagen kann, klingelt es, und ich sprinte praktisch zur Tür.

„Bis später", rufe ich über die Schulter, während ich mir

meine Handtasche schnappe und die Tür öffne. Ich gehe raus, ohne überhaupt zu Oliver aufzusehen, der so dicht vor mir steht, dass mich der Duft seines Eau de Cologne mit voller Wucht trifft. Aber ich muss die Tür schließen, bevor ich ihn begrüße. Wir müssen schleunigst hier verschwinden, bevor Victor rauskommt und etwas sagt, das uns dieses Freundschaftsding für immer vergessen lässt.

„Du kannst es wohl kaum abwarten, was?" Oliver schmunzelt, während ich die Millionen von Schlüsseln an meinem Bund durchsehe. Mein Blick fällt auf seine dunkle Jeans und arbeitet sich langsam hinauf zu seiner schmalen Taille und dem burgunderroten Poloshirt, das eng an seinem schlanken Körper anliegt. Ich blicke in sein Gesicht, flüchtig auf die Bartstoppeln, die ein wenig seine Grübchen verbergen, und zu seinen langen Haaren, die bis zu seinen hohen Wangenknochen reichen. Seine faszinierend grünen Augen leuchten amüsiert. Scheiße. Er sieht zu gut aus für ein Freundschafts-Date. Seine Augen hängen an meinen Lippen, als ich sie öffne, um zu antworten, und er gleichzeitig den Mund aufmacht, um etwas zu sagen, aber ehe einer von uns einen Ton hervorbringt, geht die Tür auf, und Victor steckt den Kopf heraus.

„Ach. Ich dachte, das sollte ein Witz sein", sagt er mit einem Blick zu Oliver.

„Was genau?", frage ich.

„Was geht, Mann?", Oliver und Vic tauschen einen kumpelhaften Handschlag aus.

„Sie hat gesagt, dass sie sich mit dir trifft, aber sie hat sich benommen, als hätte sie etwas zu verbergen, also dachte ich, sie lügt."

Mein Herz droht, mir aus der Brust zu springen, daher sehe ich weg und konzentriere mich auf die Berge in der Ferne.

„Ich bin kein Kind mehr, Victor", blaffe ich ihn an, während Oliver seinerseits antwortet.

„Warum sollte sie denn etwas zu verbergen haben?" Seine

Stimme klingt sehr verwirrt. „Hast du etwas vor uns zu verbergen, Elle?"

Mein Kopf fährt hoch, und ich funkele ihn wütend an. „Gehen wir jetzt, oder wollt ihr beide mich ins Kreuzverhör nehmen? Das ist ja wohl lächerlich." Ich lenke meinen wütenden Blick zu Vic, der lachend den Kopf schüttelt und wieder ins Haus geht.

„Viel Spaß mit Fräulein Motzkugel", ruft er noch über die Schulter.

Ich zeige ihm den Mittelfinger, was ihn nur noch mehr zum Lachen bringt, stampfe die Treppe runter und steuere auf Olivers schwarzen Cadillac zu. Ich ziehe am Türgriff, während ich seine Schritte näher kommen höre, aber die Tür ist abgeschlossen. Er bleibt neben mir stehen, und ich sehe den Schlüssel in seiner Hand. Sein Daumen schwebt über dem Knopf zum Öffnen.

„Ich beginne ein Date – freundschaftlich oder nicht – ungern auf dem falschen Fuß", sagt er und bringt mich so dazu, in sein attraktives, ernstes Gesicht zu schauen.

„Und ich beginne ein Freundschafts-Date ungern damit, mich sowohl von meinem Bruder als auch meinem Dater in die Mangel nehmen zu lassen."

Um seine Lippen zuckt es. „Deinem Dater?"

„Du weißt schon, was ich meine", murmele ich.

Oliver lächelt, was eine verheerende Wirkung auf mich hat. „Nein, weiß ich nicht. Erklär es mir lieber, sonst kriege ich noch falsche Vorstellungen."

„Oliver."

„Estelle."

„Du kennst die Regeln – kein Küssen, kein Berühren, keine faulen Tricks."

„Und du kennst meine. Kein kurzes Kleid, kein Lippenstift … und trotzdem trägst du roten Lippenstift. *Rot.* Die absolute Date-Farbe."

Ich beiße mir auf die Wangen, um nicht loszulachen, versage aber kläglich. „Rot ist eine Date-Farbe?"

„Auf diesen Lippen schon."

Er blickt mir einen Moment fest in die Augen – ein elektrisierender Moment, in dem Strom durch mich hindurchzufließen scheint –, bevor er den Wagen entriegelt und mir die Tür öffnet. Ich steige ein und warte, bis er ihn umrundet hat.

„Hübsches Auto", sage ich, als er eingestiegen ist und den Motor aufheulen lässt.

„Danke. Es war das Geschenk meines Dads für meinen Medizinabschluss."

Ich nicke. „Wie geht es ihm?"

Ich bin seinem Dad erst einmal flüchtig begegnet, weiß aber, dass er immer noch unter den Folgen mehrerer Schlaganfälle leidet.

„Ganz gut. Er hat wieder geheiratet. Er scheint glücklich zu sein, und seine Frau ist auch nett. Sie achtet auf seine Gesundheit, das ist schon mal gut."

„Und wie geht's deiner Mom und Sophie?"

Er lächelt mich kurz an, bevor er seine Aufmerksamkeit wieder auf die Straße richtet. „Ziemlich gut. Sophie ist wieder schwanger, und Sander wächst wie verrückt. Mom geht's auch gut, sie ist so überglücklich mit ihnen, dass sie auf der Arbeit kürzertritt, um zu Hause zu bleiben und Soph zu helfen."

„Wahnsinn. Ich bin beeindruckt. Scheint so, als könnten Menschen sich doch ändern."

„Du wärst überrascht, wie sehr", sagt er mit einer tiefen Stimme, die auf wunderbare Weise in mir nachhallt.

„Also", meine ich und klopfe mir auf die Oberschenkel. „Wo fahren wir hin?"

„Erst mal frühstücken. Dann auf ein Weingut."

Ich drehe mich zu ihm. „Du willst mich bei einem Freundschafts-Date betrunken machen?"

Ich sehe ihm an, wie sehr er sich anstrengt, nicht zu lachen. „Einem Freundschafts-Date, zu dem du roten Lippenstift trägst."

Ich lache, seufze und stöhne, alles innerhalb von drei Sekunden. „Du bist unmöglich."

„Daran bist du schuld."

„Reden wir von etwas anderem", erwidere ich und sehe aus dem Fenster. „Hat dieses Auto Bluetooth?"

Oliver schmunzelt. „Ja, Prinzessin Estelle, erfüllt das Eure Ansprüche?"

Ich höre auf, mit der Hand über das Armaturenbrett zu streichen, und lege sie wieder in meinen Schoß, wobei ich spüre, wie mir die Röte ins Gesicht steigt.

„Dein altes Auto hat mir besser gefallen."

Oliver zieht die Augenbrauen hoch und dreht sich erstaunt zu mir. „Mein schrottiger Maxima hat dir besser gefallen als der hier?"

Ich zucke die Schultern. „Er war gemütlicher. Der hier erinnert mich an das Batmobil. Nicht, dass ich was gegen das Batmobil habe, aber ich steh auf gemütlich."

Er schüttelt den Kopf und murmelt leise irgendwas, fängt aber an, auf dem Display nach meinem Telefon zu suchen, damit ich mich mit Bluetooth verbinden kann. Er weiß schon, dass ich vorhabe, meine eigene Musik abzuspielen – das brauche ich ihm gar nicht zu erklären. Früher habe ich immer meine eigenen CDs mitgebracht, wenn ich bei ihm mitfuhr. Oliver hört zwei Arten von Musik: Hardrock und Rap. Beides finde ich zwar ganz okay, aber lieber höre ich die Klassiker. Die Steve Miller Band ist noch nicht mal bei der Hookline angelangt, als sie durch einen Anruf von Mia unterbrochen wird.

Oliver sieht mich mit einem fragenden Blick an.

„Wenn du nichts dagegen hast", sage ich. Er drückt auf den Knopf, und noch bevor ich Hallo sagen kann, ertönt Mias hektische Stimme.

„Was hast du für Unterwäsche an?", fragt sie.

Schon zum zweiten Mal an diesem Morgen werde ich knallrot. Aus dem Augenwinkel kann ich sehen, wie Oliver sich auf die Lippe beißt.

„Bitte *was*? Mia, du bist auf Lautsprecher!"

„Ist mir egal. Das ist ein Notfall. Hörst du nicht, wie schrill meine Stimme klingt? Was hast du drunter an?"

Ich sehe Oliver von der Seite an, dann aus dem Fenster, und schließlich ziehe ich leicht an meinem Oberteil und blicke an mir herunter, denn ich habe tatsächlich total vergessen, welche Unterwäsche ich anhabe.

„Kannst du das Telefon trennen?", bitte ich Oliver, der verneinend den Kopf schüttelt. „Bitte. Das hier ist … echt peinlich."

„Antworte einfach", flüstert er.

„Wer ist das?", fragt Mia.

„Oliver. Wir sitzen in seinem Auto und hören dich über das blöde Bluetooth."

Sie lacht. „Oh Gott! Tut mir echt leid, Bean!"

„Wie bitte?", rufe ich. „Er ist nicht derjenige, dem das peinlich ist!"

„Ach so, na ja, jetzt schon. Also schieß los – was für Unterwäsche?"

„Weißer Spitzen-BH und passende Pantys", sage ich fast zwischen zusammengebissenen Zähnen hindurch, wobei mir Olivers anerkennender Seitenblick nicht entgeht. Am liebsten würde ich ihm dafür eine verpassen, aber ich weiß, dass dabei nichts Gutes rauskommen würde, also verschränke ich lediglich wie ein bockiges Kind die Arme vor der Brust.

„Also, wegen des Gefallens, den du mir tun wolltest", fängt sie an. „Das männliche Model kann nur heute Mittag um zwölf. Hast du da Zeit?"

Ich sehe wieder zu Oliver, der den Kopf schüttelt. „Können wir das nicht später machen? So um … sechs?", frage ich, mehr ihn als sie.

„Elle! Das ist sauwichtig. Ich muss sonst weiter rumtelefonieren, und keiner kann kurzfristig zu einem Shooting kommen, weil die alle wegen irgendeiner Modesache in L. A. sind!"

Schnaufend schließe ich die Augen und lehne den Kopf zurück. „Ich ruf dich zurück."

„Bitte sag mir in der nächsten Stunde Bescheid. Bitte, bitte."

„Mach ich."

Oliver trennt das Gespräch, als wir vor einer Hütte am Wasser halten.

„Worum ging es eigentlich?", erkundigt er sich, während er den Motor abstellt und sich zu mir dreht.

„Bei einem Fotoshooting von ihr ist so ziemlich alles schiefgelaufen, was schieflaufen kann, und sie hat mich gefragt, ob ich es für sie machen kann, aber offenbar findet sie so kurzfristig keinen Partner für mich."

„Willst du es machen? Ich meine, wir könnten ja was essen und dann zu ihr fahren, anstatt ..."

Seufzend sehe ich aus dem Fenster. „So hast du dir unser Freundschafts-Date aber vermutlich nicht vorgestellt."

„Aber du willst deiner Freundin helfen. Ich versteh das, Elle. Das andere können wir ja danach machen."

Lächelnd wende ich mich ihm wieder zu. „Danke."

Er zuckt mit den Schultern, als sei das nicht der Rede wert. „Hast du Hunger?"

„Kohldampf."

Wir gehen rein und setzen uns auf die Terrasse, wo wir nur wenige Schritte vom Wasser entfernt sind. Eine Gruppe von Surfern ist draußen und pflegt ihre Boards, während andere im Wasser sind und auf bessere Wellen warten.

„Ist das okay?", fragt Oliver mit einer Kopfbewegung zu den Surfern.

Ich lächele. „Perfekt."

„Gut. Ich war mir nicht sicher." Jetzt erst dämmert mir, was er meint, als sein Blick wieder zu dem Strand voller Surfer wandert.

„Wir können darüber reden, weißt du? Es ist wirklich kein Problem für mich."

Er lächelt sanft. „Ich will nicht, dass du dich unwohl fühlst."

„Mir geht's gut."

Er nickt. „Warst du noch mal da, nachdem es passiert ist?"

„Am Strand?", frage ich mit gerunzelter Stirn. „Natürlich. Erst vor Kurzem … ein paar Tage nach dem Jahrestag."

Überraschung blitzt in seinen grünen Augen auf. „Ich wollte mich eigentlich bei dir melden, nachdem es passiert ist. Tut mir leid, dass ich es nicht gemacht habe. Vic hat mich zwar auf dem Laufenden gehalten, aber ich hätte für dich da sein sollen. Jedes Mal, wenn ich darüber nachgedacht habe, in der Galerie vorbeizuschauen oder dich zu besuchen, hab ich …", er seufzt und wendet sein Gesicht ab, den Blick wieder auf das Wasser gerichtet, „… hab ich irgendwie Panik bekommen."

Als die Bedienung kommt und wir was zu trinken und zu essen bestellen, weiß ich, dass ich das, was er gerade gesagt hat, einfach unter den Tisch fallen lassen könnte. Die Pause wäre eine Gelegenheit für uns beide, uns auf sichereres Terrain zu begeben, aber seine Worte klingen in meinem Kopf nach.

„Warum denn Panik?", frage ich leise, während ich mir ein Stück Brot abbreche und es mit Erdbeermarmelade bestreiche, genauso wie er. Er wirkt unschlüssig, bevor er antwortet.

„Wegen unserer letzten Begegnung."

„Im Haus meiner Eltern", sage ich und nicke, als ich verstehe.

Als der Kellner unsere Getränke bringt, lassen wir das Thema fallen, denn es ist zu viel für ein rein freundschaftliches Date.

„Also, Doktor Hart, wie schlägst du dich bisher in deiner Facharztausbildung? Hast du noch Prüfungen? Und wie laufen die?", will ich betont gut gelaunt wissen. Als Oliver schmunzelt, leuchten seine Augen auf, und vor Belustigung kommen seine Grübchen zum Vorschein.

„Ich kann mit Stolz sagen, dass ich alle Prüfungen hinter mir habe, aber sie schauen mir immer noch genug auf die Finger, um mitzukriegen, wenn ich Mist baue … was ich natürlich nicht mache", fügt er zwinkernd hinzu.

Ich grinse. „Natürlich nicht, Mr. Perfect."

„*Doctor* Perfect", korrigiert er mich mit einer hochgezogenen Augenbraue. Wir lachen gemeinsam darüber, verstummen aber schnell wieder, als sein Blick erneut ernst wird. „Kann ich dich was fragen?"

„Natürlich", antworte ich in dem Moment, in dem der Kellner unser Essen bringt. Oliver hat Eier mit Speck bestellt und ich Eier Benedict auf Avocado. Wir schieben unsere Teller in die Mitte des Tisches, damit wir teilen können, wie früher. Alles fühlt sich so … vertraut an.

Ich lächele und sehe zu, wie er eine große Gabel von den Avocado-Eiern nimmt. Mit einer Genießermiene stöhnt er auf und schneidet noch ein Stück ab, um es mir in den Mund zu stecken. Ich stütze mich mit den Händen an der Tischkante ab und beuge mich zu der Gabel, wobei ich ihm fest in die Augen blicke. Sobald die verschiedenen Aromen auf meiner Zunge explodieren, stimme ich in sein Stöhnen ein und schließe die Augen.

„Das schmeckt richtig gut", sage ich, als ich mit Kauen fertig bin. Ich lächele, sobald ich merke, dass Olivers Blick immer noch auf meinen Mund gerichtet ist. „Du wolltest mich was fragen", erinnere ich ihn. Er schluckt und nickt.

„War er wirklich so bestimmend?", fragt er. Ich vermute, man sieht mir an, wie erstaunt ich über diese Frage bin, denn er fügt schnell hinzu: „Wenn ich das fragen darf."

„Als bestimmend würde ich es nicht bezeichnen … jedenfalls nicht im negativen Sinn … Ich bin sicher, dass Vic dir gegenüber ein schreckliches Bild unserer Beziehung gezeichnet hat – dieser Typ ist ständig unterwegs und lässt sie tagelang allein, ohne sich zu melden, und dann kommt er nach Hause und sagt ihr, dass sie sich nicht so anziehen kann wie früher und das Tanzen aufgeben muss", ahme ich die verärgerte Stimme meines Bruders nach. „Aber er hat nichts davon von mir verlangt. Ich habe es gemacht, weil ich es wollte."

In Olivers Gesicht zeichnet sich etwas ab, das ich noch nie bei ihm gesehen habe. So was wie Kummer, keine Ahnung – aber bei dem Anblick rutscht mir das Herz in die Hose.

Nach einem Moment flüstere ich: „Was denkst du?"

Er sieht weg, zum Meer, und als seine grünen Augen meine wieder finden, ist jener Ausdruck in ihnen nicht verschwunden. „Ich denke …" Er unterbricht sich, als trage er einen inneren Kampf aus, ob er es mir sagen soll oder nicht. Ich nicke ermutigend. „Ich denke, dass ich es nicht tagelang aushalten würde, ohne deine Stimme zu hören."

Seine Antwort ist so gar nicht, was ich erwartet habe. Und das Gefühl, das sie in mir weckt, ist absolut nicht, was ich erwartet habe. Und durch die Tatsache, dass mir beides gefällt, fühle ich mich hin- und hergerissen.

„Und was denkst du?"

„Dass das hier ganz anders ist als mein letztes Date."

Oliver lacht in sich hinein. „Mit diesem Derek?"

„Warum hast du bloß so ein gutes Gedächtnis?", frage ich und schüttele lächelnd den Kopf.

„Bist du noch mal mit ihm ausgegangen?"

„Nee. Definitiv nicht mein Typ."

„Was ist denn dein Typ?", fragt er, und sein Blick fällt auf meine Lippen, die ich mit der Zunge befeuchte, weil sie plötzlich trocken sind.

„Eigentlich habe ich keinen. Ich weiß nur, dass *er* es nicht ist", sage ich schulterzuckend.

„Ich glaube schon, dass du einen hast."

„Ach ja? Dann erleuchte mich, oh weiser Mann. Was ist mein Typ?"

Oliver lächelt auf seine träge Art, lehnt sich auf seinem Platz zurück und schiebt sein Wasserglas ein Stück zur Seite. „Du stehst auf Typen mit langen Haaren."

„Das sagst du nur, weil Wyatt lange Haare hatte", werfe ich ihm vor. Er sieht mich eindringlich an. „Und weil du lange Haare hattest."

„Habe", korrigiert er.

„Sie waren mal länger."

„Soll ich sie mir wieder wachsen lassen?"

Ich zucke mit den Schultern und ignoriere die Schmetterlinge, die in meinem Bauch herumflattern. „Mir egal. Worauf steht Jen denn?"

Olivers Lächeln wird breiter, und er kratzt sich das stoppelige Kinn. „Ich bin noch nie auf die Idee gekommen, sie nach ihrer Meinung zu fragen."

Die Tatsache, dass er nicht abstreitet, dass mit ihr irgendwas lief, weckt in mir den Wunsch, mein Besteck nach ihm zu schmeißen. Sein tiefes Glucksen katapultiert mich aus meinen mörderischen Gedanken.

„Was denn?", frage ich, und es klingt schroffer als beabsichtigt.

„Du bist so niedlich, wenn du eifersüchtig bist."

Mir bleibt der Mund offen stehen. „Ich bin nicht eifersüchtig. Ich bin überhaupt kein eifersüchtiger Mensch. Mir doch egal, was du in deiner Freizeit treibst."

Als ich spüre, wie mir die Hitze ins Gesicht steigt, schließe ich die Augen, denn ich ertrage den belustigten Ausdruck in seinen nicht.

„Elle", sagt er. Ich zucke zusammen und mache die Augen auf, als ich spüre, wie er seine großen Hände auf dem Tisch auf meine legt. „Ich habe dir doch schon gesagt, dass ich mit niemandem schlafe. Jetzt erzähl mir – was gefällt dir?"

„Spielt doch keine Rolle, was mir gefällt. Frag doch eine der Schwestern", schleudere ich ihm hin und bereue es sofort, als mir klar wird, dass ich total eifersüchtig klinge.

Wieder lacht Oliver. „Deren Meinung spielt auch keine Rolle."

„Aber meine schon." Ich ziehe eine Augenbraue nach oben.

„Deine schon", antwortet er, und sein feuriger Blick fängt an, mich auf eine Art zu berühren, mit der ich nicht gut umgehen kann.

„Was entspricht noch meinem Typ?", hake ich nach, ziehe meine Hände unter seinen weg und lege sie in den Schoß.

„Du magst ältere Männer."

„Das sagst du auch nur, weil Wyatt älter war."

„Zu viel älter", kontert er.

„So was gibt es nicht."

Er spannt den Kiefer an, und was er jetzt sagt, trifft mich völlig unvorbereitet. „Weißt du, wie geschockt ich war, als ich erfahren habe, dass du dich mit ihm verlobt hast?"

Mir dreht sich der Magen um. Ich kenne die Antwort darauf. Wie könnte ich sie je vergessen? Aber irgendwie gelingt es mir, langsam den Kopf zu schütteln, und plötzlich wünsche ich mir, der Wind würde mich weit fort von hier tragen, bevor ich mich in dem Blick verliere, den er mir zuwirft. „Wie geschockt?"

„Sehr."

„Warum?"

Oliver schließt die Augen und schnaubt laut. Gerade als er sie wieder aufmacht, kommt die Kellnerin mit der Rechnung. Er bezahlt, und wir bedanken uns, während wir zur Seitentür rausgehen, die dem Strand am nächsten ist.

„Ich dachte immer, du gehörst zu mir", sagt er. Seine Worte sind so leise, dass sie fast von dem Windstoß verschluckt werden, der uns ins Gesicht bläst, aber ich höre sie so deutlich, als würde er sie mir entgegenschreien. Was soll ich dazu sagen? Wie in aller Welt soll ich nach all der Zeit darauf antworten?

Ich bin dankbar, als Mias Anruf uns unterbricht. Ich mache die Augen zu. „Ich habe vergessen, sie zurückzurufen", sage ich, zu ihm … zum Strand … zu niemandem Bestimmtes, bevor ich rangehe.

„Elle, zwölf ist alles, was ich rausschlagen konnte. Niemand anders kann um diese Zeit.“

Ich sehe zu Oliver auf, der auf mich hinabstarrt, und schalte das Telefon auf stumm. „Ist es wirklich in Ordnung für dich, wenn wir das hier verkürzen? Willst du mitkommen?“

„Und zusehen, wie du mit einem anderen Kerl posierst?“ Er überlegt nur kurz, ehe er erwidert: „Scheiß drauf. Warum nicht?“

Ich strahle ihn an und schalte das Mikro wieder ein. „Ich bin um zwölf da, aber Oliver kommt mit.“

Mia lacht laut auf. „Na das wird ein Spaß.“

17. Kapitel

Spaß ist, am Weihnachtsmorgen aufzuwachen oder eine Spritztour mit dem neuen Auto zu machen oder mit Freunden etwas trinken zu gehen … ja, sogar der erste Kaffee am Morgen, der einem mitunter vorgaukelt, dass der Tag doch ganz toll werden könnte.

Vieles kann ein Spaß sein. Aber sich auszuziehen und nur in Unterwäsche mit einem anderen Mann ins Bett zu gehen, der auch nur eine Unterhose anhat, während die Ex-Liebschaft, oder wie auch immer, dabei zusieht? Das ist das Gegenteil von Spaß.

„Elle, du kannst jetzt rauskommen!“, ruft Mia und klopft zum zweiten Mal an die Tür. Ich öffne sie einen Spalt, nur so weit, dass ich meinen Kopf rausstecken und einen Blick in den Raum werfen kann. Das Bett mit dem weißen Laken wirkt kuschelig weich, das Fenster dahinter ist geöffnet, um das natürliche Tageslicht hereinfallen zu lassen, und mittendrin unterhält Oliver sich mit dem halb nackten Männermodel. Er nickt die ganze Zeit, was auch immer der Typ zu erzählen hat.

„Ist der Kerl schwul?“, frage ich Mia leise.

„Marlon?“, gibt sie lachend zurück. „Ganz bestimmt nicht, wenn man den Frauen glaubt, mit denen er schon gearbeitet hat.“

Ich reiße die Augen auf. Und stelle mir schon vor, wie sich sein Ständer unfreiwillig in mein Hinterteil bohrt. „Was soll das heißen?“

„Ganz ruhig. Er arbeitet total professionell. Also, er hat einige von ihnen hinterher flachgelegt. Aber nicht in meinem Bett … in ihrem.“

„Oh.“ Ich ziehe meinen Bademantel weiter zu und folge ihr

in den Raum. Marlon und Oliver drehen sich beide zu mir um. Oliver sieht ernst aus, aber Marlon wirft mir ein breites Model-Zahnpastalächeln zu, als er zu mir kommt.

„Ich bin Marlon", stellt er sich vor und reicht mir die Hand.

„Estelle", antworte ich und schüttele sie.

„Ich weiß, dass du so etwas sonst nicht machst, aber entspann dich einfach, ich pass schon auf dich auf", meint er und zieht mich zum Bett. Ich werfe einen Blick zu Oliver, der über all das skeptisch den Kopf schüttelt.

„Wie lange dauert das?", frage ich Mia.

„Etwa eine Stunde, also fühl dich wie zu Hause, Bean."

„Das fällt mir im Moment ziemlich schwer."

Feixend sieht Mia zu ihm. „Könntest du es, wenn du jetzt an Marlons Stelle wärst?"

Während Oliver darüber nachzudenken scheint, weist Mia mich an, den Bademantel auszuziehen, was ich auch tue. Er gleitet an mir herunter und bleibt um meine nackten Füße liegen. Marlon hat es sich bereits in der Mitte des Bettes bequem gemacht und zupft seine Boxershorts zurecht.

„Darf ich?", fragt Oliver plötzlich. Ich schaue mit aufgerissenen Augen über meine Schulter.

„Ist das dein Ernst?" Mia starrt ihn überrascht an.

„Wenn es Elle nicht stört. Ich will mich ja nicht in dein Shooting einmischen."

Das lässt Mia sich nicht zweimal sagen und fängt gleich an, ihn herumzukommandieren. „Zieh das Shirt aus. Ich muss sichergehen, dass du immer noch in Form bist, bevor ich Marlon rausschmeiße."

Ich will gerade ein Wörtchen mitreden, als Oliver sein Polohemd auszieht und meine Worte und mein Blick sich irgendwo zwischen seiner Brust und seiner schlanken Taille verlieren.

„Gut, immer noch scharf", urteilt Mia. „Marlon, raus aus dem Bett. Du wirst nicht mehr gebraucht."

„Was?", fragt er ungläubig. „Was soll das heißen?"

„Tut mir leid. Du und Elle, da ist einfach null Chemie, und bei diesem Shooting muss die Chemie einfach stimmen."

„Wir haben uns gerade erst kennengelernt", argumentiert er, während er vom Bett aufsteht.

„Ja, und ich merke jetzt schon, dass da zwischen euch keine Chemie ist", entgegnet Mia. „Ich rufe dich nächste Woche an, wenn Miranda wieder da ist, und dann machen wir etwas aus."

„Okay", gibt er sich geschlagen. „Viel Spaß", wünscht er mir.

Als er sich anziehen geht, wendet sich Mia zu mir und sagt: „Nur damit das klar ist: Unter normalen Umständen hätte ich ihn nicht von der Bettkante gestoßen, wenn du verstehst, was ich meine."

Ich lache. „Ich auch nicht."

Oliver räuspert sich hinter mir, und ich lächele ihn schulterzuckend an. „Na dann, Ollie-Boy, raus aus den Klamotten und ab aufs Bett. Elle, mach es dir schon mal bequem. Soll ich Musik anstellen? Das mache ich sowieso, also nick einfach nur."

„Du bist echt unmöglich!", sage ich lachend. Sie tippt auf ihrem iPod herum, und *Just Breathe* von Pearl Jam erklingt. Statt weiter zu grinsen, starre ich sie an. „Solche Musik willst du laufen lassen?"

Sie zuckt mit den Schultern. „Mein Shooting, meine Regeln."

Oliver kommt zu mir zum Bett, nichts an außer schwarzen, eng anliegenden Boxershorts. Ich muss mich wahnsinnig zusammenreißen, seinen Körper nicht mit den Augen zu verschlingen. Er ist noch nicht mal so durchtrainiert wie Marlon, aber er ist perfekt, auf diese schlanke, kalifornischer-Surfer-und-ehemaliger-Baseball-Pitcher-Art. Er steigt auf das Bett, kommt wie ein liebestoller Löwe auf allen Vieren zu mir, und ich fühle mich beinahe wie eine rollige Katze, also schaue ich lieber weg.

„Alles okay?", fragt er so leise, dass nur ich es hören kann.

Ich nicke bloß und kann ihn weiterhin nicht ansehen.

„Du denkst aber nicht, ich hätte das Shooting an mich gerissen, oder? Oder ich würde alles bestimmen oder so?", fragt er.

Unsere Blicke treffen sich, ich runzele die Stirn, und mir wird bewusst, dass ich das alles nicht denke, obwohl er das ja irgendwie tatsächlich gemacht hat und alles bestimmt … irgendwie … oder? Ich meine, er ist doch schließlich Arzt und kein Model. Das hier ist nicht mal seine Welt.

„Ich bin nicht sauer, falls du das meinst."

„Das meine ich nicht."

Er legt seine Beine um mich, ohne dass sie mich berühren, mich einfach nur … umgeben, während meine Beine geschlossen und leicht gebeugt sind. Ich ziehe sie näher an den Körper und lege mein Kinn auf die Knie.

„Ihr seid vollkommen verschieden, weißt du", flüstere ich.

Sein Mund verzieht sich zu einem Lächeln. „Also würdest du sagen, ich bin die bessere Wahl als so ein Modeltyp, der die Frauen, mit denen er posiert, gerne flachlegt?"

„Das habe ich nicht gesagt", kontere ich und verstecke mein Gesicht etwas hinter meinen Beinen.

„Aber du stimmst mir zu. Ich kenne dich doch", sagt er und lässt seine Hand zärtlich mein Bein hinaufgleiten, bis er bei meiner Hand ankommt, die auf meinen Knien ruht. Er hält die Kuppe meines Ringfingers fest, und ich erinnere mich daran, als er mich dort beim letzten Mal berührt hat.

„Mein Ringfinger hat es dir offensichtlich angetan. Ist dir das auch schon aufgefallen?"

Schnell lässt er los. „Wirklich?"

Ich nicke, ohne den Blickkontakt abzubrechen. „Du fasst ihn immer an."

Er sagt nichts, aber etwas in seinem Blick berührt mein Innerstes, und was er vorhin gesagt hat – von dem er nicht weiß, dass ich es gehört habe –, klingt mir wieder im Ohr.

Ich dachte immer, du gehörst zu mir.

Ich wünschte, ich hätte den Mumm, ihn darauf anzusprechen, habe ich aber nicht, und das Klicken von Mias Kamera unterbricht uns sowieso.

„Okay, wir machen das so: Ich leite euch quasi durch dieses Shooting, aber ich will, dass es so natürlich wie möglich wirkt. Wir machen ein paar Aufnahmen, bei denen ihr euch zunächst nur anseht, und dann schauen wir mal, wohin das führt."

„Dein ‚wohin das führt' macht mir etwas Angst", murmele ich, was Oliver mit einem Lachen quittiert.

„Okay, ihr Süßen, lasst all die aufgestaute sexuelle Spannung raus und legt los", fordert sie uns auf und geht etwas zurück.

Oliver und ich sehen uns mit großen Augen an und fragen uns, in was wir da reingeraten sind. Oder zumindest dachte ich, dass wir uns das beide fragen würden. Aber plötzlich verfliegt sein Schreck, seine Miene verdunkelt sich, und ich denke nur noch *Heilige Scheiße*. Als Mia zu den Fenstern geht und die Jalousien öffnet, wird mir schlagartig bewusst, dass ich nur in Unterwäsche mit Oliver zusammen bin – der auch nur Unterwäsche trägt – und im Hintergrund erotische Musik läuft. Ich schnappe heftig nach Luft.

„Alles okay?", fragt er, und seine Stimme ist tiefer und rauer, als gut für mich ist, während seine Finger meine Waden streicheln.

Ich erschaudere, schließe die Augen und nicke.

Die Matratze bewegt sich, und ich spüre, wie er näher rückt. Als ich die Augen wieder öffne, berührt seine Nase fast meine.

„Perfekt!", sagt Mia. „Bleibt so!"

Sein Blick hält mich fest. Ich wage es noch nicht einmal, zu blinzeln.

„Elle, würde es dich stören, den BH auszuziehen?", fragt Mia hinter der Kamera, und Oliver macht bei dieser Bitte große Augen und atmet scharf ein. „Ich verspreche dir, man sieht deine Brüste nicht auf den Fotos."

„Hmmm … na gut." Ich habe normalerweise kein Problem damit, mich nackt zu zeigen, aber diese ganze Sache hier macht mich zugegebenermaßen fürchterlich nervös.

„Brauchst du Hilfe?", fragt Oliver.

„Nein."

„Aber das würde wirklich ein schönes Bild abgeben", mischt Mia sich ein, und ich werfe ihr einen vernichtenden Blick zu. Sie zuckt mit den Schultern. „Was denn? Bean, du hast doch bestimmt schon etliche Brüste in deinem Leben zu Gesicht bekommen. Dich stört es doch nicht, oder?"

„Das ist wirklich die peinlichste Bestrafung, die ich je erdulden musste. Beim nächsten Mal ziehe ich eine Tracht Prügel vor", sage ich zu Mia, was sie und Oliver zum Schmunzeln bringt.

Ich lasse den Kopf sinken, als er seine Arme um mich legt und sich am Verschluss meines BHs zu schaffen macht.

„Du musst ihn ansehen", fordert Mia mich auf. Ich atme tief durch und muss meine ganze Willensstärke aufbringen, um seinem Blick standzuhalten und nicht erneut die Augen zu schließen.

Seine Finger öffnen meinen BH, und dann legt er seine Hände auf meine Schultern und streift die Träger unendlich langsam meine Arme hinab, ohne den Blickkontakt zu verlieren. Mein Magen fährt Achterbahn, mein Herz schlägt mir bis zum Hals, und ich fühle mich, als müsste ich mich jeden Moment übergeben wegen all der Gefühle, die sich gerade in mir überschlagen. Ich bete inständig, dass das nicht passiert.

„Gut so?", flüstert er, und ich spüre seinen Atem auf meinen Lippen.

„Sehr gut", flüstere ich zurück.

Unsere Nasen berühren sich.

„Elle, leg deinen rechten Arm vor deine Brüste, als wolltest du sie bedecken. Bean, sieh sie weiterhin so an und streiche ihr auf meiner Seite die Haare aus dem Gesicht", weist Mia uns an.

Ich lege meinen Arm auf mich, während Oliver mit einem Finger durch meine Haare streicht und die restlichen mein Gesicht umfassen. Ich verliere mich in seinen Augen. Ich bin fasziniert davon, wie er mit mir umzugehen weiß, wie er mich ansieht. Ich kann mich auf nichts anderes mehr konzentrieren.

„Du bist so schön", sagt er. Als ich seine kehlige Stimme höre und die Begierde in seinen Augen sehe, wird mir ganz anders, und unwillkürlich öffnen sich meine Lippen. Oliver wertet das als Wink, dass er sein Gesicht näher zu mir bringen darf und seine Lippen mich berühren können.

„Klasse", kommt es von Mia, was mich daran erinnert, dass wir nicht allein sind. „Mist. Bin gleich wieder da. Ich brauche neue Batterien, und die habe ich blöderweise im Auto liegen lassen."

Ich lehne mich ein Stück zurück, ohne den Blick von ihm zu wenden, und nehme meine Hand von meiner Brust. Es fällt ihm sichtlich schwer, nicht nach unten zu sehen. Ich lächele ihm zu, gespannt, wann sein Blick abschweift, aber er bleibt standhaft. Stattdessen erforscht er mein Gesicht, berührt mein Haar, meine Wangen … Er rutscht nach vorn und spreizt meine Beine, sodass sie sich mit seinen überschneiden und sich unsere bloßen Oberkörper fast berühren.

„Was meinst du, wie lange wir noch so ausharren müssen?", frage ich leise, und mein Blick wandert zwischen seinem Mund und seinen Augen hin und her.

„Keine Ahnung. Aber irgendwie hoffe ich, den ganzen Tag lang."

„Das nenne ich mal ein interessantes Freundschafts-Date", sage ich lächelnd.

Er schenkt mir sein bezauberndes schiefes Grinsen. „Glaubst du immer noch, das hier ist ein Freundschafts-Date?"

Die Tür geht auf und wieder zu, und wir drehen uns zu Mia um. Als sie uns sieht, bleibt sie wie angewurzelt stehen. „Ach du meine Güte. Diese Pose! Wenn ich davon ein paar gute Aufnahmen kriege, haben wir es im Kasten!" Sie richtet wieder ihre Kamera auf uns.

„Warum hast du das eigentlich gemacht? Marlons Platz eingenommen? Mal von diesem überbehütenden Großer-Bruder-Kram abgesehen."

Er sieht mich verdutzt an, und es sieht fast schon komisch aus, wie sich dabei seine Mundwinkel nach unten ziehen. „Du glaubst, das ist so ein Großer-Bruder-Kram?"

Ich zucke mit den Schultern. „Sag du's mir."

„Elle, ich sitze quasi nackt mit dir in einem Bett und bemühe mich inständig, keinen Steifen zu bekommen, weil wir beobachtet werden, und wie du siehst, klappt das nicht." Natürlich muss ich nach unten schauen und starre auf die große Beule in seiner Unterhose. „Ja. Offenkundig sehe ich in dir nicht die kleine Schwester. Ich fass es nicht, dass …", verstummt er.

„Gut. Seht euch wieder an", fordert Mia. „Selbe Pose und bleibt so."

Seine Hand ist wieder an meinem Haar, mein Arm vor meinen Brüsten, und wir blicken einander wieder in die Augen.

„Ich würde dich jetzt so unfassbar gern küssen", flüstert er dicht an meinen Lippen.

„Nein", erwidere ich sofort. „Denk an die Regeln."

„Ich mag keine Regeln."

„Oliver, bitte nicht."

„Ich liebe es, wenn du mich Oliver nennst", sagt er und schiebt seine Unterlippe zwischen meine Lippen. Er bewegt sich nicht, sondern verharrt so, bis ich meine Lippen schließen muss. Dann stöhnt er und bewegt seine Lippen sanft auf meinen, und bevor ich weiß, wie mir geschieht, liege ich auf dem Rücken, und er ist über mir und verstärkt den Kuss, der gar nicht vorgesehen war. Doch als seine Zunge meine berührt und seine Finger durch meine Haare streichen, kann ich gar nicht anders, als diesen Kuss zu erwidern, und es endet in einem Durcheinander aus Laken und Zungen und drängenden Händen, die an meinen Seiten entlangwandern, und meinen Händen, die seinen muskulösen Rücken hinabgleiten. Erst als wir ein lautes Hüsteln hören, reißen wir uns voneinander los.

„Also … das war …", stammelt Mia und fächert sich mit der Hand Luft zu. „Ich kann wirklich behaupten, bei Fotoshootings schon viel gesehen zu haben, aber das war mit Abstand das Schärfste. Gut, ihr Süßen, wir sind fertig. Zieht euch an. Elle, wir müssen reden."

Oliver stemmt sich von mir weg und zieht mich mit hoch. Nach diesem Kuss ringen wir immer noch nach Luft, aber jetzt, wo das Licht an und der Augenblick vorbei ist, spüre ich die Schwere dessen, was sich eben noch so leicht angefühlt hat, und bringe es nicht über mich, ihn anzusehen. Stattdessen schaue ich mich im Raum um und suche meinen Bademantel, den ich beim Aufstehen um mich schlinge. Ich gehe direkt ins Bad, ohne mich noch einmal umzudrehen. So machen wir das ja immer. Wir teilen einen besonderen Moment, und das war's dann. Und dieser besondere Moment war noch nicht einmal geplant, also trägt niemand außer mir selbst die Schuld, dass mein Herz sich anfühlt, als würde es jeden Moment zerspringen.

Im Bad sehe ich in den Spiegel und lege eine Hand an meine Lippen. Warum löst er jedes Mal dieses Gefühl bei mir aus? Ich schließe die Augen, denke an Wyatt und seine Lippen ... seine Berührungen ... und fühle mich schuldig, dass ich einen besonderen Moment mit einem Mann hatte, den er nie gebilligt hätte. Wyatt kannte Oliver zwar nicht persönlich, aber er wusste von ihm. Als wir uns kennenlernten, habe ich ihm wegen Oliver die Ohren vollgejammert, und ab dem Moment konnte er ihn nicht leiden. Er war stinksauer, als er herausfand, dass ich Oliver eine Einladung zur Eröffnungsfeier der Galerie geschickt hatte, denn er sagte, Oliver verdiene es nicht einmal, dieselbe Luft zu atmen wie ich. Er sagte, ich sei zu gut für jemanden wie ihn. Damals glaubte ich das. Ich glaubte es, denn wenn wir das glauben, was wir glauben wollen, tun wir das auch. Wyatt liebte mich, obwohl ich zerbrochen war. Ich liebte ihn, gerade weil er es war. Aber jetzt muss ich wieder von vorn anfangen, und ich weiß einfach nicht, ob in mir irgendetwas übrig geblieben ist, das noch lieben kann.

18. Kapitel

Als ich aus dem Bad komme, sehe ich, wie Mia und Oliver sich leise unterhalten. Nach ihrem Gesicht zu urteilen, sagt sie ihm, dass er sich von mir fernhalten soll, als wäre ich eine hilflose Jungfer, die nicht für sich selbst sprechen kann. Als sie mich kommen hören, hören sie auf zu reden und richten ihre Aufmerksamkeit wieder auf die Kamera in ihrer Hand.

„Die Bilder sind unglaublich", schwärmt sie und dreht das kleine Display so, dass ich es sehen kann.

„Wow. Ich kann gar nicht glauben, dass wir das sind. Wir sehen so …" Ich sehe zu Oliver auf, der mich mit einem Blick durchdringt, in dem ich mich für immer verlieren möchte. Schnell sehe ich wieder runter auf die restlichen Bilder.

„Kannst du keine Probleme dadurch kriegen?", frage ich und blicke ihn wieder an. „Ich meine in deinem Job. Bei deiner Facharztausbildung oder für zukünftige Tätigkeiten."

Schulterzuckend betrachtet er die Fotos. „Davon will ich Abzüge."

„Wozu?", frage ich ein bisschen zu abwehrend.

„Von euren Gesichtern wird man nicht allzu viel sehen", unterbricht Mia uns. „Glaubt mir, wenn ich die fertig bearbeitet habe, wollt ihr sie euch beide einrahmen."

„Für welche Zeitschrift, sagtest du, sind die?", frage ich.

„*V!*"

„Mein lieber Schwan", hauche ich und sehe Oliver an, der beeindruckt zu sein scheint.

„Ich weiß. Ich bin so aufgeregt!"

„Ja. Aufregend. Ich glaub, ich muss mich übergeben", murmele ich leise.

„Wieso? Das sind doch tolle Fotos."

„Ja, aber ich posiere halb nackt mit Victors bestem Freund!"

„Na und?"

Ich sehe sie an, als hätte sie den Verstand verloren, und richte meine Aufmerksamkeit auf Oliver, der jetzt seinerseits wegsieht. Natürlich hat er daran auch nicht gedacht.

„Wann kommt das raus?", frage ich.

„So in ... einem Monat. Kurz vor Thanksgiving."

Ich nicke. Ich schätze, wenn ich meinen Eltern und Victor davon erzähle, bevor sie Gelegenheit haben, es zu sehen, wird es nicht so schlimm. Victor wird definitiv Zeit brauchen, um das zu verarbeiten.

„Okay. Brauchst du sonst noch was?"

Mia sieht Oliver an. „Ich muss mit Elle sprechen. Ich kann sie nach Hause bringen, wenn du willst."

Er sieht mich an und kratzt sich den Nacken. Ich zucke mit den Schultern, er ebenfalls und stimmt dann zu, bevor er jede von uns auf die Wange küsst und geht.

Und in dem Moment könnte ich ihn wieder erwürgen. Wie kann er einfach so gehen?

„Das glaub ich jetzt nicht", rege ich mich auf, als er außer Hörweite ist. „Wir haben gerade das alles hier gemacht." Ich deute auf das Bett. „Und trotzdem geht er einfach, mitten währenddessen, was unser Date werden sollte, kurz nachdem zur Sprache kam, dass mein Bruder und die Öffentlichkeit diese Fotos zu Gesicht bekommen könnten. Ich weiß nicht, warum ich mich überhaupt aufrege."

Mia verdreht die Augen. „Du weißt genau, warum du dich aufregst. Er ist wie eine Droge für dich. Egal, was du anstellst, um dich von ihm fernzuhalten, du endest immer wieder da, wo du angefangen hast."

„Diesmal nicht", sage ich mit Endgültigkeit in der Stimme. „Diesmal ist eigentlich nichts passiert."

Mia lacht. „Elle, was ich gerade gesehen habe, ich meine,

was ich gerade festgehalten habe, sagt etwas anderes“, erklärt sie und fuchtelt mit ihrer Kamera herum. „So was kann man nicht vortäuschen.“

„Das spielt keine Rolle.“

„Du hast doch gesagt, du musst wieder anfangen zu leben.“

„Ja, aber nicht mit ihm. Du meintest doch selbst, dass das keine gute Idee ist.“

„Vielleicht habe ich mich geirrt. Vielleicht ist es gar keine so schlechte Idee.“

„Ach, wirklich?“ Ich verdrehe die Augen. „Das schließt du alles aus ein paar Bildern?“

„Nein. Das schließe ich aus meinem Gespräch mit ihm. Ich glaube, er ist erwachsen geworden.“

Ich gestikuliere wild in Richtung der Tür. „Er hat gerade die Fliege gemacht! Schon wieder!“

Mia zuckt mit den Schultern. „Ja, weil ich ihn darum gebeten habe. Hast du ein schlechtes Gewissen, weil du darüber nachdenkst, mit jemandem etwas anzufangen?“

„Ich glaube nicht. Ich glaube, ich habe nur vor ihm Angst.“

Mia beugt sich vor und umarmt mich. „Liebe muss Angst machen.“

„Liebe muss einem ein gutes Gefühl geben“, entgegne ich.

„Glaubst du das wirklich?“

„Wyatt hat mir ein gutes Gefühl gegeben.“

„Bei Wyatt bist du nicht durchgedreht und hast deine nagelneuen Isaac-Mizrahi-Target-Teller zerschmissen, weil er nicht angerufen hat. Du hast dich auch nicht wochenlang zu Hause eingeschlossen, als du erfahren hast, dass er vorhatte, vier Stunden entfernt zu leben.“

Ich lasse die Arme sinken und starre sie an. Es kommt mir vor, als hätte sie gerade das alles Entscheidende gesagt.

„Hältst du es für möglich, dass es verschiedene Arten von Liebe gibt?“

„Du meinst so was wie bis über beide Ohren verliebt und einfach nur verliebt?“, fragt sie.

Ich nicke unschlüssig und folge ihr aus der Tür. „Ja, eine Art Liebe zwischen Seelenverwandten, im Gegensatz zu ganz normaler Liebe.“

„Liebe zwischen Seelenverwandten?“, fragt sie lachend. „Was mich betrifft, bist du die einzige Seelenverwandte, die ich habe. Und vielleicht Robert, weil er mein Zwillingsbruder ist, und du weißt ja, wie das bei uns Zwillingen ist.“

„Ich glaube nicht … ich meine, ich will nicht glauben, dass ich Wyatt nicht von ganzem Herzen geliebt habe. Dann fühle ich mich so schlecht, verstehst du? Er ist so jung gestorben, und der Gedanke, dass ich nicht die Liebe seines Lebens war, macht mich traurig.“

„Ach, Süße“, sagt Mia und zieht mich an sich, während wir nebeneinanderher zu ihrem Auto laufen. „Aber du hast ihn doch so sehr geliebt. Du hast so viel für ihn aufgegeben, Elle. Das Tanzen, deine Freunde, Zeit, die du früher mit deiner Familie verbracht hast …“

„Ja, aber er hat mir auch viel gegeben. Das Atelier … er hat mir beigebracht, meine Kunst zu vervollkommnen … und er hat mir sein Haus hinterlassen.“

„Ich sage ja nicht, dass er nicht gut für dich war, aber war er der Mann fürs Leben für dich? Du weißt, dass ich nicht der Meinung bin.“

Wir fahren schweigend und singen nur bei ihrer Taylor-Swift-CD mit, als ein Lied kommt, das wir beide mögen. Als wir zum Haus meines Bruders gelangen, bin ich ein bisschen enttäuscht, dass Olivers Auto nicht dasteht. Er hat sich wirklich aus dem Staub gemacht. Mal wieder. Unglaublich.

Erst nachdem ich geduscht habe und im Bett bin, beschließe ich, dass ich es nicht dabei belassen kann. Diesmal nicht. Ich schicke ihm eine Nachricht und schaue so lange auf mein Telefon, bis er antwortet.

Ich kann nicht glauben, dass du gegangen bist.

Mia hat gesagt, ihr müsst reden. Ich wäre geblieben, wenn du es gewollt hättest.

Ich wollte es doch.

Warum?

Ich starre das Telefon an, als könnte es mir erklären, warum Männer so blöd sind, aber als es das nicht tut, komme ich zu dem Schluss, dass ich ihm die Frage auch nicht beantworten kann. Ich werfe es auf den Nachttisch und ziehe mir die Decke über den Kopf. Die Sonne geht gerade erst unter, es ist also noch früh, aber ich fühle mich ausgelaugt. Ich schlafe, bis mich etwas aufweckt … ein Flüstern auf meinem Gesicht … eine Hand, die mir über den Kopf streichelt. Ich reiße die Augen auf und setze mich hastig auf.

„Ich bin's nur."

Ich schnappe nach Luft und sehe Oliver neben mir.

„Was machst du denn hier?", flüstere ich und blicke von ihm zu meiner nur angelehnten Tür. „Wo ist Vic?"

Er zuckt mit einer Schulter und legt mir einen Finger auf die Lippen, damit ich leise bin. „Der ist schon weggetreten. Kann ich bleiben?"

Ich runzele die Stirn. „Was stimmt mit deinem Bett nicht?"

„Du fehlst darin."

Ich verdränge die Tatsache, dass mein Herz wie wild hämmert. „Ich habe dein Bett noch nicht mal gesehen."

„Würdest du gern?", fragt er mit gesenkter Stimme.

„Hör auf, mich so anzusehen."

„Wie denn, süße Elle?", will er wissen und versucht, ein Lächeln zu unterdrücken.

„Als wolltest du mich in einem Stück verschlingen."

„Ist dir je in den Sinn gekommen, dass ich vielleicht genau das will?“ Er kommt näher, und ich halte den Atem an. „Aber keine faulen Tricks heute Nacht. Versprochen. Pfadfinderehrenwort.“

„Du bist nie Pfadfinder gewesen.“

Er grinst. „Okay, aber ich verspreche, ich werde nichts versuchen. Ich will heute Nacht einfach nur bei dir sein.“

„Das letzte Mal, als du das gesagt hast …“

„War ich ein Idiot.“

Ich schließe die Augen. „Was ist mit meinem Bruder?“

„Was soll denn mit ihm sein?“

„Was ist, wenn er hier raufkommt und dich erwischt?“

Olivers Hand legt sich um meine Taille, und er zieht mich an sich, sodass sich unsere Nasen fast berühren. „Was meinst du denn, was ich dann tun soll?“

„Keine Ahnung“, flüstere ich, und mir bleibt die Luft weg, als ich den finsteren Blick in seinen Augen sehe.

„Soll ich ihm sagen, dass ich nur noch an dich denken kann?“, fragt er ebenfalls flüsternd.

Ich schüttele den Kopf, und unsere Nasen küssen sich. Ich bin noch nicht bereit dafür, dass Victor von dem hier erfährt, was immer es auch ist.

„Sag mir, warum du wolltest, dass ich bleibe.“

„Weil wir mit unserem Freundschafts-Date noch nicht fertig waren.“

Oliver lacht in sich hinein. „Nach diesem Freundschafts-Date musste ich nach Hause gehen und die längste Dusche meines Lebens nehmen.“

„Ich habe auch geduscht“, gestehe ich leise, und meine Wangen brennen, als ich ihn durch meine Wimpern hindurch ansehe. Er nimmt einen völlig ernsten Gesichtsausdruck an und stöhnt.

„Gott, Elle, warum musstest du mir das sagen?“

Ich lache. „Was? Dass ich mich selbst berührt und dabei an dich gedacht habe?“

Seine Augen schließen sich halb. „Wenn du willst, dass ich mein Wort halte, musst du aufhören, so was zu erzählen."

„Okay." Grinsend drehe ich mich um, sodass mein Rücken an seiner Brust liegt. Er kuschelt sich an mich und schafft ein gemütliches Nest für meinen Körper. „Erzähl mir eine Geschichte", fordere ich gähnend.

„Welche?", murmelt er und drückt mir einen Kuss auf den Kopf.

„Egal. So eine, wie du sie mir früher erzählt hast."

„Okay." Er macht eine Pause und schlingt seinen Arm noch enger um mich. „Es war einmal ein kleines Mädchen namens Cassia. Das lief immer herum und redete mit sich selbst."

Ich stoße ihm leicht in die Rippen. „Mit den Pflanzen, nicht mit sich selbst."

„Ach ja, genau. Sie redete immer mit den Pflanzen. Eines Tages kam ein kleiner Junge namens Jeter und fragte sie …"

„Jeter?" Ich sehe ihn über die Schulter an. „Wie der Baseball-Spieler?"

Oliver schüttelt lachend den Kopf und schmiegt sich wieder an mich. „Ich hatte ganz vergessen, wie viele Unterbrechungen diese Geschichten mit sich bringen", sagt er in meinem Nacken.

„Na ja, du redest immer davon, wie merkwürdig ich angeblich bin, aber hör dir mal deine Geschichten an."

Sein Seufzen jagt mir einen Schauer über den ganzen Körper. „Okay, dann gehen wir eben zu den Witzen über."

Ich stöhne. „Ich hasse deine Witze."

„Das sollst du mir doch nicht sagen!", meint er spöttisch, während seine Hände an meinem Körper hinunterwandern. „Was hast du da überhaupt an?"

Ich reiße die Augen auf und bin froh, dass es dunkel ist. „Das ist ein Hemd von Wyatt", flüstere ich.

Oliver hört auf, seine Hände über meinen Bauch zu bewegen. „Hast du viel von seinen Sachen behalten?"

Ich drehe mich in seinen Armen um und stütze den Ellbogen

auf dem Kissen ab. Er macht es mir nach. „Nur seine Hemden. Seine Fotos und ein paar andere Sachen, die ich nicht wollte, habe ich seinen Eltern gegeben. Aber von den Hemden kann ich mich irgendwie nicht trennen.“

„Weil du ihn vermisst?“

„Ist es schlimm, dass ich mich vor Kurzem dasselbe gefragt habe? Dass mir plötzlich all diese Fragen durch den Kopf gehen?“

Oliver berührt leicht mit dem Handrücken mein Gesicht. „Zum Beispiel?“

„Willst du das wirklich wissen?“

„Natürlich. Ich will alles wissen, was du mir erzählen willst.“

Ich schweige noch einen Moment, und wieder frage ich mich, warum er Marlons Platz beim Fotoshooting wirklich eingenommen hat. Vielleicht hat er mich nur vor einem aufdringlichen Typen beschützt und hatte gar nicht vor, sein Revier zu markieren. Schließlich reden wir von Oliver. Er markiert eigentlich nicht sein Revier, sondern fährt mit einer Planierraupe darüber und haut ab, ohne den Schaden, den er angerichtet hat, überhaupt zu registrieren.

„Na gut. Also, kurz nachdem er gestorben war, hatte ich das Gefühl, nicht atmen zu können – vor allem nachts, wenn ich alleine war –, aber mit der Zeit wurde es besser …“

„Und jetzt?“

„Jetzt vermisse ich ihn manchmal überhaupt nicht“, flüstere ich. Ich komme mir undankbar vor … untreu. Als wäre es eine Schande, es auch nur zu denken, geschweige denn laut auszusprechen, vor allem vor Oliver. Ich drehe mich zurück und mache es mir wieder in Olivers Wärme gemütlich.

„Es ist in Ordnung, dass du auch nach ihm dein Glück findest. Das ist dir schon klar, oder?“, höre ich seine Stimme wieder in meinem Nacken.

Ich schlucke. „Ja, vermutlich. Trotzdem habe ich manchmal ein schlechtes Gewissen deswegen. Wir haben zusammengelebt. Wir waren verlobt. Es war ein Versprechen.“

Oliver bleibt lange still, bevor er wieder was sagt. „Lange Zeit konnte ich mir nicht vorstellen, jemals zu heiraten. Es ist kein Geheimnis, dass ich immer eine Abneigung gegen feste Bindungen hatte“, meint er leise. „Außer vielleicht gegenüber der Schule und der Arbeit – an solche Sachen kann ich mich binden –, aber an Frauen … Als ich erwachsen wurde, fand ich nie eine, an die ich mich binden wollte.“ Den letzten Teil flüstert er noch leiser, und mein Herz schlägt mir bis zum Hals, bis er endlich fortfährt. „Bis auf dieses eine Mädchen. Es sah mich immer so an, als wäre ich jemand, auch wenn ich ein Niemand war. Aber natürlich wollte es das Schicksal, dass diese eine Person, bei der ich das Gefühl hatte, mich auf sie einlassen zu können, genau die Person ist, die ich nicht haben kann. Ich habe so sehr versucht, mich von ihr fernzuhalten.“ Er gibt mir einen Kuss auf die Schulter. „Ich habe mir immer wieder ins Gedächtnis gerufen, was passieren würde, wenn mein bester Freund dahinterkäme, was ich für sie empfand. Ich behielt es lange für mich, selbst nachdem das Mädchen mich gefragt hatte, ob ich es küssen würde. Und nachdem ich das Mädchen gebeten hatte, es küssen zu dürfen. Und nachdem es sich im Badezimmer auf einer Party von mir hatte anfassen lassen. Und nachdem es mich in einem fremden Schlafzimmer berührt hatte.“

„Warum hast du ihr nie etwas von deinen Gefühlen gesagt?“, wispere ich. Er vergräbt sein Gesicht in meinem Nacken, und ich schließe die Augen, als ich seinen Atem auf meiner Haut spüre.

„Weil ich ein Idiot war.“

„Oliver?“

„Ja?“

„Meinst du, ich könnte heute Nacht in deinem Shirt schlafen?“

Wenn das überhaupt möglich ist, drückt er mich noch fester und vergräbt seinen Kopf noch tiefer in meiner Halsbeuge.

Ich will das Gesagte schon zurücknehmen und behaupten, es wäre nur ein Witz gewesen oder so, als er die Arme wegzieht und sich aufsetzt. Ich folge seiner Bewegung und beobachte in der Dunkelheit, wie er sich sein Shirt über den Kopf zieht. Ich mache dasselbe, ziehe meins aus und werfe es in die hinterste Ecke des Zimmers, neben den Kleiderschrank.

„Du, Oliver?“, flüstere ich wieder.

„Ja, Elle?“, flüstert er zurück. Ich kann sehen, wie sich seine Brust hebt und senkt, aber viel mehr auch nicht, also rücke ich etwas näher.

„Ich will, dass du mich berührst.“ Ich kneife fest die Augen zu. Nicht, weil ich irgendwie schüchtern wäre, sondern weil ich so etwas so lange nicht gemacht habe. So unglaublich lange. Und ich habe Angst vor seiner Reaktion. Schlimmer noch, ich habe Angst vor meiner Reaktion, wenn er darauf eingeht.

Er legt den Kopf in den Nacken und atmet aus. Gerade als ich denke, er sagt mir jetzt, dass er das nicht kann, dass jeden Moment mein Bruder aufwachen könnte oder dass er gehen muss, streckt er die Hände aus und streift sanft über meine Arme.

„Nur wenn du willst“, füge ich hinzu, als seine Hände zum Stillstand kommen.

Der tiefe Klang seines Lachens lässt das ganze Bett vibrieren. „Nur wenn ich will“, wiederholt er, beugt sich vor und spreizt die Hände zu beiden Seiten über meine Rippen. „Gott, Estelle, du weißt gar nicht, wie sehr ich es will.“

Ich lehne meinen Körper nach vorn und stütze mich auf seinen Schultern ab. Seine Daumen streifen knapp unter meinen Brüsten entlang, also beuge ich mich noch ein bisschen mehr vor, in der Hoffnung, dass er den Hinweis versteht. Sein Lachen verrät mir, dass er den Hinweis sehr wohl versteht und absichtlich ignoriert.

„Bean, bitte“, keuche ich, als meine Hände ihn fester umschließen.

„Bean ist gerade nicht da“, murmelt er, senkt den Kopf und

arbeitet sich mit zarten Küssen von meinem Hals bis zu meinem Schlüsselbein, über meine Schulter und wieder nach innen.

„Oliver, bitte“, sage ich und werfe meinen Kopf nach hinten, als seine Lippen meine Halsbeuge erreichen.

„Sag mir, was du willst, Baby. Sag mir, wo ich dich berühren soll“, fordert er an meiner Haut mit einer Stimme, die mich in Flammen aufgehen lässt.

„Überall. Einfach … überall.“

Endlich bewegen seine Hände sich nach oben, sodass seine Daumen langsam über meine Brustwarzen streifen und ein Schauer der Lust durch mich hindurchfährt.

„Mehr“, sage ich und ziehe ihn aufs Bett hinunter, damit ich mich auf ihn setzen kann. Ich bewege mich rhythmisch gegen ihn, während meine Lippen sich seinen nähern. Er stöhnt an meinem Mund, taucht seine Zunge hinein und erkundet ihn wie ein Verhungernder auf der Suche nach der nächsten Mahlzeit. Trotzdem erhöht sich der Druck seiner Hände nicht. Er ertastet einfach weiter sanft meinen Körper, als wäre ich aus Glas. Seine Finger streifen federleicht an meinen Seiten auf und ab, über meine Brüste, meinen Hals empor, wieder meinen Bauch hinab, und machen kurz über dem Gummiband meines Slips halt.

„Bitte geh weiter“, flehe ich mit einer Stimme, die mir nicht gehört. Meine Beine zittern, und er hat mich noch nicht mal da berührt, wo ich es brauche. Oliver nimmt den Kopf zurück und zieht mein Gesicht in das Mondlicht, das durch das Fenster hereinscheint. Er blickt mir prüfend ins Gesicht, und ich nicke eifrig, als er lächelt.

„Wenn ich das mache, ist das dann immer noch ein Freundschafts-Date?“, fragt er. Die Tatsache, dass er Witze machen kann, während ich das Gefühl habe, in tausend Stücke zu zerspringen, ärgert mich ein bisschen, also ergreife ich statt einer Antwort seine Hände und drücke sie nach unten, damit er es kapiert. Oliver schüttelt den Kopf. „Ist das hier immer noch ein Freundschafts-Date?“

„Weiß ich nicht", flüstere ich ziemlich laut, weil mich allmählich die Ungeduld packt. „Ist mir auch egal. Berühr mich einfach!"

Grinsend schiebt er mir eine Hand ins Höschen und stöhnt genauso wie ich, als er merkt, wie feucht ich schon bin. „Du bist schlecht für meine Gesundheit. Weißt du das?"

„Dann ist es ja gut, dass du Arzt bist", wimmere ich, als er seinen Finger in mich taucht und ihn auf wunderbare Weise in mir hin und her bewegt.

„Gefällt dir das?", raunt er an meinem Hals. Er beschleunigt sein Tempo, als ich dicht an ihn gepresst nicke.

Meine Hände wandern von seinen Schultern seine Brust hinunter und in seine Boxershorts. Bevor er irgendwas sagen kann, umschließe ich ihn mit meiner Hand und greife fest zu.

„Himmelherrgott, Estelle", stöhnt er und verlagert sein Gewicht, damit ich besser drankomme.

„Du bist so hart", flüstere ich und beuge mich vor, um ihn erneut zu küssen.

„Du bist so feucht", sagt er an meinen Lippen.

„Deiner ist so groß." Ich hatte ganz vergessen, wie er aussah und wie er sich anfühlte. Er stößt ein atemloses Lachen aus, während ich weiter meine Hand auf und ab bewege und mich dem Rhythmus anpasse, den er mit seiner erzeugt.

„Du bist so eng", stöhnt er, und sein Daumen kreist um meinen Kitzler, während seine anderen Finger in mich gleiten.

„Gleich … gleich …", keuche ich, kurz bevor vor meinen Augen alles hell wird. Ich fahre weiter mit meiner Hand an ihm auf und ab, bis er ächzt und ich heiße Flüssigkeit auf meiner Hand spüre.

Einen Moment sitzen wir wortlos da, und nur unser heftiges Atmen ist im Raum zu hören. Schließlich drückt er mir einen Kuss auf die Stirn und steht auf, um sich waschen zu gehen. Ich weiß nicht, ob er erwartet, dass ich ihm folge, aber als er den Raum verlässt und ich seinen breiten Schultern nachblicke, frage ich mich unwillkürlich, ob das ein Fehler war. Er kommt mit einem nassen Handtuch zurück und reibt mir gründlich die Hände ab, und als er abermals zurückkommt, nimmt er wieder seinen Platz von eben ein.

Keiner von uns sagt etwas, als wir uns wieder hinlegen, seine Arme um mich geschlungen, als ich in dem kleinen Kokon liege, der extra für meinen Körper geschaffen zu sein scheint.

„Ich mag es, wenn du in meinen Armen liegst", sagt er endlich, und ich spüre seinen Atem an meinem Ohr.

Mir fallen die Augen zu. „Ich auch." Zu sehr. Viel zu sehr.

„Wir haben heute viele von deinen Regeln gebrochen."

„Allerdings. Viel zu viele." Ich lächele in die Dunkelheit hinein.

„Wann treffen wir uns zu unserem nächsten Freundschafts-Date?"

„Du schläfst heute Nacht in meinem Bett", erinnere ich ihn.

„Du hast roten Lippenstift getragen."

Ich lache. „Du und dein blöder Lippenstift."

„Ich sage nur – Frauen tragen diese Farbe nur zu Dates, wenn sie Sex haben wollen."

Daraufhin müssen wir beide lachen, und er hält mich noch fester. Eine Weile sind wir still, und ich denke, er ist vielleicht eingeschlafen. Ich spüre, wie ich mich entspanne und der Schlaf allmählich wieder über mich kommt. Als ich am nächsten Tag aufwache und mir die Sonne grell ins Gesicht scheint, merke ich, dass ich allein im Bett bin. Eine Traurigkeit droht mich zu überfallen, aber ich verdränge sie. Daran bin ich selbst schuld. Ich habe darum gebeten. Ihn quasi dazu gedrängt. Aber diese Gedanken lindern den Schmerz nicht, den ich empfinde. Ich schließe wieder die Augen und atme aus. Als ich sie wieder aufmache, entdecke ich Wyatts Hemd, in die Ecke geworfen wie eine angeschwemmte Erinnerung, und plötzlich werde ich noch trauriger. Er mag nicht der perfekte Mann gewesen sein, und wir mochten unsere Meinungsverschiedenheiten gehabt haben, aber Wyatt gab mir immer das Gefühl, für ihn etwas ganz Besonderes zu sein. Er ließ mich nie nach dem Sex zurück, ohne mir einen Kuss zu geben oder mir zu sagen, wie wunderschön ich sei. Er hätte mich nie, niemals einfach im Bett allein gelassen, ohne mir zu versichern, dass wir etwas ganz Besonderes geteilt haben.

Meine Augen füllen sich mit Tränen, als ich wankend zum Schrank gehe und das Hemd aufhebe. Ich drücke es an mich und bitte es um Verzeihung, weil das total bescheuert von mir war. Dann fange ich an zu heulen, weil ich mit einem Hemd rede, während ich das eines anderen Mannes trage. Ein Mann, von dem ich mich anfassen ließ, ein Mann, der mich wieder einmal ohne Abschied verlassen hat. Plötzlich geht die Tür auf, ich blicke auf und sehe Oliver hereinkommen. Das Lächeln in seinem Gesicht erstirbt augenblicklich, als er mich sieht – mein verheultes Gesicht ... wie ich mich an das Hemd meines toten Verlobten klammere, als ginge es um Leben und Tod ...

„Ich dachte, du wärst gegangen", sage ich in einem heiseren Flüstern.

Er rührt sich nicht, sagt nichts ... starrt mich nur weiter an. Schließlich kommt er zu mir rüber, legt seine Arme um mich und zieht mich an seine starke Brust.

„Ich hatte nicht vor zu gehen, ohne mich zu verabschieden", murmelt er in mein Haar. Ich denke an die vielen Male, als er das getan hat ... die vielen Male, als *wir* es getan haben ... und frage mich, ob es diesmal anders sein wird. „Ich hatte eine wunderbare Nacht."

„Ich auch", flüstere ich an seiner Brust.

Er drückt mir einen Kuss auf den Scheitel. „Ich will das hier nicht vermasseln, Elle. Deshalb gebe ich dir etwas Raum, okay? Nicht weil ich dich nicht will ... nicht weil ich die letzte Nacht nicht unglaublich fand ... sondern weil ich dich nicht drängen will." Er neigt mein Gesicht so, dass ich ihn ansehen muss, und das Herz schlägt mir bis zum Hals, als ich darauf warte, von diesen grünen Augen durchbohrt zu werden. „Ich will, dass das hier weitergeht."

„Okay" ist alles, was ich flüstern kann, bevor er die Hand sinken lässt und aus der Tür geht. Ich weiß nicht, was ich von alldem halten soll. Ich weiß nicht, was „das hier" ist. Alles, was ich weiß, ist, dass es mir Angst macht, ihn so sehr zu wollen. Ich habe Angst, mich wieder zu verbrennen.

***

Ein paar Tage später wache ich auf und werfe mir die dunkelblaue OP-Kleidung über, die mir Schwester Gemma an einem Tag gegeben hat, als es beim Malen eine ziemliche Sauerei gab.

Als ich im Krankenhaus auftauche, sehe ich sie am Stationstresen, und sie lacht.

„Wollen Sie uns Ihre Verstärkung anbieten?", fragt sie.

„Wenn es Sie nicht stört, dass es Klagen wegen Kunstfehlern hagelt."

„Niemals Estelle irgendwas mit einer Nadel geben. Ist notiert."

Lachend schüttele ich den Kopf. „Heute geht es schnell. Ich will mich nur überzeugen, dass alles perfekt aussieht."

„Der letzte Tag", sagt sie lächelnd. „Ich will nicht lügen. Ich werde es vermissen, diesen Micah hier zu haben."

„Na ja, es gibt ja noch den Flügel mit der Entbindungsstation."

„Neiiiin! Schicken Sie ihn nicht dorthin! Erst muss ich meine Ansprüche bei ihm anmelden!"

Nachdem wir uns noch eine Weile unterhalten haben, schaffe ich es schließlich in den Raum, in dem wir bis jetzt gearbeitet haben, und ziehe die Jalousien hoch, um nachzusehen, wie weit das Trocknen der Farbe schon fortgeschritten ist. Ich lächele über die Schönheit unseres Werkes und wähle einen kleinen

Pinsel, um die Wolken noch ein bisschen nachzubessern, denen es etwas an Farbe fehlt.

„Ich hab gehört, dass du hier bist“, sagt Oliver hinter mir, und ich male um ein Haar über die Linien.

„Schleich dich nie an jemanden mit einem Pinsel in der Hand heran.“

Er lacht leise. „’tschuldigung. Brauchst du Hilfe?“

Ich halte den Pinsel still und werfe ihm über die Schulter einen schrägen Blick zu, woraufhin er mit den Schultern zuckt.

„Ich kann einspringen.“

„Dann schnapp dir einen Pinsel. Die Wolken brauchen noch eine Schicht Farbe.“

Er tut wie ihm geheißen und stellt sich neben mich. Ich sehe zu der Wolke, an der er gerade malt, und gehe ein paar Schritte weiter zur nächsten.

„Steht dir übrigens gut, die OP-Kleidung.“

Vergeblich versuche ich, nicht zu lächeln. „Danke.“

„Du wärst eine gute Krankenschwester“, fügt er hinzu.

Ich höre auf zu malen und drehe mich mit einer hochgezogenen Augenbraue zu ihm um. „Keine gute Ärztin?“

„Über diese Frage nachzudenken würde bedeuten, dass ich Ärzte für wichtiger halte als Krankenschwestern, aber so ist es nicht. Wenn überhaupt, dann umgekehrt … deshalb gehe ich nicht weiter darauf ein. Ich sage nur, dass du in jedem Beruf gut wärst, in dem du mit Menschen zu tun hättest.“

„Ich werde daran denken, wenn ich mit dem Malen auf keinen grünen Zweig komme.“

„Also nie?“, antwortet er schmunzelnd, während er zur nächsten Wolke auf der gegenüberliegenden Seite des Raums geht. „Was glaubst du, was du wärst, wenn es keine Kunst gäbe?“

„Tot.“

Oliver lässt den Pinsel sinken und sieht mich an. „Sag so etwas niemals.“

Irgendwie lässt er mich mit einem einzigen Blick die ganze Kraft seiner Worte spüren.

„Na schön, wahrscheinlich Lehrerin oder Schülerberaterin."

Er nickt und macht sich wieder ans Malen. „Nur fürs Protokoll: Ich finde das, was du beruflich machst, perfekt. Dieses ganze Projekt hier ist wirklich unglaublich."

„Ich tu, was ich kann", sage ich überzeugt.

„Warum machst du es?", fragt er und kommt auf mich zu. „Ich weiß, wie gern du mit Kindern arbeitest, daher wusste ich, dass es dir gefallen würde, herzukommen und mit ihnen zu malen ... Aber das hier? Das ist eine Menge, Elle."

Ich wende mich von seinem Blick ab – wieder der Wolke vor mir zu – und schaue auf die Wand, als ich antworte. „An schlechten Tagen ist man manchmal genervt, wenn man morgens aufstehen und seine Arbeit machen muss, weil es von einem erwartet wird. Wenn ich mir vorstelle, krank zu sein und hier bleiben zu müssen, wo man sich tagein, tagaus dieselben hässlichen vier Wände ansehen muss, wirken all meine schlechten Tage dagegen so lächerlich, wenn ich diese Kinder darüber reden höre, was sie alles durchmachen müssen, und sie sich noch nicht einmal deswegen beklagen", sage ich, lasse seufzend die Hand sinken und drehe mich zu ihm um. Mir bleibt kurz das Herz stehen, als ich den Blick in seinen Augen sehe. Ich gehe zu ihm hin und berühre ihn sanft mit meinen Fingern unter seinem linken Auge. „Du siehst so müde aus."

„So sieht es aus, wenn man zwanzig Stunden am Stück gearbeitet hat, aber es ist so, wie du gesagt hast, sie beklagen sich nicht, und deshalb habe ich auch kein Recht, mich zu beklagen."

Ich nehme meine Hand wieder weg und sehe ihn an. „Du bist ein guter Mann, Oliver Hart."

Seine Lippen formen sich zu einem Lächeln, und ich sehe, wie sich seine Hand hebt. Ich mache mich auf seine Berührung gefasst, aber bevor er mein Gesicht erreicht, lässt er die Hand wieder sinken. „Du bist eine tolle Frau, Estelle Reuben."

„Kunst ist etwas ziemlich Selbstsüchtiges. Ich schaffe Dinge für mich und hoffe, dass sie auch anderen gefallen; aber es ist nicht so, dass ich daran denke, etwas Gutes in der Welt zu tun, wenn ich an etwas arbeite. Was du dagegen tust, ist völlig selbstlos."

Seine grünen Augen funkeln. „Da irrst du dich. Mein Job mag vielleicht selbstlos wirken, aber diesen Kindern zu helfen gibt mir das Gefühl, etwas zu bewirken. Wenn ich dazu beitragen kann, dass sie uns gesünder wieder verlassen, als sie hergekommen sind, ist das …" Er seufzt und sieht kurz weg. Als sein Blick meinem wieder begegnet, sieht er vollkommen glücklich aus. „Es bedeutet mir alles. Es gibt mir das Gefühl, wichtig zu sein."

„Du bist wichtig", sage ich lächelnd.

„Du auch. Du hältst Kunst für selbstsüchtig, aber ich finde, sie gibt anderen sehr viel. Ich kann das hier nicht." Er deutet mit den Händen auf den ganzen Raum. „Ich habe schlaflose Nächte und endlose Tage hier verbracht, um dafür zu sorgen, dass es diesen Kindern besser geht, aber abgesehen von den Tagen, an denen ich ihnen mitteile, dass sie nach Hause gehen können, werde ich sie nie so zum Strahlen bringen können, wie das hier es wird."

Bei seinen Worten geht mir das Herz auf. Ich drehe mich erneut zur Wand und beende die Arbeit an meiner Wolke, bevor ich wieder zu den Utensilien gehe und meinen Pinsel dort ablege. Oliver bringt es immer wieder fertig, selbst die kleinsten Dinge, die man tut, erscheinen zu lassen, als machten sie einen himmelweiten Unterschied. Das macht wohl unter anderem seinen Charme aus, vermute ich.

Wir verabschieden uns voneinander. Wir bewegen uns unsicher auf dem noch unbekannten Terrain. Ich habe von Oliver nie hundert Prozent bekommen. Soweit ich weiß, ist dieses

Glück nur seinem Job vorbehalten. In der Vergangenheit waren wir Freunde … und dann mehr als Freunde … aber das hier fühlt sich wie etwas Neues an. Ich habe Angst, es zuzulassen und eine unangenehme Überraschung zu erleben. Aber ich habe auch Angst, das nicht zu tun.

19. Kapitel

Vergangenheit

Oliver

Ich konnte mich nicht erinnern, wann ich zuletzt geweint hatte, wenn überhaupt je, aber als ich meinen Dad im Krankenhaus besuchte und sah, dass kaum noch Leben in ihm war, hätte ich genau das am liebsten getan.

Er mochte kein Vorzeigevater gewesen sein, aber ich habe immer zu ihm aufgesehen. Ich rotierte zwischen Besuchen bei ihm, Lernen für die Abschlussprüfungen und meinem Nebenjob als studentische Hilfskraft – was alles von Tutorien bis zur Hilfe bei der Erstellung des Stundenplans beinhaltete.

An jenem Morgen hatte ich mich an einem Ecktisch im Café in der Nähe des Hauses meiner Mutter niedergelassen und arbeitete ein Referat zum Thema Quantenphysik aus, wobei ich versuchte, nicht an den Gesundheitszustand meines Vaters zu denken, als Estelle mir gegenüber Platz nahm. Ich sah genau in dem Moment auf, als sie die Beine übereinanderschlug und lächelte, bevor ihre Lippen sich um den Strohhalm ihres Getränks schlossen.

„Was hat dich denn in meine Gegend verschlagen?“, wollte sie wissen.

Ich atmete schwer aus und legte den Stift zur Seite. Ich hatte sie einige Wochen nicht gesehen. Das letzte Mal in einem überfüllten Chili's-Restaurant. Ich war mit Victor unterwegs und hatte ein Mädchen dabei, weil ich nicht wusste, dass Estelle auch da sein würde. Es sah nicht so aus, als hätte es sie gestört. Die meiste Zeit hatte sie sich mit Mia und Jenson unterhalten, aber es fühlte sich für mich seltsam an, dass sie dort dabei war, nachdem wir uns so oft geküsst hatten … wobei ich jedes Mal mehr gewollt hatte … und nun war ich mit einer anderen da. Ich war froh, sie jetzt zu sehen und dass sie sich mit mir unterhielt, als wäre wirklich alles in Ordnung, woran ich nach jenem Abend ein wenig gezweifelt hatte.

„Du hast die Haare kürzer“, sagte ich nach einer kleinen Pause.

„Nur den Pony, und selbst das bereue ich schon.“ Sie strich sich die längeren Strähnen aus dem Gesicht.

„Steht dir gut.“

„Bist du hier mit jemandem verabredet?“, fragte sie und sah sich um. Plötzlich wirkte sie zögerlich. Ich lächelte und fragte mich, ob sie das Mädchen aus dem Restaurant meinte.

„Würde dich das stören?“

Erst wurden ihre Augen größer, dann zeigte sich ein leichtes, nachdenkliches Stirnrunzeln auf ihrem Gesicht. „Nicht wirklich.“

„Bist du hier mit jemandem verabredet?“, erkundigte ich mich und hoffte, dass dem nicht so war. Warum, wusste ich selbst nicht. Sie konnte ja ausgehen, mit wem sie wollte, aber das bedeutete nicht, dass ich es wissen wollte. Ihre Mundwinkel zogen sich langsam nach oben, als könne sie meine Gedanken lesen. So langsam glaubte ich wirklich, dass sie es konnte.

„Nö. Ich komme gerade von einem schrecklichen Date.“

„Was war denn so schrecklich daran?“, wollte ich wissen und beugte mich ein wenig nach vorn, beide Ellbogen auf den Tisch, genau wie sie.

„Er hat die ganze Zeit nur von sich gesprochen. Die absolute Sportskanone. Jede will ihn, jeder will so sein wie er“, erzählte sie und äffte seine Stimme nach, während sie die Augen verdrehte. Ich musste lachen.

„Das klingt wirklich schrecklich. Warum verschwendest du

überhaupt deine Zeit mit einer Sportskanone?", fragte ich skeptisch.

„Es gibt da einen Sportler, den ich mag ... aber er ist sooo ein Streber", antwortete sie, und ihre Augen glänzten so sehr vor Vergnügen, dass ich grinsen musste.

„Erzähl mir von diesem sportlichen Streber."

„Also", fing sie an und blickte nach unten. Ihr Eiskaffee hatte etwas Kondenswasser auf dem Tisch hinterlassen, und sie malte darin Kreise, während sie redete. „Er sieht echt gut aus, wenn man auf langhaarige, braun gebrannte Surfer steht ... und auf unglaubliche Grübchen ..." Sie sah wieder zu mir und lächelte schüchtern. Mein Herz setzte für einen Moment aus. „Er ist wirklich ein netter Kerl, aber man munkelt, er hat es nicht so mit festen Beziehungen."

„Klingt nicht, als wäre er was für dich. Man kann doch keine Beziehung auf einem Sixpack und Grübchen aufbauen."

Sie grinste. „Von Sixpack war gar nicht die Rede."

Ich zuckte mit den Schultern. „Ich habe nur eins und eins zusammengezählt. Was gefällt dir an diesem sportlichen Streber denn noch?"

„Er ist intelligent. Und er löst ein schönes Gefühl in mir aus, wenn er sich mit mir unterhält ... wenn er mich ansieht ..." Sie wird rot. „Wenn er mich küsst."

Ich versuchte, nicht auf das Hämmern in meiner Brust zu achten. „Du hast eine ziemlich gute Meinung von jemandem, der es nicht so mit Beziehungen hat ..."

„Wir haben alle unsere schlechten Seiten, und das ist wohl seine", erwiderte sie schulterzuckend und sah weg.

„Und wenn er einer Beziehung gegenüber doch nicht so abgeneigt wäre?" Ich weiß noch nicht mal, warum ich diese Frage stellte. Es war egal. Ich war Beziehungen gegenüber nicht nur abgeneigt, ich war total dagegen.

Ihr Blick traf wieder meinen. „Ich weiß aus sicherer Quelle, dass dem nicht so ist."

Ich nickte knapp, atmete tief aus und schaute in eine andere Richtung.

„Bist du beleidigt?“, fragte sie mich, und mein Blick wanderte zurück zu ihr.

„Nein. Wieso?“

„Du siehst so … Ach, keine Ahnung … du benimmst dich seltsam.“

„Ich bin …“ Ich fuhr mir mit den Händen durchs Gesicht. Ich hatte ihr nicht davon erzählen wollen, auch sonst niemandem, aber so, wie sie mich ansah, mit ihren schönen, wohltuenden Augen, wollte ich ihr mein Herz ausschütten. „Mein Dad liegt im Krankenhaus.“

Sie schnappte nach Luft und griff nach meinen Händen. Ich ließ es zu. Ihre Hände waren zierlich und kalt, aber ihre Berührung erwärmte mein Innerstes. „Schon wieder? Wird er wieder gesund?“

Ich lachte kurz auf. „Er hatte wieder einen Schlaganfall. Er wird wieder gesund werden, wenn er nun endlich mal auf sich achtgibt. Aber er ist so ein Sturkopf. Will einfach nicht mit dem Rauchen aufhören. Gesunde Ernährung und Bewegung sind auch nicht seins. Ich könnte verrückt werden.“ Estelle drückte meine Hände und lächelte ermutigend.

„Er wird wieder. Ich bin mir sicher, dass er sich ändert.“

Ihre Worte brachten mich zum Lächeln. Sie war ihm nur einmal begegnet. Sie kannte ihn gar nicht richtig.

„Glaubst du, dass Menschen sich ändern können?“

Ihr Blick wanderte schnell zwischen meinen Augen hin und her. Sie lehnte sich vor, bis die Hälfte ihres Oberkörpers über dem Tisch war, kam näher zu mir. Ich wollte meine Hände aus ihren lösen und ihr Gesicht zu mir ziehen. Ich wollte sie küssen und mich in diesem Gefühl verlieren, so wie ich es bei ihr immer konnte. Ihr Gesicht war nur wenige Zentimeter von meinem entfernt.

„Ich weiß, dass sie es können. Sie müssen es nur wollen“, hauchte sie mir zu.

„Du glaubst an das Gute im Menschen."

Sie lehnte sich wieder auf ihren Stuhl zurück. Sie lächelte, breit und zuversichtlich, als sie ihr Glas nahm und ihre Lippen sich erneut um den Strohhalm schlossen. „Aber sicher."

Ich sagte nicht: *Du bist der Grund, warum ich mich ändern möchte. Du lässt mich daran glauben, dass ich es kann.*

Am nächsten Tag zur gleichen Uhrzeit liefen wir uns dort wieder über den Weg und am Tag darauf noch einmal. Wir saßen dort, unterhielten uns, brachten uns gegenseitig zum Lachen und gingen danach wieder unserer Wege. An Tagen, an denen ein Lächeln unmöglich schien, zauberte sie eines auf mein Gesicht. Sie ließ mich die Hoffnung dort erkennen, wo ich sie nie zu finden geglaubt hätte. Zu dieser Zeit wurde sie wirklich meine Estelle. Sie wusste es nur nicht. Verdammt, ich wusste es selbst nicht.

20. Kapitel

Gegenwart

Estelle

Eine Woche später ist mein Malerteam fertig mit den Räumen und dem Flur, und wir haben einen Ozean in eine Wiese voller Blumen und spielender Kinder verwandelt.

Alle haben rund um die Uhr gearbeitet, damit wir den Termin einhalten, ich brauche also nicht zu erwähnen, dass wir alle in Jubel ausbrechen, als wir endlich fertig sind. Arm in Arm gehen wir raus und kämpfen gegen den Drang an, vor Erschöpfung die Augen zu schließen.

„Ich könnte nur noch schlafen", sagt Micah und legt seinen Kopf auf meinen.

„Ich auch", erwidere ich gähnend.

Ich falle fast über meine eigenen Füße, als wir um die Ecke biegen und ich sehe, wie Oliver mit einer Krankenschwester spricht, die ich noch nie gesehen habe. Er steht mit dem Rücken zur Wand, und sie beugt sich zu ihm, als wolle sie ihn auffressen. Ich begegne seinem Blick, und er richtet sich etwas auf, aber ich sehe weg und lehne mich an Micah, und wir verlassen das Krankenhaus, ehe er mich ansprechen kann – nicht, dass ich damit rechne. Ich hasse es, mir einzugestehen, dass ich überhaupt etwas empfinde, wenn ich so was sehe. Ich hasse es, weil ich eigentlich gar nicht zur Eifersucht neige, aber wenn es um Oliver geht, bilde ich mir plötzlich ein, ich hätte irgendeinen Besitzanspruch.

Ich gehe nach Hause und falle tot ins Bett. Ich höre weder die Anrufe und die Nachrichten, die auf meinem Handy ankommen, noch die Rufe meines Bruders von unten, dass ich was essen muss. Es ist mir auch alles egal, bis ich feststelle, dass ich einen entgangenen Anruf von meiner Maklerin habe, und sie hektisch zurückrufe, weil ich auf eine gute Nachricht hoffe.

„Hallo?"

„Ich will Ihnen nicht zu große Hoffnungen machen, aber wir haben einen potenziellen Käufer."

„Oh, endlich! Gott sei Dank!"

Sie führt weiter aus, wie viel sie geboten haben, und sagt mir, dass sie sich bei Bedarf wieder bei mir meldet. Ich strecke mich, gehe nach unten und rechne eigentlich gar nicht damit, meinem Bruder dort über den Weg zu laufen, stehe aber unglücklicherweise plötzlich nicht nur vor ihm, sondern auch vor seinem Freund Bobby von der Arbeit. Und ich sehe beschissen aus.

„Hey, Elle, schön, dich wiederzusehen", sagt Bobby lächelnd, während er mit den Augen meinen Körper von oben bis unten mustert.

„Hey. Tut mir leid, dass du mich in diesem Zustand sehen musst, aber ich hab geschlafen, ungefähr seit …"

„Achtzehn Stunden", unterbricht Vic mich.

„Nicht dein Ernst."

„Mein voller Ernst."

„Wow. Da war ich wohl echt müde."

„Ja, scheint so. Bean hat angerufen und nach dir gefragt."

Mit gerunzelter Stirn ziehe ich meinen Kopf wieder aus dem Kühlschrank. „Und?"

„Und ich fand das irgendwie komisch", meint Vic schulterzuckend. „Ihr seht euch in letzter Zeit oft, oder?"

„Och, eigentlich nicht." Ich stecke den Kopf wieder in den Kühlschrank, ohne etwas Bestimmtes zu suchen.

„Er meinte, er hätte versucht, dich anzurufen, konnte dich aber nicht erreichen."

„Ich rufe ihn später zurück. Ich glaube, heute Nacht arbeitet er sowieso."

„Ja, ist heute Nacht nicht Grace-Nacht?", fragt Bobby lachend, den Mund voll Muffin.

Vic antwortet nicht, sondern sieht mich nur an und hofft auf eine Reaktion, aber den Gefallen tue ich ihm nicht. Innerlich schreie ich: „Wer zum Teufel ist Grace?", aber das darf ich mir nicht anmerken lassen. Wenn überhaupt, ist das nur noch ein Grund mehr, warum mein Bruder nie etwas von Oliver und mir erfahren sollte. Mich wurmt nur, dass sie jeden seiner Schritte zu kennen scheinen, und es macht mir klar, dass ich das von mir nicht behaupten kann.

„Mom hat auch angerufen."

„Okay, Vic. Bist du die Scheiß-Telefonvermittlung, oder was? Ich rufe alle zurück, wenn mir danach ist." Ich drehe mich um und mache mich wieder auf den Weg in mein Zimmer.

„Meine Fresse. Vielleicht braucht sie noch etwas mehr Schlaf."

Vic spöttelt: „Die kam schon zickig auf die Welt."

21. Kapitel

Wenn gar nichts mehr geht, geh nach Hause zu Mom.

Das war zumindest mein Gedanke, als ich heute Morgen aufwachte. Ich hatte nicht bedacht, dass diese mich, sobald ich in die Einfahrt biegen würde, belagern und mit Millionen von Fragen bombardieren würde, mit denen ich mich eigentlich gar nicht auseinandersetzen wollte. *Isst du auch genug? Wie ist es bei deinem Bruder? Isst er auch genug? Wie ist es mit Derek gelaufen? Ich arrangiere noch ein Date für dich, den wirst du mögen, versprochen. Was macht das Atelier? Ich hab gehört, du hast im Krankenhaus gute Arbeit geleistet.* Und schließlich ... *Komm rein und iss was!*

Was ich natürlich tat. Ich saß am Esstisch und blickte auf die Berge und den Ozean dahinter. Vic und ich waren Wasserratten, aber meine Eltern bevorzugten den Blick auf die Berge von Santa Barbara. Sie besaßen ein Haus in Malibu, in das wir früher oft übers Wochenende fuhren. Manchmal verbrachten wir die Zeit mit ihnen, aber meistens mit Freunden.

„Vic sagt, du bist in letzter Zeit viel mit Oliver zusammen", bemerkt meine Mom beiläufig, als könnte ich aus ihrem Unterton nicht die reine Neugier heraushören.

Ich stöhne. „Vic nervt vielleicht. Wir sehen uns oft im Krankenhaus. Und haben einmal außerhalb der Arbeitszeit was miteinander unternommen. Na und?" Mit ihrem Lachen zieht sie meinen Blick zu sich. „Was?"

Sie zuckt mit den Schultern. „Dein Bruder hat sich gar nichts dabei gedacht, bis ich anmerkte, dass es komisch ist, dass ihr euch trefft. Du hast ihn doch mal gehasst, oder?"

„Gar nicht." Ich mache ein böses Gesicht. Wie in aller Welt kommt sie nur darauf?

„Ich dachte, schon. Du hast immer davon gesprochen, was für ein Frauenheld er wäre.“

„Weil er einer war“, sage ich und versuche, überzeugend auszusehen.

„Und jetzt?“

Ich starre sie lange an, während meine Hände mit der Serviette auf dem Tisch spielen. Alle sagen, dass ich eine exakte Kopie von ihr wäre und ihr nicht ähnlicher sehen könnte. Der Gedanke bringt mich zum Lächeln, denn meine Mutter ist wirklich eine Schönheit, innerlich wie äußerlich. Trotz der hohen Anforderungen ihrer beruflichen Laufbahn als Professorin stand für sie die Familie immer an erster Stelle. Wie heute, als sie mein Auto in die Einfahrt biegen sah und sich sofort krankgemeldet hat. Ich habe ihr immer alles erzählt, aber aus irgendeinem Grund kann ich mit ihr nicht über Oliver reden. Es geht einfach nicht. Er ist wie ein drittes Kind dieser Familie. Es ist nicht wie bei Wyatt, über den ich mich beklagen oder den ich in den höchsten Tönen loben konnte, ohne dass es eine Rolle gespielt hätte, weil er für alle ein Außenstehender war. Oliver ist praktisch bei uns aufgewachsen. Und obwohl, wie immer, überhaupt nichts zwischen uns läuft, würde ich ihn äußerst ungern in ein schlechtes Licht rücken.

„Keine Ahnung, Mom“, sage ich endlich. „Ganz ehrlich, ich weiß es nicht. Ich bin sicher, Vic kann dir das genauer sagen.“

„Aber du siehst ihn doch bei der Arbeit.“

„Na und?“

„Hat er eine Freundin? Oder mehrere?“, fragt sie und verdreht ihre haselnussbraunen Augen.

„Du kennst ihn doch. Er flirtet mit allem, was zwei Beine hat, also, ich schätze schon.“

„Glaubst du, er schläft mit denen allen?“

Ich reiße die Augen auf. „Okay, das wird jetzt langsam peinlich, und noch mal: Ich weiß es nicht.“

„Manchmal haftet Typen wie ihm ein schlechter Ruf an, glaubst du nicht? Ich meine, er war immer so ein netter Junge."

Ich mache eine unverbindliche Handbewegung. „Ist mir egal. Warum reden wir überhaupt darüber?"

Dann lächelt sie, richtig breit, und ich lasse mich in meinen Stuhl zurücksinken. Ich rechne schon fast damit, dass sie für mich ein Date mit ihm arrangiert hat.

„Weil dieser Zach auch so einen ähnlichen Ruf bei den Frauen hat, aber soweit ich gehört habe, ist er gar nicht so ein Frauenheld", holt sie aus.

„Mom."

„Und, Estelle, er ist so was von süß!"

„Mom."

„Er hat eine Galerie in Malibu."

„Zach Edwin?", schreie ich praktisch.

Meine Mom nickt lächelnd, als hätte sie gerade die ganze Keksdose leer gefuttert, ohne sich erwischen zu lassen.

„Woher in aller Welt kennst du den denn?", frage ich enthusiastischer, als gut für mich ist.

„Tja, das ist eine lustige Geschichte. Bettina und ich waren vor ein paar Wochen ein bisschen shoppen und sind zufällig in seinen Laden gestolpert. Er hat dort übrigens ein paar traumhafte Stücke; aber was sofort unsere Aufmerksamkeit erregt hat, war ein Herz – eins von deinen Herzen. Wir taten völlig ahnungslos und fragten ihn, wie viel das Herz kosten sollte." Sie legt eine dramatische Pause ein. „Viertausend Dollar."

Mir fällt die Kinnlade herunter.

„Er sagte, er hätte das letzte für dreitausend verkauft, und dieses sei als einziges noch übrig, aber derjenige, von dem er es gekauft hat, habe keine Karte dagelassen, also könne er keinen Kontakt zu dem Künstler aufnehmen, der es geschaffen hat. Elle, alles in Ordnung?"

Ich schüttele den Kopf. Ich bin immer noch sprachlos.

Meine Mom lacht und tätschelt meine Hand. „Ist das zu glauben? Ich nehme an, er hat sie bei Wyatt gekauft."

Ich schlucke und sammele mich wieder. „Ja, Wyatt hat mal erwähnt, dass er ihm vor Jahren ein paar Stücke verkauft hat, aber … wow … viertausend Dollar?"

„Dann hast du also keinen Anteil daran erhalten?", fragt meine Mom mit gerunzelter Stirn.

„Es war kein Kommissionsgeschäft. Er hat sie verkauft, um sie loszuwerden, weil ich für eine Ausstellung zu viele gemacht hatte, und Wyatt meinte, sie an Zach zu verkaufen könnte mir später mal nützen. Offenbar habe ich das nicht weiterverfolgt, und Wyatt hatte wahrscheinlich seine Visitenkarten vergessen, wie immer, aber, oh Gott."

„Ich weiß!", quietscht meine Mom.

„Okay, und wie kam das mit dem Date zustande?"

„Ach. Na ja, ich habe ihm gesagt, dass meine Tochter das gemacht hat, und er war sehr beeindruckt."

„Ach ja?"

„Und dann habe ich ihm auf meinem Telefon die Website deines Ateliers gezeigt. Und als er dein Foto sah, konnte ich seine Augen aufleuchten sehen."

„Oh Gott, Mom", sage ich und vergrabe mein Gesicht in meinen Händen.

„Also habe ich ihm die Kurzversion über Wyatt erzählt und dass du dich jetzt wieder mit Männern triffst. Ich habe ihn gefragt, ob er Interesse hätte, und er hat angebissen."

„Oh Gott, Mom!", wiederhole ich, immer noch in meine Hände hinein.

„Hast du ihn schon mal gesehen, Elle?", fragt sie. Ich schiele sie durch meine Finger hindurch an und nicke. „Er sieht gut aus!"

„Er ist verdammt heiß, aber ich kann nicht mit ihm ausgehen! Wir leben nicht im sechzehnten Jahrhundert. Du kannst nicht herumlaufen und versuchen, mich unter die Haube zu bringen!"

„Warum denn nicht in drei Teufels Namen?“, fragt sie verärgert. „Hast du denn noch nie diese Sendungen im Fernsehen gesehen, in denen Leute sogar dafür bezahlen, mit anderen verkuppelt zu werden? Millionaire Matchmaker oder so?“

Ich starre sie mit leerem Blick an. „Nein, das Vergnügen, mir das anzuschauen, hatte ich bisher noch nicht. Aber … ich weiß auch nicht, ich würde ihm gerne ein paar Sachen von mir verkaufen, aber ich kann nicht mit ihm ausgehen!“

„Ist es, weil er ein Frauenheld ist?“

„Was? Nein!“

Zach hat diesen Ruf als Aufreißer, und das aus gutem Grund. Er geht normalerweise nicht mit Frauen aus der Branche aus, aber das eine Mädchen, bei dem er es doch gemacht hat, hat er geheiratet, betrogen und sich innerhalb von einem Jahr wieder von ihr scheiden lassen. Seitdem, heißt es, schläft er mit Models, Schauspielerinnen und wer immer sonst noch mit zwei schlanken Beinen und einem kurzen Rock sein Geschäft betritt.

„Bist du sicher?“

„Ganz sicher! Ich suche nicht nach etwas Festem, warum sollte ich mir also Gedanken über seinen Ruf machen?“

„Ich glaube nicht, dass sein Ruf ihm gerecht wird. Ich sage dir, er ist zwar ein Charmeur, aber ich glaube nicht, dass er mit so vielen Frauen schläft, wie uns weisgemacht wird.“

„Sind wir dann fertig? Dann würde ich jetzt unheimlich gern in Ruhe meine Pfannkuchen essen“, murmele ich.

„Natürlich, Liebes. Noch Kaffee?“

„Gern. Wo ist Dad?“

„Er hat schon im Morgengrauen das Haus verlassen. Wird ein langer Tag heute. Drei Promi-Patienten.“

„Was für ein Spaß.“

„Ja, ich bin sicher, wir werden alles erzählt bekommen, wenn er nach Hause kommt. Bleibst du heute Nacht hier?“

Seufzend gieße ich mir Sirup auf die Pfannkuchen. „Ja, ich glaube schon.“

„Bist du sicher, dass du Zach nicht treffen willst? Er wohnt nur ein paar Blocks entfernt."

Mein Blick begegnet ihrem. „Willst du mich veräppeln?"

„Wie wär's, wenn er einfach zum Abendessen herkommt. Dann wäre es kein Date, aber eine Möglichkeit, dich mit ihm über deine Kunst zu unterhalten."

„Seit wann interessierst du dich für Kunst? Du hast es immer gehasst, wenn Wyatt herkam und über Kunst geredet hat."

Sie schnappt nach Luft und legt sich eine Hand aufs Herz. „Ich habe es nie gehasst, wenn er herkam! Mir hat es nur nicht gefallen, wie er manchmal mit dir gesprochen hat."

„Ach ja? Und wie?", hake ich nach und spieße ein Stück Pfannkuchen auf. Ich erwarte eigentlich gar keine Antwort, aber sie gibt sie mir trotzdem.

„Wie mit einem Kind."

Meine Kaubewegungen werden langsamer. Ich war ein Kind. Er war elf Jahre älter als ich und besaß die Erfahrung eines Achtzigjährigen.

„Er hat nicht mit mir geredet, als wäre ich ein Kind", widerspreche ich.

„Du warst seine Muse ... seine Inspiration, schätze ich. Heute begreife ich das, aber damals fand ich es nervig, wie er immer darauf bestanden hat, dass du ihm nicht von der Seite weichst, wenn die Freunde deines Vaters da waren. Als ob er dachte, sie würden dich ihm wegnehmen. Hattest du nie das Gefühl?"

Ich funkele sie an. „Natürlich. Männer sind nun mal so."

Sie neigt den Kopf und scheint über meine Worte nachzudenken. „Wahrscheinlich hast du recht. Jedenfalls hat er dich offensichtlich auf seine Art geliebt und dir viel geholfen. Aber, überleg doch mal, Zach Edwin!"

Den Rest des Tages verbringe ich damit, mit meiner Mom und Bettina, Mias Mom, shoppen zu gehen, über Zach zu reden und darüber, dass er zum Abendessen kommt. Mia hat angerufen und gedroht, mich umzubringen, wenn ich sie nicht sofort anrufe, sobald er gegangen ist. Irgendwann nachdem wir bei Neiman Marcus Schuhe anprobiert haben und bevor wir bei Chili's etwas trinken gehen, kriegt mein Bruder Wind von der Sache und ruft mich an, um mir zu sagen, dass er mich umbringt, wenn ich mit Zach etwas anfange, weil er gehört hat, dass der keine auslässt, auch nicht die Exfrau eines seiner Mandanten. Danach schalte ich mein Telefon aus. Ich muss mir schon genug Geschnatter von Bettina und Mom anhören, als sie sich über all die Männer auslassen, die Mia und ich inzwischen schon hätten heiraten können. Ich weiß nicht, ob sie vergessen haben, dass ich verlobt war, oder ob sie es einfach lieber ignorieren, weil mein Verlobter nicht ihren Vorstellungen entsprach.

Abends trage ich eins der Kleider, die ich mir heute gekauft habe, ein kurzes – aber auch nicht zu kurzes – Kleid mit Blumenmuster, das am Oberkörper eng anliegt, aber ab der Taille weiter wird und weich hinabfließt. Mom besteht darauf, dass ich dazu hohe rote Schuhe trage, weil sie der Meinung ist, dass meine Beine dadurch fantastisch aussehen. Als um sieben Uhr mein Vater zur Tür hereinkommt, renne ich ihn regelrecht um, ehe er dazu kommt, seine Aktentasche abzustellen. Sein mächtiges Weihnachtsmann-Lachen kommt aus tiefstem Herzen, und er nimmt mich fest in den Arm.

„Da hat mich wohl jemand vermisst", sagt er und lächelt, als er mich loslässt. Sein einst dunkelblondes Haar ist jetzt mit Silber durchzogen, und jedes Lachen in seinem Leben zeichnet sich als Linie in seinem Gesicht ab – und davon gab es viel. Seine braunen Augen glänzen, als er mich ansieht, und ich fühle mich wieder wie ein Kind.

„Du bist außer mir der einzige normale Mensch in diesem Haus", flüstere ich laut hörbar und übertrieben dramatisch, während er weiter vor sich hin lacht und den Kopf schüttelt.

„Niemand hat dich gezwungen, mit deiner Mutter allein zu sein", flüstert er verschwörerisch zurück.

„Und mit Bettina!"

Er macht große Augen. „Gütiger Himmel, du brauchst einen Drink."

„Oder zwanzig."

Er lacht wieder und legt mir die Hand auf die Schulter.

„Thomas! Du bist zu Hause!" Lächelnd kommt sie in ihrem knielangen, schwarzen Kleid auf uns zugeschlendert.

„Willst du, dass hier jemand einen Herzinfarkt kriegt, Hannah? Was hast du denn da an?", fragt er, nimmt seinen Arm von meiner Schulter, um ihn nach meiner Mutter auszustrecken.

Ihnen zuzusehen ist, als schaue man „Vom Winde verweht". Also, diese Szene am Ende, wo Rhett Butler Scarlett O'Haras Gesicht mit den Händen umschließt. Das fasst meine Eltern ganz gut zusammen. Jeden. Einzelnen. Tag.

„Komm, hör auf, Tom, du weißt doch, dass Elle offene Liebesbekundungen hasst", gurrt Mom, während sie ihm die Arme um den Hals wirft.

Ich schüttele lachend den Kopf. „Gar nicht wahr. Aber wenn ihr mich braucht, ich bin draußen."

„Warum arrangierst du immer wieder diese blöden Dates für sie?", höre ich im Weggehen meinen Dad flüstern.

„Weil sie wieder anfangen muss zu leben!"

„Sie wird wieder anfangen zu leben, wenn sie bereit dafür ist, Liebling. Deine Einmischung ist nicht hilfreich. Und jetzt hat auch noch Victor angerufen und angekündigt, dass er vorbeikommt, um einzuschreiten", sagt er. Ich erstarre mit einer Hand am Türgriff und habe einen klaren Moment, in dem ich überlege, ob ich den Abend für beendet erklären und nach Hause fahren soll, aber dann fällt mir wieder ein, wo „zu Hause" im Moment ist, und ich beschließe, rauszugehen und mich in den Garten meiner Eltern zu setzen.

In meiner Kindheit und Jugend hatte ich zwei Arten von Freunden: solche, die zu Hause total überbehütet waren, und solche, deren Eltern es egal war, was ihre Kinder so trieben. Ich wünschte mir immer die zweite Art Eltern. Meine waren zwar nicht streng, außer wenn ich mit schlechten Noten nach Hause kam, und sie mischten sich nur ein, wenn … na ja, eigentlich immer. Nach Wyatts Tod war ich dankbar dafür, denn wenn sie mich nicht buchstäblich gefüttert hätten, hätte ich wahrscheinlich wochenlang nichts gegessen. Natürlich überrascht es mich nicht, dass Vic beschlossen hat, mir nach Hause zu folgen, nachdem er von der Sache mit Zach gehört hat – schon gar nicht nach seiner Bemerkung über seinen Mandanten. Hier geht es um mehr als seinen Beschützerinstinkt als großer Bruder; es geht um seine Arbeit.

Nachdem mein Dad geduscht hat, gesellt er sich zu mir in den Garten und reicht mir ein Glas Weißwein.

„Dachte mir, das kannst du gebrauchen", sagt er und prostet mir mit seinem Glas zu.

„Danke", antworte ich, trinke einen Schluck und lehne mich in die Sitzpolster zurück.

„Ich hab gehört, du hast im Krankenhaus einen guten Job gemacht."

Ich schenke ihm ein Lächeln. „Ja, ich glaube, das haben wir."

„Ich bin stolz auf dich, Elle. Ich weiß, ich habe immer gesagt, Kunst wäre Zeitverschwendung und du hättest noch etwas anderes machen sollen, aber wenn du dann solche Sachen machst, kann ich nicht anders, als stolz auf dich zu sein."

„Danke!" Ich beuge mich vor und gebe ihm einen Kuss auf die Wange.

„Deine Mom wird erst lockerlassen, wenn du einen neuen Freund gefunden hast, weißt du? Ich glaube, du solltest einfach so tun, als hättest du dich verliebt, damit sie endlich damit aufhören kann."

„Mom wird erst aufhören, wenn ich Kinder habe."

„Ich dachte, du willst keine Kinder", meint er und trinkt von seinem Wein. Er schaut mich nicht an, als er das sagt. Seine Augen schweifen in die Ferne. Er sieht nicht meinen gequälten Ausdruck. Wyatt wollte keine Kinder. Ich wende mich ab und ahme seine Pose nach, indem ich auf die Berge starre – auf die Stelle, wo ich den Ozean weiß, auch wenn es inzwischen zu dunkel ist, um ihn zu erkennen.

„Ich weiß es noch nicht", erwidere ich schließlich.

„Manchmal geben wir viel von uns auf für die Menschen, die wir lieben", sagt mein Dad. „Es ist schwer zu wissen, wo die Grenze ist, denn man denkt, wenn man jemanden liebt, sollte man auch bereit sein, Dinge für ihn aufzugeben." Ich nicke und trinke einen Schluck Wein. „Als ich Erika geheiratet habe", erzählt er und meint seine verstorbene Frau, die er, Jahre bevor er meiner Mutter begegnet ist, verloren hat, „habe ich alles aufgegeben, was ich liebte. Ich brach die Schule ab und suchte mir einen Job, weil ich dachte, ich müsste für sie sorgen. Das machen Männer so, weißt du, wir sorgen für unsere Frauen – und für unsere Familie. Dann habe ich sie wegen eines betrunkenen Autofahrers verloren und dachte: Was ist mein Leben jetzt noch wert? Ich habe nichts mehr. Und das Schlimme war, ich habe mich nicht deshalb so gefühlt, weil ich sie verloren hatte, sondern wegen der Dinge, die ich für sie aufgegeben hatte."

Ich nehme einen großen Schluck Wein. Ich weiß genau, was er meint. „Und bei Mom? Und uns?"

„Nun, als ich deiner Mutter begegnet bin, war ich wieder auf dem richtigen Weg. Sie war jünger, also wartete ich, bis sie ihren Abschluss gemacht hatte. Ich wollte nicht, dass sie denselben Fehler macht wie ich bei Erika. Ich wollte nie der Grund dafür sein, dass sie eines Tages auf ihr Leben zurückblickt und bereut, was sie nicht gemacht hat."

„Meinst du, alle Männer sind so? Dass sie auf den richtigen Zeitpunkt warten, um bestimmte Sachen zu tun?", frage ich und denke dabei an Oliver.

„Nein, nicht alle. Dein Bruder schon, denke ich. Ich glaube, er wartet darauf, dass es in seinem Job richtig gut läuft, bevor er mit einer Frau sesshaft wird, und wenn er schon einer begegnet wäre, würde ich ihm sagen, dass das idiotisch ist in seinem Alter, aber bisher hat er noch keine getroffen, für die er seine Meinung ändern würde. Also schätze ich, er ist auf dem richtigen Weg."

„Ja, ich denke schon."

„Was ich sagen will, Elle, du hast für Wyatt wahrscheinlich mehr aufgegeben, als du denkst, aber das ist nicht schlimm. So ist das Leben. Ich will nur nicht, dass du dich mit dieser Einstellung in eine neue Beziehung stürzt. Egal, wie gut aussehend der Typ laut deiner Mom ist." Sein Gesicht verzieht sich zu einem Lächeln, das ich erwidere.

„Na ja, wir wissen ja beide, dass Mom einen sehr eigenwilligen Geschmack hat", stelle ich fest, und er muss lachen.

„Das kann man wohl sagen."

22. Kapitel

Vergangenheit

Oliver

Ich habe mich immer glücklich geschätzt, Victor als Freund zu haben.

Er war immer selbstlos, schonungslos ehrlich und vor allem loyal. Als ich nach meinem Abschluss keine Bleibe hatte, weil der Mietvertrag ausgelaufen war, zögerte Vic nicht einen Moment.

„Du wohnst bei mir“, hatte er gesagt.

„Okay, sag mir einfach, wie viel ich dir schulde. Ich brauche nur was für ein paar Wochen“, hatte ich erwidert, und er hatte mich angesehen, als hätte ich sie nicht mehr alle.

„Du bist mein Bruder. Du schuldest mir einen Scheiß!“

Und so kam es, dass ich in die kleine Hütte neben dem Haus zog, das er für den Sommer gemietet hatte. In den Sommerferien, die er *die letzten Wochen in Freiheit* nannte. Die letzte große Sause, bevor ich mit dem Medizinstudium begann und er mit dem Jurastudium an der UCLA. Es war ein tolles Leben in den paar Wochen – aufstehen, ein paar Wellen reiten, essen, trinken, feiern und mit den Mädchen aus der Gegend rummachen. Wir sahen die Zeit bis zum weiterführenden Studium an wie andere ihr letztes Wochenende als Junggesellen, was ulkig war, denn wir hatten uns geschworen, unser ganzes Leben lang ungebunden zu bleiben. „Wer braucht schon eine Frau, wenn er zehn haben kann?“, waren Vics Worte, gefolgt von Jensons „Bruder vor Luder“. Junior war der Einzige, der an unserem verrückten Sommer nicht teilhaben konnte, weil er schon seit dem ersten Semester am College mit demselben Mädchen zusammen war. Sosehr wir uns auch über ihn lustig machten, glaube ich, wir waren alle ein bisschen neidisch auf ihn, weil er ein Mädchen gefunden hatte, mit dem er tatsächlich jeden Tag zusammen sein wollte.

An jenem Abend zog ich mich an, so ziemlich wie jeden anderen Abend, aber ich war schlapp, weil ich den ganzen Tag in der Sonne gewesen war, und musste am nächsten Tag früh aufstehen, um mit meinem Umzug anzufangen. Ein Drink … vielleicht zwei … und dann ins Bett, nahm ich mir vor, als ich zum Haupthaus rüberging, wo die Party bereits im vollen Gange war.

Ein Drink … vielleicht zwei … und dann ins Bett, wiederholte ich, und das Mantra wurde eine Art zweiter Text zu dem Song, der gerade aus den Boxen dröhnte. Ein Drink … vielleicht zwei, wollte ich mir gerade erneut vorbeten, als ich Estelle entdeckte, die in dem Moment ins Haus ging. Ich spürte, wie sich langsam ein Lächeln in meinem Gesicht breitmachte, während ich zusah, wie sie sich mit den Fingern durch die vom Wind zerzausten Haare fuhr. Ihre Lippen verzogen sich zu einem sexy Schmollmund, als ihre Augen durch den Raum wanderten. Sie streifte ihre Jacke ab, und zum Vorschein kamen ein tief ausgeschnittenes schwarzes Top, in dem ihre Brüste nach oben gepresst wurden, und ein kurzer, paillettenbesetzter Rock, der jede Kurve ihrer Beine preisgab.

Ich vermute, sie spürte meinen Blick auf sich, denn eine Sekunde später trafen mich ihre Augen, und sie lächelte auf ihre typische Art. Es verriet mir, dass sie heute Abend auf Abenteuer aus war und sich fragte, ob ich zum Freiwild gehörte. Ein Drink … vielleicht zwei … und dann ins Bett, sagte ich mir wieder, diesmal klopfte ich mir leicht mit der Faust gegen die Stirn, in der Hoffnung, ich könnte mir etwas Vernunft einhämmern, bevor ich sie erreichte. Meine verräterischen Füße hielten unbeirrbar auf sie zu, wie immer, und sie stand da und wartete auf mich, wie immer.

„Lange nicht gesehen." Ich ließ ihre marmorierten Augen auf mich wirken, während sie mich langsam von Kopf bis Fuß musterte. „Wie lautet dein Urteil?", fragte ich, als ihre Augen schließlich bei meinen haltmachten. Sie wurde leicht rot und sah lachend weg.

„Du siehst gut aus", erwiderte sie und wandte mir wieder ihren Blick zu.

„Du siehst ebenfalls klasse aus", gab ich zurück. „Wie läuft es bei dir?"

Es war zwei Monate her, seit wir uns das letzte Mal gesehen hatten. Zwei Monate, seit unsere Zungen jenen Tanz vollführt hatten, den sie auf jeder Party miteinander tanzten … oder im Kino … oder überall, wo wir es schafften, uns davonzuschleichen. Wir waren nie zu weit gegangen, hatten uns meistens mit Klamotten geküsst und berührt, bis wir von diesem oder jenem unterbrochen worden waren. Unsere Auszeit war kein Zufall gewesen. Ich war auf Partys an der Cal gegangen statt zu Vic, weil mich Schuldgefühle quälten wegen allem, was ich für Estelle empfand, wenn sie in der Nähe war. Wie vor ein paar Monaten, als ich sie im Einkaufszentrum getroffen und in einem langen Flur zu den Toiletten in die Ecke gedrängt hatte. Eigentlich wollte ich nur mit ihr reden, darüber, diesen Wahnsinn zwischen uns zu beenden, doch sie zog mein Gesicht zu sich und küsste mich so leidenschaftlich, dass ich in dem Moment sogar meinen verdammten Namen vergaß. Sie war gefährlich für mich. Was ich fühlte, wenn ich mit ihr zusammen war, war nicht richtig. Ich hatte mein Leben durchgeplant, und die Wünsche, die sie in mir weckte, passten da nicht rein. Noch nicht.

„Ziemlich gut", antwortete sie. Wir gingen los Richtung Küche, und am Tisch angekommen, nahmen wir uns rote Plastikbecher mit Bier. „Und bei dir? Ich habe gehört, du gehst bald nach Berkeley. Ich wusste, du würdest es schaffen."

Ich lächelte. Als ich sie das letzte Mal gesehen hatte, wartete ich noch auf die Antwort. „Es kommt mir irgendwie ganz unwirklich vor."

Sie legte den Kopf schief und sah mich lange an, bevor ihre Lippen sich zu einem kleinen, warmen Lächeln formten. „Ich bin stolz auf dich, Oliver."

Mein Herz machte daraufhin einen Satz. Ich lächelte ebenfalls und trank einen Schluck Bier.

„Hast du immer noch deinen Spaß?", fragte ich. Ich wollte nicht unbedingt etwas über ihr Liebesleben hören, aber ich wollte alles wissen, was sie so trieb. Alles, was ich verpasst hatte.

Elle lachte, als wir draußen zu einer Bank gelangten und uns hinsetzten. „Kann man so sagen."

„Immer noch nicht *den Richtigen* gefunden?", hakte ich nach und hoffte, dass meine Stimme locker klang – anders als alles, was sich in meinem Inneren zusammenzog.

„Vielleicht, vielleicht auch nicht. Woher soll ich denn wissen, ob er der Richtige ist?" Sie zuckte mit den Schultern.

Ich sah weg, in die Ferne, wo ich den Strand nur wenige Schritte entfernt wusste. „Ich stelle mir gern vor, dass wir merken, wenn wir dieser bestimmten Person begegnen."

„Bist du ihr schon begegnet? Der Richtigen?", fragte sie.

Ich schluckte, schloss die Augen, trank wieder von meinem Bier und stieß die Luft aus.

„Ich habe vor Längerem beschlossen, ihr aus dem Weg zu gehen, bis die richtige Zeit gekommen ist", erwiderte ich so leise, als würde ich einem Pfarrer ein Verbrechen beichten.

Estelle rutschte ein Stück näher, bis sich unsere Arme berührten, und legte dann ihren Kopf auf meine Schulter. „Gibt es jemals eine richtige Zeit?"

„Keine Ahnung", flüsterte ich und drehte mein Gesicht, um an ihrem Haar zu schnuppern.

„Ich hab jemanden kennengelernt", sagte sie plötzlich, ganz ruhig, und mir blieb das Herz stehen.

„Ach ja?" Mit einem großen Schluck kippte ich den Rest meines Biers hinunter.

„Er ist … anders. Er ist nett. Älter."

„Wie viel älter?"

Sie hob den Kopf, um mich anzusehen, und durch die Bewegung saßen wir Nase an Nase. Es durchzuckte mich wie ein Blitz, und ich kam noch ein Stückchen näher. Weil ich ein Arschloch bin. Weil ich nur an mich denke. Weil ich wollte, dass diese Lippen mir gehörten, diese Augen nur für mich und diese Stimme nur für meine Ohren bestimmt war – selbst wenn es nur für eine Nacht war.

„Älter als ich", flüsterte sie, und ihre Nase berührte meine leicht. „Älter als du." Ich zog den Kopf zurück und sah mich kurz um, als der Gedanke, ertappt zu werden, Adrenalin durch meinen Körper jagte. Ich schalt mich selbst einen Moment – einen kurzen, flüchtigen Moment –, der vergessen war, sobald ich wieder in ihre Augen sah.

„Stehst du auf ältere Typen?", flüsterte ich, und meine Lippen streiften leicht wie eine Feder über ihre.

Ihre Augen blitzten auf. „Auf manche schon."

„Ach ja?" Ich zupfte mit meinen Zähnen an ihrer Unterlippe.

„Ja", hauchte sie atemlos.

„Glaubst du, er ist der Richtige?" Ich platzierte einen Kuss auf ihren Mundwinkel.

„Nein", sagte sie, machte mir jede Bewegung nach und gab mir einen Kuss auf dieselbe Stelle.

„Warst du je verliebt, Estelle?", fragte ich leise und wich leicht zurück, um in ihre großen Augen zu sehen.

„Du?", bohrte sie erwartungsvoll nach.

„Ich …" Ich wusste nicht, was ich sagen sollte, und bevor ich überhaupt dazu kam, erklangen hinter uns ausgelassene Stimmen, und wir rückten schnell auseinander. Wir drehten uns um und sahen ein paar Typen, die einen weiteren anfeuerten, während er sein Bier auf Ex trank. Die Menge jubelte und grölte, aber der Lärm verebbte auch schnell, und wir sahen einander wieder an.

„Ich hätte wirklich gern, dass du mich küsst", sagte sie und sah mir in die Augen.

Wenn es überhaupt möglich war, hämmerte mein Herz noch heftiger in meiner Brust. Ich senkte den Kopf, bis sich unsere Nasen wieder fast berührten. „Ich würde dich wirklich gern wieder küssen."

„Diesmal will ich mehr machen als küssen."

Mir stockte der Atem. „Estelle ..."

„Bitte."

Ihr Bitten ließ mich die Augen schließen. Ich nutzte den Moment, um den Partylärm auszublenden und mir ins Gedächtnis zu rufen, warum das nicht passieren durfte. *Victor ist dein bester Freund, und du hast ihm versprochen, dass du auf sie aufpasst und ihr nicht wehtust. Er wird dich umbringen. Er ist dein Bruder. Wie würdest du dich fühlen, wenn er das mit Sophie machen würde?*

Aber dann merkte ich, wie Estelle noch näher kam. Ich spürte ihren sanften Atem an meinem Ohr, und als ihre Hand nach unten, zwischen uns griff und sich direkt auf meinen Schwanz legte, konnte ich nicht mehr atmen, geschweige denn denken.

„Ich will dich, Oliver", flüsterte sie. Blitzartig flogen meine Augen auf, und als ich sie ansah, wusste ich, ich konnte sie nicht zurückweisen, selbst wenn ich es wollte. Selbst wenn ich es sollte.

Sie stand auf, nahm meine Hand und ging auf die Hütte zu. Ich blickte über meine Schulter, um sicherzugehen, dass uns niemand sah. Meine Augen suchten das Partygeschehen ab und hielten vor allem nach Vic Ausschau, fanden ihn aber nicht. Und ich kam mir wie ein Arschloch vor. Ich war kurz davor, mit seiner kleinen Schwester in einem Zimmer zu verschwinden, und vergewisserte mich noch, dass er uns nicht sehen konnte. Meine Aufgabe war es eigentlich, sie vor dem bösen Wolf zu beschützen, und doch kam ich mir gerade wie der große böse Wolf höchstpersönlich vor. Aber ich konnte nichts dagegen tun. Wenn es um Elle ging, sah ich nie eine rote Ampel, sondern nur grünes Licht, und ich wollte für sie zu einem besseren Menschen werden, selbst wenn ich wusste, dass ich das nicht konnte.

Die Tür ging auf und hinter uns wieder zu. Sobald wir einander ansahen, stürzte sie sich auf mich, schlang ihre Beine um meine Taille und warf mir ihre Arme um den Hals, während sie ihre Lippen auf meine presste. Ich hielt sie fest, umklammerte ihren Hintern, während ich meine Zunge in ihren Mund tauchte. Ich stöhnte unwillkürlich auf, als sie leicht hineinbiss und sie immer wieder in ihren Mund saugte. Ich ließ sie nur auf die Füße kommen, damit sie mir mein T-Shirt ausziehen konnte. In ihren Augen loderte es, als sie an mir hinabsah, von meinem Gesicht bis zu meinem Oberkörper. Ihre zierlichen Finger zeichneten jede Linie meines Körpers nach und hinterließen überall eine flammende Spur.

„Du bist ja kitzlig", sagte sie und blickte verwundert zu mir auf.

Eigentlich stimmte das nicht, aber wenn sie mich so berührte, zogen sich meine Muskeln zusammen, also zuckte ich mit den Schultern und ließ sie in dem Glauben. Ich wollte sie nicht drängen, also ließ ich mich komplett von ihr ausziehen. Ich überließ ihr die Führung und die Entscheidung, was als Nächstes passieren sollte.

„Du bist schön", stieß sie atemlos hervor, als ich nackt vor ihr stand. Sie streckte ihre Hand aus und griff nach meinem Schwanz, der sofort zuckte. Ich stöhnte, biss mir auf die Lippe, warf den Kopf in den Nacken und flehte sämtliche Götter an, mir genug Selbstbeherrschung zu geben, um nicht in ihren Händen zu kommen, als sie mich massierte. Als meine Beherrschung schließlich zusammenbrach, trat ich vor und griff nach dem Saum ihres Oberteils. Ich wartete darauf, dass sie mir mit einem Nicken erlaubte, es ihr auszuziehen. Ich tat es, und mein Blick blieb auf ihre nackte Brust geheftet. Ich hatte mir eine Million Mal vorgestellt, wie sie aussehen würde, und keins davon wurde der Wirklichkeit gerecht. Sie war einfach ... perfekt. Ich öffnete den Reißverschluss ihres Rocks und ließ ihn um ihre Riemchensandalen mit den hohen Absätzen herum zu Boden fallen. Dann neigte ich den Kopf und küsste sie – ein langsamer, gemächlicher Kuss, der sich vertiefte, während meine Hände ihren Körper hinabwanderten. Meine Lippen verließen ihre und arbeiteten sich zu ihrem Hals vor, ihrem Schlüsselbein, der Senke zwischen ihren Brüsten ... dann zog ich erst die eine, dann die andere Brustwarze in meinen Mund. Mit einem tiefen, ermutigenden Stöhnen griff sie in meine Haare, also bedeckte ich weiter ihren Körper mit Küssen und zog ihr den Slip mit den Zähnen herunter. Ich schob ihn ihre Waden hinab und über ihre Füße, wo ich die Schnallen ihrer Schuhe öffnete und ihr half, sie abzustreifen.

Ich war immer noch auf den Knien und wollte gerade hochkommen, als mich eine Flut des Verlangens traf. Ich hielt inne und sah ihr in die Augen, während ich nach der Innenseite ihrer Schenkel griff, um sie auseinanderzudrücken. Sie beobachtete mich mit gespannter Aufmerksamkeit, als wäre ich eine Art wunderbares Rätsel, das sie lösen musste.

„Bett?“, fragte ich, während meine Hände zärtlich ihre Oberschenkel streichelten. Sie nickte, die Lippen leicht geöffnet und die farbenfrohen Augen groß. Ich stand auf und trug sie wie eine Braut zum Bett. Keiner von uns sagte etwas, als ich mich erneut ihren Körper hinabbewegte und mein Mund sie küsste, neckte und ihr zu verstehen gab, wie sehr ich sie begehrte. Ihr Körper warf sich auf dem Bett hin und her ... gegen meine nassen Lippen ... und sie zog an meinen Haaren, während sie immer wieder meinen Namen sagte. *Oliver, oh, Oliver.* Noch nie hatte ich eine so schöne Melodie gehört.

Meine Finger übernahmen für meinen Mund, als ich wieder zu ihren Brüsten zurückkehrte, sie in ihre Brustwarzen zwickte und mit ihnen spielte.

„Das ist so gut", wimmerte sie außer Atem, und ich lächelte. Ich wollte, dass sie sich gut fühlt. Ich positionierte mich zwischen ihren Beinen und zögerte. Ich zögerte sonst nie. Ich schaute nach einem Kondom, zog es über und machte weiter. Ich zögerte nie, um mich zu fragen, ob ich vielleicht ohne Kondom durchkäme. Ich zögerte nie, um mir zu wünschen, dass es keine Barriere zwischen uns gäbe. Aber das hier war Elle. *Meine Elle.*

Ihre Hände wanderten meine Brust hinunter zu meinem Schwanz, wo sie wieder zupackte. „Ich nehme die Pille", sagte sie leise.

„Machst du so was öfter? Ohne Kondom?", fragte ich in derselben Lautstärke. Mein Herz überschlug sich vor Erwartung. Warum hatte ich sie das gefragt? Spielte es eine Rolle? Seit wann interessierte es mich, was meine Eroberungen mit anderen Partnern machten?

Sie schüttelte den Kopf. „Nein, nie."

Ich seufzte erleichtert auf. Nie. Das gab mir ein Hochgefühl. Ich konnte ihr etwas geben, das sie noch nie gehabt hatte. Ich war zwar nicht derjenige, der ihr die Jungfräulichkeit nahm. Ich hatte nicht das Vergnügen ihres ersten Kusses gehabt – aber das hier konnte ich ihr geben. Ich ließ mich weiter herab und neckte ihre Schamlippen mit meiner Penisspitze.

„Bitte, Oliver", flehte sie und wand sich unter mir. „Bitte."

Ich senkte den Kopf, küsste sie erneut und ließ sie sich selbst auf meinen Lippen spüren, während sie mich an den Haaren näher zu sich zog. „Wir machen es langsam", flüsterte ich ihr zu.

„Nein. Ich will es nicht langsam", widersprach sie mit weit aufgerissenen Augen. Sie hob mir ihre Hüften entgegen, und ich grinste.

„Ich will es aber langsam", raunte ich und schob mich mit einem tiefen Stoß in sie hinein. Mit einem Aufschrei bog sich ihr Körper vom Bett empor. Ich zog mich zurück, und sie seufzte, ich stieß wieder zu, und sie schrie erneut auf. „Willst du es immer noch schnell?", fragte ich und stöhnte, als sie sich um mich herum anspannte.

„Ich will es immer noch schnell", keuchte sie und kam meinen Stößen entgegen, die langsam und hart waren und unser Verlangen immer weiter steigerten. Ich genoss das Gefühl, wie sie mich umschloss. Ich versuchte ihre Hitze auszukosten, und wie feucht sie war – alles, was ich konnte –, also ließ ich mir Zeit. Ich ließ mir Zeit, bis ihre Hand ihren flachen Bauch hinunterglitt bis zu der Stelle, wo unsere Körper miteinander verbunden waren, und sie begann, mich zu streicheln. In diesem Moment hatte ich verloren. Ich hörte auf zu denken und konnte nur noch fühlen. Ich hob ihr Bein an und ließ mich komplett gehen. Sie schrie meinen Namen, und ich stöhnte ihren. Sie bohrte ihre Fingernägel in mich, und erregte mich dadurch nur noch mehr. Als ich begann, mich schneller zu bewegen, fing sie an zu wimmern, *Oliver, Oliver, ich kann nicht, ich kann nicht,* warf den Kopf zurück und schloss kurz die Augen. Ich glitt aus ihr hinaus, und sie schnappte nach Luft, sah mich an, als wollte sie mich umbringen. Also rutschte ich nach hinten, setzte mich hin und zog sie auf meinen Schoß. Die ganze Zeit schauten wir einander tief in die Augen. Als sie mich wieder in sich aufnahm und begann, sich zu bewegen, war es um mich geschehen.

Die Art, wie ihre Augen die meinen festhielten, sprach Bände: *Spürst du das? Kannst du es auch fühlen? Ist das alles nur in meiner Fantasie?* Diese Worte blieben ungesagt. Wir sprachen sie nur mit unseren Zungen an der des anderen. *Suchst du immer noch? Glaubst du noch immer, irgendjemand anders wäre besser für dich?* Meine Hände umschlossen ihr Gesicht, so wie ihre das meine, und so hielten wir uns, als sie ihren Höhepunkt erreichte. Ich folgte nur wenige Augenblicke später. Zunächst war es langsam, dann alles vereinnahmend und übermächtig. Wir sahen einander weiter an, während wir allmählich wieder zu Atem kamen, suchend … fragend … machten uns Gedanken über Dinge, die wir nicht zu fragen wagten.

23. Kapitel

Gegenwart

Estelle

„Ist das ein neues Kleid?“, fragt Vic, als ich ihm gegenüber am Tisch Platz nehme.

„Ich habe es gestern zusammen mit Mom gekauft. Mit Mom und Bettina.“

Vic stöhnt. „Gütiger Himmel, was für ein Gespann. Und beim Shoppen haben sie es noch geschafft, diesen Armleuchter für dich klarzumachen.“

Ich lache, denn so ganz unrecht hat er nicht. Zachs Besuch gestern Abend hat mich in dem Glauben bestärkt, dass der Single-Markt im Moment nicht viel zu bieten hat. Der Typ sieht gut aus, ist charmant und redet zu neunzig Prozent der Zeit von sich selbst. Die restlichen zehn Prozent nutzte er, um mir zu versichern, wie sehr er von meinen Kaleidoskop-Herzen profitieren könnte. Als Victor ankam, wollte ich eigentlich schon ins Bett gehen, aber ich blieb noch auf, weil er so durcheinander war. Auf dem Weg zu meinen Eltern hatte er eine Reifenpanne und musste sich von Oliver abholen lassen, weil er schon auf seinem Ersatzreifen unterwegs gewesen war. Das führte dazu, dass ein verwirrt aussehender Oliver bei uns im Esszimmer stand und mit einem komischen Gesicht zwischen Zach und mir hin und her blickte. Ich war nicht sicher, ob er eifersüchtig war oder nur fassungslos, weil Zach so viel redete. Jedenfalls entschuldigte er sich relativ schnell wieder, und sobald er weg war, ging ich nach oben.

„Er hat die ganze Zeit nur von sich geredet", bemerke ich kopfschüttelnd.

„Wie ein wahrer Künstler", erwidert Victor und grinst, als ich ihm gegen die Schulter haue. „Du hast echt Glück mit Dates, was?"

„Dein Date mit ihm war länger als meins. Ich bin ja schlafen gegangen", kontere ich und blicke ihn spöttisch an.

„Wie auch immer, mit dem gehst du nicht aus. Er ist ein Aufreißer und ein Blender, und ich bin mir ziemlich sicher, dass er nicht ganz koscher ist."

„Das sagst du über jeden. ‚Ich bin mir ziemlich sicher, dass er nicht ganz koscher ist'", äffe ich ihn nach und verdrehe die Augen.

Er zuckt die Schultern. „Meistens habe ich recht."

„Du bist schlimmer als Dad. Du wirst niemals mit irgendjemandem einverstanden sein, mit dem ich ausgehe."

„Stimmt doch gar nicht", sagt er und zieht dabei die Augenbrauen zusammen. Er blickt auf, als sich die Tür hinter mir schließt, und bevor ich mich umdrehen kann, fixiert er mich mit seinen Augen. „Solange er in Ordnung ist, kein Aufreißer und nicht in krumme Dinger verwickelt ist, bin ich einverstanden."

„Einverstanden womit?", fragt Oliver, dessen Stimme mich zum Erbeben bringt. Ich stehe auf, und auf meinem Weg in die Küche werfe ich noch einen Blick zurück und begrüße ihn mit einem Lächeln.

„Vic erklärt mir gerade, mit wem ich ausgehen darf und mit wem nicht. Keine Sorge, bisher stehst du nicht auf der Liste der Kandidaten."

Vic prustet los vor Lachen und murmelt so etwas wie „So weit kommt's noch". Während Oliver mich anstarrt, als könne er nicht glauben, dass ich das gerade gesagt habe, kostet es mich große Mühe, ihm nicht den Mittelfinger zu zeigen. Stattdessen widme ich meine Aufmerksamkeit wieder dem Vorratsschrank und sehe mir die Auswahl an Frühstücksflocken an.

Ich weiß nicht, weswegen ich so sauer bin, aber anscheinend spielt bei mir immer alles verrückt, wenn mein Herz sich mit Oliver verstrickt. Meine ohnehin schon lockeren Schrauben wackeln. Mein sowieso schon fragwürdiges Urteilsvermögen verabschiedet sich vollends. Und schließlich kommt die besitzergreifende Seite zum Vorschein, von der ich nicht einmal wusste, dass ich sie habe. Das Einzige, woran ich mich erinnere, ist, wie Bobby die „Grace-Nacht" erwähnt hat, und das allein reicht schon, um dem Mann, der noch nicht mal meiner ist, etwas an den Kopf schmeißen zu wollen.

„Mom hat nur gesunde Haferflocken da drin", rufe ich. „Verdammt, was soll das?", sage ich verärgert, als mir die Schranktür vor der Nase zugeschlagen wird und ich mich Oliver gegenübersehe, der mich wütend anfunkelt. Ich runzele die Stirn. „Was ist?"

„Wer steht auf der Liste?", fragt er, und ich brauche ein paar Sekunden, bis mir einfällt, welche Liste er meint. Ich lache.

„Welche Rolle spielt das?"

„Eine große", stößt er hervor.

Ich ziehe eine Augenbraue hoch. „Wie war die Grace-Nacht?"

Oliver reißt schockiert die Augen auf. „Was?"

Ich öffne den Vorratsschrank wieder und dränge ihn erfolgreich beiseite.

„Es gibt keine Grace-Nacht", flüstert er laut. Ich spüre, wie seine Augen mich von der Seite versengen, als er mich über die Schranktür hinweg ansieht. „Es gibt nur eine Mae-Nacht, eine Danny-Nacht, Patrick-Nacht, Justin-Nacht … Soll ich weitermachen? Denn die meisten meiner Nächte verbringe ich damit, meine Runden im Krankenhaus zu drehen, es sei denn, ich habe großes Glück und es gibt mal eine Estelle-Nacht." Seine Worte lassen mein Herz schneller schlagen, aber ich weigere mich, ihn anzusehen. „Und jetzt sag mir, wer steht auf der Liste der Kandidaten?"

„Willst du das wirklich wissen?", frage ich mit leiser Stimme und schließe den Schrank.

Er verschränkt die Arme vor der Brust. Er trägt heute nicht seine Krankenhauskleidung, sondern ein dunkelblaues T-Shirt, das seiner Figur schmeichelt, und eine Jeans, die sich um seine Hüften schmiegt, als wäre sie maßgeschneidert. Seine Haare sind nass und nach hinten gekämmt, und seine Bartstoppeln wirken gestutzt. Er sieht wie ein gottverdammtes Model aus, und ich hasse es. Dummer Junge. Dummer, süßer Junge.

„Sonst würde ich nicht fragen."

„Frag meinen Bruder." Ich deute mit dem Kopf in dessen Richtung.

„Ich frage dich."

Daraufhin stelle ich mich mit vor der Brust verschränkten Armen vor ihn. „Und ich sage dir, frag ihn, denn ich weiß nicht, wer auf der Liste der genehmigten Kandidaten ist. Gibt es einen Grund, warum du mir den Vorratsschrank vor der Nase zuschlägst, oder willst du mich einfach nur ärgern, Bean?"

Er macht den Mund auf und wieder zu, dann wieder auf. „Ich will auf deine Liste. Victors Liste ist mir egal. Ich weiß, dass ich es auf seine niemals schaffen werde. Aber ich will auf die Liste deiner genehmigten Kandidaten."

Darauf fällt mir keine Antwort ein, deshalb bin ich froh, als mein Vater reinkommt, sich räuspert und ich mich von der Intensität von Olivers Blick losreißen muss. Dads braune Augen springen fragend zwischen uns hin und her.

„Stör ich?"

„Nein", sagen Oliver und ich wie aus einem Munde.

„Ich hab gehört, das ist deine letzte Woche im Krankenhaus", erklärt mein Dad in seinem enthusiastischen Tonfall, kommt um die Ecke und breitet die Arme aus, um Oliver zu umarmen. „Herzlichen Glückwunsch, mein Junge. Ich wusste, dass du das Zeug dazu hast, trotz deiner durchzechten Nächte."

Ich stöhne und tue so, als müsste ich würgen. Können die Leute in diesem Haus nicht mal aufhören, über die Vergangenheit von diesem Typ zu reden? Himmelherrgott.

„Danke", sagt Oliver lachend. „Jetzt fängt der Ernst des Lebens an."

„Weißt du schon, wo du arbeiten wirst?", fragt mein Dad und öffnet den Kühlschrank. Oliver wendet sich zu mir, als er antwortet.

„Ein paar Anfragen habe ich schon bekommen, aber ich warte noch auf die richtige", antwortet er. Ich werfe ihm einen spöttischen Blick zu wie eine kleine Schulgöre und drehe mich um.

„Dad, was ist denn mit den Lucky Charms?"

„Die kauft deine Mom nicht mehr."

„Was? Wieso denn nicht?", meckere ich und mache den Kühlschrank auf. „Ihr habt ja überhaupt nichts zu essen da!"

Das Lachen meiner Mom schallt durchs ganze Haus. „Wir haben nichts, was du magst, aber wir haben jede Menge zu essen. Setz dich. Ich mach dir Eier."

„Ich hasse Eier", murmele ich vor mich hin. Als ich mit dem Rücken zur Arbeitsplatte stehe, berühren Olivers Finger leicht meine, und etwas durchzuckt mich, das meine Augen zu seinen schnellen lässt.

„Du magst doch Eier", sagt er.

Ich schüttele den Kopf. „Nein, wirklich nicht."

„Mit Ziegenkäse?", fragt er, und jetzt verschlingen sich seine Finger mit meinen.

„Mit Ziegenkäse geht es vielleicht", flüstere ich und versuche, meine Hand wieder aus seiner zu entwirren, aber er macht es mir unmöglich. „Was machst du da?"

„Ich will auf dieser Liste stehen", raunt er leise, sodass nur ich es hören kann, aber ich blicke mich unwillkürlich im Raum um, um sicherzugehen, dass wirklich keiner auf uns achtet.

„Dann sieh zu, dass du draufkommst."

„Auf deine Liste oder seine?", fragt er und deutet mit dem Kopf in die ungefähre Richtung, wo sich Victor befindet.

„Auf die, die dir wichtiger ist."

Ich hebe die Hand, um ihm das Haar aus dem Gesicht zu

streichen, wobei ich mit meinen Fingern hindurchfahre, damit es hinten bleibt. Seine Augen schließen sich dabei, und mein Herz hämmert wie wild vor lauter Intimität. Mein Dad räuspert sich wieder, und ich weiche von Oliver zurück, um genug Abstand zwischen uns zu bringen und so zu tun, als wäre nichts gewesen. Denn es ist auch nichts. *Überhaupt nichts.*

„Magst du einen Kaffee, Oliver?", fragt mein Dad.

„Ja, gern."

Als ich an ihm vorbeigehe, verzieht Dad seine Lippen zu einem Lächeln. „Dein Bruder würde ihn umbringen. Das ist dir klar, oder?"

Ich klammere mich an der Kante der Arbeitsplatte fest. „Dazu hat er keinen Grund."

Er lacht. „Bist du dir da ganz sicher?"

Und damit schlurfe ich rüber zum Tisch und nehme, wie immer, gegenüber von meinem Bruder Platz. Oliver, wie immer, neben mir und meine Eltern auf ihren üblichen Plätzen, nachdem Mom das Essen auf den Tisch gestellt hat – Rühreier, Spiegeleier, pochierte Eier, Toast, Marmelade und Butter. Ich halte mich an den Toast. Oliver nimmt sich die Freiheit, mir etwas Rührei zu geben, denn es ist mit Ziegenkäse und Speck. Ich bedanke mich bei ihm und esse mit einer Hand, während die andere mit der Serviette auf meinem Schoß spielt. Mein Dad sieht uns an, als würden wir jeden Moment meine Schwangerschaft bekannt geben, und das ganze Frühstück erscheint mir irgendwie peinlich.

„Das Kleid gefällt mir an dir", flüstert Oliver, und ich werde knallrot.

„Oliver, Tom sagt, dein Assistenzjahr ist bald zu Ende. Hast du vor, in der Pädiatrie zu bleiben?", will meine Mom wissen.

„Definitiv. Ich liebe die Arbeit mit den Kindern, daher werde ich mir eine kleine Praxis suchen, in der ich arbeiten kann."

„Aber du bekommst im Krankenhaus sicher auch viel Schlimmes zu sehen." Moms Stimme klingt traurig.

„Leicht ist es nicht“, erzählt Oliver und greift unter dem Tisch nach meiner Hand. „Es führt einem vor Augen, was man hat und wie froh wir sein können, dass wir gesund sind.“

„Das glaube ich. Ich bin sicher, es wirft ein anderes Licht auf dein Leben“, bemerkt mein Vater.

„Allerdings“, entgegnet Oliver und drückt meine Hand. Es kommt mir vor, als drücke er mein Herz. „Es lässt mich vieles klarer sehen.“

„Ich denke, dieses Jahr hat uns allen über vieles die Augen geöffnet“, fängt jetzt auch meine Mom an, bevor Victor sie unterbricht.

„Hab ich irgendwie das Memo verpasst, dass das hier ein Thanksgiving-Frühstück ist?“

Ich beiße mir auf die Lippen, um nicht loszulachen, und ein Blick zu Oliver sagt mir, dass es ihm genauso geht. Unsere Hände drücken sich noch fester.

„Es muss doch nicht Thanksgiving sein, um dankbar zu sein“, sagt Mom.

„Vic ist bloß sauer, weil sich das Mädchen, mit dem er sich getroffen hat, seit ein paar Tagen nicht mehr meldet“, sage ich und strecke ihm die Zunge raus, als er eine Grimasse zieht.

„Na ja, wenigstens muss meine Mom nicht für mich die Kupplerin spielen.“

„Für mich auch nicht!“, gebe ich wütend zurück und schleudere Mom einen bösen Blick zu.

„Dann beweis es“, fordert Vic. „Geh heute Abend aus und besorg dir ein Date auf die altmodische Art.“

Ich lache. „Mit Ausgehen meinst du wahrscheinlich in einen Club, und das ist der letzte Ort, wo ich mir ein Date besorgen will. Außerdem, seit wann willst du, dass ich zu Dates gehe?“

„Seit du mit dem Finger auf mein Dating-Leben zeigst, während du selbst gar keins hast.“

Ich verdrehe die Augen. „Ich bin glücklicher Single, vielen Dank.“

„Ich sage nur – ich habe keine Probleme, Frauen zu finden, die mit mir ausgehen wollen."

„Ich habe auch keine Probleme, Männer zu finden, die mit mir ausgehen wollen."

Er zieht eine Augenbraue hoch, sagt aber nichts weiter dazu.

„Ich meine es ernst, Victor."

Er hebt die Hände. „Vergiss es, Elle. Haben wir eigentlich noch vor, den Abschluss meines Falls feiern zu gehen?"

„Schätze schon, oder?", sage ich schulterzuckend.

„Vielleicht findest du ja da ein Date."

„Du nervst echt."

„Man weiß nie. Vielleicht findest du die Liebe da, wo du es am wenigsten erwartet hättest", sagt er und lacht.

„Mom, willst du gar nichts zu deinem bekloppten Sohn sagen?"

„Estelle!"

„Estelle, was? Er führt sich auf wie ein Idiot!"

„Ich glaube, dein Bruder will nur, dass du wieder anfängst zu leben", schaltet sich mein Dad ein. „Er hat nur eine merkwürdige Art, seine Gefühle zu zeigen. Außerdem, wer sagt denn, dass sie nicht vor unserer Nase mit jemandem längst wieder angefangen hat zu leben?"

Victor gibt einen spöttischen Laut von sich. „Erstens hätten wir das gemerkt. Zweitens kennen wir niemanden, mit dem sie ausgehen würde."

„Sag, dass das alles nicht wirklich passiert", murmele ich in meine Hände, während Oliver sich neben mir kaputtlacht.

Victor ruft Jenson an, der jedes Wochenende in der Stadt zu sein scheint, damit er sich zu uns gesellt. Am Ende bestehen die geladenen Gäste aus: Mia, Jenson, Victor, Oliver, Bobby und mir. Ach, und wen auch immer Oliver und Jenson noch mitbringen, denn Gott weiß, sie gehen nie ohne Date aus, es sei denn, sie haben vor, sich vor Ort eins zu angeln.

***

„Warum in aller Welt will er denn in einen Club gehen?", fragt Mia, als wir ihren Kleiderschrank durchforsten.

„Weil Victor offensichtlich kein Leben außerhalb seines Arbeitsplatzes hat, der, wie ich dich erinnern darf, aus Paaren in Scheidung besteht, die sich gegenseitig übers Ohr hauen wollen."

„Ekelhaft. Und warum ist Jenson schon wieder hier? Das nervt langsam. Soll er doch an der Ostküste bleiben", sagt sie und hört plötzlich auf, ihre Kleider durchzusehen und setzt sich aufs Bett. Ich drehe mich zu ihr und nehme den traurigen Blick wahr, der sich immer über ihr Gesicht legt, wenn von Jenson die Rede ist.

„Du musst nicht mitkommen", sage ich. „Setz doch dieses Mal einfach aus."

Mia richtet ihren Blick auf mich. „Bist du sicher, dass das für dich okay ist?"

„Ich komme schon klar. Ich hab ja drei Bodyguards, und ich kann es dir nicht verübeln, dass du Jenson nicht sehen willst."

Sie seufzt. „Ich bin einfach noch nicht so weit."

Ich nehme neben ihr Platz und halte ihre Hand. „Ich weiß." Wie sehr es Jenson jedes Mal aus der Bahn wirft, wenn Mias Name erwähnt wird, erwähne ich nicht, denn das führt zu nichts. „Ich hasse es, dass er dich so unglücklich macht."

Mia lächelt. „Ich auch, aber so ist das Leben."

Die Unterhaltung verlagert sich auf mein Outfit und meine Haare, während ich mich fertig mache, und für eine Weile lassen wir beide die Gespenster unserer Vergangenheit hinter uns.

24. Kapitel

Als ich im Club ankomme, werde ich in den VIP-Bereich geleitet, wo Victor, Bobby, Jenson und Oliver sich mit ein paar Frauen am Nebentisch unterhalten.

Ich sehe einige Takte lang zu, aber durch die laute House-Musik und die gedimmten Lichter kann ich unmöglich verstehen, was sie sagen. Aber die Tatsache, dass keiner von ihnen meinen Blick stark genug auf sich spürt, um aufzublicken, spricht für sich – sie sind alle total in ihr Gespräch vertieft. Oliver wirft lachend den Kopf zurück, und ich schwöre, ich spüre es von seiner Brust bis in meine dröhnen. Aber vielleicht ist es auch die Lautsprecherbox, an der ich lehne. Auf jeden Fall reicht es, um meine Schritte schließlich in die entgegengesetzte Richtung zur Bar zu lenken. Ich werde zurückkehren, wenn ich meinem Körper den nötigen flüssigen Mut eingeflößt habe, um mich neben sie zu setzen … neben *ihn*.

Sobald mein Hinterteil den Barhocker berührt, bestelle ich einen Drink und fange an, mich umzusehen, beobachte die sich bewegenden Körper und die Frauen, die auf der Suche nach ihrem nächsten Opfer über die Tanzfläche stolzieren. Zwei Gläser später stehe ich auf und begebe mich wieder zum VIP-Bereich, wo ich dem Mädchen zuwinke, das mich eben schon reingelassen hat. Lächelnd begleitet sie mich wieder zurück zu Vic und den anderen, und ich stelle mich direkt vor sie, damit sie mich über die Musik hinweg hören.

„Hey."

Victor wendet den Blick von der Frau ab, die praktisch auf seinem Schoß sitzt, allerdings sieht es im Moment bei allen Frauen so aus, als würden sie bei den Männern auf dem Schoß sitzen. Ich versuche, mich nicht auf die Palme bringen zu lassen, indem ich erst gar nicht zu Oliver hinsehe.

„Na endlich hast du es geschafft“, sagt mein Bruder und wirkt aufrichtig glücklich, als er aufsteht und mich umarmt. „Das ist meine Schwester Estelle. Sie kann sich dafür verbürgen, dass wir alle Singles sind.“

Ich muss wohl eine Grimasse schneiden, denn diejenige, die an ihm klebt, lacht laut. „Hi, Estelle. Ich bin Marie.“ Dann stellen sich mir alle vier Frauen vor.

„Sie sind also Singles“, meint eine Brünette. Sie wirkt etwas betrunken mit ihrem viel zu breiten Grinsen und ihren versauten Händen auf Olivers Schoß. Trotzdem bringe ich ein Lächeln zustande, obwohl es in meinem Gesicht festgefroren zu sein scheint.

„Klar. Manche tragen mehr Gepäck mit sich herum als andere. Such dir einen aus.“ Ich durchbohre Jenson mit einem Blick, und er schüttelt ungläubig den Kopf. Vielleicht war es ein bisschen fies, das zu sagen. Ich stöhne. „War nur ein Witz. Wir sehen uns später.“ Ich winke kurz und schenke ihnen noch ein letztes Lächeln, bevor ich wieder auf dieselbe Bar wie eben zusteuere. Ich merke, wie jemand neben mir Platz nimmt, beachte ihn aber nicht weiter, sondern nippe hin und wieder an meinem Getränk und klopfe mit den Fingernägeln auf den Tresen, während ich eine innere Debatte austrage, ob ich hierbleiben oder Mia anrufen soll, um mit ihr woanders hinzugehen.

„Was macht denn eine so schöne Frau wie Sie hier ganz allein?“, fragt mein Nachbar, und mir stockt der Atem. Er hat den heißesten britischen Akzent, den ich je gehört habe. Nicht, dass ich schon viele gehört hätte, von Filmen mal abgesehen. Ich wirbele auf dem Hocker herum und sehe einen gut aussehenden älteren Mann vor mir. Er sieht aus wie ein Geschäftsmann, was aber vor allen Dingen daher kommt, dass er einen Anzug trägt.

„Nicht allein. Ich brauchte nur etwas Abstand von den Leuten, mit denen ich eigentlich hier bin.“

Um seine Lippen zuckt es. „So schlimm?"

Meine Augen wandern über seine Gesichtszüge und registrieren schmale Lippen, dunkle Augen, kurze, helle Locken, keinerlei Haare im Gesicht. Ich frage mich, ob es sich so glatt anfühlt, wie es aussieht. Sein Lächeln wird breiter, genauso wie meins.

„Ich bin mit meinem Bruder und seinen Freunden hier, um irgendeinen großen Durchbruch bei seiner Arbeit zu feiern. Es ist ziemlich schlimm."

„Wenn das so ist, hätten Sie gern noch einen?", fragt er und schaut auf mein mittlerweile fast leeres Glas Wodka Tonic.

„Gern", sage ich erfreut. „Sind Sie allein hier?"

„Mit ein paar Kollegen von der Arbeit." Er zeigt zu einem Tisch, ganz in der Nähe von dem, wo Vic und die anderen sitzen.

„Sie sitzen im VIP-Bereich und kommen extra hier raus, um sich etwas zu trinken zu holen?"

Er beugt sich vor, bis sich sein Mund neben meinem Gesicht befindet. „Ich habe Sie gesehen und dachte mir, ich sollte mich Ihnen vorstellen, bevor es ein anderer tut."

Ich lächele und lenke meine Aufmerksamkeit auf das Getränk, das der Barkeeper vor mich gestellt hat.

„Miles", sagt er und streckt mir die Hand hin.

„Estelle."

„Schöner Name. Was machen Sie denn sonst gern, Estelle? Außer langweiligen Feiern mit Ihrem Bruder aus dem Weg zu gehen?"

Mein Blick begegnet seinem, und ich lasse ein Lächeln aufblitzen. „Ich tanze."

Er zieht eine Augenbraue hoch. „Zeigen Sie's mir."

Ich stehe auf, kippe auf sehr undamenhafte Weise den Drink herunter, fasse ihn an der Hand und ziehe ihn hinter mir her auf die Tanzfläche. Ich werfe einen Blick über die Schulter zu den Jungs und sehe, dass sie sich immer noch unterhalten, bis auf Victor, der jetzt mit einem der Mädchen tanzt. Der Einzige, der mich bemerkt, ist Oliver, und der Blick, den er mir zuwirft, reicht, um mich innerlich in Flammen aufgehen zu lassen. Miles fasst mich an den Hüften, und wir fangen an, uns zur Musik zu bewegen. Irgendwann schließe ich die Augen und ignoriere Olivers Starren ebenso wie alles andere. Ich lasse mich von der Musik durchdringen und meinen Körper das Steuer übernehmen, bis ich vergessen habe, wo ich bin und mit wem.

„Du tanzt wirklich gut", raunt Miles mir ins Ohr. „Was kannst du sonst noch?"

Ich bekomme das Lächeln einfach nicht aus dem Gesicht, aber ich tanze weiter und ignoriere seine Frage. Wir bleiben auf der Tanzfläche, und mit den Liedern werden auch meine Bewegungen und Miles Hände an meinem Körper immer provokanter. Waren sie anfangs noch auf meiner Taille, sind sie mittlerweile hinunter zu meinem Hintern gewandert. Ich drehe mich in seinen Armen um und ziehe seine Hände nach oben, sodass sie wieder auf Höhe meiner Taille sind, und dabei sehe ich eine große Gestalt auf uns zukommen. Eigentlich ist das nichts Außergewöhnliches, immerhin befinden wir uns mitten in einem überfüllten Club, aber dieser stolzierende Gang würde mir überall auffallen. Mein Herzschlag beschleunigt sich ein wenig, als mein Blick dem von Oliver begegnet. Ich sehe an ihm vorbei und stelle fest, dass sowohl Vic als auch Bobby völlig von den Ladies neben sich in Anspruch genommen sind. Wenn sie mitgekriegt haben, dass Oliver weg ist, lassen sie es sich nicht anmerken. Er hält erst an, als er bei mir angekommen ist.

„Ich muss mit dir reden", sagt er und steckt den Kopf zwischen meinen Tanzpartner und mich.

„Wir tanzen", erwidert Miles ungehalten, hört aber auf, sich zu bewegen, sodass wir alle drei dastehen.

„Jetzt nicht mehr." Olivers Stimme lässt mir die Nackenhaare zu Berge stehen.

Miles nimmt es als Herausforderung und sieht mich mit einer

hochgezogenen Augenbraue an, als wolle er sagen: *Dieser Typ ist doch unglaublich, oder?* Und ehrlich gesagt: Ja, er ist wirklich unglaublich.

„Oliver, was willst du?“, frage ich. Er sieht mich nicht einmal an, sondern starrt die ganze Zeit Miles an.

„Ich habe mich seit der Mittelstufe nicht mehr geprügelt und würde es gern dabei belassen, wenn du mir also den Gefallen tun würdest, deine Hände von ihrem Hintern zu nehmen und dich zu verziehen, ist alles gut“, sagt Oliver.

Ärger brodelt tief in meiner Magengrube, während ich den Austausch beobachte. Das Einzige, woran ich denken kann, ist „Grace-Nacht“. Das Wort läuft in meinem Kopf als Endlosschleife. „Grace-Nacht“, gefolgt von Bobbys amüsiertem Kichern, und plötzlich bin ich stinksauer.

Ich gehe einen Schritt zurück und werfe ihm einen vernichtenden Blick zu. „Was ist dein Problem?“

„Ihr kennt euch also“, stellt Miles kopfschüttelnd fest. Er sieht mich ein letztes Mal an. „Wenn du fertig bist, sein Spiel zu spielen, was auch immer das für eins ist, bist du herzlich an unseren Tisch eingeladen.“ Dann dreht er sich um und verschwindet in der Menge, und ich bleibe zurück und starre auf den leeren Fleck, wo er eben noch stand.

„Elle“, sagt Oliver, aber ich hebe die Hand, um ihn zum Schweigen zu bringen, drehe mich um und gehe in den hinteren Teil des Clubs.

Die Schlange vor den Damentoiletten ist irre lang, wie immer, also sehe ich mich nach rechts und links um, um mir einen neuen Plan zu überlegen. Als ich eine Gestalt hinter mir wahrnehme, stürze ich auf den nächstbesten Ausgang zu und erschaudere, als mich die Wand aus kalter Luft trifft.

„Estelle!“, ruft er, als sich die Tür hinter ihm schließt und damit der Lärm des Clubs gedämpft wird.

„Was willst du?“, frage ich. Was soll er schon wollen? Meine Arme sind fest vor der Brust verschränkt, während der Restalkohol in meinem Körper zirkuliert und mich gegen die Kälte draußen wärmt. Plötzlich regt mich alles so wahnsinnig auf – alles und jeder. Das sollte eine Nacht werden, in der ich mich mal amüsiere. Vielleicht sogar eine Nacht, in der ich Vic hätte zeigen können, dass ich selbst an einen Mann rankomme, ohne Moms Hilfe, ohne die Uni, ohne die Kunst. Ich ganz allein. Und das ist bescheuert. Es ist total bescheuert, denn ich bin hier in einem Tanzschuppen und versuche, Dinge zu beweisen, von denen ich nicht mal wusste, dass ich sie beweisen muss. Was hatte ich denn überhaupt im Sinn? Einen One-Night-Stand mit irgendeinem dahergelaufenen Typen? Hatte ich ernsthaft gedacht, das hier wäre eine echte Chance, neu anzufangen? An einem Ort, wo eine Unterhaltung absolut optional und Trockensex die Norm ist? Ein Lachen entfährt mir angesichts meiner dummen, idiotischen Gedanken. Und noch eins, als mir wieder einfällt, wer hinter mir steht – der einzige Kerl, den ich will, aber nicht wollen *sollte*. Der, den ich nicht wollen *will*. Der, den zu wollen mir Angst macht.

Da Oliver nicht antwortet, drehe ich mich zu ihm um. Er hat die Augen geschlossen, fährt sich mit einer Hand durchs Haar und streicht es sich zurück, als mache er Aufnahmen für einen Pantene-Werbespot. Er sieht erschöpft aus, wie jemand, der eine Achtzig-Stunden-Woche hinter sich hat und es trotzdem geschafft hat, heute Abend herzukommen und mit seinem besten Freund dessen Erfolg zu feiern. Aber als er die Augen wieder aufmacht und mich ansieht, ist es, als wenn er wieder Auftrieb bekommt.

„Ich weiß, ich baue viel Mist, Elle. Oder zumindest habe ich das in der Vergangenheit“, sagt er und lacht kurz auf. Er kommt auf mich zu, und ich rühre mich nicht vom Fleck. Ich will ihn bei nichts unterbrechen, das er mir mit dieser Stimme sagen will, während er mich mit diesen Augen ansieht. „Du hast keinen Grund, dich mir zu öffnen. Ich weiß, dass ich dich nicht bekommen kann, Elle. Ich weiß, dass ich dich nicht bekommen sollte. Die Jobangebote, die ich kriege, sind in San Fran, was bedeutet, dass ich wahrscheinlich bald wegziehe … mal wieder. Dein Bruder würde dem hier nie zustimmen … uns … dass ich mit dir zusammen bin", seufzt er. Er fährt sich wieder mit den Händen durchs Haar, während er so dicht vor mir steht, dass das Einzige zwischen uns meine verschränkten Arme sind. Er lässt seine Stirn auf meinen Scheitel sinken und stößt einen langen Atemzug aus. „Also, warum will ich dich so sehr?"

„Wie oft wollen wir das noch durchmachen?", flüstere ich. *Wie oft will ich mir noch von dir das Herz brechen lassen?*

„Schenk mir nur ein Date", sagt er ebenso leise und bewegt sein Gesicht so, dass sich unsere Nasen leicht berühren.

„Nur ein Date, und was dann? Dann gehst du am nächsten Tag?" Ich weiche zurück.

„Gib mir Zeit, mir diesen Teil zu überlegen", sagt er, und seine Augen flehen mich an. Ich schüttele den Kopf.

„Ich kann nicht."

„Warum nicht?"

„Weil du mich das letzte Mal, als wir das getan haben, verlassen hast!", erkläre ich ein bisschen lauter als beabsichtigt. Er zuckt zusammen. „Wir hatten diese Nacht zusammen, und du hast mich verdammt noch mal verlassen! Ich bin am nächsten Tag aufgewacht, und du warst weg. Dein ganzer Kram war weg! Du hast nicht mal einen Zettel zurückgelassen, nur ein ‚Bean ist heute nach Berkeley abgereist, er sagt, er meldet sich das nächste Mal bei dir' von Victor, der dachte, wir hätten uns auf der Party gar nicht gesehen. Weißt du, wie weh das getan hat?"

Er sieht weg. „Ich dachte, wir hätten schon festgestellt, dass ich Mist gebaut habe."

„Tja, dann hör eben auf, uns alle in deinen Mist mit reinzuziehen!"

Seine Augen blitzen mich an. „Ein Jahr später hast du dich verlobt!"

„Ach, hätte ich etwa auf dich warten sollen? Habe ich das

Memo verpasst, in dem du mir mitgeteilt hast, dass du zurückkommen würdest und wir tatsächlich irgendeine Chance hätten? Tut mir echt leid, König Oliver. Das muss mir entgangen sein. Genauso wie die Entschuldigung, dass du mich sitzen gelassen hast und mich dann auch noch auf meiner eigenen …“

Bevor ich den Satz beenden kann, landen seine Lippen auf meinen, und ich dränge ihn gegen die Wand hinter ihm. Er stöhnt, als ich meinen Körper an seinen presse und meine Zunge in seinen Mund tauche. Mein Kopf ist eingenebelt von seinem Duft, seinem Geschmack und dem Hauch von Eisen in unseren Mündern, den unsere knabbernden Zähne verursacht haben. Wir küssen uns, als wären wir hungrig … völlig ausgehungert nach einander. Durch den Dunst in meinem Kopf höre ich, wie jemand unsere Namen ruft, aber es kommt erst bei mir an, als die Stimme lauter wird, näher kommt, und unsere Handys anfangen zu vibrieren (seins in seiner Hosentasche und meins in dem Handtäschchen, das ich am Handgelenk trage).

„Elle?“

„Bean?“

Jensons Stimme durchdringt uns, und Oliver schnappt an meinem Mund nach Luft und weicht zurück – oder stößt mich weg. Es fühlt sich wie ein und dasselbe an. Das Vibrieren unserer Telefone wird immer hektischer. Ich hole meins heraus und sehe Vics Namen auf dem Display. Mein Blick fliegt zu Oliver, der sagt, dass Jenson ihn anruft. Wir nicken einander zu und gehen gleichzeitig an unsere Handys.

„Ja, sie ist bei mir. Wir sind draußen“, sagt Oliver in sein Telefon.

„Ich bin draußen“, lasse ich Vic wissen.

„Ach. Ist Jenson bei dir? Der ist zum Rauchen rausgegangen.“

„Nein, ich habe ihn nicht gesehen.“

„Kommst du mit uns nach Hause? Wir haben uns hier ja kaum gesehen.“

„Du warst ein bisschen zu beschäftigt da drin", sage ich und mache gerade den Mund auf, um einzuwilligen, als er mich unterbricht.

„Na gut, dann sehen wir uns zu Hause. Wenn du Bean siehst, sag ihm, dass die Mädels, mit denen wir uns unterhalten haben, vorbeikommen", sagt Victor, und mir dreht sich der Magen um.

„Klar. Ich sag's ihm", antworte ich und sehe zu Oliver, der mich aufmerksam beobachtet.

Sobald ich aufgelegt und mein Telefon wieder in meinem Handtäschchen verstaut habe, will Oliver nach mir greifen, aber ich hebe die Hände, um ihn daran zu hindern.

„Spar dir die Mühe. Victor meinte, ihr habt heute Nacht Gesellschaft. Er lässt dir ausrichten, dass die Mädels vorbeikommen." Mit diesen Worten wende ich mich ab und gehe aus der kleinen Gasse zur Vorderseite des Clubs. Ich treffe auf Jenson, der uns mit offenem Mund anstarrt. Im Moment ist es mir sogar egal, dass er uns gesehen hat. Morgen werde ich wahrscheinlich anders darüber denken, aber im Moment habe ich einfach nur das Gefühl, hier wegzumüssen.

„Ich nehme mir ein Taxi", sage ich, als ich bei ihm ankomme, und öffne die Tür des ersten, das ich erblicke. Über die Schulter erhasche ich noch einen Blick auf Olivers verstörtes Gesicht, bevor ich in den Wagen schlüpfe und die Tür hinter mir schließe – dann fahre ich zu dem einzigen Ort, den ich in den letzten beiden Jahren mein Zuhause nennen konnte. Zum Glück habe ich noch einen Schlüssel.

25. Kapitel

Vergangenheit

Oliver

Übertriebener Ehrgeiz führt manchmal dazu, dass das Leben an einem vorüberzieht und man es erst merkt, wenn es zu spät ist.

Wie die Jahreszeiten verändern sich auch die Menschen – und ihr Leben –, und plötzlich steckt man zwischen Herbst und Winter fest und weiß nicht, ob man einen Schritt vor oder einen zurück machen soll. In den ersten zwei Jahren meines Studiums fuhr ich in den Ferien nicht nach Hause, weil Mom und Sophie mich in Berkeley besuchen kamen. In einem Jahr kamen dann die Jungs während des Spring Break zu mir, und im nächsten flogen wir nach Vegas. Wieder zu Hause zu sein war am Anfang ein komisches Gefühl, als wäre alles wie immer, nur ich nicht. Das dachte ich, bis ich mich eines Morgens mit einem gestressten Victor bei Starbucks traf.

„Wenn du nicht aufhörst, mit dem Bein zu wippen, ramme ich dir ein Messer rein“, sagte ich, als ich von dem Lehrbuch aufblickte, das ich in der Hand hielt.

Wir mussten eigentlich beide lernen – er für den Law School Admission Test und ich für die Abschlussprüfung in Genetik.

„Ich bin nur … Tut mir leid. Ich hab nur gerade viel um die Ohren.“

Ich legte das Buch hin und lehnte mich zurück. „Erzähl.“

Er schloss die Augen und atmete lang und schwer durch die Nase aus. Ich hatte keine Ahnung, was ich zu hören erwartete. Vielleicht war er in einem Kurs durchgefallen. Vielleicht hatte er ein Mädchen geschwängert. Vielleicht hatte er sich einen Hamster angeschafft. Bei Vic wusste man nie.

„Sie ist verlobt", brach er schließlich sein Schweigen.

„Aha?", sagte ich gedehnt und wartete auf nähere Ausführungen.

„Estelle", erwiderte er, die Augenbrauen zusammengezogen. „Sie hat sich verlobt."

Mehrere Dinge passierten gleichzeitig: Mir fiel die Kinnlade herunter, die Luft wich aus meinem Körper, und die Barista-Dame ließ den Kaffee fallen, den sie gerade zubereitete, und verursachte dadurch im ganzen Café einen Aufruhr.

„Sie hat bitte was?"

Er nickte und sah mich an, als wären wir auf einer Wellenlänge. Wie konnte er auch ahnen, dass meine Welle im Gegensatz zu seiner, die sich irgendwo unten im vertrauten Bereich bewegte, meilenhoch ausschlug und sämtliche Alarmglocken zum Schrillen brachte. Ich hatte das Gefühl, dass sich riesige Klauen um meinen Hals legten und zudrückten. Estelle war verlobt. Meine Estelle.

„Mit wem denn? Ich wusste nicht mal, dass sie einen festen Freund hat", sagte ich und versuchte, mit gleichmäßiger Stimme zu sprechen, mich nicht aufzuregen, denn dann würde ich rote Ohren kriegen, und er wüsste, dass irgendwas nicht stimmte. Wo zum Geier war ich die ganze Zeit gewesen? Wo zum Geier hatte sie … Warum hatte mir niemand irgendwas gesagt?

„Sie geht jetzt schon eine Weile mit diesem Maler, Wyatt, mal waren sie zusammen und mal nicht."

„Ja, aber öfter nicht, oder?" War ich verrückt und lag falsch? Ich hatte gehört, es wäre nichts Ernstes. Oder vielleicht war ich auch einfach nur davon ausgegangen.

Vic zuckte mit den Schultern. „Na ja, jetzt ist es jedenfalls verdammt ernst. Sie ziehen zusammen, sind verlobt … es ist nur … sie ist meine kleine Schwester, weißt du? Dass Junior sich verlobt hat, war eine Sache, aber wenn Elle das tut, ist das wie … keine Ahnung. Ich habe das Gefühl, ich durchlebe eine Midlife-Crisis."

Ich war nicht mal in der Lage, über seine Aussage zu lachen oder einen Witz zu machen, da ich immer noch nicht über das *Estelle ist verlobt* hinwegkam. Estelle zieht mit jemandem zusammen – mit jemand anderem als mir. Mit jemandem, der offenbar nicht auf den Kopf gefallen und schlau genug war, jemand so Perfektes wie sie nicht einfach gehen zu lassen, sondern festzunageln.

„Trennen sie sich denn nicht immer wieder?", hakte ich nach.

„Ich schätze, er will dem damit ein Ende setzen", sagte er und kaute auf dem Ende seines Bleistifts herum. „Der Typ ist so ein aufgeblasenes Arschloch. Der hält sich für was Besseres."

„Echt? Und mit dem zieht Estelle zusammen?" Ich blickte auf das ausgebleichte Holz des Tisches zwischen uns hinab.

„Sie sagt, sie liebt ihn."

Meine Brust schnürte sich zusammen, aber ich nickte und gab einen Laut von mir, um zu signalisieren, dass ich zuhörte.

„Sie sagt, sie sei glücklich mit ihm, und dass er ihr so viel beigebracht habe. Ich denke, es ist für sie einfach bequem mit ihm. Ich meine, er ist älter, ist sehr erfolgreich, und sie eröffnen diese Galerie zusammen."

„Sie eröffnen eine Galerie zusammen?" Konnte es noch schlimmer kommen?

„Mensch. Hab ich dir die Bilder nicht gezeigt?", fragte Vic, holte sein Telefon hervor und blätterte durch die Fotos. Zufällig landete er bei dem Bild, mit dem sie ihre Verlobung bekannt gegeben hatten. Estelle hatte dem Typ ihre Hand auf die Brust gelegt, und beide strahlten für die Kamera übers ganze Gesicht. Er hatte lange blonde Haare, wie ich … einen Bart, wie ich … und ein Mädchen, das eigentlich ich hätte bekommen sollen. Estelle trug ihr dunkles Haar in offenen Locken, die ihre zierliche Gestalt umrahmten. Ihre haselnussbraunen Augen waren groß und lächelten ebenso wie ihr hübscher Mund. Mein Blick fiel auf den Klunker an ihrem Finger, und ich sah schnell weg. Ich fühlte ihn wie einen Felsbrocken auf meinem Schlüsselbein und konnte nicht mehr atmen. Ich ließ das Handy sinken und sah woandershin.

„Dann ist sie wohl glücklich", bemerkte ich und nahm wieder mein Buch zur Hand. Ich konnte spüren, wie Vic mich über den Tisch hinweg anstarrte. Fast rechnete ich damit, dass er mich darauf ansprach, warum ich mich so merkwürdig benahm. Ich legte mir bereits eine kleine Rede zurecht, in der ich ihm mitteilte, dass ich seine Schwester liebte, dass mir klar war, dass er damit nicht einverstanden war, aber dass mir das egal sei. Ich sagte mir, dass ich es tun würde. Sprich mich darauf an, beschwor ich ihn insgeheim, aber er tat es nicht. Er seufzte und lehnte sich zurück.

„Ich fühle mich wie ein alter Mann. Meine Schwester heiratet …"

„Hat sich verlobt", korrigierte ich ihn. „Viele Menschen verloben sich und heiraten nicht."

War ich ein Arschloch, weil ich mir das wünschte? War es mies von mir, zu hoffen, dass die Verlobung nicht hielt? Warum beschäftigte es mich überhaupt so sehr? Ich war nicht da gewesen. Ich war derjenige, der gegangen war. Ich war verdammt noch mal gegangen. Ich konnte niemandem dafür die Schuld geben außer mir selbst.

„Willst du heute Abend auf die Verlobungsfeier kommen?"

Er hätte mich genauso gut fragen können, ob ich in einem rosa Tutu zu einem Footballspiel kommen wollte.

„Was denn? Du könntest mir ruhig ein bisschen Gesellschaft leisten", sagte er und lachte über meinen Gesichtsausdruck.

Weil ich sie trotz allem sehen musste, willigte ich ein. Natürlich willigte ich ein. Ich würde hingehen und sie bitten, diesen bescheuerten Maler nicht zu heiraten. Oder vielleicht musste ich sie auch einfach nur sehen, um mich zu vergewissern, dass sie wirklich glücklich war. Um mich zu vergewissern, dass jener Funken zwischen uns nicht mehr existierte. Vielleicht war das, was uns in der Vergangenheit einmal verbunden hatte, ja verschwunden, jetzt, wo sie etwas Festes hatte. Vielleicht hatte ich zu lange gewartet. Natürlich hatte ich zu lange gewartet.

Jede Sekunde, die es dauerte, mich fertig zu machen, um zu Vic aufzubrechen, wurde zum Countdown zu meinem Verderben. Ich zog mich fünfmal um. *Fünfmal.* Ich kam mir vor wie Sophie. Auf diesen Gedanken hin rief ich meine Schwester an. Ich hatte ihr nie von Elle erzählt, weil ich wusste, dass sie es nicht gutheißen würde, aber ich musste es jemandem erzählen, irgendjemandem. Ich musste es offenbaren, damit mich das Universum hörte, und es Sophie zu erzählen würde es vielleicht real werden lassen. Es ihr zu erzählen würde vielleicht die Verlobung aufhalten ... die Hochzeit aufhalten – keine Ahnung.

„Wenn du mir nicht sagen willst, dass du vorbeikommst, um Sander zu füttern, ist dein Anruf gerade unerwünscht“, sagte sie und klang völlig fertig.

„Soph, ich hab Mist gebaut.“

Sie schwieg einen Moment. „Hast du ... Okay, mir fällt nichts ein, was du falsch gemacht haben könntest, also erleuchte mich, oh Vollkommener, was hast du gemacht?“

„Du erinnerst dich doch an Estelle, oder?“

„Hm-hm.“

„Also, wir hatten sozusagen mal was miteinander. Ein paarmal ... mehr als ein paarmal“, gestand ich leise.

„Oh mein Gott, sag nicht, du hast sie geschwängert.“

„Nein! Gott. Nein“, antwortete ich mit brüchiger Stimme. Wäre das so eine schlechte Nachricht? Wenn ich sie geschwängert hätte? Normalerweise hätte ich Ja gesagt, aber heute war ich mir nicht mehr so sicher.

„Also, was dann? Hat Victor euch erwischt und dir ein blaues Auge verpasst?“, riet sie erneut.

„Nein!“, stöhnte ich auf. „Sie ist verlobt.“

Wieder Schweigen. Das Einzige, was darauf hindeutete, dass sie noch in der Leitung war, war Sanders Brabbeln.

„Und du regst dich darüber auf, weil du jetzt nicht mehr mit ihr rummachen kannst?“, fragte sie.

„Ich rege mich darüber auf, weil ich sie liebe“, erklärte ich ruhig. Das hatte ich mir noch nicht einmal selbst eingestanden. „Ich meine. Ich weiß es nicht mit Sicherheit, aber ich glaube es“, fügte ich hinzu.

Sophie brach in Gelächter aus. „Also, das ist …“, seufzte sie. „Das ist ja mal …“

„Sophie!“

„Bean, du rufst mich mitten beim Füttern an, um mir zu sagen, dass du möglicherweise – obwohl du es nicht mit Sicherheit weißt – die kleine Schwester deines besten Freundes aus der dritten Klasse liebst und dass sie mit einem anderen verlobt ist. Ich meine … mir fehlen die Worte. Wann hat das denn angefangen? Wann ist dir das klar geworden?“

„Es hat vor Jahren angefangen, aber es war nie etwas Ernstes, verstehst du?“

„Nur so ernst, dass du ausflippst, als du hörst, dass sie verlobt ist?“

Ich kneife die Augen zu.

„Wie kannst du denn nicht sicher sein, ob du sie liebst? Habt ihr noch Kontakt?“

„Nein. Nein. Wir haben nicht miteinander gesprochen, seit … einer Weile. Seit ich das letzte Mal zu Hause war … und da sind wir uns auch nur flüchtig begegnet – es war etwas peinlich, denn ich verließ gerade ein Restaurant mit einer Verabredung, und sie ging rein, um sich mit ihrer zu treffen.“

„Und jetzt?“

„Und jetzt … ist sie mit irgendeinem Scheißkerl verlobt.“

Sophie lachte wieder. „Und du bist der Traumprinz.“

„Ich weiß nicht, was ich tun soll. Ich gehe auf ihre Verlobungsfeier und weiß nicht, was ich tun soll.“

„Du gehst auf ihre Verlobungsfeier?“, fragte sie. „Spinnst du? Was glaubst du, was sie dazu sagen wird?“

„Keine Ahnung. Ich hoffe, dass sie ihren Ring abnimmt und ihn dem Typ ins Gesicht knallt."

„Ollie …"

Ich stöhnte. So nannte meine Schwester mich nur, wenn sie mir schonend irgendwas beibringen wollte, was ich nicht hören wollte.

„Vielleicht solltest du sie loslassen. Vielleicht war sie nicht die Richtige."

„Sie war es! Sie ist es!", entgegnete ich, während ich in meinem Zimmer auf und ab ging.

„Wenn du es so empfindest, warum hast du dann nicht schon früher etwas unternommen?", will sie seufzend wissen.

„Erinnerst du dich noch, wie es war, als Dad uns verlassen hat?"

„Dad hat uns nicht verlassen. Sie haben sich scheiden lassen. Das ist ein Unterschied."

„Wie auch immer. Erinnerst du dich, wann das passiert ist? Was er gesagt hat? Dass er das Gefühl hatte, unzulänglich zu sein und Mom nichts bieten zu können?"

„Ach Gott. Hast du etwa zugehört bei dem Mist, den Dad verzapft hat, als er wahrscheinlich betrunken war?"

„Natürlich habe ich zugehört! Ich war ein Kind! Er war mein Dad! Und all meine Freunde waren so … keine Ahnung. Ich hatte einfach diese Vision, wie ich sein wollte, wenn ich erwachsen bin. Ich wollte erfolgreich sein, damit meine Frau einmal nicht arbeiten muss, es sei denn, sie will es."

„Du hast also dieses typische 50er-Jahre-Ding für dich und deine zukünftige Frau geplant, ohne dabei zu berücksichtigen, dass ihr Leben weitergeht, ob mit dir oder ohne dich?", sagte sie nach einer langen Pause.

Ich atmete scharf aus. „Scheiße. Scheiße. Scheiße. Scheiße", fauchte ich und trat dabei gegen die Wand neben meinem Kleiderschrank.

„Tja, das ist mein Stichwort", erwiderte sie, als Sander anfing zu schreien. „Viel Glück heute Abend. Und Bean?"

„Ja?“

„Manchmal können wir unsere erste Liebe nicht halten, aber es lehrt uns, die zweite umso mehr wertzuschätzen.“

Ich murmelte ein *Ja, danke,* und versprach ihr, am nächsten Tag vorbeizukommen. Ich kam mit der Vorstellung einfach nicht klar, Elle gehen zu lassen. War es so verkehrt, dass ich sie halten wollte? Schließlich ließ ich an, was ich anhatte, und verließ das Haus. Statt mein Auto zu nehmen, ging ich zu Fuß zu Vic. Ich musste darüber nachdenken, was ich tun sollte, wenn ich dort war. Aber das Denken half nichts. Wenn überhaupt, verwirrte der Wind, der mir in den Ohren rauschte, meine Gedanken nur noch mehr. Als ich ankam, wusste ich immer noch nicht, was ich tun sollte. Normalerweise ging ich immer durch die Hintertür rein, aber heute war ich nicht als Victors Freund da, sondern als Estelles … was auch immer … also benutzte ich die Vordertür.

Thomas, Victors Dad, machte ein bestürztes Gesicht, als er mir aufmachte.

„Ich glaub, diese Tür hast du noch nie benutzt“, stellte er stirnrunzelnd fest.

„Ich hielt es für besser, es ist ja schon eine Weile her.“

„Du bist doch immer noch unser Junge, egal, wie alt du bist oder wie viele Leben du rettest, Herr Doktor.“ Er lachte genauso wie Victor immer, wobei seine Schultern bebten und seine perfekten geraden Zähne strahlten.

„Großer Tag heute, was?“, sagte ich.

„Großer Tag …“, stimmte er zu und blickte sich um. Es waren nur eine Handvoll Leute da, aber ich vermutete, dass das sicher erst der Anfang war. „Vic ist mit Mias Bruder im Spielzimmer, und Estelle ist in der Küche. Ihr Verlobter ist … auch hier irgendwo.“

Ich hatte nicht vor, ihm zu begegnen, aber kaum hatte er die Worte ausgesprochen, da erschien der Verlobte von dem Foto auch schon. Ich musterte ihn kurz. Er war eindeutig älter als ich, dünner als ich, etwas kleiner als ich, aber sein Lächeln forderte Aufmerksamkeit ein. Ich kannte jenes Lächeln, denn ich sah es in meinem eigenen Gesicht, wenn ich in den Spiegel schaute. Elle stand offensichtlich auf einen bestimmten Typ Mann. Wenn er ihr nicht den Ring an den Finger gesteckt hätte, hätte ich auch gelächelt.

„Wyatt! Das hier ist Oliver, einer von Victors ältesten Freunden“, erklärte Thomas, der herumwirbelte und auf mich zeigte.

Wyatt sah mich mit ernsten braunen Augen an. Erst runzelte er die Stirn, dann, als dämmere ihm etwas, lächelte er. „Natürlich, Oliver! Ich habe viel von dir gehört. Wie schön, endlich ein Gesicht zu dem Namen zu haben“, sagte er und reichte mir die Hand. Ich drückte etwas fester zu, als ich es normalerweise getan hätte.

„Interessant. Ich habe von dir heute zum ersten Mal gehört, und bei der Gelegenheit muss ich anmerken, dass du ein verdammter Glückspilz bist“, entgegnete ich und erntete dafür eine hochgezogene Augenbraue von ihm. Ich hätte die Heiterkeit in meiner Stimme vielleicht etwas drosseln sollen, vor allem in Anbetracht der Tatsache, dass Elles Dad direkt neben uns stand, aber der Filter für mein Mundwerk war gerade nicht vorhanden.

„Du weißt ja, was man über den frühen Vogel sagt“, antwortete er augenzwinkernd und ging weg. Ich hätte ihm am liebsten eine reingehauen.

„Was findet sie nur an diesem Typ?“, murmelte ich halblaut, so leise, dass ich dachte, Thomas könne mich nicht hören, aber er ließ sein herzhaftes Lachen ertönen, klopfte mir mit einer Hand auf den Rücken und ging mit mir Richtung Spielzimmer.

Eine gefühlte Ewigkeit sah ich Robert und Victor dabei zu, wie sie irgendein bekloppte Videospiel spielten, bei dem sie alles niederschossen, was vorbeikam. Irgend so ein hirnloser Quatsch.

„Ich geh mir mal ein Bier holen. Wollt ihr auch was?“, erkundigte ich mich und stand auf.

„Bist du sicher, dass du nicht mitspielen willst?“, fragte Vic, obwohl er genau wusste, dass das einzige Spiel, das ich spielen würde, Madden war. Als ich nicht antwortete, rief er mir hinterher, ich solle ihm ein Bier mitbringen.

Auf dem Weg in die Küche begrüßte ich die Leute, die ich kannte. Mia, die sich gerade am Telefon mit jemandem stritt, schaffte es, die Augen zu verdrehen und mir durch Handzeichen zu verstehen zu geben: *Ist das zu fassen?* Ich sah ihre Mom und die von Elle, umarmte sie kurz und erzählte ihnen von Berkeley. Durch das Fenster entdeckte ich Wyatt. Er telefonierte draußen mit dem Handy und rauchte dabei eine Zigarette. Ich stutzte. Elle wollte einen Raucher heiraten?

Alles, was ich von ihrem Leben aufschnappte, schien genau das Gegenteil von dem zu sein, worauf ich getippt hätte. Ich stellte sie mir vor, wie sie malte und ihre wunderschönen Skulpturen erschuf, wie sie diese Müsliriegel aß, die sie so gernhatte, und Latte Macchiato trank. Ich stellte sie mir nicht … mit diesem Typ vor. Vielleicht war er ja in Ordnung. Vielleicht suchte ich nur einen Vorwand, ihn zu hassen, aber mir gefiel es nicht, wie er mich begrüßt hatte, als würde er mich kennen. Als hätte er von jedem dummen Fehler gehört, den ich in Bezug auf Elle je gemacht hatte, und als hätte er sie alle ausgebügelt.

Als ich um die Ecke zur Küche bog, sah ich sie endlich und blieb in der Tür stehen. Sie gehörte definitiv zu den Frauen, die mit der Zeit immer besser wurden – wie ein guter Scotch. Sie trug ein elfenbeinfarbenes Kleid, das ihr bis zu den Knien reichte und ihren Körper eng umhüllte. Ihre Schuhe waren golden und hatten Pfennigabsätze. Ihr Haar fiel in natürlichen Wellen ihren Rücken hinab, aber vorne war es kürzer geschnitten, und jedes Mal, wenn sie sich vorbeugte, musste sie es sich aus den Augen pusten. Ich wartete, bis sie sich aufgerichtet hatte, bevor ich hereinplatzte, denn das machten wir immer so. Wir klopften nicht an, und wir baten nicht um Erlaubnis. Wir drangen einfach ein.

„Hey“, sagte ich zu ihrem Rücken. Sie schnappte nach Luft und versteifte sich, und es dauerte einen Moment, ehe sie sich umdrehte und mich ansah.

Es kam mir wie eine Ewigkeit vor, dass sie mich nur anstarrte, mit großen Augen, die eindeutig fragten, was ich hier zu suchen hatte.

„Hi“, antwortete sie schließlich, ihre Stimme nur ein Krächzen, bevor sie sich räusperte.

„Ich habe gehört, du bist …“ Ich konnte es nicht einmal aussprechen. Mein Blick fiel auf ihren Finger. Der Ring starrte mir entgegen. Schrie mir entgegen.

„Ja“, sagte sie.

Unsere Augen begegneten sich wieder. Ich wusste nicht, was ich sagen sollte. Ich konnte ihr nicht zu etwas gratulieren, worüber ich mich nicht freute.

„Bist du glücklich?“, fragte ich und kam etwas näher. Sie machte einen Schritt zurück und stieß keuchend gegen die Arbeitsplatte hinter sich.

„Nicht.“ Sie hob abwehrend die Hände. „Ich … Ja. Bin ich.“

„Dann ist er also der Richtige?“, fragte ich, meine Stimme fest, mein Herz blutend, meine Augen flehend.

Sie riss ihren Blick von meinem los. „Er macht mich glücklich, wenn du darauf hinauswillst.“

Ich kam noch näher. „Ist es das, was man tun muss, um der Richtige zu sein?“

Ihre Augen blitzten mich an, und ich schwöre, in dem Moment verlor ich meine letzten Zweifel. Genau dort, in jenen Augen, in der aufgewühlten See, die sie mit einem einzigen Blick zum Leben erweckte.

„Was man tun muss, ist, sich blicken zu lassen. Was man tun muss, ist, nicht jedes Mal abzuhauen, wenn etwas möglicherweise Bedeutendes passiert. Was man tun muss, ist … Herrje, Oliver, ich weiß nicht, was du eigentlich von mir hören willst!“, rief sie leise.

„Sag mir, dass er der Richtige ist. Sag mir, dass du dich mit ihm so fühlst wie mit mir“, drängte ich sie und näherte mich ihrem Gesicht.

Sie lachte kurz auf. „Ich habe dich – wie lange nicht gesehen? Über ein Jahr? Und jetzt kommst du, siehst mich so an und sprichst davon, wie ich mich mit dir fühle? Was soll ich denn davon halten, Oliver?“

Ich ergriff ihre Ellbogen und hielt sie so fest, dass wir uns gegenseitig ins Gesicht atmeten. Der Geruch nach Plätzchenteig und Wein drang in meine Nase, und ich konnte nur die Augen schließen und mir vorstellen, wie all das auf meiner Zunge schmecken würde.

„Lass mich los“, forderte sie halblaut. „Du wirst mich nicht küssen. Du kannst mich nicht küssen. Nicht heute.“

„Das ist vielleicht meine letzte Chance, dich zu küssen“, sagte ich sanft, während meine Lippen sich auf ihre Wange senkten. „Das ist vielleicht das letzte Mal, dass ich dich halten kann.“

„Oliver, bitte!“ In ihrer Stimme liegt eine Mischung aus Flüstern und Flehen.

„Bringt er dein Herz so zum Rasen wie ich?“, flüsterte ich dicht an ihrem Mundwinkel. „Gibt er dir manchmal das Gefühl, nicht atmen zu können?“

„Ich atme sehr gerne, vielen Dank“, flüsterte sie zurück, sackte aber unter meiner Berührung zusammen.

„Wie oft denkst du an mich, Elle?“

„Darauf antworte ich nicht“, erwiderte sie und schloss die Augen, als meine Lippen sacht ihre berührten.

„Du wirst mich nicht davon abhalten, dich zu küssen“, sagte ich in warnendem Tonfall.

„Ich sollte es aber. Wenn er reinkommt, wird er sauer sein.“

„Dann hätte er dir eben nicht von der Seite weichen dürfen.“

Sie presste sich gegen mich und schob mich leicht zurück. Das Klackern von Absätzen auf dem Fußboden ließ mich aufschrecken, ihre Ellbogen loslassen und einen Schritt zurückmachen.

„Sind die Kekse fertig, Liebes? Ich habe den Leuten sonst nichts mehr anzubieten." Ihre Mom tauchte hinter uns auf.

„Ja, hier. Ich mache noch eine Ladung Würstchen im Schlafrock, dann bin ich fertig", antwortete sie.

Hannah blieb mit dem Tablett in einer Hand neben mir stehen und umfasste mein Kinn. „Sieht er nicht jedes Mal besser aus, wenn er nach Hause kommt?", stellte sie fest und kniff mir im Weggehen in die Wange.

Estelle durchbohrte den Rücken ihrer Mutter mit einem Blick, und ich lächelte zaghaft.

„Er scheint viel über mich zu wissen", sagte ich, als wir wieder allein waren.

Ihr Gesicht verfinsterte sich. „Jedenfalls genug."

„Genug, um zu wissen, dass er sich Sorgen machen sollte, wenn ich mit dir allein bin?"

„Genug, um zu wissen, dass du ein Unruhestifter bist. Tödlich. Schlecht für meine Gesundheit."

Seufzend fuhr ich mir mit einer Hand durchs Haar. Das hier lief nicht wie geplant.

„Also, wirst du es tun? Du wirst ihn heiraten?", fragte ich, als mir schließlich klar wurde, dass ich diesen Kampf nicht gewinnen konnte.

„Wir sind verlobt, Oliver. Wir leben zusammen. Wir eröffnen eine Galerie zusammen. Das allein ist schon wie ein gemeinsames Kind." Ihre Worte ließen mich zusammenzucken. Ein Kind mit ihm.

„Das ist so hart für mich", flüsterte ich und trat wieder vor sie.

„Was wir hatten … ist vorbei", sagte sie, die Augen auf den Boden neben uns gerichtet.

„Glaubst du das wirklich?" Ich fasste ihr Kinn, damit sie mich ansah.

„Du musst damit aufhören", flüsterte sie, und in ihren Augen glänzten ungeweinte Tränen. Ich hasste es, der Grund dafür zu sein. Ich fragte mich, für wie viele davon ich über die Jahre hinweg verantwortlich war. Und da traf mich die Erkenntnis wie ein Donnerschlag: Ich hatte es total verbockt. Das war nicht einfach so zu kitten. Das war kein *Ich komme kurz vorbei und repariere das Stützrad, das ich aus Versehen kaputt gemacht habe*. Oder *Lass mich das Bild ersetzen, in das ich einen Fußball geschossen habe.* Das war das Leben. Das passiert, wenn man aufhört, im Hier und Jetzt zu leben. Menschen werden erwachsen. Sie verändern sich, ihr Leben geht weiter, und plötzlich wünschst du dir, du hättest rechtzeitig aufgeblickt, um mit ihnen zu gehen.

„Du hast recht", sagte ich, wich zurück und ließ meine Hand sinken. „Du hast recht. Es tut mir leid. Wenn du glücklich bist, bin ich auch glücklich für dich, meine schöne Elle."

Ich beugte mich vor, gab ihr einen Kuss auf die Wange, atmete noch ein letztes Mal ihren Duft ein und ging.

26. Kapitel

Gegenwart

Estelle

Ein paar Minuten nachdem ich gestern Abend durch die Tür war, gab der Akku meines Handys seinen Geist auf, und ich war ehrlich gesagt froh über die Ruhe.

Ich hatte auf der Couch geschlafen, die ich auf Beharren der Maklerin hin im Wohnzimmer stehen gelassen hatte, das man als einziges Zimmer im Haus noch als eingerichtet bezeichnen kann. Als ich heute Morgen aufwachte, ging ich nach oben, setzte mich mitten in mein unmöbliertes Schlafzimmer und dachte an das letzte Mal, als ich das getan hatte. Es war, als Wyatt darauf bestanden hatte, ein neues Bett zu kaufen, weil ich zu ihm zog. Er hatte das Haus, lange bevor wir uns kennenlernten, zusammen mit einer Exfreundin gekauft, was mich nicht störte, bis mir klar wurde, dass wir in dem Bett schlafen würden, das die beiden zusammen gekauft hatten. Daraufhin warf er die alten Matratzen weg und meinte, ich solle zu West Elm gehen und ein neues Bett aussuchen, was ich mir nicht zweimal sagen ließ. Aber jetzt ist das Zimmer so kahl – so leer ohne das Bett in der Mitte. Das Bett habe ich seiner Mutter geschenkt. Ich ertrug es nicht mehr, darin zu schlafen. Ich hatte noch ein ganzes Jahr nach seinem Tod darin geschlafen und war fertig damit. Ohne ihn weiterzuleben bedeutete, auch das kleinste bisschen Komfort aufzugeben, das ich mit ihm geteilt hatte.

Und jetzt bin ich wieder da, wo ich angefangen habe. Nicht,

dass ich ohne Wyatt oder unser gemeinsames Leben keine Identität hätte, aber mir gefiel es, einfach heimzukommen und zu wissen, was ich hier vorfinden würde. Aus irgendeinem Grund fühle ich mich plötzlich ein bisschen verloren bei dem Gedanken, dass dieses Haus bald nicht mehr mir gehören wird. Wo soll ich jetzt hin? Klar, ich werde ein neues Haus kaufen. Sicher, ich werde es einrichten, wie es mir gefällt, aber werde ich mich dort zu Hause fühlen? Ich raffe mich auf und gehe wieder nach unten, spähe noch mal in jeden Raum, bevor ich gehe. Und als ich die Haustür aufmache, fällt mir alles aus den Händen, weil draußen auf der Treppe mit dem Rücken zu mir Oliver sitzt.

„Was machst du denn hier?", frage ich.

Er seufzt, dreht sich aber nicht zu mir um. Seine Hand fährt durch sein Haar. Es wird langsam wieder länger. Ich frage mich, ob er es bereits zu einem kleinen Dutt knoten kann.

„Ich hatte mir diese ganze Rede zurechtgelegt, und jetzt, wo du endlich rausgekommen bist, kann ich nicht mal denken", sagt er.

„Wie lang sitzt du denn schon hier draußen?", erkundige ich mich und setze mich neben ihn auf die Treppe.

Er zuckt mit den Schultern, immer noch ohne mich anzusehen. „Ist doch egal."

„Und was war das für eine Rede, die du dir überlegt hast?"

Er lässt den Kopf auf die Knie sinken und vergräbt das Gesicht in den Händen. „Das ist das Problem, Elle. Alles, was ich sagen wollte, lässt mich wie ein totales Arschloch klingen, wenn ich es mir im Kopf vorsage. Mein ganzes Leben lang war es mir wichtig, mich auf Dinge vorzubereiten und sie zu planen, aber wenn es um dich geht … dann bin ich völlig verloren", gesteht er und dreht sein Gesicht, um mich anzusehen.

„So verwirrend bin ich doch gar nicht. Eigentlich sogar ganz einfach", sage ich leise und schiebe die Hände unter meine Oberschenkel, um dem Drang zu widerstehen, seine Haare zu berühren … die Stoppeln in seinem Gesicht … seine vollen Lippen.

„Deine Einfachheit ist zum Verrücktwerden. Alles an dir macht mich wahnsinnig. Wie du mich anlächelst, wie du mich ansiehst, wie du mit den Kindern im Krankenhaus redest, als wären sie Erwachsene – wie mit jemandem, der wichtig ist … Das machen nicht viele, weißt du. Selbst ich manchmal nicht. Wenn ich wie ein Bekloppter maloche, gehe ich in ihr Zimmer und wende mich nur an ihre Eltern. Ich habe gesehen, wie du ihnen das Malen beigebracht hast – wie du ihnen beigebracht hast, etwas mit ihren Händen zu schaffen, etwas mit ihrer Zeit anzufangen – und wie du sie angesehen hast …“, er macht eine Pause und sieht mich seufzend an, seine immergrünen Augen strahlen dabei, als würde ich die Welt für ihn bedeuten. „Weißt du, was ich dann denke? Ich will Kinder mit dieser Frau, denn jedes Kind hat es verdient, so angesehen zu werden. Jeder hat es verdient, sich so wichtig zu fühlen.“

Mein Herz schnürt sich bei diesem Geständnis zusammen. Ich mache den Mund auf, um etwas zu sagen, aber mir fehlen die Worte, also rücke ich stattdessen näher und lege meinen Kopf auf seine Schulter. Er küsst mich auf den Scheitel und schlingt die Arme um mich.

„Glaubst du, ich bin verrückt?“, fragt er dann.

„Eindeutig“, antworte ich lächelnd und weiche zurück, um ihn anzusehen. „Deine Kompliziertheit ist zum Verrücktwerden. Alles an dir macht mich wahnsinnig.“

Er lacht leise und schüttelt den Kopf. „In meinem Kopf hat es sich besser angehört.“

Ich beuge mich zu ihm und berühre mit meiner Nase leicht seine stoppelige, kalte Wange. „Ich fand, es klang ziemlich gut.“

„Du bist nicht sauer, weil ich hierhergekommen bin?“, will er wissen und fährt mit der Hand an meiner Seite hinunter.

„Wie hast du mich überhaupt gefunden?“

„Ich habe Mia angerufen. Ich meine … nach einer Weile, als

ich das Gefühl hatte, du kommst nicht mehr zu Vic nach Hause, habe ich Mia angerufen. Als sie sagte, du wärst nicht bei ihr, habe ich sie nach dieser Adresse gefragt."

„Diese Trulla …"

„Ich schulde ihr eine Woche lang Kaffee."

Ich lache. „Meinst du, du kannst dir ihre Koffeinsucht von deinem Gehalt als Assistenzarzt leisten?"

Er lächelt. „Vielleicht merkt sie ja nicht, wenn ich ihn selbst koche."

„Eher unwahrscheinlich", sage ich. Wir lachen beide und sehen einander wieder an, und die Emotionen in seinen Augen rauben mir den Atem. Sanft streicht er mit einer Hand über meine Wange.

„Ein Date, meine schöne Elle", bittet er, seine Stimme ein Flüstern, das in meinem Bauch einen Aufruhr erzeugt. Ich atme tief ein und lasse zusammen mit der Luft all meine Vorbehalte entweichen. Ich will das. Ich glaube daran.

„Ein Date", stimme ich zu und muss über sein breites Grinsen lächeln.

Seufzend werfe ich einen Blick über die Schulter auf das Haus, das ich mit dem Mann geteilt habe, den ich liebte. Ich fühle mich nicht so schlecht, wie ich gedacht hätte, diesem Date zuzustimmen. Vielleicht stehen die Sterne endlich einmal günstig für uns.

27. Kapitel

Ich beschließe, meinem Bruder nichts von meinem Date mit Oliver zu erzählen, weil ich einfach nicht den Mumm dazu habe.

Ich weiß, er würde schon vorher versuchen, es zu verhindern. Ich habe keine Lust, mir von ihm anzuhören, für was für einen Weiberhelden er Oliver hält und dass er meiner nicht würdig ist. Außerdem ist es ja nur ein einziges Date. Wahrscheinlich wird es sowieso wesentlich unspektakulärer als unser Freundschafts-Date. In meinem Hinterkopf schreit es: *Häng dein Herz noch nicht zu sehr an ihn!* Aber wir reden nun mal von Bean. Mein Herz wird immer an ihm hängen, egal, was passiert. Ich fahre zu Mia und parke mein Auto auf dem Besucherparkplatz, wo ich es stehen lassen werde, bis wir zurück sind, dann gehe ich nach oben, um auf ihn zu warten.

„Ich hab gehört, du hast ein Date mit Oliver, und so wie du aussiehst, stimmt das eindeutig. Du schwitzt ja Blut und Wasser!“, sagt Rob, als er mich sieht. Ich boxe ihm gegen die Schulter.

„Nein, oder?! Oh Gott, wirklich?“ Ich renne ins Bad, sehe in den Spiegel und stelle fest, dass er übertrieben hat. Aber, verflucht, ich bin aufgeregt. „Warum bin ich bloß so aufgeregt? Und wo ist überhaupt Meep?“

„Unter der Dusche, und du bist aufgeregt, weil das euer erstes Date ist. Ich meine, euer erstes echtes Date. Spielereien zählen nicht.“ Er zieht eine blonde Augenbraue hoch und lacht, als ich ihn böse anfunkele.

„Ich brauch was zu trinken“, erkläre ich und gehe in die Küche.

„Nein, keineswegs. Was du brauchst, ist, dich still hinzusetzen und zu entspannen. Sonst kriege ich noch einen Herzinfarkt!“

„Hör auf zu nerven“, murmele ich und lasse mich auf die Couch plumpsen.

„Okay, aber bei deinem Date setzt du dich besser nicht so hin. Nichts ist abstoßender, als wenn jemand in einem Kleid nachlässig sitzt.“

Ich reiße die Augen auf, schlage die Beine übereinander und setze mich auf. „Ach, Mann. Vielleicht hätte ich eine Jeans anziehen sollen.“

Robert wirft lachend den Kopf zurück. Wenn er das macht, sieht er Mia so was von ähnlich. „War doch nur Spaß! Herrje, du bist echt aufgeregt.“

„Wer ist aufgeregt?“, fragt Mia, als sie zu uns stößt.

„Dieses Nervenbündel hier führt sich auf wie eine Jungfrau vor dem Abschlussball“, sagt Rob und erntet dafür ein Lachen von mir und einen schiefen Blick von Mia.

„Ja, bind es ruhig jedem auf die Nase“, meckere ich.

„Sie sieht super aus“, sagt Mia und kommt zu mir. „Es ist doch bloß Bean.“

„Genau. Es ist bloß Bean … Geht es wirklich, wie ich aussehe?“

Mia mustert mich von oben bis unten und nickt. „Du siehst schön aus, wie immer, wenn du dich schminkst, dir die Haare machst und dich schick anziehst.“

„Heißt das, sonst nicht?“

„Na ja, Schönheit spart man sich für besondere Anlässe auf, Küken.“

„Miststück“, sage ich und lache, bis das Klopfen an der Tür mich verstummen lässt.

„Ooh, da kommt er.“ Rob fängt an, die Melodie von *Maneater* zu singen, und ich möchte im Boden versinken und sterben. Mia reißt die Tür auf und stößt einen Pfiff aus.

„Sieht aus, als wenn jemand heute Abend flachgelegt werden will", verkündet sie.

Und dieses Mal will ich *wirklich* im Boden versinken und sterben. Ich spüre, wie mein Gesicht heiß wird, als ich zur Tür gehe und Mia und Rob sage, sie sollen die Klappe halten. Oliver trägt dunkle Jeans, schwarze Schuhe, ein graues Hemd und auf dem Kopf einen Hut. Sein Outfit ist schlicht und heiß, und es passt zu dem grauen Kleid, das ich trage, was mich zum Grinsen bringt.

„Als wären sie füreinander geschaffen!", ruft Rob aus. „Sie passen einfach zusammen! Hach, wie niedlich! Mia! Hol die Kamera!"

„Ich hasse dich", entgegne ich mit einem Blick in seine Richtung. „Ich hasse dich", wende ich mich an Mia, deren Gesicht rot vor Lachen ist. „Dich hasse ich nicht … noch nicht", sage ich an Oliver gewandt, der mir ein freches, schiefes Lächeln schenkt, das mich ein bisschen zum Schmelzen bringt.

„Bitte sorg dafür, dass sie bis Mitternacht zu Hause ist und dass sie sich vom Wodka fernhält", fängt Mia an, ihre Liste herunterzuleiern, hält dann inne und prustet los, als sie sieht, wie ich rot werde. „Haaach … tut mir leid, Elle, aber das ist einfach so niedlich. Du warst nicht mehr so nervös, seit du deine Jungfräulichkeit an Hunter Grayson verloren hast." Sie hört auf zu lachen und wendet sich mit einem ernsten Gesicht an Oliver. „Aber Spaß beiseite, wenn du ihr wieder wehtust, werde ich dich verdammt noch mal umbringen, und ich spreche nicht von einem netten, beschaulichen Mord, sondern von abgetrennten Genitalien und überall verteilten Eingeweiden. Also vergiss das bitte nicht."

„Okay, Zeit zu gehen." Rasch ziehe ich Oliver am Arm aus der Tür. „Gewisse Leute haben eindeutig nicht mehr alle Tassen im Schrank."

Oliver kann nicht aufhören zu lachen, als wir die Treppe hinuntergehen, und muss alle paar Meter stehen bleiben, um nach Luft zu schnappen. Ich kann ihn noch nicht mal ansehen, weil es mir einfach so peinlich ist. Dabei sollte es mir eigentlich nicht peinlich sein! Wir sind ALLE miteinander aufgewachsen! Das ist absolut lächerlich. Als wir an sein Auto kommen, wischt er sich eine Träne aus dem Auge, während er die Tür für mich öffnet. Ich schaue ihn nicht einmal an, als er einsteigt, sondern starre nur geradeaus. Aber dann wird er still, und seine Hand greift nach meiner auf meinem Schoß. Er drückt sie sanft, um meine Aufmerksamkeit zu erlangen.

„Hey", sagt er leise, und seine Augen lächeln.

„Freut mich, dass Ihnen die Vorstellung gefallen hat. Wir sind noch die ganze Woche hier", murmele ich und bringe ihn wieder zum Glucksen. Er führt meine Hand an seine Lippen und berührt sie leicht. Ich erschaudere, als ich das Kratzen seiner Stoppeln darauf spüre.

„Sie meinen es nur gut", sagt er und küsst meine Hand. „Du siehst schön aus. Ich bin so froh, dass ich diesem Date endlich zugestimmt habe."

Jetzt bin ich amüsiert. „Ach ja? Du wurdest aber auch unerbittlich von mir bedrängt."

„Du hast ja keine Ahnung, wie sehr", sagt er und zieht die Augenbrauen hoch. „Ich konnte mich ja kaum retten vor deinen Annäherungsversuchen."

Schließlich seufze ich und mache es mir auf dem Sitz bequem. Oliver schafft es immer, dass ich mich total wohlfühle. Seine Finger streifen mein Knie, und ich zucke zusammen. *Und bin im nächsten Moment vollkommen elektrisiert.*

„Also, wo fährst du mit mir hin?", frage ich und wende ihm mein Gesicht zu. Lächelnd blickt er geradeaus.

„Wenn ich es dir sage, zerstört das den Überraschungseffekt des Dates."

„Wir gehen nicht essen und dann ins Kino, oder?"

„Wirke ich so langweilig auf dich?"

Ich zucke mit den Schultern. „Weiß nicht. Wo gehst du normalerweise mit deinen Dates hin?"

Sein Blick begegnet meinem wieder. „Essen."

„Und … das war's?", frage ich wenig beeindruckt.

„Nein, das war's nicht, aber ich glaube, darüber willst du genauso wenig reden wie ich über Hunter Grayson."

„Wo du recht hast, hast du recht."

„Es sei denn natürlich, du möchtest über Hunter Grayson sprechen", sagt er, während er den Wagen am Jachthafen parkt.

„Lieber nicht", erwidere ich und spüre, wie meine Wangen rot anlaufen. Ich bin immer noch mit Hunter befreundet, und wir haben die Erinnerungen an unsere gemeinsame Nacht erfolgreich verdrängt.

Oliver dreht sich zu mir und fährt mit seinem Handrücken meine Wange hinab bis zu meinem Hals, wobei er mir ununterbrochen in die Augen schaut. „Ich bin so froh, dass wir das machen."

Ich lächele sanft, und plötzlich lässt sein Blick mich ganz schüchtern werden. „Ich auch."

Er lässt seine Hand sinken, steigt aus dem Auto, und während ich meine Handtasche auflese, umrundet er den Wagen, um die Tür für mich zu öffnen. Wir gehen ein paar Schritte, bevor sich seine Hand um meine schließt und er unsere Finger miteinander verschlingt. Es ist so eine kleine Geste, aber sie bringt meinen Puls zum Rasen.

„Gehen wir auf ein Boot?", frage ich, als wir an dem Restaurant vorbei- und auf die Schiffe zugehen.

„Nicht direkt. Vielleicht das nächste Mal." Er neigt den Kopf, um mich anzusehen, und ich spüre, wie mich die Wärme seines Lächelns durchdringt.

Wir steigen zum Rand eines Kais hinauf, wo ein gedeckter Tisch steht. Der Boden ringsherum ist mit Kerzen bedeckt, und weit und breit ist kein Mensch zu sehen, bis auf den Kellner, der mit einer Champagnerflasche in der Hand und einem Lächeln im Gesicht danebensteht.

„Mario, freut mich, Sie wiederzusehen", sagt Oliver und lässt mich los, um dem Kellner die Hand zu geben.

„Die Freude ist ganz auf meiner Seite, Dr. Hart“, antwortet er mit einem leichten spanischen Akzent und schüttelt bestätigend die ihm entgegengestreckte Hand.

„Das ist Estelle“, stellt Oliver uns vor. „Elle, das ist Mario.“

„Sehr erfreut“, sage ich und gebe ihm ebenfalls die Hand. Als wir Platz genommen haben, gießt Mario uns Champagner ein, reicht uns eine Speisekarte und sagt, dass er gleich wiederkommt. Noch einmal betrachte ich alles eingehend – die Kerzen, den Tisch, die Boote, die Sonne, die gerade in der Ferne über dem Ozean untergeht –, und schließlich blicke ich in Olivers attraktives Gesicht.

„Du weißt, du hättest mich auch zu Drive-in-Burgern ausführen können, und ich wäre genauso glücklich gewesen, oder?“

Sein Blick begegnet meinem, und er grinst. „Die Nacht ist ja noch jung.“

Lächelnd greife ich zu meinem Champagnerglas. „Wie hast du das hier überhaupt hingekriegt?“, frage ich, als Mario mit einem Tablett in der Hand auf uns zukommt. Er stellt es zwischen uns ab, verbeugt sich und entfernt sich wieder. „Wo hast du diesen Typ aufgegabelt?“, will ich wissen, als er außer Hörweite ist. Oliver lacht in sich hinein, und seine Schultern beben dabei. Ich liebe seine Grübchen und dass sie auch unter seinen Bartstoppeln gut zu sehen sind.

„Wird das jetzt ein Frage-und-Antwort-Spiel?“ In seinen Augen unter seinem Hut funkelt die Belustigung.

„Warum nicht?“, entgegne ich schmunzelnd.

„Ich habe ihn kennengelernt, als er mit seinem Kind in der Notaufnahme war. Ich wollte gerade gehen. Er und seine Frau waren voller Panik, weil David, ihr Sohn, gestürzt war und sich den Kopf aufgeschlagen hatte. Also habe ich ihnen geholfen.“

„Und ihr seid in Kontakt geblieben?“, frage ich stirnrunzelnd.

„Na ja, ich musste Hausbesuche machen“, sagt er und sieht weg.

„Du machst Hausbesuche?“

Er seufzt und sieht mich wieder an. „Normalerweise nicht.“ Ich bedeute ihm, das weiter auszuführen. Schließlich seufzt er wieder, fährt sich mit einer Hand durch die Haare und rückt mit der Sprache raus. „Sie hatten keine Krankenversicherung, also musste ich meine Arbeit sozusagen schwarz machen.“

Mir schnürt sich das Herz in der Brust zusammen. Lächelnd strecke ich die Hand über den Tisch und lege sie auf seine. Er dreht seine Hand um und fasst die meine. Wir sagen nichts. Ich sage ihm nicht, was für ein erstaunlicher Mann er ist, weil er das getan hat, und er führt es nicht weiter aus. Aus Erfahrung weiß ich, dass Oliver der Typ ist, der sich für einen vor den Bus werfen und dann abstreiten würde, dass er einem das Leben gerettet hat. Er würde es abtun mit Worten wie *Das hätte doch jeder gemacht*. Ihm ist nicht klar, dass nicht alle Menschen so nett sind. Sie setzen nicht ihre eigenen Interessen hintan für das Wohl der Allgemeinheit. Er blickt mir in die Augen mit dieser Sehnsucht – diesem Verlangen –, während er Kreise auf meiner Hand beschreibt. Für einen Moment weiß ich nicht mehr, worüber wir reden, was wir hier machen, wo wir sind oder was für ein Tag heute ist.

„Sollen wir essen?“, fragt er mich schließlich. Ich nicke, ziehe meine Hand weg und verschränke sie auf meinem Schoß mit der anderen, während ich darauf warte, dass er die Platte mit Austern zwischen uns aufdeckt.

„Hattest du schon deinen letzten Arbeitstag in der Klinik?“, erkundige ich mich und schlürfe eine der Austern hinunter.

„Tja, meine Facharztausbildung ist beendet, also ja, aber ich übernehme noch hin und wieder Schichten, während ich mir überlege, was ich als Nächstes mache.“

„Ich muss am Dienstag wieder zu einem Kurs hin. Mae will, dass ich den Kids beibringe, wie man Skulpturen aus zerbrochenem Glas macht.“

Oliver hebt den Blick von der Platte und sieht mich an, sagt aber nichts, also fahre ich fort.

„Ich wünschte, *die da oben* würden die Kinder stattdessen in mein Atelier kommen lassen. Jen will Mr. Frederick fragen, ob er mich mit ihnen einen Tagesausflug dorthin machen lässt, damit sie mal rauskommen. Ich meine, wenn das möglich ist. Es wird sicher schwierig, die Ärzte, Schwestern und so weiter abzudecken … Ich wünschte, das Haus würde sich endlich verkaufen“, sage ich seufzend.

„Was willst du machen, wenn es verkauft ist?“

„Ursprünglich hatte ich vor, das ganze Geld Wyatts Eltern zu geben. Ein Konto einzurichten und das Ganze abzuhaken. Aber dann dachte ich, ich meine … es war ja auch mein Haus. Vielleicht sollte ich etwas davon behalten und ihnen den Rest geben. Ich weiß nicht. Es ist verwirrend. Sie wollen es nicht, und ich brauche es nicht, also drehe ich mich im Kreis.“

Oliver nickt und nimmt einen Schluck Champagner. „Vermisst du dein Leben dort?“

Mein Blick sucht seine Augen. Ich weiß, was er mich da fragt. Ich weiß nicht, ob ich antworten will. Schließlich hole ich Luft und sehe kurz weg. Bevor ich antworte, redet er wieder.

„Lass uns etwas abmachen“, sagt er, und seine Hand greift wieder nach meiner. „Für den Rest dieses Dates fragen und beantworten wir jede erdenkliche Frage. Egal, wie dumm oder schwer sie ist. Ich will alles wissen. Nichts soll unausgesprochen bleiben, okay?“

„Das ist viel für ein Date“, flüstere ich. Er drückt meine Hand.

„Vielleicht ist dieses Date alles, was wir haben.“ Seine Antwort bringt mich fast zum Weinen, und er sieht es wohl, denn er führt meine Hand an seine Lippen und küsst sie. „Ich will viele solcher Dates, Elle. Sehr viele. Aber in der Vergangenheit haben wir Sachen gemacht und nicht miteinander gesprochen, und, na ja … ich will nicht, dass das wieder passiert.“

Ich hole erneut Luft. „Ich vermisse es nicht. Ich meine, ich vermisse die Behaglichkeit, heimzukommen und zu wissen, ich war zu Hause. Manchmal vermisse ich Wyatt", gestehe ich, und meine Stimme bricht. Ich schlucke die Tränen hinunter, die ich hochsteigen fühle. „Ich vermisse seine Begeisterung von der Kunst und dem Leben und die Geschichten, die er mir manchmal von seinen Reisen erzählt hat. Ist das schräg?", flüstere ich und blicke zu ihm auf, während ich unter meinen Augen entlangwische.

Er sieht aus, als wäre er geschlagen worden, dennoch schüttelt er den Kopf. „Das ... das ist in Ordnung. Ich will das hören. Ich will nicht, dass du denkst, dass du deine Vergangenheit wegen mir ausradieren musst oder ihn oder euer gemeinsames Leben vergessen. Es ist nur ... ich hatte noch nie das Gefühl, mit jemandem um jemandes Zuneigung konkurrieren zu müssen, und jetzt kommt es mir vor, als müsste ich mich mit einem Geist messen, und Erinnerungen sind manchmal besser als die Wirklichkeit."

Ich starre ihn einen Moment lang an, bevor ich aufstehe und um den Tisch herumgehe. Oliver lehnt sich zurück und macht wortlos auf seinem Schoß Platz für mich. Ich setze mich hin, schlinge die Arme um seinen Hals und lehne meinen Kopf an seinen. Automatisch legt er seine Arme um mich und hält mich so perfekt umschlungen, dass mein Körper ein Puzzleteil zu sein scheint, das sich in sein Gegenstück fügt. So viele Jahre habe ich davon geträumt, das mit ihm zu machen, und jetzt, wo wir es endlich tun, liegt der Schatten der Vergangenheit über uns. So ist das Leben – das weiß ich –, aber trotzdem bricht es mir das Herz für ihn ... für uns.

„Würde es dir helfen, wenn ich dir sage, dass Wyatt die ganze Zeit, in der ich mit ihm zusammen war, mit *deinem* Geist konkurriert hat?", flüstere ich an seinem Hals und atme seinen beruhigenden, frischen Duft ein.

Sein leises Lachen vibriert durch meinen ganzen Körper. „Nicht besonders. Das würde bloß bedeuten, dass ich mich vorher hätte mehr anstrengen müssen. Hätte ich das getan, hättest du vielleicht nicht so einen schrecklichen Verlust erleiden müssen."

Ich weiche ein kleines Stück zurück, um ihm ins Gesicht zu blicken. „Wie kommt es, dass du noch keine Frau gefunden hast? All die Frauen, mit denen du arbeitest – mit denen du studiert hast –, allesamt klug und schön. Warum hat der perfekte Oliver noch keine gefunden?"

Er lacht wieder leise, und seine Augen funkeln, als er die Hand hebt und mir das Haar aus dem Gesicht streicht. Ich mache dasselbe bei ihm, lasse meine Hand aber in seinem Nacken liegen. Er schließt für einen Moment die Augen und schluckt. „Ich bin nicht perfekt, Elle. Nicht annähernd."

„Für mich schon", flüstere ich.

Seine Augen verdunkeln sich, als er mich ansieht. „Vielleicht ist das die Antwort auf deine Frage."

28. Kapitel

„Auf einer Skala von *glücklich* bis *ich kann nicht mehr aufhören zu grinsen*, wie sehr würde es dich freuen, wenn ich dir sagen würde, dass Mia dir eine Tasche zum Übernachten gepackt hat?“, fragt Oliver, als er seinen Hut auf das Armaturenbrett legt.

Nach dem Essen sind wir noch eine Weile sitzen geblieben und haben geredet, hauptsächlich über Wyatt und das Haus, und jetzt, wo wir wieder im Auto sitzen, habe ich ein bisschen Angst. Ich will auf keinen Fall, dass das Date schon vorbei ist. Wir fahren schon eine Weile, hören Musik, unterhalten uns über Filme … also fällt es mir erst auf, als er mir diese Frage stellt: Das Einzige, worüber wir noch nicht gesprochen haben, sind meine Pläne für morgen.

„Tja …“, fange ich an und muss dann lachen. „Ich glaube, du hast mir nur Wahlmöglichkeiten gelassen, über die ich lächeln muss, also … *sehr glücklich*?“

Er grinst und sieht zu mir. „Gut, denn es ist die Wahrheit, und ich entführe dich für diese Nacht. Vielleicht sogar für den Rest des Wochenendes.“

„Dir ist schon klar, dass du damit sämtliche zukünftigen Dates in den Schatten stellst, oder?“

„Stell nie einen Oberstreber infrage“, erwidert er und streicht sich seine Haare aus den Augen.

Ich lache und widerstehe dem Drang, mich vorzubeugen und ihm mit den Händen hindurchzufahren. „Deine Haare wachsen echt schnell“, sage ich stattdessen.

„Ja, das ist der Vorteil. Zu blöd, dass ich sie mir bald wieder kurz schneiden lassen und mich rasieren muss.“

„Für Vorstellungsgespräche?“, tippe ich.

„Ja, ich lasse mich erst einstellen, bevor ich mir die Haare wieder wachsen lasse. Niemand stellt gern einen Arzt mit Männerdutt ein.“

„Bis jetzt sind sie nicht mal lang genug für einen, aber zufälligerweise kenne ich eine, die Ärzte mit Männerdutt ziemlich heiß findet.“

„Ach wirklich?“ Er grinst mir zu.

„Ja, wirklich.“

„Fängt ihr Name mit E an?“

„Möglich.“

„Hat sie Angst im Dunkeln?“

„Nein“, knurre ich und sehe weg, was ihn amüsiert.

„Hasst sie zufälligerweise meine Witze?“

Meine Mundwinkel wandern nach oben, aber ich sehe weiter aus dem Fenster. „Ich kann mir nicht vorstellen, dass irgendjemand deine Witze mag.“

„Oh, doch, manche schon.“

„Oliver“, sage ich und drehe mich mit einem leidgeprüften Lächeln zu ihm. „Tut mir leid, dir das sagen zu müssen, aber sie tun nur so.“

Er sieht mich gespielt bestürzt an. „Sie tun nur so? Verstehe. Aber meinen neuesten kennst du ja noch gar nicht.“

Ich stöhne und lache gleichzeitig. „Erzähl schon.“

Er wartet, bis wir an einer roten Ampel halten müssen, dann beugt er sich zu mir, sodass sein Kinn fast auf meiner Schulter liegt. Für einen Moment vergesse ich, wie man atmet. Dann fängt er an zu reden, und seine Stimme wird so tief, dass alles in mir unter Strom steht und ich unwillkürlich die Luft anhalte. „Wenn ich ein Enzym wäre“, sagt er, und seine Lippen kitzeln mich sanft am Ohr. „Dann wäre ich DNA-Helikase“, fährt er fort und streift sanft meinen Hals entlang. Ich schließe die Augen und klammere mich an meinen Knien fest. „Dann könnte ich deinen Reißverschluss öffnen wie einen DNA-Strang.“

Er weicht zurück, und ich öffne die Augen. Mein Herz schlägt wie wild, als ich seine gierigen Augen sehe. Als sein Blick auf meinen Mund fällt, kann ich nicht länger Desinteresse heucheln. Ich ziehe ihn an mich und küsse ihn, zunächst wild, dann langsam, neckend … ein verführerischer Kuss … bei dem sich unsere Zungen nur flüchtig berühren. Er zieht sich zurück und sieht mich einen Moment erstaunt an, bevor uns ein Hupen hochschrecken lässt und er seinen Weg über die Kreuzung fortsetzt.

„Nicht schlecht, was?“, sagt er kurze Zeit später. Ich versuche immer noch, wieder zu Atem zu kommen, lecke mir über die Lippen und genieße mit geschlossenen Augen seinen Geschmack.

„Das war kein Witz. Das war eine oberstreberhafte Verführung“, hauche ich und erwidere sein Lachen.

„Oberstreberhafte Verführung“, wiederholt er, immer noch kichernd.

„Nächste Frage: Gehst du immer noch zu Dates oder machst mit Frauen rum oder tust, was immer du mit Grace tust … oder irgendeiner anderen im Krankenhaus … oder sonst wo?“

Von der Seite beobachte ich, wie er die Stirn runzelt. Als er hinter einem anderen Auto halten muss, schleudert er mir einen Blick zu. „Ich hab dir doch gesagt, dass ich das nicht mache, Elle. Glaubst du, ich würde auf einem Date bestehen, wenn ich an einer anderen interessiert wäre?“

„Keine Ahnung“, sage ich schulterzuckend. „Ich bin nicht sicher, wie du in diesem Bereich vorgehst.“

Er hebt eine Augenbraue. „Du weißt ganz genau, wie ich in diesem Bereich vorgehe.“

„Du bist im Moment also mit niemandem sonst zusammen?“, frage ich und ignoriere seine Bemerkung.

„Willst du damit sagen, dass wir zusammen sind?“

„Nein. Wie kommst du denn …“

„Du hast gesagt ‚mit niemandem *sonst*‘, was heißen würde, dass wir zusammen sind.“

„Nein, so habe ich das nicht gemeint."

Er biegt zu einem hübschen Hotel am Wasser ab und fährt vor dem Hoteldiener vor. Olivers Finger streichen über meine. „Und wenn ich will, dass es das heißt?"

Mein Herz zerspringt in meiner Brust, als der Hotelpage mir die Tür öffnet. Ich befehle meinen Füßen, sich in Bewegung zu setzen, und steige aus dem Wagen, wobei ich Mühe habe, Haltung zu bewahren. Oliver kommt mit zwei Taschen in der Hand um das Auto herum, und ich folge ihm hinein. Ich sehe mich um, inhaliere die Aromen aus dem Spa und lese, dass wir uns an der Sonoma Coast befinden. Ich kann nicht fassen, dass mir die Autofahrt so kurz vorkam – nicht, dass ich je hier oben gewesen wäre, aber ich bin schon öfter vorbeigefahren. Das ist die Gegend, in der Vic und ich normalerweise anfangen, uns zu zanken, weil die Fahrt so lange dauert. Während Oliver zur Rezeption geht, trete ich zur Seite und sehe zu, wie er mit der Dame spricht, sie über irgendwas lacht, was er sagt, und begegne seinem Blick, als er wieder auf mich zukommt. Oliver hat immer diese gewisse Ausstrahlung – diese angeborene Lockerheit. Er fügt sich in jede beliebige Gruppe von Menschen ein, weil er mit seiner offenen Art jeden miteinbezieht.

Er bewegt sich mit einer derartigen Selbstsicherheit, dass man meinen könnte, ihm gehöre die Welt. Er ist der Typ, der sich an einem Gespräch zwischen wichtigen Geschäftsleuten und Ärzten beteiligen kann, ohne dass diese je infrage stellen würden, wer er ist. Niemals würden sie darauf kommen, dass er der Kerl ist, der mit dem abgewrackten Wagen da ist und der zwei Jobs hatte, um ihn sich leisten zu können. Mit seinem Lächeln kann er jeden um den Finger wickeln, wenn er nicht aufpasst, und dazu hat er noch ein Herz aus Gold. Als er näher kommt und mir genau dieses Lächeln zuwirft, spüre ich, wie ich dahinschmelze.

„Bereit?", fragt er. Ich hake mich bei ihm unter, nicke und folge ihm zum Fahrstuhl. Mir fällt auf, dass ich ihn gar nicht gefragt habe, warum er mit mir in ein Hotel gefahren ist und was er vorhat. Irgendwas geschieht mit mir, wenn ich mit Oliver zusammen bin. Als würde die Welt um mich herum verschwimmen. Alles kann sich in Wohlgefallen auflösen, aber in seinen Armen bin ich ganz.

Als wir im Zimmer ankommen, stellt er unsere Taschen neben der Tür ab und wartet, bis ich es erkundet habe. Es ist ein ziemlich großes Zimmer, mit einem Doppelbett und einer Sitzbank am Fenster. Übergroße Luxussofas und ein Kamin an der Seite bilden das Wohnzimmer. Ich gehe zum Fenster, nehme auf der gepolsterten Bank Platz und berühre mit der Hand die kalte Scheibe. Oliver hat nichts gesagt, seit wir den Raum betreten haben, und als ich mich umdrehe, sehe ich, wie er an die Wand gelehnt auf der anderen Seite des Bettes steht, die Beine gekreuzt, die Hände in den Taschen seiner Jeans, den Hut leicht ins Gesicht geschoben, und darunter lugen seine Haare hervor. Was ich von seinen grünen Augen erkennen kann, lässt meinen Magen Purzelbäume schlagen.

„Warum stehst du denn da so weit weg?", frage ich und lache nervös.

„Ich mache mir etwas Sorgen, was passiert, wenn ich näher komme", sagt er, und ich atme scharf ein.

„Vielleicht will ich ja, dass genau das passiert."

Er schüttelt den Kopf und hält ein Lächeln zurück. „Ich hätte das vielleicht früher sagen sollen, aber ich habe nicht vor, hier mehr zu machen als, na ja, zu schlafen." Ich mache den Mund auf, um etwas zu sagen, halte mich aber davon ab und warte, dass er fortfährt. „Das gehört immer noch zu unserem Date. Morgen die Weinberge. Letztes Mal kamen wir ja nicht dazu."

Ich stehe auf und gehe zu ihm hinüber, bleibe stehen, als sich unsere Zehen schon fast berühren, und blicke zu ihm auf. Ich hebe die Hand, nehme ihm den Hut ab und werfe ihn neben dem Kamin auf den Boden. „Was, wenn ich mehr machen will, als nur zu schlafen?"

Sein Blick verdunkelt sich. Langsam zeichnet sich ein Lächeln auf seinem Gesicht ab, als er die Hand nach mir ausstreckt und zärtlich meine Wange streichelt. „Ich will diesmal alles richtig machen, Elle. Ich will dich nicht drängen. Ich will nicht, dass du morgen aufwachst und irgendwas bereust, was wir heute Nacht machen."

„Werde ich nicht", flüstere ich und schmiege mich in seine Berührung.

„Das letzte Mal, als wir miteinander geschlafen haben, habe ich dich dabei angetroffen, wie du über ein Hemd geweint hast", sagt er mit sanfter und leicht gequälter Stimme.

„Das war was anderes."

„Inwiefern?", fragt er, stößt sich von der Wand ab und umfasst mein Gesicht. „Sag mir, inwiefern das was anderes war, denn wenn heute Nacht etwas passiert, wird es so viel mehr sein als nur Berührungen. Das ist dir doch klar, oder? Und ich meine das nicht nur auf körperlicher Ebene. Selbst wenn wir uns nur berühren oder küssen, wird es mehr sein, und ich will nicht, dass du aufwachst und das Gefühl hast, als würdest du die Erinnerung an ihn betrügen oder ihn hintergehen."

Ich mache die Augen zu, weil ich seinen verständnisvollen Blick nicht sehen kann, die Liebe, die ich darin erkenne. Er hat recht. Ich weiß es, und ich weiß, dass er es nicht verdient, etwas zu sein, was ich bereue. Aber bisher habe ich noch nie irgendetwas bereut, was mit Oliver zu tun hatte. Selbst wenn es wehtat … selbst, als er mich verlassen hat. Selbst als er zurückkam und die Wunde wieder aufriss, habe ich es nie bereut, weil ich ihn liebte. Wyatt war vielleicht nicht der verständnisvollste Mann – und vielleicht waren seine Methoden, mir über gewisse Dinge hinwegzuhelfen, nicht perfekt –, aber er hat mich die Liebe als das begreifen lassen, was sie ist. Das ist der kleine Slogan, mit dem ich meine zerbrochenen Herzen losschicke. Wyatt war derjenige, der mir die Augen dafür geöffnet hat, aber Oliver war der Grund für die Herzen und die Sprüche. Er war derjenige, den ich zuerst liebte. Er war es, der mir das Herz zuerst gebrochen hat, und jetzt ist er wieder da. Für wie lange diesmal, frage ich mich. Spielt es eine Rolle? Mein Herz blutet.

Als ich die Augen wieder aufmache, sieht Oliver mich an, als rechne er damit, dass ich jeden Moment die Flucht ergreife. Ich schlinge die Arme um seinen Hals, recke mich empor und küsse sein stoppeliges Kinn, seinen starken Kiefer und wandere dann hinauf zu seiner Ohrmuschel.

„Das zwischen uns hat nichts mit jenem Teil meines Lebens zu tun. Wir leben in einer eigenen Galaxie“, flüstere ich und küsse sein Ohrläppchen. Ich lächele, als sein Atem schneller wird. „An der Stürme vorbeiziehen, wo das Licht sich verliert und alles aufhört zu existieren, außer uns.“

Mit seinen Hände umfasst er meine Taille und schiebt mich sanft zurück. „Ich hatte geplant, dass ich in dieser Nacht meine Hände bei mir behalten und notfalls auf dem Sofa schlafen würde, und dann sagst du solche Sachen und machst all meine guten Vorsätze zunichte – wie nur du es kannst.“ Er senkt sein Gesicht und küsst mich auf den Hals, einmal, zweimal, dreimal … zarte, feuchte Küsse … bevor er sich zurücklehnt und seine Augen wieder auf meine heftet. „Du lässt mich in dir verlieren, Elle. Wie du mich ansiehst, wie du mich berührst …“ Er beendet seinen Satz nicht, sondern führt stattdessen seine Lippen hinab zu meinen, um sich mit ihnen zu einem langen, langsamen Kuss zu vereinen. Während unsere Herzen Brust an Brust schlagen und unsere Zungen einen langsamen, sinnlichen Mambo miteinander tanzen, verschwindet alles andere allmählich.

Olivers Hände wandern meinen Körper hinunter, bis sie den Saum meines Kleides erreichen. Ohne unseren Kuss zu unterbrechen, zieht er es mir herunter, während ich sein Hemd aufknöpfe und ihm helfe, es abzustreifen. Obwohl es nicht *so* lang her ist, seit wir das letzte Mal was miteinander hatten, habe ich das Gefühl, seinen Körper seit einer Ewigkeit nicht mehr gesehen zu haben. Mein Blick wandert von seinem Gesicht auf seine Brust. Meine Hände zeichnen jeden Muskel nach, jede Kontur und jede Linie dieses schönen Mannes vor mir. Meine Finger erreichen den Bund seiner Jeans, und ich fange an, seinen Gürtel zu öffnen. Als ich meine Augen wieder anhebe, bemerke ich, wie er mich beobachtet. Ein ekstatischer Ausdruck liegt auf seinem Gesicht, während ich meine Hand in seinen Boxershorts versenke, ihn prüfend in die Hand nehme und anfange, ihn zu streicheln. Scharf zieht er die Luft zwischen seinen Zähnen ein.

„Elle“, sagt er mit einem heiseren Flüstern, als ich vor ihm auf die Knie gehe. Er streift seine Schuhe ab, und ich helfe ihm, aus seiner Jeans zu schlüpfen, aus seinen Boxershorts, seinen Socken ... und bringe mein Gesicht auf eine Höhe mit seinem Glied. Ich beuge mich vor und verteile zarte, feuchte Küsse auf seinem Bauch und lächele dabei, als sich seine Muskeln anspannen. Ich arbeite mich nach unten, lecke über jede Seite des „V“s, das sich an seinen Hüften abzeichnet, bis ich bei dem ankomme, was mich lockt. Meine Zunge gleitet über seinen Schaft, er stöhnt und greift mit einer Hand in mein Haar. Ich wiederhole die Bewegung zu beiden Seiten, während ich seine Hoden in der Hand halte. Wieder stöhnt er, diesmal lauter, als ich alles von ihm in den Mund nehme, was geht.

„Elle“, sagt Oliver wieder mit tiefer, kehliger Stimme. Ich blicke auf und begegne seinem Schlafzimmerblick. Ein Schauder überläuft mich, als seine Hände mein Haar zurückstreichen, aus meinem Gesicht, und er auf mich hinabblickt. Er packt mich an den Schultern und drückt mich nach hinten, bis er mit einem Ploppen komplett aus meinem Mund rutscht, dann zieht er mich nach oben, sodass wir Brust an Brust stehen und seine Nase auf meiner Stirn ruht.

„Was du mit mir machst, Elle“, flüstert er ganz nah an mir, während ich an seiner Brust atme, „ist unbeschreiblich.“ Er gibt mir einen Kuss auf die Stirn und schiebt mich rückwärts, bis ich gezwungen bin, mich auf das Bett zu setzen. Er lässt sich Zeit, meinen BH zu öffnen, und streift ihn mir dann über die Schultern. Auch meinen Slip zieht er meine Schenkel hinunter, bis er mit dem Rest unserer Klamotten auf dem Fußboden liegt. Er tritt einen Schritt zurück und sieht mich an – sieht mich wirklich an. Sein Blick hinterlässt eine Spur der Hitze auf jedem Quadratzentimeter meiner Haut, über den er gleitet, dann gibt er ein Lachen von sich. „Zum vielleicht zweiten Mal in meinem Leben weiß ich nicht, wo ich anfangen soll", murmelt er, kniet sich vor mich und spreizt meine Beine auseinander. Zuerst küsst er mein Knie, arbeitet sich dann meinen Oberschenkel hinauf, bis er mein Becken erreicht, über den Haarflaum dort streift und sich dann meinen Bauch hinaufküsst. Als er zu meiner rechten Brust gelangt, hält er inne und sieht mich über die Spitze meiner Brustwarze hinweg an.

„Ich kann dir nicht sagen, wie oft ich davon geträumt habe, das hier wieder zu tun", sagt er und fährt mit der Unterseite seiner Zunge darüber. Ich ringe nach Atem. Meine Hand schnellt vor, um ihn an den Schultern zu packen, als er es erneut tut. Er bläst zart über meine kleine Knospe, und der Mix aus heiß und kalt lässt mich erzittern. Er bewegt sein Gesicht zu meiner anderen Brust, und ich zittere wieder, diesmal weil sein Kinn über meine Haut kratzt. Sein Mund schließt sich über meiner Brustwarze und saugt sie ein. Während er etwas zurückweicht und sanft darauf pustet, bearbeitet er mit der Hand die andere. Mein Körper fühlt sich an, als stünde er in Flammen, kurz vorm Verbrennen, dabei hat er sich bisher nur bei meinen Brüsten aufgehalten.

Als hätte er meine Gedanken gehört, sieht Oliver mich an und lässt ein süffisantes Lächeln aufblitzen, ehe er sich auf den Weg weiter nach unten begibt. Als er die Innenseiten meiner Oberschenkel erreicht, spreizt er diese sanft, hält sie mit den Händen auseinander und drückt leicht zu, während er sein Gesicht in meinem Schritt versenkt. Seine Zunge kommt hervor und kostet mich – nur eine kleine Kostprobe –, und er stöhnt, wobei ich die Vibration seines Mundes spüre. Meine Hände, die jetzt schon zittern, finden seine Haare und ziehen leicht daran, während ich ihm mein Becken bedeutungsvoll entgegenrecke. Mit einem Griff nach meinen Knien bringt er meine Bewegung zum Stillstand und hebt den Blick zu meinem. Die Eindringlichkeit darin ist so nackt und rein, dass ich spüre, wie mein Magen aufgewühlt wird. In seinen Augen entdecke ich unsere Vergangenheit und unsere fragwürdige Zukunft. Darin steht die Traurigkeit verlorener Jahre geschrieben, das quälende Verlangen von Millionen von Was-wäre-Wenns und die Möglichkeit dessen, was sein könnte. Ich versuche wegzusehen … versuche, die Augen zu schließen und die Leidenschaft, mit der seine grünen Augen mich durchbohren, auszusperren, weil ich nicht zugeben will, dass ich Angst habe. Ich will mich nicht öffnen und zugeben, dass er immer noch fähig ist, mich zu zerschmettern – mich komplett zu zerstören.

Erneut spüre ich seinen Mund auf mir, und bei mir setzt alles Denken aus … sämtliche Vernunft … Ich explodiere unter dem Spiel seiner Zunge. Am Ende schließe ich die Augen und stöhne seinen Namen, während mein Rücken sich vom Bett emporwölbt und ich von einem Orgasmus geschüttelt werde. Oliver haucht Küsse auf meinen ganzen Körper und wandert wieder hinauf. Ich öffne die Augen, und er schwebt über mir, die Arme rechts und links von mir aufgestützt, und sieht mich eine Ewigkeit einfach nur an, wobei seine Augen die meinen suchen. Meine Hand bewegt sich zwischen uns. Sein Körper erbebt, als ich sie um seinen Schwanz schließe, zupacke und dann langsam auf und ab gleite, auf und ab, bis er heftig atmet.

„Wir sollten vielleicht ein Kondom nehmen“, sagt er, und seine Augen blicken zwischen meinen hin und her. Ich schüttele den Kopf, fasse mit der anderen Hand seinen Nacken und ziehe sein Gesicht zu mir.

„Kein Kondom“, flüstere ich an seinen Lippen. Er rührt sich nicht, und für einen Moment frage ich mich, ob er lieber eins benutzen würde. Vielleicht bereut er, dass er das vor Jahren nicht getan hat.

„Elle“, raunt er und stößt die Luft aus. Ich bin sicher, dass er jeden Augenblick von mir heruntersteigt und nach einem Kondom greift, aber stattdessen schlingt er mir einen Arm um den Rücken, zieht mich zu sich und lässt sich zwischen meinen Beinen nieder. Langsam und vorsichtig dringt er in mich hinein und gibt meinem Körper Zeit, sich an seinen Umfang anzupassen. Ich keuche, als ich ihn in mir pulsieren spüre. Er hält inne, um seinerseits Luft zu holen, und lacht leise.

„Meine schöne, kleine Elle“, sagt er an meinem Hals. Das Lächeln in seiner Stimme bringt mich ebenfalls zum Lächeln. „Du fühlst dich so verdammt gut um mich herum an, das kannst du dir gar nicht vorstellen.“ Ich drücke meinen Rücken durch und dränge ihn, weiterzumachen, denn ich kann es mir sehr wohl vorstellen. Sehr gut sogar. Er bewegt sich wieder, und diesmal hält er nicht inne, sondern verlegt sich auf lange, tiefe Stöße. „Du ... verschlingst mich einfach“, knurrt er und bewegt sich schneller. Seine Stöße werden härter, als fordere er seinen Anspruch auf mich, auf uns ein.

„Denkst du manchmal an das hier?“, fragt er, und seine Stimme bewegt sich irgendwo zwischen einem Keuchen und einem Knurren, als er unsere Position so verändert, dass mein Bein über seiner Schulter liegt und er noch tiefer in mich eindringen kann. Ich schreie auf und nicke dabei. „Erzähl mir davon“, fordert er. Oliver zieht sich zurück, um erst auf die Stelle zu blicken, wo wir miteinander verbunden sind, und dann in mein Gesicht, wo er mit Sicherheit mein Verlangen nach ihm sehen kann.

„Ich berühre mich und denke dabei an dich“, gebe ich leise zu, ohne seinem Blick auszuweichen. Er stöhnt und hört auf, sich zu bewegen, schließt die Augen, als konzentriere er sich. „Ich stelle mir vor, wie du mich nimmst, wenn du oben bist, so wie jetzt“, fahre ich fort und hebe ihm mein Becken entgegen. „Und manchmal von hinten.“

Oliver reißt die Augen auf, und ich wimmere, als er langsam aus mir herausgleitet, um dann wieder hart und schnell zuzustoßen. Meine Zehen verkrampfen sich, und alles verschwimmt vor meinen Augen, als ich seinen Hintern umklammere, damit er schneller macht. Ich kann mich gerade noch zurückhalten, laut aufzuschreien, weil ich so überwältigt von der emotionalen Achterbahnfahrt bin.

„Bitte …", flehe ich geradezu. „Bitte, bitte, bitte, beweg dich weiter so schnell."

Er grinst, langsam und breit, und tut gerade mal vier Stöße lang, was ich sage.

Ich kneife die Augen zu. „Bitte, bitte, bitte. Mach einfach … schneller … härter …"

Aber Oliver hat andere Pläne. Er beugt sich hinunter, spreizt meine Beine noch weiter auseinander und küsst meine Wade, die auf seiner Brust ruht. Er reibt mit dem Gesicht über die zarte Haut dort, und seine Lippen bewegen sich auf und ab, passend zum sanften, langsamen und harten Rhythmus seiner Hüften.

„Ich will, dass das hier niemals endet", sagt er und beißt in die Innenseite meines Schenkels. „Ich will für immer in dir bleiben." Währenddessen spielt seine Hand an meiner Brustwarze, und sein Schwanz stößt immer härter zu, wodurch sich ein neuer Orgasmus in mir anbahnt und ich nicht mehr denken kann. Er lässt mein Bein fallen und legt sich wieder auf mich, seine Brust über meiner, sodass das Einzige, was ich sehen kann, sein Gesicht ist. Ich weiß nicht, was er in meinen Augen zu finden hofft, aber ich habe das Gefühl, dass er tief in meiner Seele bohrt, so als durchstöbere er eine Kiste mit Fundsachen nach etwas, das er verloren hat. Als ich gerade den Mund aufmachen will, um etwas zu sagen, durchfährt mich ein Orgasmus, und ich schreie stattdessen seinen Namen. Wie aufs Stichwort keucht auch er meinen Namen, und seine Augen schließen sich vor Überwältigung. Oliver stößt einen langen Atemzug aus, und als er seine Augen wieder aufschlägt, hat er dieses trottelige, schiefe Lächeln im Gesicht, das ich schon immer geliebt habe. Es gibt mir das Gefühl, dass er gefunden hat, wonach er suchte.

Wir liegen nackt im Bett, sehen einander an, seine Hand streift träge über meine Taille und meine über seine Brust. Ich habe mich schon immer treiben lassen, was Beziehungen angeht. Mich nie gefragt, wo sie hinführen würden – ich habe mir nie genug daraus gemacht, als dass es mich gekümmert hätte. Aber hier neben Oliver zu liegen lässt mich über die Zukunft nachdenken. Es lässt mich auf die Zukunft *hoffen*. Und auch wenn ich mir gesagt habe, dass das hier nur ein Date ist, kann ich nichts gegen die Blase an Möglichkeiten tun, die in meinem Kopf wächst.

„Was denkst du?“, flüstere ich. Er zieht mein Gesicht an seine Brust und küsst mich dann auf den Scheitel.

„Ich denke, dass das hier das beste Date ist, das ich je hatte.“

Ich lächele. „Wirklich?“

„Ja, wirklich.“

„Dir ist schon klar, dass du total geschummelt hast, oder? Ein Date heißt ein Date, und du hast es so geplant, dass zwei daraus werden.“

Er lacht in sich hinein. „Ich hab dir ja gesagt, dass ich nicht gut bin, was Regeln angeht.“

„Gott sei Dank“, sage ich und gähne ihn an.

Ich schlafe in seinen Armen ein, und obwohl ich mich auf den Rest unseres Dates morgen freue, fürchtet ein Teil von mir sich davor, dieses Zimmer zu verlassen und sich der Realität zu stellen.

29. Kapitel

Als ich aufwache, ist mir extrem warm, als läge ich unter einer Heizdecke, die auf höchste Stufe eingestellt ist.

Als ich die Augen aufmache, stelle ich fest, dass die Decke Oliver ist. Unsere Körper sind derart ineinander verschlungen, dass ich sicher bin, dass man auf einem Gemälde, das diesen Moment festhielte, Schwierigkeiten hätte zu erkennen, welche Gliedmaßen wem gehören. Mein Blick wandert von seiner Brust zu seinem zerzausten Haar hinauf und genießt dabei alles, was dazwischen liegt. Ich seufze zufrieden. Oliver blinzelt und öffnet schließlich die Lider, und als seine verschlafenen grünen Augen meine finden, wird mir die Ehre eines atemberaubenden Lächelns zuteil, das in meinem Bauch ein wahres Feuerwerk entzündet.

„Hey“, flüstert er mit einer sexy Reibeisenstimme, die mein Verlangen noch weiter anfacht.

Ich lächele und bin plötzlich irgendwie schüchtern. „Hey.“

Er nimmt seine Hand von meiner Taille und fährt mir mit den Fingern durchs Haar, wobei er mir lange Strähnen aus dem Gesicht streicht. Langsam beugt er sich vor und berührt mit seinen weichen Lippen leicht die meinen. Zarte, kleine Bisse sorgen dafür, dass meine Augenlider sich flatternd schließen. Ich lasse ein Stöhnen erklingen, als seine Zunge über meine gleitet, sanft um sie herumkreist und einen verführerischen Tanz einleitet, der meinen Atem beschleunigt. Oliver unterbricht den Kuss mit denselben zarten Bissen, mit denen er ihn begonnen hat, und fährt mit seinem Mund meinen Hals hinunter, meine Brust, meinen Bauch …

Meine Hände fliegen zu seinen Haaren und greifen hinein, als er meine Klitoris erreicht und sanft daran zu saugen beginnt.

Oliver fährt hart mit der Zunge darüber, und schon habe ich deren Rendezvous von letzter Nacht wieder in lebhafter Erinnerung. Ich packe noch fester zu, und als mein Kopf zur Seite fällt, schnappe ich nicht nur wegen der Uhrzeit, sondern auch wegen des Gefühls seiner Finger in mir nach Luft.

„Wir kommen zu spät“, sage ich und schnappe erneut nach Luft, als seine Hände nach oben greifen, meine Brüste umfassen und meine Brustwarzen umspielen.

„Ich sorge dafür, dass es sich lohnt“, murmelt er dicht an mir und saugt noch fester.

„Oliver!“ Sein Name ist ein kehliges Stöhnen.

„Estelle“, antwortet er und streichelt weiter meine Brustwarzen, während seine Zunge meine Klitoris umkreist.

„Oh Gott.“

„Mmmm“, stöhnt er, während er sein Zungenspiel beschleunigt.

Mein Rücken wölbt sich, als mich eine Hitzewelle durchdringt. Er bewegt sich wieder meinen Körper hinauf, wobei er offene, nasse Küsse auf dem Weg zurücklässt, und positioniert die Spitze seines Schwanzes vor meinem Eingang. Als ich die Augen aufschlage, sehe ich, wie er auf mich hinabblickt, die Augen vor Verlangen halb geschlossen. Er leckt sich langsam über die Unterlippe und beißt leicht darauf, während er beginnt, sich mit einem bedächtigen Stoß in mich zu schieben.

„So sollte jeder Morgen für uns beginnen“, keucht er, als er ganz in mir ist. Es fühlt sich wahnsinnig gut an, wie er mich so ausfüllt. Und dann fängt er an, sich zu bewegen, und mit jedem Stoß spüre ich, wie ich falle, mit jedem Moment, in dem seine grünen Augen auf meine gerichtet bleiben, und mit jeder Falte, die sich zwischen seinen Augenbrauen bildet, während er mir das Gefühl gibt, die schönste Frau auf der ganzen Welt zu sein. Ja, so sollte jeder Morgen für uns beginnen, denke ich. So hätten sie schon früher sein können, aber ich glaube nicht, dass ich es überlebt hätte, wenn er mich dann verlassen hätte.

***

„Wie hat er dir den Antrag gemacht?“, fragt Oliver später, nachdem wir so viel Wein probiert haben, dass man zwei Flaschen damit hätte füllen können.

Den ganzen Tag lang haben wir uns gegenseitig Fragen gestellt. Es begann als Spiel – bei dem derjenige, der eine Frage nicht beantworten wollte, ein Glas leeren musste –, aber wir ließen nie locker, bis wir dann trotzdem antworteten, also beendeten wir das Spiel und machten so mit den Fragen weiter.

Ich nehme einen großen Schluck Wein. Diesmal lacht er nicht, denn diese Frage zu stellen ist für ihn ebenso schwer, wie sie für mich zu beantworten ist. „Es war an dem Tag, als wir den Laden für die Galerie bekamen. Wir feierten zu Hause mit ein paar Freunden. Dallas und Micah waren auch da“, erzähle ich und warte kurz ab, bis er durch ein Nicken bestätigt, dass die Namen ihm etwas sagen, dann fahre ich fort. „Wir waren also zu Hause, tranken … die Jungs erzählten Witze, und die Mädchen lachten die ganze Zeit … und plötzlich geht er vor mir auf ein Knie und macht mir einen Antrag, einfach so.“ Ich zucke mit den Schultern, als ich mich erinnere, und lächele traurig. Ich weiß noch, wie aufgeregt ich deswegen war. Ich vergoss keine Freudentränen. Ich war auch nicht völlig überwältigt, aber so, so glücklich.

Oliver nimmt mein leeres Glas und stellt es neben seins, dann nimmt er unser kleines Tablett mit Weintrauben und Käse, und wir gehen weiter über das Weingut. „War es so, wie du es dir erhofft hattest?“, fragt er. Ich blicke auf, um sein Gesicht zu sehen. Er wirkt nicht böse oder eifersüchtig, nur neugierig.

„Vor diesem Abend hatte ich nie so richtig darüber nachgedacht“, sage ich schulterzuckend. „Unsere Beziehung war irgendwie … keine Ahnung. Ich dachte einfach nie daran, dass wir uns verloben oder heiraten würden. Wir lebten zusammen und alles, also hätte man gedacht, es wäre der nächste logische

Schritt gewesen, aber eigentlich habe ich nie …" Ich habe es nie erwartet. Ich brauchte es nie. Ich wollte es nie, bis zu dem Tag, als er mich gefragt hat, und dann wollte ich plötzlich alles. Doch das spreche ich nicht aus, darüber möchte ich jetzt nicht sprechen.

„Bist du froh, dass ihr es gemacht habt? Dass ihr euch verlobt habt und zusammengezogen seid?"

Dieses Mal bleiben wir stehen. Ich neige den Kopf so, dass ich ihn ansehen kann, auch wenn seine Augen in die Ferne blicken. Jedes Mal, wenn ich ihn anschaue, selbst jetzt, habe ich das Gefühl, dass mein Herz mit einem Elektroschocker traktiert wird. Ich muss mir selbst ins Gedächtnis rufen, dass dieser Mann – der eine, den ich immer wollte – wirklich hier mit mir zusammen ist.

„Ja, bin ich", antworte ich, denn es ist wahr. Ich habe ihn geliebt, und ich bereue nicht einen einzigen Augenblick, den ich mit Wyatt verbracht habe.

Oliver nickt und steckt sich eine Traube in den Mund. Als er mich nicht ansieht, strecke ich die Hand nach ihm aus und schiebe sie unter seinen Bizeps, weil ich ihn berühren und mich vergewissern muss, ob zwischen uns noch alles in Ordnung ist. Sein Blick begegnet meinem, und seine Mundwinkel ziehen sich zu einem Lächeln nach oben, das irgendwie bedauernd wirkt.

„Tut mir leid. Ich will keine Spaßbremse sein. Das war nur etwas schwerer zu verdauen, als ich dachte."

Ich recke mich und fahre mit einer Hand durch sein dichtes Haar. Mit geschlossenen Augen beugt er sich meiner Berührung entgegen, und seine Nasenlöcher weiten sich leicht, als er tief einatmet.

„Warum habt ihr nicht geheiratet? Ihr wart lange verlobt", sagt er, immer noch mit geschlossenen Augen. Meine Hand erstarrt in seinem Haar. Als ich sie sinken lasse und einen Schritt zurücktrete, macht er die Augen wieder auf, und wir sehen einander eine gefühlte Ewigkeit in die Augen, bevor ich antworte.

„Darüber haben wir nie gesprochen“, gestehe ich, und meine Stimme ist nur ein Flüstern. Ich weiche seinem eindringlichen Blick aus. Ich kann nicht anders. Die einzige andere Person, mit der ich darüber gesprochen habe, ist Mia, und obwohl sie mir die Hand gehalten und mich auf den Kopf geküsst hat, konnte ich die Kritik und das Mitgefühl in ihren Augen sehen. Ich wusste, dass sie dasselbe dachte wie ich, aber wir haben beide nicht gewagt, es auszusprechen. Es ist so, dass wir glücklich waren, Wyatt und ich. Wir stritten uns wie jedes andere Paar, aber die meiste Zeit waren wir glücklich. Das Leben mit ihm war bequem, und ich wollte die größeren Dinge eigentlich nie infrage stellen, aus Furcht, dass dies das Ende unserer Beziehung bedeuten könnte. Ich dachte mir, dass wir uns den Problemen stellen würden, wenn wir an die entsprechenden Punkte in unserem gemeinsamen Leben kommen würden.

„Niemals?“, fragt Oliver, und ich kann sein Stirnrunzeln förmlich hören.

Ich schüttele den Kopf.

„Erzähl mir mehr“, bittet er, und so, wie er es sagt, würde ich ihm am liebsten alles erzählen, denn in seiner Stimme liegt Verständnis und eine Traurigkeit, die nur aus echtem Begreifen entstehen kann.

„Er wollte keine Kinder“, sage ich immer noch flüsternd, als wäre es ein großes Geheimnis, das ich vor aller Welt hüte, und ich denke, eine Zeit lang war es auch so. „Oder zumindest nicht mit mir. Da bin ich mir wirklich nicht so sicher.“

Olivers Hand findet meine, und schließlich drehe ich mich zu ihm. Ich bereue es sofort, denn sein Blick bringt mich fast zum Weinen. „Mit dir keine Kinder zu wollen ist Quatsch. Wahrscheinlich wollte er generell keine. Manche wollen eben keine Kinder.“ Als ich nichts sage, drückt er meine Hand. „Du wirst eines Tages eine fantastische Mutter werden, Elle.“ Er beugt sich hinunter und küsst sanft meine Lippen. Es ist kein langer, andauernder Kuss, reicht aber, um mich am ganzen Körper zu wärmen.

„Ist ja auch egal“, hauche ich, während ich in das Schälchen mit Käse greife und mir einen Würfel davon in den Mund stecke. „Du bist dran ... Wie lang bist du normalerweise mit einer Frau zusammen, bevor sich eure Wege wieder trennen?“

Um seinen Mund zuckt es, und ich kann sehen, dass er sich bemüht, nicht zu lachen. „Kommt darauf an.“

„Auf die Frau?“

„Ja, und die Situation.“

„Was war die längste Zeit, die du geblieben bist? Ich weiß nicht genau, ob ich fragen sollte: *Was war die längste Beziehung, die du hattest?*, weil ich weiß, dass du es nicht so nennst.“ Ich weiche seinem Blick aus, als ich merke, wie ich rot werde. Das ist noch peinlicher als seine Fragen nach Wyatt.

Oliver schmunzelt. „Die längste Zeit, die ich geblieben bin ...“ Meine Augen treffen seine, als er laut seufzt. „Wahrscheinlich zwei Monate, plus, minus.“

„Mehr nicht?“

Er lächelt und fährt mir mit den Daumen über die Augenbrauen, um meine gerunzelte Stirn zu glätten. „Ich hatte eine Liebesbeziehung mit meinem Studium. Du weißt, dass das für mich immer oberste Priorität hatte.“

Seufzend schlinge ich die Arme um seinen Oberkörper und vergrabe mein Gesicht an seiner festen Brust. „Danke. Dieses Date bedeutet mir alles. Ganz ehrlich.“ An meinem Gesicht spüre ich, wie sich seine Bauchmuskeln zusammenziehen, und höre ihn tief Luft holen.

„Danke, dass ich dich entführen durfte.“

Lächelnd hebe ich den Kopf und stütze mein Kinn auf seiner Brust ab, während er auf mich herunterblickt. „Du darfst mich jederzeit wieder entführen.“

Sein ganzes Gesicht erstrahlt, als er mich anlächelt, seine

Grübchen zwinkern mir zu, und seine Augen funkeln. Es kommt mir vor wie Geburtstag und Weihnachten, alles zusammen in ein wunderschönes Gesicht gepackt.

„Könnte gut sein, dass ich das werde“, sagt er mit vielversprechender, tiefer Stimme.

30. Kapitel

Ich wische mir die Hände an einem Geschirrtuch ab, um die SMS zu lesen, die gerade von Oliver gekommen ist.

Komm raus.

Ich runzele die Stirn und werfe einen Blick über die Schulter durch die offene Hintertür, wo mein Bruder steht. Ich kann nicht erkennen, was er macht, aber ich bin ziemlich sicher, dass es irgendwas mit seinem Surfbrett zu tun hat. Ich gehe zur Vordertür des Hauses, spähe durch den Spion und muss lächeln, als ich auf der anderen Seite Oliver erblicke, die Hände in den Vordertaschen seiner Jeans. Er trägt ein grau kariertes Hemd und eine passende Beanie, die er sich so tief ins Gesicht gezogen hat, dass die Spitzen seines dunkelblonden Haars seinen Hemdkragen berühren. Ich mache die Tür auf und lehne mich dagegen, den Türgriff in der Hand, während er mich langsam von oben bis unten mustert. Wie immer hinterlassen seine Augen auf ihrer Reise über meinen Körper eine Hitzespur.

„Du siehst süß aus", sage ich und lache, als er eine Augenbraue hebt.

„Süß?"

„Süß ist ein Kompliment."

„Für einen Vierjährigen vielleicht", sagt er und tritt vor, um mir meinen Platz auf der Türschwelle streitig zu machen.

Ich lächele. „Nö. Das Wort passt in jedem Alter. Du kannst selbst mit achtzig noch süß sein."

Einer seiner Mundwinkel zieht sich langsam nach oben, als er sich zu mir beugt, die Arme über mich streckt, sodass er sich oben am Türrahmen festklammern kann und seine Brust bündig mit meiner ist. Ich erhasche einen Blick auf seinen gebräunten Bauch, der unter seinem Hemd hervorlugt, und strecke die Hand danach aus, um ihn zu berühren. Er vergräbt sein Gesicht an meinem Hals, küsst mich dort und zischt, als ich fester zugreife.

„Ich zeig dir gleich, wie süß ich bin", droht er mit tiefer und rauer Stimme. Lächelnd werfe ich den Kopf in den Nacken. „Wo ist dein Bruder?", fragt er, während sich seine Lippen von meinem Hals zu meiner Schulter bewegen.

„Draußen hinterm Haus", flüstere ich und schließe die Augen, als ich gegen ihn drücke.

„Lass uns irgendwo hingehen."

Ich beiße mir auf die Lippe, um ein Stöhnen zu erdrücken, als er mit seiner Zunge über mein Schlüsselbein fährt. „Wohin denn?"

„Egal wohin. Zum Strand, zum Pier, Sushi essen … wohin du willst." Er küsst sich meinen Kiefer entlang und meine Wange hinauf.

„Du hasst doch Sushi", sage ich und mache die Augen auf, um ihn anzuschauen. Er lässt die Hände von der Tür sinken, richtet sich auf und streift zart mit dem Handrücken über mein Gesicht.

„Ich kann ja Tempura nehmen."

„Okay. Ich sag Vic, dass ich weggehe."

Oliver tritt zur Seite und bedeutet mir, vorzugehen.

„Was macht er überhaupt?", fragt er, als wir an der Hintertür ankommen.

„Weiß nicht genau. Ich glaube, seine Surfbretter sauber machen."

„Wachsen", korrigiert Victor mich, und ich fahre zusammen. „Warum bist du eigentlich in letzter Zeit so schreckhaft?"

„Ich bin nicht schreckhaft", protestiere ich und schlucke, um meinen rasenden Herzschlag im Zaum zu halten.

„Bist du wohl." Er zieht eine Augenbraue hoch und streicht sich durchs Haar. „Was geht ab, Mann?", sagt er zu Oliver.

„Nicht viel. Hab heute frei."

„Überrascht mich, dass du nicht schläfst", sagt Victor und widmet sich wieder seinem Surfbrett.

„Nö. Ich wollte den Tag ausnutzen. Estelle und ich gehen Sushi essen. Willst du mitkommen?"

Victors Hände an seinem Board kommen zum Stillstand, er sieht auf, und seine Augen verengen sich zu Schlitzen, als er zwischen Oliver und mir hin und her blickt. „Nein, danke", antwortet er, sieht wieder auf sein Board und dann wieder zu uns. Ich bin mir ziemlich sicher, dass er von dort, wo er sitzt, mein Herz hämmern hören kann. Ich mache mich auf die unvermeidliche Frage gefasst, als er den Mund aufmacht. „Du wirst nie wieder auf den Dating-Zug aufspringen, wenn du ständig mit Oliver rumhängst. Das ist dir schon klar, oder?"

„Wie oft willst du eigentlich noch über dieselbe Stelle wachsen?", frage ich, drehe ihm den Rücken zu und gehe wieder ins Haus, um meinen Ärger zu verbergen.

„Das ist ein anderes Board", ruft er mir hinterher.

„Ist es nicht. Ich habe noch nie jemanden so oft immer wieder dasselbe Board wachsen sehen wie dich", rufe ich zurück.

Ich höre, wie Oliver sich verabschiedet, bevor er wieder reingeht, und kurz darauf spüre ich ihn hinter mir. „Manche Leute wissen einfach nicht, wie man ein Board richtig wachst", murmelt er, und sein Atem kitzelt mich im Nacken.

„Du etwa?" Ich lächele ihm über die Schulter hinweg zu.

Er beugt sich vor und gibt mir einen flüchtigen Kuss auf den Mund. „Wie wär's, wenn ich es dir zeige", raunt er mir ins Ohr.

„Was hast du im Sinn?", frage ich, als wir aus der Haustür treten und zu seinem Auto gehen.

„Lass uns das Sushi mitnehmen und ein Picknick am Strand machen."

„Der Plan gefällt mir."

„Ich liebe diesen Plan“, sagt er und drückt mir einen Kuss auf die Wange, bevor er die Arme sinken lässt und die Tür für mich öffnet.

Er bestellt uns Essen, sieht mich jedes Mal an und wartet auf meine Zustimmung, wenn er eine Sushi-Variante nennt, von der er glaubt, dass ich sie vielleicht mag. Als er aufgelegt hat, schweigen wir lange, bis er wieder das Wort ergreift.

„Ich glaube, wir sollten es ihm sagen“, meint er schließlich und verschränkt seine Finger mit meinen. Mein Herz droht mir bei seinem Vorschlag aus der Brust zu springen.

„Und was sollen wir ihm sagen?“

„Dass wir zusammen sind.“

„Wir sind zusammen?“, frage ich leise und muss bei dem Gedanken lächeln.

Oliver lacht und lässt meine Hand los, um mein Kinn zu umfassen. „Etwa nicht?“

Mein Lächeln wird breiter. „Ich weiß nicht, Herr Doktor. Sind wir?“

Seine Hand tastet sich zu meinem Nacken vor. Er zieht mein Gesicht näher an seins, bis sich unsere Nasenspitzen berühren. „Ich glaube, das kann man so sagen.“

„Was glaubst du, wird er sagen, wenn wir es ihm erzählen?“, hauche ich an seinen Lippen.

„Er wird stinksauer sein.“ Er macht eine Pause und sieht mir in die Augen. „Auf mich, nicht auf dich.“

„Hast du keine Angst, dass es eure Freundschaft zerstören wird?“, flüstere ich.

Sein Atem weht über meine Lippen. Er riecht nach Pfefferminz von den Minzbonbons, die er sich ständig in den Mund steckt. „Was meinst du, warum ich so lang gebraucht habe, um nachzugeben, Elle?“, sagt er mit gesenkter Stimme, drückt mir einen Kuss auf den einen Mundwinkel und dann auf den anderen.

Ich schließe die Augen und genieße das Gefühl seiner weichen Lippen. „Ich finde, wir sollten noch ein bisschen warten", gestehe ich schließlich.

Oliver weicht zurück und sieht mich an, als warte er auf eine Erklärung. Nach ein paar Augenblicken mache ich endlich den Mund auf, um meine Meinung dazu zu äußern, schließe ihn aber wieder, als sein Telefon vibriert. Er geht dran und sagt dem Restaurant, dass er das Essen gleich abholt.

„Vergiss nicht, was du sagen wolltest", sagt er und tippt mir auf die Nasenspitze, bevor er aussteigt.

Ich sinke in den Sitz und atme tief aus. Wie soll ich all meine Gefühle erklären? Ich bin nicht sicher, ob ich es in Worte fassen kann. Ich kann mich noch gut erinnern, was alle sagten, als Wyatt und ich zusammenkamen. Ihr missbilligendes Flüstern wird in meinem Kopf zu einem Schreien, als ich dasitze und mich frage, ob Oliver und mich dasselbe Schicksal erwartet. Wyatt war für alle ein x-Beliebiger. Oliver gehört zu unserer Familie. Ich habe nicht den geringsten Zweifel, dass Victor unsere Beziehung als inzestuös ansehen würde, obwohl er das Einzige ist, was uns verbindet. Ich sehe Oliver mit einer Tüte in der einen und seinem Telefon in der anderen Hand zum Auto zurückkommen. Er macht ein besorgtes Gesicht, was mich augenblicklich in Alarmbereitschaft versetzt.

„Ist alles in Ordnung?", frage ich, als er einsteigt und die Tür schließt.

„Ja, ich musste im Krankenhaus anrufen und mich nach einem Patienten erkundigen", antwortet er mit geschürzten Lippen.

„Jemand, den ich kenne?", erkundige ich mich und warte mit angehaltenem Atem, als er nicht sofort antwortet. Ich weiß nicht, was ich machen würde, wenn einem der Kinder, die ich so lieb gewonnen habe, etwas passiert wäre.

„Nein. Es ist eins von meinen Kleinkindern."

„Ich weiß nicht, wie du das schaffst", flüstere ich.

„Ich manchmal auch nicht", erwidert er leise und gibt ein

Seufzen von sich. Dann klatscht er plötzlich laut in die Hände und lässt mich in meinem Sitz zusammenfahren und zu ihm herumfahren. Er lacht über meinen Gesichtsausdruck. „Du bist wirklich sehr schreckhaft in letzter Zeit."

Ich versuche, mein Lächeln zu verbergen, indem ich wegsehe, als er losfährt.

„Du hast noch nicht geantwortet, warum du noch warten willst", hakt er nach, als wir wieder auf dem Highway sind.

Ich seufze. „Ich will es eben noch eine Weile für mich behalten."

„Du willst, dass ich dein schmutziges, kleines Geheimnis bin."

„Das habe ich nicht gesagt."

Er zuckt mit den Schultern. „Ich habe nichts dagegen. Ich bin gerne ein schmutziges, kleines Geheimnis."

Jedes Mal, wenn er *schmutziges, kleines Geheimnis* sagt, regt sich etwas in mir. Irgendwie schafft Oliver es, dass sich alles sexy anhört.

„Ich sage ja nicht, dass es keiner wissen soll, weil ich mich schäme oder so was", erläutere ich, weil ich das Bedürfnis habe, das klarzustellen.

Er biegt auf den Parkplatz des Thousand Steps Beach und steigt aus dem Auto, um mir die Tür aufzumachen. Sobald ich ausgestiegen bin, öffnet er den Kofferraum und holt ein paar Strandtücher heraus.

„Machst du öfter spontane Picknicke?", frage ich mit hochgezogener Augenbraue, während ich die Hand ausstrecke, um die Handtücher entgegenzunehmen.

Lachend schüttelt Oliver den Kopf und zieht mich an sich. „Nur mit Frauen, die Estelle heißen."

„Mir fallen einige Estelles ein." Ich schiebe ihn mit gespieltem Ärger leicht von mir weg.

Er legt den Kopf schräg und grinst. „Mir auch, aber nur eine, mit der ich japanisch essen und sie mit zum Strand nehmen würde, ohne von ihr zu verlangen, dass sie sich bis auf einen Bikini auszieht."

Ich ziehe eine Schnute und gehe auf die Treppe zu. „Heißt das, du siehst mich nicht gerne im Bikini?"

Wir machen Platz für ein paar Leute, die gerade den Strand verlassen und an uns vorbeikommen, und Oliver beugt sich herunter, um mir ins Ohr zu flüstern. „Du siehst toll aus im Bikini, aber noch besser siehst du nackt auf meinem Bett aus, mit für mich weit gespreizten Beinen."

Ich bleibe plötzlich stehen und halte mich an den Steinen der Mauer neben mir fest. Oliver legt seinen Arm um meine Taille, damit ich nicht die neunhundert Stufen herunterfalle, die wir noch vor uns haben. Ich drehe mich in seinem Arm um und recke den Kopf, um ihn anzusehen.

„Du musst solche Kommentare für dich behalten, wenn wir in der Öffentlichkeit sind."

Er beißt sich auf die Unterlippe in dem vergeblichen Versuch, ein Lächeln zu unterdrücken. „Warum? Weil es dich heiß macht und irritiert?", fragt er und senkt sein Gesicht zu meinem, als ich nicke. In einer langsamen Liebkosung fährt er mit seiner Nasenspitze von meinem Kiefer zu meinem Ohr und atmet dabei meinen Duft ein. „Was, wenn ich dir sage, dass ich dich so haben will?"

„Warum solltest du mir das antun wollen, wenn wir gerade an einem öffentlichen Strand essen wollen?", frage ich flüsternd an seinem Hals.

Er lacht in sich hinein. „Vielleicht gefällt es mir, zu wissen, dass ich dich anmache."

„Du weißt genau, dass du mich anmachst", sage ich und weiche zurück, damit ich ihm richtig ins Gesicht sehen kann.

Er zwinkert mit seinen grünen Augen. „Vielleicht will ich, dass du mich anbettelst, dass ich mit dir zu mir nach Hause fahren soll." Seine Hand wandert unter das hauchzarte Shirt, das ich trage. Ich atme scharf ein und sehe mich mit aufgerissenen

Augen nach den Leuten um, die an uns vorbei die Treppe hinauf- und hinuntergehen.

„Oliver“, warne ich.

„Estelle“, ahmt er meine Stimme nach, während sich seine Hand seitlich bis zu meinem Brustkorb hinaufbewegt und dort verweilt, dicht unter meiner linken Brust.

„Willst du zu dir nach Hause fahren?“, frage ich atemlos.

Seine Lippen öffnen sich leicht, als er langsam den Kopf schüttelt. Wenn er mich so ansieht wie jetzt, als würde er mich gerade zum ersten Mal sehen – als wäre ich die faszinierendste Frau, die ihm je unter die Augen gekommen ist –, schmelze ich in seinen Armen dahin.

„Ich will das tun, was ich versprochen habe, und mit meinem Mädchen picknicken gehen“, sagt er ruhig, bevor er sich zu mir lehnt und seine Lippen auf meine sinken lässt. Die Form seines Mundes passt sich meinem an, er bewegt sich langsam und nimmt sich Zeit, mich zu spüren. Seine Zunge tanzt mit meiner einen langsamen Tanz der Verführung – das komplette Gegenteil des Schnellfeuers, das in mir tobt. Als einer der Passanten uns auspfeift, lassen wir voneinander ab, sehen einander in die Augen und lachen kurz auf. Lächelnd fährt er mit seiner Fingerspitze über meine Unterlippe.

„Gehen wir essen, bevor das Sushi noch schlecht wird und wir in der Notaufnahme landen.“ Er bedeutet mir, weiterzugehen.

Nachdem wir gegessen haben, sitzen wir mit ausgestreckten und miteinander verschlungenen Beinen am Strand. Wir beobachten Leute, denn der Strand ist voller Jogger, Surfer, Sonnenanbeter und Touristen.

„Ich war erst ein paarmal hier“, sagt er nach einer Weile.

„Wirklich?“

„Meine Eltern kamen immer mit uns her, als wir noch klein waren. Jedes Mal hat Sophie mich im Sand eingebuddelt, bis sie eines Tages so viel Sand auf mich geschaufelt hat, dass ich fast darin versunken wäre“, sagt er und lacht leise, als er sich erinnert. „Erst war mein Dad so sauer auf sie, weil er mich in aller Eile wieder ausbuddeln musste, aber als klar war, dass es mir gut geht, lachten wir alle, bis wir Tränen in den Augen hatten.“ Er macht eine Pause und lächelt mich traurig an. „Ich glaube, das war das einzige Mal, dass meine Eltern vor Freude geweint haben. Zumindest, dass ich es mitgekriegt habe.“

Ich rutsche näher zu ihm und lege ihm den Kopf auf die Schulter. Er legt seinen Kopf auf meinen und greift nach meiner Hand.

„Es ist eine schöne Erinnerung“, bemerke ich.

„Die hier ist schöner“, antwortet er und drückt meine Hand.

In der nächsten Woche treffen Oliver und ich uns immer wieder. Nicht am Strand, sondern kurz hier und da, aber die Summe zählt. Wir reden, wir lachen, wir küssen uns, wir lieben uns, und wir machen Witze. Ich will nicht sagen, dass ich mich vollständig fühle, wenn ich mit ihm zusammen bin – weil ich es auch ohne ihn bin –, aber wenn ich bei ihm bin, fühle ich mich wie eine bessere Version von mir. Und ich glaube, das ist der Grund, warum ich mich schon immer zu Oliver hingezogen gefühlt habe. Bei ihm fühle ich mich gut, so wie ich bin, und habe nicht das Gefühl, mich ändern oder etwas vorspielen zu müssen, was ich nicht bin. Ich bin einfach ich, und ich zu sein hat sich noch nie so gut angefühlt.

31. Kapitel

Am folgenden Sonntag melde ich mich vom Abendessen bei Wyatts Eltern ab.

Ich versuche erst gar nicht, den Grund dafür vor Felicia zu verbergen.

„Ich hatte letzte Woche ein Date", erzähle ich ihr, woraufhin sie nach Luft schnappt. Ich erwähne nicht, dass aus einem Date eine ganze Woche voller Nonstop-Dates wurde. Selbst wenn wir uns nicht sehen, telefonieren wir oder schicken uns Nachrichten.

„Und? Wie ist es gelaufen?"

„Gut", sage ich und halte die Luft an. „Ich ... Es ist sehr gut gelaufen."

„Gut. Das freut mich. Wir freuen uns sehr für dich, Elle. Das weißt du, oder? Wir sind glücklich, wenn du dein Leben weiterlebst. Du bist jung, du bist hübsch ... du verdienst es. Wyatt würde das auch wollen."

Ich sage ihr nicht, dass ich das irgendwie bezweifle, denn ich kann mir nicht vorstellen, dass er wollen würde, dass ich mein Leben weiterlebe, aber offensichtlich mache ich es so oder so. Das Schlimmste daran ist, dass ich deswegen in diesen Augenblicken noch nicht einmal Schuldgefühle habe. Erst spätabends, wenn ich allein bin und daran denke, wie glücklich Oliver mich macht, sickert es irgendwie zu mir durch. Es ist, als hätte mein Herz bereits entschieden, was es für sich will, aber mein Gehirn stolpert immer wieder über mein schlechtes Gewissen. Als ich aufgelegt habe, gehe ich nach unten, um mir ein Sandwich zu machen, weil ich vor Hunger fast umkomme. Es scheint, als wenn hier niemand irgendwas isst, wenn ich mich nicht darum kümmere.

„Elle, kannst du Pizza bestellen?“, brüllt Victor aus dem Wohnzimmer, gefolgt von einer Schimpftirade, die dem Fernseher gilt. Ich tippe mal stark darauf, dass die Forty-Niners gerade am Verlieren sind.

„Ja!“, rufe ich zurück. Ich bestelle die Pizza, mache mir mein Sandwich und beiße hinein, während ich zu ihm rübergehe. „Was in aller Welt hast du gemacht, als ich noch nicht hier gewohnt habe?“, frage ich und öffne den Mund für den nächsten Biss, halte aber inne, als ich sehe, dass er nicht allein ist. Oliver prostet mir mit seinem Bier zu, ebenso Jenson, dessen Blick merkwürdig zwischen Oliver und mir hin und her geht. Ich weiß, dass der Grund dafür ist, was er vor ein paar Wochen vor dem Club gesehen hat – oder glaubt, gesehen zu haben. Victor hat nur Augen für das Spiel und winkt ab.

„Wie du siehst, habe ich es überlebt.“

Normalerweise würde Oliver auf den Platz neben sich klopfen, aber heute nicht. Ich setze mich neben Victor und lege die Füße auf seinen Couchtisch, während ich erneut in mein Sandwich beiße.

„Was ist denn da drauf?“, fragt Jenson, der auf mein Sandwich stiert, als wollte er es mir aus der Hand wegfressen.

„Truthahn und Käse“, antworte ich und gebe es ihm, denn es ist die einzige Option, außer ihm ein eigenes zu machen oder ihm zu sagen, dass er mich mal kann – was zu einem Streit führen würde, den ich nicht vom Zaun brechen will, vor allem bei seiner großen Klappe.

„Danke“, sagt er und nimmt es mit einem breiten Grinsen. Er zwinkert mir zu und gibt einen zufriedenen Laut von sich, als er hineinbeißt. Ich verdrehe die Augen und lehne mich auf der Couch zurück. Ich sehe mir mehr oder weniger das Spiel an, bis die Pizza kommt, und schlafe schließlich an Jensons muskulösen Arm gelehnt ein. Ich wache erst auf, als ich Vic wieder schreien höre und erschrocken zusammenzucke. Und da merke ich, dass Jensons Arm komplett um mich geschlungen ist. Er umarmt mich noch fester, als ich hochfahre und versuche, mich ihm zu entziehen. Mein Blick geht zu Oliver, der entspannt das Spiel schaut, aber ich starre ihn so lange an, bis sein Blick meinem begegnet. Das Unbehagen in seinen Augen, die von mir zu Jenson schnellen, entgeht mir nicht. Er grummelt etwas, atmet aus und sieht weg. Ich weiß nicht, was ich von ihm erwarte, aber die Tatsache, dass er überhaupt nichts macht, löst in mir den Wunsch aus zu schreien. Nicht, dass ich will, dass er eifersüchtig deswegen ist – es wäre lächerlich, wenn er sich durch Jenson bedroht fühlen würde –, aber trotzdem. Ich schelte mich selbst dafür, denn immerhin habe ich ja darauf bestanden, dass wir das zwischen uns geheim halten. *Gib mir Zeit,* bat ich, aber irgendwie wünschte ich, er würde es Victor einfach trotzdem sagen. Ich wünschte, er würde dieses eine Mal nicht auf mich hören. Ich seufze und zwicke Jenson fest in die Innenseite seines Arms. Er jault auf und lässt mich los.

„Das kommt davon“, sagt Victor kichernd.

„Und? Bereust du es, dass du nach New York gezogen bist?“, frage ich Jenson und begebe mich in den Schneidersitz.

„Nö. Die meiste Zeit gefällt’s mir, aber ich vermisse die Heimat … und ich muss mich um das eine oder andere hier kümmern.“

Ich lasse mich in das Sofa sinken, denke über diese Szene nach und frage mich, ob es so wäre, wenn Oliver und ich wirklich zusammen wären. Würden wir dann auch mit meinem Bruder und seinen Kumpels abhängen? Wäre das nicht peinlich? Würden wir in entgegengesetzten Ecken des Zimmers sitzen, weil er zu viel Angst vor seinem besten Freund hätte und davor, was er zu unserer Beziehung sagen würde? Bei dem Gedanken sacken meine Schultern zusammen. Ich blicke auf, als ich Olivers Augen auf mir spüre, und lächele, als er auf den Platz neben sich auf der Couch klopft. Schließlich stehe ich wider besseres Wissen, oder vielleicht gerade deswegen, auf und setze mich neben ihn, nicht ohne mir vorher noch die riesige Forty-Niners-Decke von der Couch zu schnappen.

„Ich habe dich heute vermisst“, flüstert er, sobald mein Hosenboden die Couch berührt. Ich versuche, mein Lächeln hinter der Decke zu verbergen, die ich gerade ausbreite, versage aber kläglich, als er, diesmal lauter, sagt: „Teilen wir uns die? Es ist verdammt kalt hier drin.“

„Klar.“

„Es ist überhaupt nicht kalt“, sagt Jenson und sieht uns mit hochgezogenen Augenbrauen an.

„Wir sitzen direkt unter der Belüftung“, erwidert Oliver und deutet mit dem Kopf nach oben. Ich ziehe die Knie an, sodass sie die Außenseite seines Beins berühren, und er rückt ein Stück näher und zieht meine Beine komplett auf seinen Schoß. Dort lässt er seine Hand und fährt mit seiner Handfläche über meine Oberschenkel und bringt mich damit sichtlich zum Beben. Unsere Augen begegnen sich im selben Moment, und mir wird ganz flau im Magen, weil ich diesen Blick kenne. Ich weiß sofort, dass sein Blick gleich von meinen Augen auf meine Lippen fallen wird, und dann wird er sich langsam über seine lecken, während ich mein Herz in meinen Ohren hämmern hören kann. Dieser Moment lässt das Spiel völlig in den Hintergrund treten, und mit ihm Victors und Jensons Rufe über irgendeinen Spielzug, den Frank Gore gerade gemacht oder verpasst hat. Es ist mir sowieso egal, denn das einzige Spiel, das mich im Moment interessiert, hat mit den langen Fingern zu tun, die sich gerade Stück für Stück meinen Oberschenkel hinaufbewegen, und den Lippen, die sich öffnen, als ich mich ihnen nähere.

Ein lautes Husten holt uns augenblicklich wieder in die Realität zurück. Wir fahren quasi auseinander und sehen Jenson an, der uns einen Blick zuwirft, der uns sagen soll: *Was zur Hölle macht ihr da?*

„Alles klar bei dir?“, fragt Victor, der es schafft, seinen Blick vom Fernseher loszureißen, um ihn anzusehen.

„Ja, klar. Hab mich nur am Bier verschluckt."

Kopfschüttelnd macht Vic sich noch eine Dose auf. „Hey, Bean, hast du irgendwas von diesen Praxen gehört?"

„Ende der Woche habe ich ein Vorstellungsgespräch", antwortet er.

„San Fran?", fragt Jenson.

„Ja."

„Verdammt. Würde es dir denn nicht fehlen, wieder hier zu Hause zu sein?"

Ich versuche wirklich, ihn nicht anzusehen, als er antwortet. Ich versuche, nicht aus den Augenwinkeln zuzusehen, wie er mit den Schultern zuckt oder wie er eine Handbewegung macht, die ausdrückt, dass es ihm einerlei ist. Ich versuche, mir dadurch keinen Stich ins Herz versetzen zu lassen, aber es passiert trotzdem. Alles davon. Wir haben über seinen Job gesprochen und darüber, dass es auf seinem Gebiet im Moment nicht sehr viele freie Stellen gibt. Das ändert aber nichts an dem Schlag, dass er in Städten gesucht hat, die weit entfernt sind, gerade jetzt, wo unsere Beziehung endlich mal auf einem guten Weg zu sein scheint. Zumindest wenn es gerade nicht um seinen Job geht und sein angeborener Ehrgeiz wieder Besitz von ihm ergreift und alles kaputt macht. Wie meistens.

„Zu Hause ist da, wo man sich zu Hause fühlt", sagt er.

Ich schließe die Augen und stehe auf, lasse die Decke fallen und gehe um die Couch herum, um den Raum zu verlassen. „Ich gehe mal …" Meine Stimme verliert sich, und ich gehe einfach weiter, als mir keine Ausrede einfällt. Ich mache in der Küche halt, um mir eine Flasche Wasser zu holen, und als ich den Kühlschrank zumache, kommt Oliver rein.

„Du bist sauer", flüstert er.

Ich seufze. „Ja, du Genie, ich bin sauer!"

Er sieht mich an, als stünde mir die Antwort vielleicht auf die Stirn geschrieben, und da wird mir klar, dass er es echt nicht rafft. Er versteht wirklich nicht, was die Möglichkeit, dass er in San Francisco arbeitet, für mich bedeuten würde.

„Warum hast du mir nichts von deinen Bewerbungen erzählt?“, schreie ich ihn im Flüsterton an. Als er nicht antwortet, schüttele ich den Kopf. „Ich kann jetzt nicht. Ich habe meiner Mom versprochen, dass ich ihr bei ein paar Sachen helfe. Ich muss gehen.“

„Du kannst doch jetzt nicht einfach gehen“, sagt er, dreht mich zu sich und senkt den Kopf, um mir in die Augen zu blicken. „Ich war noch nicht mal bei einem Vorstellungsgespräch, Elle. Es ist nicht so, dass ich schon einen Job dort habe.“

„Aber das wirst du.“

„Vielleicht auch nicht, Baby.“ Seine Stimme ist rau an meinem Ohr.

„Doch.“ Ich spüre, wie mir die Tränen in die Augen treten. „Du wirst einen bekommen, weil du klug bist und hart arbeitest und du deinen Abschluss verdammt noch mal mit einem beinahe perfekten Notendurchschnitt gemacht hast. Jede Praxis wäre froh, dich zu kriegen. Du hast gesagt, du könntest nicht mit einem Geist konkurrieren. Tja, ich kann nicht mit deinem Job konkurrieren.“ Ich reiße mich von ihm los.

„Das brauchst du auch nicht“, sagt Oliver in dem Moment, als Victor in die Küche kommt und mich fast umrennt.

„Ist was?“, fragt er. „Was ist denn hier los?“

„Nichts“, sage ich.

„Wir reden nur über das Leben“, schaltet Oliver sich ein.

„Ich gehe noch weg. Ich komme heute Nacht nicht nach Hause“, antworte ich, während ich zur Tür gehe.

Victor pfeift durch die Zähne. „Meine Herren, drei Nächte hintereinander? Lerne ich den Drecksack bald mal kennen? Hast du ihm gesagt, dass dein Bruder Anwalt ist, eine Knarre hat und eine Menge Polizeibeamte kennt?“

„Ich bin bei Mom, Blödmann“, informiere ich ihn kopfschüttelnd. Ich blicke an ihm vorbei, als er zum Kühlschrank geht, und begegne Olivers Blick.

„Wir müssen reden“, formt er mit den Lippen. Ich nicke zustimmend und mache ihm ein Zeichen, dass er mich anrufen soll, bevor ich mich zum Gehen wende.

Eine Stunde und 100 Weihnachtskarten, die ich gefaltet und in Umschläge gesteckt habe, später, gehe ich nach oben, um auf mein Handy zu schauen. Als es einen verpassten Anruf von Oliver anzeigt, rufe ich ihn zurück.

„Wo bist du?“, fragt er nach dem ersten Klingeln.

„Bei meinen Eltern.“

„Ich komme vorbei.“

„Was? Nein“, widerspreche ich und blicke mich in dem Chaos um, das ich in weniger als zehn Minuten in meinem alten Zimmer verursacht habe.

„Lass dein Fenster unverschlossen.“

„Oliver! Wir sind keine Teenager mehr. Wie willst du denn auf einen Baum klettern?“

„Nennst du mich etwa alt?“, fragt er, und ich kann das Lächeln in seiner Stimme hören.

„Wenn du dir den Schuh anziehen willst.“

„Will ich nicht“, knurrt er und bringt mich damit ungewollt zum Lachen.

„Willst du damit sagen, dass du kleine Füße hast?“

„Muss ich dich etwa daran erinnern, dass ich keineswegs kleine Füße habe?“

Irgendwie schaffe ich es, trotz meines stolpernden Herzschlags erneut zu lachen. „Na gut. Ich lasse das Fenster offen.“

Gefühlte Stunden später klettert Oliver durch mein Fenster herein, legt sich neben mich ins Bett und zieht mich an sich, sodass ich mit dem Rücken an seiner Brust lehne.

„Das hat ja ewig gedauert“, flüstere ich.

„Zehn Minuten.“

„Kam mir wie eine Ewigkeit vor.“

„So ist es immer, wenn ich nicht bei dir bin“, murmelt er und verstärkt seine Umarmung.

„Du hast gesagt, du könntest nicht mit meinem Job konkurrieren", meint er an meinem Hals. „Und ich stimme dir zu. Ist das der einzige Teil, mit dem du nicht klarkommst?"

Ich atme lautstark aus. „Das und der Teil, bei dem wir ein tolles Wochenende zusammen verbringen und du mich anschließend verlässt. Es liegt mir nicht, dich erst komplett in mein Herz zu lassen und dann wieder zu verlieren. Aber das habe ich, Oliver. Ich habe dich diesmal komplett reingelassen, trotz meiner Vorbehalte", erwidere ich und schließe die Augen.

Es kommt mir vor, als hätten wir das schon eine Million Mal durchgekaut. Und doch tun wir es schon wieder, und mir wird klar, dass es mir lieber ist, wenn sich die Geschichte wiederholt, denn in der anderen Variante – in der ich mein Leben ohne das Gefühl lebe, das er mir gibt, wenn ich mit ihm zusammen bin –, scheint alles zu fehlen, was ich brauche. Wenn das Liebe ist … wahre Liebe … wie ich immer dachte, ist es nicht mehr als eine grausame Partie russisches Roulette. Die Pistole macht klick, wenn du dran bist, und du zuckst zusammen in der Erwartung, dass das vielleicht der letzte Atemzug ist, den du machst, aber dann geht es weiter, bis zur nächsten Runde … und der übernächsten. Und irgendwann macht es klick und trifft dich, und es gibt kein Entrinnen.

„Und dafür bin ich dankbar, Estelle, wirklich." Er atmet aus. „Ich wünschte, ich würde alle Antworten kennen. Ich wünschte, ich wüsste, was die Zukunft bringt, dann wäre das hier nicht so schwierig."

„Mir ist egal, was sie bringt, Oliver."

„Ist es nicht, Elle. Du kannst dir selbst was vormachen und behaupten, es wäre dir egal und dass du nur Spaß haben und mitnehmen willst, was geht, aber das stimmt nicht."

Ich zögere kurz. „Du triffst dich mit Frauen und lässt dich nie auf etwas Ernstes ein. Mein Bruder redet immer nur davon, wie leicht es dir fällt, ihnen den Rücken zu kehren, wie wenig es dir ausmacht, wenn sie es tun, warum macht es dir dann was aus, wenn es um mich geht?“

Er gibt mir einen Kuss auf die Schulter und schmiegt sein Gesicht an meinen Hals. „Wenn ich einen Job angeboten bekomme, den ich will, sage ich es dir, und wir können zusammen überlegen, was wir tun, okay? Ich klettere normalerweise nicht durch Fenster, Elle. Ich laufe keiner Frau hinterher. Ich mache mir nicht die Mühe, Frauen, mit denen ich ausgehe, meine Entscheidungen zu erklären. Wenn ihnen irgendwas an mir nicht passt, steht es ihnen frei zu gehen, genau wie mir. Ich glaube, allein die Tatsache, dass ich jetzt hier bin, sagt eine Menge.“

„Ich weiß“, flüstere ich.

„Also glaubst du mir, wenn ich dir sage, dass du mir etwas bedeutest?“, murmelt er an meiner Schulter.

„Ich glaube dir, und ich will nicht, dass du dir meinetwegen Gedanken machst, wenn du da hingehst.“ Ich bezweifle, dass er das tun würde. Wenn er seine Pokermiene aufsetzt, schafft er es wunderbar, alles andere auszublenden, aber ich denke mir, ich sollte es trotzdem laut aussprechen. Ich spüre, wie ich innerlich auf Abstand gehe, langsam den Rückzug antrete und die verstreuten Schnipsel der Hoffnung aufsammele, die ich in diese Sache zwischen uns gelegt hatte.

Er seufzt schwer und legt ein Bein über meine, sein Gesicht an meinem Nacken und seine Arme um meine Taille geschlungen. So verbringen wir die Nacht. Aber auch wenn ich in meinem liebsten Schlupfwinkel von allen geschmiegt bin, finde ich wenig Schlaf. Das Einzige, woran ich denken kann, ist, dass ich mal wieder viel zu tief hier drinstecke und dass nicht heil wieder herauskommen werde.

***

Als ich Tage später durch das Krankenhaus gehe, sehe ich Oliver von Weitem, wie er mit einem der Ärzte spricht, den ich zwar schon mal gesehen habe, aber nicht kenne.

Er entdeckt mich erst, als ich im Kunstraum verschwinde, und es ist mir auch lieber so. Ich habe mir vorgenommen, dass ich mir von diesem Mann nicht das Herz stehlen lassen werde, obwohl ich es eigentlich nie von ihm zurückbekommen habe. Und was seine Bewerbungen angeht, lebe ich einfach von einem Tag zum nächsten. Das letzte Mal, als wir zusammen waren, als er im Morgengrauen das Haus meiner Eltern verließ, habe ich ihm gesagt, dass wir es langsamer angehen müssen. Seitdem bin ich seinen Anrufen aus dem Weg gegangen, auch wenn es nicht viele waren. Über den Flurfunk (genauer gesagt, Mae) habe ich gehört, dass er in diesen letzten Tagen ununterbrochen gearbeitet hat, daher weiß ich, dass er nicht viel Freizeit hatte.

Im Kunstraum lege ich Zeitungen auf dem langen Tisch aus und stelle an jeden Platz eine durchsichtige, leere Kiste. In diese Kisten lege ich verschiedene Glasgegenstände, alle hübsch und bunt, und daneben jeweils einen Hammer. Als die Kinder mit ihrer Krankenschwester reinkommen (heute ist es Tara), begrüße ich jeden Einzelnen und deute auf die Plätze. Kurz darauf kommt Oliver rein, sein Lächeln bleibt bei mir hängen, und er zwinkert mir zu. Er geht zu Danny und sieht sich die Aufzeichnungen seines Sauerstoffkonzentrators an.

„Sagen Sie nicht, dass wir diese Sachen kaputt machen", sagt Mae.

„Meine Fresse, wir machen Sachen kaputt!", ruft Mike und reckt die Faust in die Luft.

Tara, Oliver und ich lachen kopfschüttelnd über seine Begeisterung.

„Legst du den Hammer bitte noch mal weg, Thor", sage ich mit einer hochgezogenen Augenbraue zu Mike, der breit grinst.

„Thor, hä?", fragt er, und ich verdrehe die Augen.

„Denk an die Regeln."

„Ich mag eigentlich keine Regeln", erwidert er, und ich schaue lachend zu Oliver. Ich rechne damit, dass er auch lacht, aber stattdessen starrt er Mike zornig an, was das Ganze noch komischer macht.

„Jedenfalls, um deine Frage zu beantworten, ja, heute machen wir Sachen kaputt."

„Aber … einen Delfin?" Mae meint den Glasdelfin in ihrer Kiste. „Und ein Surfbrett?"

Ich nicke lächelnd. „Es sind bloß Gegenstände."

„Hübsche Gegenstände."

„Nun, wir werden etwas noch Hübscheres daraus machen. Außerdem, wie ihr vielleicht gemerkt habt, sind sie alle ein bisschen kaputt", sage ich und zeige auf den Delfin, dem eine Schwanzspitze fehlt, und der Macke in dem Surfbrett.

Ich merke gar nicht, wie Oliver den Raum verlässt, aber als ich höre, wie sich die Tür hinter ihm schließt, und aufblicke, sind wir alle schon voll in das Projekt eingetaucht. Wir schaffen es, sehr kleine Ausgaben von dem Herz zu machen, obwohl sie alle eher kugelförmig sind, aber die Kinder sind trotzdem begeistert von ihnen.

„Jetzt muss ich sie mit nach Hause nehmen, um sie zu brennen", sage ich.

„Sie brennen?", fragt Danny.

„Ja, sie müssen gebrannt werden, dann trocknen, und dann sind sie fertig. Wollt ihr Schlüsselanhänger daraus machen oder sie so lassen, wie sie sind?"

„Schlüsselanhänger!", bestimmt Mae.

Mike sieht sie mit gerunzelten Augenbrauen an. „Wir fahren doch noch nicht mal Auto."

Sie lächelt. „Du vielleicht nicht. Ich werde bald Auto fahren."

„Na gut. Ich nehme einen Schlüsselanhänger", murmelt Mike.

Sie verlassen langsam den Raum, und während ich aufräume, geht die Tür wieder auf, und Jen kommt mit einem Typ im Anzug herein.

„Hey! Gut, dass ich Sie noch erwische", meint sie lächelnd.

„Das ist Chris. Er ist der Leiter meiner Abteilung und der Grund, dass Ihr Projekt grünes Licht bekommen hat."

Ein bisschen perplex mache ich einen Schritt zurück, denn Chris scheint etwa in meinem Alter zu sein, daher bin ich überrascht, dass er in der Hierarchie über Jen steht.

„Freut mich sehr, Sie kennenzulernen", sage ich und wische mir die Hände an meiner Schürze ab, die jetzt dreckig ist. „Tut mir leid, ich bin im Moment ein bisschen … schmutzig." Ich lache nervös auf.

Jen lächelt. „Tja, zumindest kann keiner behaupten, Sie hätten nicht gearbeitet …" Sie schaut sich um und schnappt nach Luft, als sie sieht, was wir gemacht haben. „Die habt ihr heute gemacht? Die sind ja wunderschön."

„Die sind noch nicht fest, deswegen muss ich sie mit nach Hause nehmen", sage ich in der Hoffnung, dass sie die unterschwellige Warnung versteht und sie nicht in die Hand nimmt. Dankenswerterweise bewundert sie sie nur ehrfürchtig, was mein Lächeln noch strahlender macht.

„Ich finde es großartig, was Sie hier geleistet haben, Estelle. Das finden übrigens alle. Die Zimmer, die Flure … es kommt einem gar nicht mehr wie ein Krankenhaus vor", lobt Chris und wendet mir seine Aufmerksamkeit zu.

Jen schaut auf ihre Armbanduhr. „Ich muss mich leider entschuldigen, ich habe einen Termin mit einem Lieferanten." Sie sieht Chris an, der sie freundlich nickend entlässt. Als die Tür sich hinter ihr schließt, wird es mir plötzlich irgendwie peinlich, da mit diesem Anzugträger zu stehen, und ich weiß nicht mehr, was ich sagen soll. Er sieht sich jedoch im Raum um, sodass dieses Gefühl nicht so lange anhält. Ich wasche mir die Hände, nehme die Schürze ab und trete unruhig von einem Fuß auf den anderen, bevor ich mich zur Tür begebe. Er hält sie mir auf, und wir gehen zusammen raus.

„Wie lang haben Sie vor, das Programm noch fortzusetzen?", fragt er.

„Ehrlich gesagt habe ich noch gar nicht darüber nachgedacht. Ich dachte, Jen wird mir schon sagen, wenn ich nicht mehr erwünscht bin.“

„Tja, genau deswegen wollte ich Sie sprechen“, sagt er und bleibt am Stationstresen stehen, der wieder hergebracht wurde, da dieser Teil der Klinik wieder geöffnet ist.

„Weil Sie wollen, dass ich nicht mehr komme?“, frage ich langsam. Ich würde es nicht persönlich nehmen, wenn es so wäre, denn ich wusste ja von Anfang an, dass das eine vorübergehende Sache war, aber ich will dieses Projekt unbedingt noch durchziehen. Ich wappne mich dafür, ihm das zu sagen, während ich auf seine Antwort warte.

Mit gerunzelter Stirn blickt Chris sich nach ein paar Schwestern um, die miteinander plaudern, und wendet sich dann wieder mir zu. „Meinen Sie, wir könnten vielleicht irgendwo anders hingehen und reden?“

„Sicher. In Ihr Büro?“

„Ehrlich gesagt“, meint er, zieht ein bisschen den Kopf ein und wirkt verlegen. „Würde es Ihnen was ausmachen, wenn wir nach unten in die Cafeteria gehen? Ich habe irgendwie das Mittagessen verpasst … mal wieder.“

Ich lache. „Nein, überhaupt nicht.“

Auf dem Weg nach unten erzählt Chris mir, dass er im Krankenhaus angefangen hat, als er noch auf dem College war, und befördert wurde, als er seinen Abschluss hatte, und noch einmal nach seinem Master.

„Was machen Sie, wenn Sie nicht hier sind?“, will er wissen, als er mit einem Tablett voll Essen zu mir an den Tisch kommt.

„Kunst“, antworte ich und lächele, als er nickt, als wäre Kunst machen ein Hobby. „Ich habe auch ein Nachmittagsprogramm für Schulkinder, die nicht wissen wohin.“

„Wow. Sie müssen Kinder wirklich mögen“, stellt er fest und wischt sich den Mund ab.

„Ich schätze schon.“

„Haben Sie viele Geschwister?“

„Nur einen älteren Bruder, aber ich wuchs auf in einem Haus voller Jungs, also könnte man auch sagen, dass ich die Jüngste von vieren bin“, sage ich amüsiert. Während er isst, sehe ich weg und entdecke Oliver, der am anderen Ende des Raums an einem Tisch sitzt. Er ist mit demselben Arzt da, mit dem ich ihn vorhin habe reden sehen. Ich weiß nicht, wie ich ihn habe übersehen können, aber so wie er mich ansieht, hat er mich schon vor einer Weile entdeckt. Ich krame in meiner Handtasche nach meinem Telefon und stelle fest, dass ich einen verpassten Anruf und zwei Nachrichten habe.

„Ich kenne das, gewissermaßen. Ich habe zwei jüngere Brüder“, berichtet Chris. Ich signalisiere ihm durch einen Laut, dass ich ihn gehört habe, und gehe meine Nachrichten durch.

Bist du weg?

Schon gut. Hab dich grade gesehen.

Ich runzele die Stirn.

„Alles in Ordnung?“, fragt Chris.

Ich blicke zu ihm hoch. „Ja, klar. Also, was wollten Sie mir über das Programm sagen?“, hake ich nach, während ich eine Nachricht tippe.

Ich dich auch.

„Ich habe mich gefragt, ob Sie weiterhin kommen könnten. Das Programm war etwas öde, als die letzte Dame es geleitet hat. Ich denke, die Kinder wurden wahrscheinlich nicht recht warm mit ihr, weil sie älter und strenger war, und ehrlich gesagt war ihre Kunst auch nicht so schön.“ Er lächelt.

„Hat sie die Fische an der Wand verbrochen?“

„Sie haben ja keine Ahnung, wie gern ich diese Wände selbst übermalt hätte."

Ich lache über seinen entsetzten Gesichtsausdruck. „Und ich dachte schon, keiner hier im Krankenhaus hätte Geschmack."

„Mein Geschmack ist einwandfrei. Also, vielleicht einmal die Woche? Würde das bei Ihnen gehen? Wir hätten Sie am liebsten zweimal die Woche hier, aber ich fürchte, das wird der Vorstand nicht bezahlen wollen."

Dass er das Geld erwähnt, überrascht mich. „Ich habe diese Stelle nicht angenommen, um bezahlt zu werden."

„Ich weiß, aber jeder braucht irgendwas." Er zuckt mit den Schultern und schaut seinerseits auf sein Handy.

„Ich nicht." Ich mache eine nonchalante Geste und blicke wieder auf mein Display.

Ich vermisse dich.

In meinem Magen fängt es an zu flattern. Ich blicke auf und sehe, dass er immer noch an demselben Tisch sitzt, inzwischen alleine, und mich immer noch ansieht.

Starrst du mich deswegen an, als wärst du sauer auf die ganze Welt?

„Diese Herzen, die Sie mit den Kindern gemacht haben", sagt Chris plötzlich. „Ist es das, was Sie machen?"

Ich nicke.

„Verkaufen Sie sie?"

Wieder nicke ich. „Ja."

„Wie viel kosten sie?"

„Nun, das kommt auf die Größe an, würde ich sagen."

„Fertigen Sie die individuell an, oder haben Sie auch schon ein paar fertig?"

Ich lächele mit leicht gerunzelter Stirn. „Ein paar habe ich fertig, aber ich nehme auch Auftragsarbeiten an."

Chris atmet scharf aus und reibt sich die Stirn. „Ich brauche irgendwie noch ein Geschenk für meine Verlobte zu unserem Jahrestag, und ich habe keine Ahnung, was. Man sollte meinen, nach acht Jahren müsste ich es wissen, oder?", lacht er. „Aber so ein Herz würde ihr bestimmt gefallen."

„Gut, ich kann am Donnerstag ein paar mitbringen, wenn ich die für die Kinder zurückbringe."

„Das wäre fantastisch. Wissen Sie, wo mein Büro ist? Gegenüber von Jens, im selben Flügel, wo Sie sind."

„Ich werde es bestimmt finden."

Wir stehen gleichzeitig auf und sehen uns peinlicherweise erst gegenseitig an, dann jeder auf sein Handy und dann wieder jeder den anderen. Schließlich streckt er die Hand aus, und ich schüttele sie. „Bis Donnerstag."

Ich verabschiede mich und gehe zu Olivers Tisch, aber er steht auf, ehe ich ihn erreiche, und deutet Richtung Flur. Ich folge ihm in einen Raum neben der Cafeteria. Er schließt die Tür hinter uns, drückt mich gegen die Wand und küsst mich, ehe ich ein Wort sagen kann. Ich ziehe an seinen Haaren, er an meinen, und wir halten das Gesicht des anderen, während unsere Zungen aufeinanderstoßen. Atemlos reiße ich mich los.

„Du hast mich ja wirklich vermisst", keuche ich. „Belästigst du öfter Frauen in x-beliebigen Klinikräumen?"

Oliver legt seine Stirn an meine und atmet heftig aus. „Ganz sicher nicht. Normalerweise bin ich nicht so verzweifelt."

Er stöhnt, als ich mit meinen Fingernägeln über seine Brust fahre. „Erzählen Sie mir mehr von dieser Verzweiflung, Dr. Hart", murmele ich, beuge mich vor und fahre mit der Zunge zwischen seinen Lippen entlang. Er schiebt sein Becken gegen mich, und ich stöhne, weil er sich so hart anfühlt.

„Ich brauche noch ein Date", flüstert er an meinen Lippen, und seine Hände wandern unter mein Shirt.

„Wollen Sie sich etwa während Ihrer Arbeitszeit an mir vergehen?", frage ich und drücke meinen Rücken durch, als er seine Hände unter meinen BH schiebt.

„Ich habe mich vor über einer Stunde ausgestempelt." Er streift leicht mit seinem Daumen über meine Brustwarzen.

„Und bist trotzdem hiergeblieben?"

„Ich wollte auf dich warten."

„Wirklich?", frage ich und muss nach Luft schnappen, als er den Kopf senkt und meine Brustwarze in den Mund nimmt.

„Hmmm", antwortet er an meiner Haut.

„Und hast dann am anderen Ende des Raums gesessen und mich angestarrt?"

„Er ist nicht dein Typ", raunt er und leckt über meine andere Brustwarze.

„Was?" Ich packe seinen Kopf, um seine Handlungen zu unterbrechen, und er sieht zu mir auf.

„Dieser Kerl, mit dem du gegessen hast. Er ist nicht dein Typ."

Ich muss unwillkürlich lächeln. „Du denkst, ich hätte in der Cafeteria des Krankenhauses, in dem du arbeitest, ein Date gehabt?"

Er gibt einen langen Atemzug von sich, ohne die Hände von meinen Brüsten zu nehmen. „Wie würdest du es denn nennen?"

Ich schüttele nur den Kopf und umfasse sein Kinn, damit er mich wieder ansieht. „Es wäre lächerlich, es ein Date zu nennen. Würde es dich stören, wenn es eins gewesen wäre?"

Es kostet mich große Mühe, nicht darüber zu lachen, wie er mit den Schultern zuckt und wegsieht.

„Soll das etwa heißen, dass du mich hierher gebracht hast, weil du eifersüchtig warst?"

Blinzelnd schaut er in meine Augen. „Ich bin nicht eifersüchtig."

„Also, wenn ich dir sagen würde, dass der Typ, mit dem du mich gesehen hast, mich zu einem Date eingeladen hat – einem richtigen Date außerhalb des Krankenhauses –, wäre dir das egal?"

„Hat er?", brummt er.

„Würde es eine Rolle spielen?"

„Ja."

„Und warum?", frage ich und fahre ihm mit beiden Händen durchs Haar, was ihn dazu bringt, die Augen zu schließen.

„Weil …" Er lehnt sich meiner Berührung entgegen. „Weil …"

„Ja?"

Er reißt die Augen wieder auf. „Weil ich es sein will. Ich will der einzige Typ sein, mit dem du ausgehst."

„Dann sei dieser Typ", entgegne ich.

„Das werde ich", sagt er und beugt sich vor, um mich zu küssen. „Das werde ich."

„Okay", antworte ich, kuschele mich in seine Arme und wünschte, ich könnte für immer dort verweilen.

Die Realität, dass ich das wahrscheinlich nicht jeden Tag tun können werde, schmerzt.

Als wenn dieses Unbehagen von mir abfärben würde, weicht er zurück und berührt mit dem Handrücken meine Wange.

„Es ist nur ein Vorstellungsgespräch, Elle", flüstert er und sieht mich an.

Ich atme tief ein und schließe die Augen. Es ist eben nicht nur ein Vorstellungsgespräch. Es ist ein Lebenseinschnitt. Das Leben ist kurz, rufe ich mir ins Gedächtnis. Man braucht nur daran zu denken, was Wyatt zugestoßen ist. Ich will Oliver kein schlechtes Gewissen machen für etwas, das er liebt. Ich will so nicht sein – jemand, der von jemand anderem verlangt, seinen Traum im Austausch für mein Glück aufzugeben. Als ich das Gefühl habe, mich wieder beruhigt zu haben, mache ich die Augen wieder auf. „Ich weiß. Zeig denen bei dem Gespräch, wo der Hammer hängt, Bean. Gib alles, was nötig ist."

Ich recke mich und küsse ihn auf die Wange. Er will wieder nach mir greifen, aber ich halte ihn davon ab.

„Ruf mich an, wenn du zurück bist."

Irgendwie schaffe ich es, mich von seinen großen grünen Augen loszureißen, von diesen großen warmen Händen und von dem tröstlichen Gefühl, das er mir gibt. Ich verlasse den Raum und das Krankenhaus, ohne mich noch einmal umzudrehen.

32. Kapitel

Ich sitze draußen auf einem der Gartenstühle meiner Eltern, greife nach einem größeren Stück Glas und schneide mich daran.

Ich fange an zu fluchen und abwechselnd mein Handgelenk zu schütteln und an dem winzigen Schnitt an meinem Finger zu saugen. Das ist mir nicht mehr passiert seit … einer Weile.

„Heute haben wir einen Grund zum Feiern", sagt meine Mom, die mit zwei Gläsern Limonade hinter mir auftaucht.

„Allerdings", erwidere ich und greife nach dem Glas, das sie mir reicht.

„Bist du froh, dass du das Haus endlich verkauft hast?"

Seufzend stelle ich die Kiste auf meinem Schoß zur Seite und ziehe die Füße auf den Stuhl hoch. „Froh, erleichtert, ein kleines bisschen aufgeregt."

„Also nicht traurig", stellt sie fest. Ich sehe zu ihr hinüber und bekomme mit, wie sie mich anlächelt.

„Nicht traurig", bestätige ich und bin erleichtert, dass es stimmt. Vielleicht hat es damit zu tun, dass ich jetzt schon eine gefühlte Ewigkeit bei Victor wohne. Vielleicht habe ich auch inzwischen akzeptiert, dass ein Teil von mir zwar immer traurig sein wird, wenn ich daran denke, wie ich Wyatt verloren habe, ich es aber überlebt und einen Weg gefunden habe, mein Leben weiterzuleben.

„Und du hast das Bild von Wyatt verkauft, das du so liebst. Das sind viele große Schritte. Ich bin stolz auf dich", sagt sie lächelnd.

„Danke. Ich auch", antworte ich und lache ein bisschen.

„Aber die Galerie wirst du behalten?" Wieder ist Moms Aussage eher eine Feststellung als eine Frage.

Ich runzele daraufhin die Stirn. „Natürlich."

„Du weißt, wenn du Hilfe dabei brauchst, eine neue zu eröffnen und neu anzufangen, sind wir liebend gern für dich da."

Ich schweige einen Moment. Die Galerie birgt, wie das Haus, viele Erinnerungen, aber irgendwie habe ich es geschafft, sie anders zu unterteilen. Wenn wir zusammen dort waren, war ich in meinem Atelier und Wyatt in seinem. Wir haben uns den Laden nicht auf die Weise geteilt wie unser Schlafzimmer.

„Danke, aber im Moment ist alles gut. Ich denke noch mal darüber nach, wenn mein Mietvertrag ausläuft."

„Und wann ist das?"

„Ende des Monats", schnaube ich. Meine Mutter schüttelt den Kopf.

„Du bist wirklich ein Profi in Sachen Aufschieberei", lacht sie. „Das ist eine Menge Glas. Wie viele Herzen wurden diesmal gebrochen?"

Meine Eltern machen sich einen Dauerscherz aus meinen Herzen. Sie wissen nicht mal, wie es zu ihnen kam, aber sie finden sie hübsch und unterstützen mich dabei, sie zu machen. Die Ersten, die die Herzen kauften, war eine Gruppe frustrierter älterer Frauen ohne Date zum Valentinstag. Sie machten sie zum Mittelpunkt ihrer „Wer-braucht-schon-einen-Mann-Party". Im Jahr darauf waren sie alle drei verheiratet. Dieser letzte Teil wird allerdings in den Gesprächen über die Herzen üblicherweise außer Acht gelassen, denn jeder erzählt lieber den traurigen Teil, nämlich dass die Frauen geschieden waren und die Nase voll von schlechten Dates hatten.

Ich lächele. „Ich kann dir mit Freude mitteilen, dass diese Herzen für eine Brautgesellschaft sind."

„Wirklich?"

„Wirklich. Der Typ, der im Krankenhaus die Abteilung leitet, die für das Kunstprogramm verantwortlich ist, hat seiner Verlobten eins geschenkt, und sie hat beschlossen, dass sie für jede ihrer Brautjungfern eins will."

„Ach, wie hübsch. Sie muss eine Menge Geld zum Rauswerfen haben“, bemerkt sie. Wir drehen uns beide um, als mein Vater ruft, dass die ersten Gäste zu unserer Grillparty kommen.

„Ich räum das mal weg“, sage ich, stehe auf und strecke mich.

„Da bin ich“, ruft Mia und betritt den Garten. Zum ersten Mal seit Tagen empfinde ich etwas anderes als Stress.

„Hilfst du mir mal bitte hiermit“, rufe ich ihr zu, während ich eine der Kisten hochhebe. Sie schlendert zu mir rüber und nimmt die andere.

„Die sind so hübsch“, sagt sie, als wir auf das Haus zugehen. Wir stellen sie bei der Sitzgruppe neben der Haustür ab und bleiben da, weil ihre Mom eintrifft. Wir unterhalten uns weiter über die Herzen, Mias Fotos und Jungs. Es ist immer dasselbe, wenn meine Eltern eine Grillparty veranstalten. Dieselben Gespräche … dieselben Leute … und doch wird es nie langweilig. Als ich mit Wyatt zusammen war, habe ich sehr viele von diesen Partys ausgelassen, weil, na ja, weil er nicht so gern herkam. Er sagte, alle gäben ihm das Gefühl, ein Außenseiter zu sein, und es tat mir weh, dass er das dachte, also kam ich auch nicht. Ich bedaure es nicht, obwohl ich es damals vermisste. Meine Familie hat es verstanden, weil sie wussten, an meiner Stelle hätten sie genauso gehandelt.

Kurz darauf kommt Victor mit einem Mädchen im Schlepptau, das ich noch nie gesehen habe, in Begleitung einer Freundin.

„Das sind Madelyn und ihre Freundin Emma“, stellt er die beiden vor. „Madelyn ist Bobbys Schwester.“

Mia und ich tauschen einen Blick miteinander und dann mit Victor, bevor wir Madelyn und Emma begrüßen, die aussehen, als könnten sie *meine* kleinen Schwestern sein. Mein erster Gedanke ist, was Oliver über die Sache denkt. Wir haben nicht viel miteinander gesprochen, seit er letzte Woche zu seinem Vorstellungsgespräch aufgebrochen ist. Es gingen nur ein paar Nachrichten hin und her und ein nächtliches Telefonat, als er anrief, weil er „meine Stimme hören wollte“, aber darüber, wo wir stehen, haben wir kein Wort verloren. Zum Glück bin ich so beschäftigt, dass mich diese Fragen nur nachts plagen oder in Momenten wie diesem, wenn mir die ganze Realität allzu bewusst wird.

„Jenson ist unterwegs hierher“, sagt Vic, nachdem die Mädchen weg sind. Er hält Mia gerne über den aktuellen Status seines Freundes auf dem Laufenden. Wenigstens ist er nicht so ahnungslos, dass er ihn einfach hier reinplatzen lässt, ohne sie vorzuwarnen.

„Ich dachte, er wäre zu einem Job unterwegs.“ Mias Stimme ist ruhiger als gerade eben noch.

„Der wurde verschoben“, erklärt Vic und wendet sich ab.

„Wie kommt es, dass du Bobbys Schwester mitgebracht hast?“, will ich wissen und deute mit dem Kopf auf die beiden Frauen, die sich jetzt mit meiner Mom und Bettina unterhalten.

„Sie ist über Nacht geblieben.“

Ich starre ihn mit offenem Mund an. „Du hast etwas mit der Schwester deines Freundes angefangen? Wie alt ist sie?“

„Entspann dich“, sagt er und lacht über meinen Gesichtsausdruck. „Sie ist alt genug, und es war im Einvernehmen zwischen zwei Erwachsenen. Dass sie über Nacht bleibt, erschien mir nur kavaliersmäßig. Es war schon spät, und Emma ging es nicht so gut, weil sie den ganzen Tag getrunken hatte.“

Ich kriege heiße Ohren von seinem leichtfertigen Geständnis, versuche mir aber meinen überschäumenden Ärger nicht anmerken zu lassen. Er hat ja recht mit dem Einvernehmen zwischen Erwachsenen, aber es ist so scheinheilig von ihm, mit der kleinen Schwester seines Freundes zu schlafen, während er nicht müde wird, seine Freunde von mir fernzuhalten.

„Und wo war ihr Bruder?“

„Hat noch an einem Fall gearbeitet.“

„Ich kann nicht glauben, dass du etwas mit ihr hattest.“ Wütend funkele ich ihn an.

„Es ist ja nicht so, dass sie erst siebzehn ist“, entgegnet er, als wäre er beleidigt oder so.

Aus dem Augenwinkel sehe ich, wie Mia die Arme verschränkt. Ich mache dasselbe, funkele ihn noch wütender an und jage ihm im Geiste Dolche durch sein Hirn. Vic lacht leise und blickt dann zu Boden.

„Ich mag sie, okay?“, sagt er im Weggehen. Ich drehe mich zu Mia um, teile ihr ohne Worte mit, dass ich ihn hasse, und sie stimmt mir mit einem entschiedenen Nicken zu. Nachdem unser gemeinsamer Hass auf meinen Bruder konstatiert wurde, gehen wir wieder nach draußen und schenken uns zwei extragroße Gläser von der Sangria ihrer Mom ein.

„Alles in Ordnung?“, frage ich Mia, die aussieht, als hätte sie einen Frosch verschluckt.

Als sie nickt, ohne ein Wort zu sagen, folgt mein Blick ihrem zu Jenson und Oliver, die gerade lachend und sich unterhaltend den Garten betreten und aussehen, als kämen sie direkt von einem gottverdammten Fototermin bei Abercrombie. Als wären sie nicht verantwortlich für unser Unbehagen und unsere Unruhe. Ihr Anblick bringt mich innerlich zum Schäumen.

„Willst du gehen? Wir können das hier einfach sausen lassen“, schlage ich vor und hoffe, dass sie Ja sagt, tut sie aber nicht. Sie setzt ein Lächeln auf und wendet sich mir mit plötzlich ganz klaren Augen zu.

„Nö. Deine Eltern sind so glücklich, dass du dieses Jahr hier bist“, sagt sie und schiebt ihre Hand in meine. „Ich werd’s überleben.“

„Tun wir doch immer, oder?“ Ich lächele traurig, während ich beobachte, wie Oliver und Jenson zu Vic und den Mädchen rübergehen. Beide begrüßen die Jungs mit übertrieben aufgeregten Umarmungen, bei denen sich mir der Magen umdreht. Ich umklammere Mias Hand fester, als ich sehe, wie Emma sich geradezu an Oliver herandrückt, der auf sie hinablächelt.

„Ich rufe Nathan an", sagt sie plötzlich, woraufhin mir die Kinnlade runterfällt.

„Nee, oder?" Ich muss lächeln, ohne es zu wollen. Keine von uns versucht normalerweise, jemanden zu manipulieren oder eifersüchtig zu machen. Wyatt musste ich wohl auch nie eifersüchtig machen, weil er sowieso schon von Natur aus übertrieben eifersüchtig war, aber Mia war eigentlich auch nie so. In einer Sache sind sich die Freunde meines Bruders alle ähnlich: Sie sind sehr überzeugt von sich. So selbstbewusst, dass sie glauben, jede Frau sicher in der Tasche zu haben. Jenson hat Mia immer behandelt, als würde sie ihn niemals verlassen – nicht, dass er gemein gewesen wäre, aber er nahm sie eindeutig als selbstverständlich hin. So flippig sie jetzt manchmal ist, mit Jenson war sie das genaue Gegenteil – ihm stets zu Diensten, immer ruhig, wenn er dabei war, weil er der Wilde von den beiden war. Als es in die Hose ging, kam sie aus ihrem Kokon wie eine Raupe, die zum Schmetterling wird. Ich weiß, dass ihre lautstarken Kommentare ihr mehr als alles andere als Schild dienen, denn nach Jenson war sie nie wieder dieselbe. Zumindest nicht in der Öffentlichkeit. Die wahre Mia bekomme ich nur in Momenten wie diesem zu Gesicht, wenn sie still und verletzlich ist. Ich sehe zu den Jungs rüber, die sich lachend mit diesen Mädchen unterhalten, und beschließe … scheiß drauf … wir können auch unseren Spaß haben.

„Sag ihm, er soll ein paar Freunde mitbringen", fordere ich sie auf und blicke böse von hinten auf Olivers jetzt kurzes Haar. Er hat es sich wohl vor seinem Vorstellungsgespräch abschneiden lassen. Natürlich sieht es immer noch toll aus, zurückgebürstet, sodass es sich über dem Kragen seines Poloshirts kringelt. Er hat sich auch den Bart gekürzt, sodass er dünner aussieht, kaum vorhanden.

„Los geht's", sagt Mia, die wütend auf ihrem Telefon herumtippt. „Wir kommen wieder." Ich folge ihr zur Seitentür hinaus und lache, als sie noch ein „Arschlöcher" grummelt. Ich liebe sie.

Wir gehen nach oben in mein Zimmer, und sie hilft mir, die Herzen, an denen ich gearbeitet hatte, auseinanderzuklamüsern, bis Nathan anruft und uns sagt, dass sie da sind. Wir rennen förmlich die Treppe runter und stürzen hinaus, um Nathan, Hunter (ja, meinen „ersten" Hunter) und Steven zu begrüßen. Mit den Jungs hingen wir während der Highschool und dem College ab. Sie sind nett, und mit ihnen kann man einfach richtig Spaß haben.

„Ich habe euch ja eine Ewigkeit nicht gesehen", sagt Hunter, nachdem er jede von uns stürmisch umarmt hat.

„Ich weiß. Was ist denn aus dem Mädchen geworden, mit dem du zusammen warst? Emily?"

„Wir machen gerade so was wie eine Pause. Fernbeziehungen sind hart", meint er schulterzuckend. „Aber ich glaube, irgendwas ist da zwischen uns."

Darüber muss ich lächeln. Wir reden eine Weile, und ich vergesse völlig die Party hinten im Garten und die Typen, die wir eigentlich eifersüchtig machen wollten. Ich habe das Gefühl, Mia geht es genauso. Ich komme mir vor, als wären wir wieder auf der Highschool, und manchmal braucht man nichts anderes, als sich ein bisschen unreif zu benehmen. Wir lachen und machen Witze über Nathans Wrestling-Zeit, und nach einer albernen Demonstration eines der Griffe – bei dem ich als Sparringspartner herhalte – lande ich mit den Knien zuerst auf der Erde. Ich lache zwar, aber es tut weh.

„Alles klar?", fragt Nathan und inspiziert die Verletzung wie der besorgte Rettungssanitäter, der er ist.

„Schon gut. Offensichtlich bin ich zu alt für den Scheiß, aber ich werd's überleben", sage ich und bringe uns alle zum Lachen.

„Komm, ich trag dich Huckepack nach drinnen, um der guten alten Zeiten willen", bietet Hunter augenzwinkernd an.

Aus irgendeinem schrägen Grund rennt Hunter in den Garten und ruft irgendwas über eine Zombie-Apokalypse. Ich bin mir ziemlich sicher, dass er versucht, jemanden aus *The Wal-*

king Dead zu imitieren, aber die Stimme, die er macht, ist total daneben. Ich klammere mich an ihm fest, lache hysterisch, und meine Haare fliegen wild umher, während Mia, Nathan und Steven uns folgen. Wir lachen so laut, dass sich der ganze Garten geschlossen zu uns umdreht.

„Na toll, das hat uns gerade noch gefehlt", grinst Vic, als Hunter stehen bleibt, um ihn zu begrüßen, mich immer noch über der Schulter. Vic und seine Freunde hatten immer schon einen Narren an diesen Typen gefressen. Früher surften sie zusammen, und ich bin mir ziemlich sicher, dass sie an Thanksgiving immer noch zusammen Fußball spielen.

„Lange nicht gesehen, Mann", sagt Hunter, geht herum und begrüßt alle, während ich immer noch an seinem Rücken hänge. Ich jammere über mein Knie und bin kurz davor, abzuspringen, als er mich herumschleudert und mich auf seinen Unterarmen wieder auffängt, als wären wir bei den Cheerleadern, sodass ich mit dem Kopf nach unten baumele und meine Haare über dem Rasen hängen.

„Würdest du sie wieder absetzen? Du weißt, dass es nicht gut für ihren Kreislauf ist, lange in dieser Position zu bleiben", sagt Oliver, der Arzt, als hätte ihn irgendjemand nach seiner Meinung gefragt.

Daraufhin schnauben alle verächtlich.

„Bitte, Kumpel, vergiss mal die Arbeit", sagt Jenson.

„Lass mich runter", sage ich lachend, während ich mir die Haare aus dem Gesicht streiche.

Hunter blickt lachend auf mich runter und schüttelt den Kopf. Als er sich zu mir beugt, reiße ich die Augen auf. Ich glaube nicht, dass er vorhat, mich zu küssen oder so, aber trotzdem flippe ich innerlich aus. Er flüstert mir so laut ins Ohr, dass es jeder hören kann. „Die Zombies sind immer noch da draußen. Aber gut, wenn deine Knie in Ordnung sind, kann ich dich absetzen."

Ich lache, als er zurückweicht, und schlage ihm gegen die Brust, dann winde ich mich aus seinem Griff, bis er mich auf die Füße stellt. Ich halte mich an seinen Armen fest, um einen stabilen Stand zu finden.

„Du hättest es mir ruhig sagen können, wenn du mich begrapschen willst“, sagt er flirtend.

„Ich hab dir doch gesagt, wir sind zu alt für diesen Quatsch. Jetzt ist mir schwindelig“, sage ich.

„*Du* bist zu alt für diesen Quatsch. Mir geht's gut. Wenn du später noch mal willst, weißt du ja, wo du mich findest.“

„Elle, kann ich dich kurz sprechen?“, sagt Oliver plötzlich. Hunters und mein Blick schnellen zu ihm, ebenso der von Vic und Jenson.

„Denke schon.“ Meine Stimme klingt etwas quietschig. Als mein Blick seinen funkelnden grünen Augen begegnet, rutscht mir das Herz irgendwo zwischen meine Leber und meine Gallenblase. Ich sehe Hunter an und lächele. „Ich bin gleich wieder da.“

Er lächelt und zuckt mit den Schultern. „Wir sind hier. Komm her, Meep, du bist die Nächste“, sagt er und macht einen Satz auf Mia zu, die lachend zurückweicht.

„Jetzt wird's interessant“, murmelt Jenson.

„Noch ein blaues Auge kannst du dir nicht leisten“, höre ich Vic noch sagen, bevor ich hinter Oliver her außer Hörweite gehe.

Er führt mich unter den riesigen Baum am anderen Ende des Gartens. Ich gehe, bis ich direkt vor ihm stehe, da, wo der Baumstamm uns größtenteils vor den Blicken meines Bruders und der anderen Leute schützt.

„Was ist los?“, frage ich und schaue stur auf den Rasen zwischen unseren Füßen.

„Was los ist?“, fragt er. „Was los ist? Fragst du das im Ernst?“

Seufzend und müde blicke ich zu ihm auf. Mich nervt, dass sein Gesicht mein Herz derart zum Hämmern bringt. Mich nervt, dass seine Augen und wie er mich ansieht alles andere so … klein wirken lassen.

„Wie ist dein Vorstellungsgespräch gelaufen?“, frage ich.

Er schließt für einen Moment die Augen und streicht sich mit der Hand über die Haare.

„Mir gefallen deine Haare so“, biete ich ihm an. „Und dein gestutzter Bart.“

Oliver macht die Augen wieder auf und lächelt – ein kleines bisschen, aber besser als nichts. „Danke, und das Gespräch ist super gelaufen. Die Gespräche … es waren zwei …“, sein Blick schweift über meine Schulter, als er das sagt, also warte ich ab. Als er nichts weiter dazu sagt, lächele ich unbeholfen.

„Gut. Ich wusste es.“

Wir sehen uns für einen langen Moment des Schweigens an, und ich wünschte so sehr, er würde seine weichen Lippen auf meine drücken und dieses Zögern einfach wegküssen.

„Also … Hunter“, sagt er schließlich.

Ich lache kurz auf. „Wir gehen nicht miteinander aus oder so, falls du darauf hinauswillst“, sage ich, als ich mich an unser Zusammentreffen im Krankenhaus erinnere.

„Ich wollte nicht …“ Er hört auf zu sprechen, seufzt und lehnt sich mit dem Rücken gegen den Baumstamm, wobei er den Kopf nach oben neigt und seinen Hals präsentiert. Ich will nichts mehr, als mich vorzubeugen und seinen Adamsapfel zu küssen.

„Das ist so schwer für mich, Elle. Ich glaube, du verstehst nicht, wie schwer.“

„Was?“, frage ich, und mein Herz schlägt mir bis zum Hals, als ich darauf warte, dass er die Bombe platzen lässt, dass er mich verlässt.

Er sieht mich wieder an. „Ich dachte eben wirklich, ich haue ihm eine rein. Hunter, meine ich.“

Mein Herz macht einen Satz bei diesem Geständnis, und ich komme mir mies vor, dass seine Eifersucht diese Wirkung auf mich hat. Wyatts Eifersucht hasste ich, sie regte mich auf und machte mich wütend, aber wenn Oliver so etwas sagt, habe ich das Gefühl, mein Körper bricht in Frohlocken aus.

„Warum?“, frage ich und trete näher.

„Er kam hier rein und hat dich völlig sorglos herumgetragen. Es ist so leicht für ihn. Vic hat nicht mal mit der Wimper gezuckt, als er euch gesehen hat.“

„Weil wir Freunde sind“, flüstere ich und komme ihm noch ein Stückchen näher.

„Das weiß ich ja, aber trotzdem. Ich habe mir vorgestellt, was passieren würde, wenn ich dasselbe machen würde, und das Ergebnis war nicht so schön.“

„Willst du damit sagen, wir sollen es beenden?“

„Nein. Das würde ich niemals sagen.“ Der Ernst in seiner Stimme lässt mich wieder zu ihm schauen.

„Warum nicht?“

„Das hatten wir doch schon“, sagt er leise, und seine Hand ergreift meine. „Ich will dich.“

„Dann nimm mich“, antworte ich, und seine Miene verdunkelt sich. Er verschränkt seine Finger mit meinen und zieht mich etwas näher. „Wir werden noch erwischt“, flüstere ich.

„Ich will dich gerade so sehr.“ Seine Stimme ist ein Knurren an meiner Wange.

Ich entziehe mich ihm, lasse seine Hand los und blicke durch meine Wimpern hindurch zu ihm auf. „Vielleicht solltest du in ein paar Minuten in das Badezimmer an der Seite des Hauses gehen“, flüstere ich verschwörerisch. Ich will das hier … was immer es ist. Solange ich es haben kann, will ich es.

Er beißt sich auf die Unterlippe. „Fünf Minuten.“

„Fünf Minuten.“ Ich lächele, als ich mich von ihm entferne und rüber zu Mia gehe.

„Was hat er gesagt?“, erkundigt sie sich sofort.

„Dass er Hunter am liebsten umgebracht hätte, als er uns hat reinkommen sehen.“

Sie lacht. „Das war eine ganz schöne Show. Jenson funkelt mich auch schon die ganze Zeit böse an.“

„Tja, als hätten wir es geahnt.“

„Er ist so ein Arschloch. So ein gut aussehendes, übermäßig verantwortungsbewusstes Arschloch“, sagt sie im selben Atemzug über Jenson und schüttelt den Kopf. „Hat Bean gesagt, ob er den Job angenommen hat?“

Ich ziehe eine Schnute. „Er hatte Vorstellungsgespräche. Ich bezweifle, dass sie ihm vom Fleck weg eine Stelle angeboten haben.“ Die Vorstellung, dass er bald schon so weit weg einen Job finden könnte, versetzt mir einen Stich. Ich habe beschlossen, diese letzten Wochen oder Monate zusammen dazu zu nutzen, um genau das zu sein – zusammen. Über den Rest mache ich mir später Gedanken. Mit dem Schmerz setze ich mich auseinander, wenn er da ist, und ich gebe zu, dass ich insgeheim hoffe, dass er nie kommt.

„Leute! Die Steaks sind fertig!“, ruft meine Mom, und die Menge beginnt, sich geschlossen in ihre Richtung zu drängen.

„Kommst du nicht mit?“, fragt Mia, als sie merkt, dass ich zurückbleibe.

„Gleich. Ich muss kurz von drinnen noch was holen“, erwidere ich und gehe in die entgegengesetzte Richtung, als sie sich beeilt, um Steven, Nathan und den Rest der Truppe einzuholen.

Als ich im Bad bin, stoße ich einen erwartungsvollen Atemzug aus. Ich höre Schritte, und mein Herzschlag setzt aus, erst kurz und dann vollständig, als Oliver zu mir ins Bad kommt und seine Gegenwart meine ganze Aufmerksamkeit auf sich zieht. Mein Blick wandert seinen Körper entlang, den zu betrachten ich wohl niemals müde werde. Es kommt mir vor, als hätte er diese Reaktion schon immer von mir bekommen, solange ich denken kann. Er greift nach hinten, um die Tür zu verriegeln, und lächelt dieses träge, sinnliche Lächeln, das mich immer in eine sanftere Version meiner selbst verwandelt. Im nächsten Atemzug legt er seine Hände um meine Taille, zieht mich an sich und nimmt mit seinen Lippen die meinen in einem langsamen Kuss gefangen. Es ist ein süßer, zärtlicher Kuss, und alles in mir zieht sich zusammen.

Ich greife nach seinem Gesicht, will am liebsten alles gleichzeitig berühren – seinen Hals, seine Arme, sein Shirt … Und obwohl wir uns in einem Badezimmer befinden und es schnell gehen sollte, sagt mir sein Blick etwas ganz anderes. Er öffnet den Reißverschluss seiner Jeans und zieht sie sich zusammen mit seinen Boxershorts runter. Als er mir dabei zusieht, wie ich dasselbe mache, bringt er mit seinem Blick das letzte bisschen Entschlossenheit, das ich aufgebaut hatte, zum Einsturz. Ich schlüpfe aus meinen Flip-Flops, meiner Jeans, meinem Stringtanga, drehe mich um und stütze mich auf dem Waschbecken ab, wobei meine Augen den seinen im Spiegel begegnen. Als ich mich vorbeuge, verlässt sein Blick vorübergehend meine Augen, um zu betrachten, was ich da für ihn entblöße. Als er mich wieder anschaut und ich die Gier darin sehe, klammere ich mich noch fester. Meine Augen bleiben an seinem Ständer hängen, und ich lecke mir die Lippen in der Erwartung, ihn gleich wieder in mir zu spüren.

Oliver stellt sich zwischen meine Beine, und nimmt für einen langen Moment einfach nur meinen Po in beide Hände, seine Augen sind geschlossen, seine Brust angespannt. Ich mache einen Schritt zurück und dränge ihn, in mich zu dringen, doch er streichelt weiter meine Pobacken und fährt mit den Fingern durch meinen feuchten Schritt.

„Ich bin bereit für dich", flüstere ich und erbebe unter seiner Berührung.

„Ich weiß." Er lehnt sich vor und gibt mir einen Kuss zwischen meine Schulterblätter. „Du warst schon immer bereit für mich." Langsam und vollständig versenkt er sich in mich, und ich beiße mir auf die Lippe, um nicht aufzuschreien. „Du bist so was von bereit für mich", stöhnt er und legt an Tempo zu. Einer seiner Arme wandert zu meiner Schulter und der andere an meine Taille, während seine Stöße härter werden. Ich versuche, keinen Laut von mir zu geben, aber ich kann nichts dagegen tun. Ich fühle mich so ausgefüllt, so gut.

„Pssst“, flüstert er mir ins Ohr und leckt die empfindliche Stelle darunter. „Du bist so perfekt, Elle. So perfekt für mich.“

Seine Worte und sein liebender Blick, den ich im Spiegel sehe, lassen mein Herz noch schneller schlagen. Ich stoße meinen Hintern gegen ihn, als ich seine Zähne in meiner Schulter spüre.

„Oliver“, keuche ich, als seine Hand beginnt, meine Klitoris zu reiben. Sein Streicheln wird schneller, das feuchte Klatschen seines Beckens gegen meinen Hintern lauter und rascher.

„Elle“, stöhnt er dicht an mir, gefolgt von einem Wortschwall *Komm, bitte komm, Baby. Ich ertrage es nicht, wenn du mich so eng umschließt.* Ein Funke entzündet mich von den Zehenspitzen bis zum Scheitel und breitet sich aus wie ein Lauffeuer, während sich tief in mir alles zusammenzieht und mein Inneres vibriert. Ein Orgasmus schüttelt mich in dem Moment, in dem er sich in mich entlädt und sein Schwanz bei jeder Salve zuckt.

Oliver vergräbt sein Gesicht an meinem Hals und atmet heftig. Mein Kopf fällt nach vorn, und ich versuche, wieder zu Atem zu kommen. Draußen sind Schritte zu hören, unsere Köpfe fliegen hoch, und wir blicken einander voller Panik im Spiegel an. Ich zucke zusammen, als er sich schnell aus mir zurückzieht und mir Papiertücher reicht, und fange an, mich wieder anzuziehen, während er sich selbst die Hose wieder hochzieht. Wir sind nicht ansatzweise vorzeigbar – meine Haare sind zerzaust, und unsere Gesichter glänzen nach unserem kleinen Intermezzo –, aber ich gebe ihm trotzdem ein Zeichen, dass er rausgehen soll. Er schließt die Tür hinter sich, aber sobald er draußen ist, höre ich laute Stimmen, gefolgt von einem Drehen am Türgriff.

„Wer zum Henker ist da drin?“

Voller Panik schnapp ich nach Luft, doch sie bleibt mir im Hals stecken, als mir klar wird, dass die vorwurfsvolle Stimme da draußen vor der Tür meinem Bruder gehört.

„Ich schwöre bei Gott, Oliver, ich liebe dich. Du bist mein Bruder, aber wenn das da drin die ist, die ich denke …“, sagt er und lässt diesen Gedanken eine Weile im Raum stehen. Er hämmert mit der Faust gegen die Tür. „Mach die Tür auf!“, ruft er und lässt mich einen Satz nach hinten machen.

Aber ich kann mich nicht rühren. Bin völlig erstarrt und fixiere nur die Tür, während mich eine neue Welle der Erwartung durchfährt – von einer ganz anderen Art als die beim Betreten des Badezimmers. Als ich schließlich spüre, wie mir die Tränen in die Augen steigen, gehe ich zur Tür, um sie aufzuschließen, halte aber inne, als ich ihn wieder sprechen höre.

„Estelle fehlt am Tisch … Estelle und du, ihr seid die Einzigen, die fehlen. In ihrem Zimmer ist sie nicht, und Mia hat auch keine Ahnung, wo sie ist … Hunter weiß nicht, wo sie ist … und ich würde wirklich gerne glauben, dass sie nicht mit dir da drin war“, sagt Victor mit tiefer und drohender Stimme.

„Ich liebe sie, okay?“, bricht es plötzlich aus Oliver hervor. Ich bekomme weiche Knie, und immer mehr Tränen verschleiern mir die Sicht. Ich entriegele die Tür und öffne sie. Der Unterkiefer meines Bruders hängt schlaff herunter, doch sobald er sich wieder gefangen hat, wird sein Blick mörderisch.

„Meine Schwester? Du fickst meine Schwester?“, ruft er, als bräuchte er immer noch eine Bestätigung, obwohl er mich vor sich sieht.

Oliver wirft mir einen Blick zu, der meine Brust noch enger werden lässt. „Ich liebe sie.“

„Du liebst sie?“, brüllt Victor und stößt ihn zurück. Ich haste auf sie zu und halte Victor am Arm fest.

„Vic, hör auf!“

„Du liebst sie? Wie kannst du sie lieben, wenn du weggehst? Du hast gerade eine Stelle vier Stunden von hier entfernt angenommen, du Wichser“, schreit er.

„Dir wurde eine Stelle angeboten, und du hast sie angenommen?“, frage ich leise mit zitternder Stimme und lasse Victors Arm los. Er nutzt die Gelegenheit, einen Satz nach vorn zu machen, auszuholen und Oliver einen Schlag ins Gesicht zu verpassen.

Oliver zuckt zusammen und greift sich ins Gesicht, aber sein Blick bleibt auf mich gerichtet. „Ich wollte noch mit dir darüber reden."

„Du hast es ihr noch nicht mal gesagt?", brüllt Victor und schlägt ihn erneut. „Du fickst meine Schwester und hast noch nicht mal den Anstand, ihr zu sagen, dass du weggehst? Wie lange geht das schon?"

„Das ist eine Sache zwischen mir und ihr", sagt Oliver Blut spuckend, die Hände am Körper zu Fäusten geballt, als müsse er sich beherrschen, nicht zurückzuschlagen.

„Zwischen dir und ihr? Es gibt kein du und sie!" Seine Stimme überschlägt sich, und er dreht sich nach Atem ringend zu mir. „Elle, es gibt kein du und Oliver."

Er spricht die Worte aus, und ich weiß nicht, wie mein Gesicht aussehen muss, aber wenn es so in sich zusammenfällt wie mein Inneres, sieht er es bestimmt. Es facht seine Wut von Neuem an.

„Du Scheißkerl!" Er geht wieder auf Oliver zu, und da reagiere ich endlich und klammere mich an Victors Arm fest, als ginge es um Leben und Tod, und halte ihn zurück. So verletzt ich auch bin, ich will nicht, dass er weiter ungeschützte Schläge an Oliver austeilt, der sie einsteckt, als hätte er sie verdient.

„Hör auf, Victor. Hör endlich auf", schreie ich.

„Weißt du, wie viel sie durchgemacht hat? Weißt du verdammt noch mal, was sie im letzten Jahr alles durchgemacht hat? Sie kann keinen Typ wie dich gebrauchen, der ihre ganzen Wunden wieder aufreißt!", fährt Victor lautstark fort.

Schließlich bildet sich eine Menge um uns, alle scheinen gleichzeitig aus dem Nichts aufzutauchen. Jenson lässt seinen Teller zu Boden fallen, kommt auf uns zugerast und stößt Victor zurück.

„Dieses Arschloch ...", er atmet heftig ein. „Vögelt mit Estelle herum!"

„Ich vögele nicht mit ihr herum!“, knurrt Oliver. Victor bricht wieder nach vorne aus, aber Jenson hält ihn zurück.

„Ich habe dir vertraut. Wann hat das angefangen? Ich habe dir verflucht noch mal vertraut! Du bist wie ein Bruder für mich! Wie konntest du das verdammt noch mal tun?“, brüllt Victor.

Erst als Mia zu mir gerannt kommt und mich in den Arm nimmt, merke ich, wie stark ich zittere. Sie versucht, mich von dem Tumult wegzuziehen, aber ich rühre mich nicht vom Fleck, bis mein Dad auf uns zugestampft kommt.

„Victor, in mein Arbeitszimmer. Sofort“, sagt er in einem Tonfall, der keinen Raum für Diskussionen lässt. „Oliver. In mein Arbeitszimmer. Sofort.“

Victor wirft ihm einen Blick zu. „Kannst du glauben …“

„Sei still und geh in mein Arbeitszimmer, und fass ihn ja nicht noch mal an.“

Stille kehrt ein, und Oliver versucht, an ihnen vorbei zu mir zu gelangen, aber ich schüttele langsam den Kopf, weil ich alles nicht noch schlimmer machen will. Ich muss sowieso nachdenken. Ich muss irgendwie weg von diesen Leuten und nachdenken. Ich schlucke meine verletzten Gefühle hinunter und gehe schweigend zu Mias Auto. Meine Mom und ihre fangen uns ab, um mich zu umarmen und mir zu sagen, wie leid es ihnen tut, neben einer Million anderer Fragen. *Wann ist das denn passiert? Liebst du ihn? Warum hast du uns nichts davon gesagt?* Aber ich antworte nicht. Ich sage nicht, dass es schon vor so langer Zeit passiert ist, dass ich mich gar nicht an eine Zeit erinnern kann, in der es noch nicht passiert war. Ich schreie ihnen nicht entgegen, dass ich es ihnen deswegen nicht erzählt habe, weil ich genau das vermeiden wollte, was gerade passiert ist, oder weil ich eigentlich gar nicht wusste, was es zu berichten gab. Und schließlich sage ich auch nichts darüber, dass ich das Gefühl habe, dass mein Herz komplett aufgeschlitzt wurde, dass es nicht nur zerbrochen, sondern in einem riesigen Blutbad explodiert ist.

Ich steige ins Auto, und die Jungs, Nathan, Steven und Hunter, kommen mit. Steven und Nathan quetschen sich auf den Rücksitz, während ich gezwungen bin, vorne auf Hunters Schoß zu sitzen. Sobald mein Gesicht seine Brust berührt, verliere ich die Beherrschung und fange an zu schluchzen. Er hält mich einfach wortlos im Arm, bis wir an Nathans Haus angekommen sind und sie aussteigen.

„Es tut mir so leid, Elle", sagen alle drei und umarmen mich kurz. Sie wissen, was ich durchgemacht habe. Sie waren bei der Beerdigung da und auch später. Sie haben mir die Jahre hindurch die Hand gehalten, damals, als mein Herz nur ein bisschen angeknackst war, und später, als es nur ein bisschen gebrochen war; also ist es nur richtig, dass sie jetzt auch bei seiner völligen Zerstörung dabei waren.

Als ich wieder im Auto sitze, fahren wir schweigend zum Strand, wo wir meistens an besonders guten oder hundsmiserablen Tagen hinfahren. Wir laufen zu den schwarzen Felsen. Sie sind unser Lieblingsplatz, unsere Stütze, unser zusätzlicher bester Freund, unsere Trittleiter zu unserem Erfolg und ein Packesel für unsere Probleme. Nachdem wir nebeneinander Platz genommen haben, bietet Mia mir ihre Hand an … ihre Schulter … ihr Ohr … und ich heule, bis ich mit der traurigen, niedergeschlagenen Symphonie meiner Tränen den Wellen Konkurrenz machen kann.

33. Kapitel

Ich schätze mich glücklich, dass ich schon zwei Mal verliebt war.

Manchen wird nicht einmal der Luxus zuteil, eine Person zu finden, mit der sie sich auf einer tieferen Ebene verbunden fühlen. Ich liebte beide gleich viel und doch unterschiedlich. Der eine war mein Mentor, mein Freund, mein Geliebter. Er hat mir die Augen für das Großartige geöffnet, zu dem ich fähig war. Er glaubte an mich, als andere dachten, ich würde es nicht schaffen. Als ich ihn verlor, weinte ich wochenlang jeden Tag, trauerte monatelang. Ich trauerte um den Verlust eines jungen Lebens, eines beliebten Künstlers, einer Lichtgestalt in unserer Gemeinschaft und meines Lebens. Noch immer vermisse ich sein Lächeln und den Duft seiner Hände, selbst wenn er zehn Zigaretten geraucht hatte. Ich vermisse seine Erzählungen von den Dörfern, die er gesehen hat, und den Menschen, denen er dort begegnet ist. Ich vermisse sogar seine Wutanfälle und wie er mit Farbe um sich warf, wenn das Licht draußen in Mondlicht überging. Ich verliebte mich in Wyatt an dem Tag, an dem er mir beibrachte, meinen Schmerz in meine Kunst zu lenken. Zerschmettere alles, sagte er und half mir, Teller und Gläser zu zerschlagen. Hasse die Welt, rief er und hieb mit einem Hammer auf hölzerne Vorlegelöffel ein. Er sah zu, wie ich zusammenbrach, und danach las er mich zusammen mit den Glasscherben um mich herum vom Boden auf. Wir klebten alles zusammen, Stück für Stück, und als wir fertig waren, hatten wir das schönste gebrochene Herz gemacht, das ich je gesehen hatte.

Der erste Junge, in den ich verliebt war, erzählte mir immer Geschichten von Königen und Königinnen, von Krieg und

Frieden und von seiner Hoffnung, irgendwann einmal für jemanden der Ritter in strahlender Rüstung zu sein. Ich fieberte bei seinen abendlichen Geschichten mit, hing an seinen Lippen, während er lebhaft erzählte, und freute mich, wenn seine grünen Augen strahlten, weil ich über einen seiner Witze lachte.

Er zeigte mir, wie es sich anfühlt, liebkost und innig geküsst zu werden. Später brachte er mir bei, wie schmerzhaft es ist, jemanden zu verlieren, der einem viel bedeutet. Wie man mit einem gebrochenen Herzen weiterlebt, brachte er mir leider nicht bei. Ich habe mich oft gefragt, ob ich diese Lektion verpasst habe. Heute frage ich mich, ob er selbst vielleicht versucht hat, dahinterzukommen, oder ob er die ganze Zeit einfach überhaupt keine Gefühle hatte. Als er mich in jener Nacht verließ, habe ich mich gefragt, ob er zurückkehren würde. Als es mit Wyatt ernster wurde, habe ich nachts oft wach gelegen und gedacht: *Was, wenn Oliver jetzt durch diese Tür käme und mich bitten würde, mit ihm zu kommen? Würde ich gehen?* Ich bekam nie eine Antwort darauf, denn er kam nie. Ich möchte gerne glauben, dass sich meine Verlobung auf nichts gründete als meine Liebe für Wyatt, aber jenes „was wäre wenn“ stand immer im Raum.

Anders als um Wyatts Verlust hörte ich niemals auf, um Oliver zu trauern. Ich hörte nie auf, weil mein Herz keine Zeit hatte zu verheilen, ehe er zurückkam und mitten hindurchbrauste. Oliver brachte mir bei, was Liebeskummer und Sehnsucht sind. Er zeigte mir, wie man den Schmerz mit einem Lächeln empfängt, denn so schön das Leben auch ist, manchmal begegnet es uns in Formen, die wir nicht wiedererkennen. Er lehrte mich, dass die Liebe – die wahre, beflügelnde, wahnsinnig machende, überwältigende, dich nackt zurücklassende Art von Liebe – einen höher fliegen lässt, als man je für möglich gehalten hätte. Doch wenn man fällt, landet man in den tiefsten, dunkelsten Schluchten, aus denen man sich allein, aus eigener Kraft wieder herausziehen muss.

Die Herzen, die ich mache, sind zerbrochen und doch ganz. Es sind Kaleidoskope, die in der Sonne strahlen. Sie stehen für die Hoffnung in der Liebe, wenn man sie verloren hat, denn wie bei der Liebe kann man ein Kaleidoskop auf tausend verschiedene Arten betrachten und jedes Mal etwas Neues darin entdecken. Zerbrochen oder nicht, wenn man genau hinsieht, findet man etwas Schönes darin, und sind nicht alle schönen Dinge ein bisschen zerbrochen?

34. Kapitel

Warum konnte ich das Bild nicht einfach verschicken?

Ich seufze zum gefühlt millionsten Mal, und endlich macht Mia die Musik aus.

„Okay, sprich. Ich weiß, dass es dir schlecht geht, und ich weiß, wie nervig du werden kannst, wenn du etwas in dich hineinfrisst, also lass es raus. Worüber denkst du nach?"

Ich seufze wieder.

„Und hör verdammt noch mal auf zu seufzen!", sagt sie in einem Tonfall, der mich zum Lachen bringt.

„Tut mir leid. Ich bin nur … Ich komme mir so blöd vor. Ich wusste es doch", ich mache eine Pause, um Luft zu holen und neue Tränen zurückzuhalten. Ich hab es so satt, um diesen Typen zu weinen. „Ich kenne ihn ja …"

„Weißt du, was mich an ihm stört?", fragt Mia plötzlich, greift nach meiner Hand und drückt sie. „Wie kann jemand so Kluges so verdammt blöd sein?"

Lachend wische ich mir übers Gesicht. „Das frage ich mich die ganze Zeit."

„Da sieht man's mal wieder. Männer. Sie können noch so stark, intelligent, erfolgreich sein … ihnen fehlt einfach das kleine Fünkchen, das sie vom besseren Geschlecht unterscheidet."

Als unser Gelächter verklingt, wende ich mich ihr zu. „Weißt du, was mich an ihm stört? Dass ich wirklich glaube, dass er mich liebt. Ich sehe es, wenn er mich ansieht. Ich spüre es, wenn er mich berührt. So lange habe ich mich gefragt, was es ihm bedeutet, und die Tatsache, dass ich ihn immer noch nicht dazu bewegen kann, zu bleiben, sagt eigentlich schon alles, oder?"

Ich lehne mich im Sessel zurück und kann nur noch mit dem Kopf schütteln. „Das Lustige ist, dass ihr alle denkt, ich würde einen Geist lieben, und ich liebe Wyatt auch, aber Oliver liebe ich schon, solange ich denken kann. Und alles, was ich an ihm liebe, sind Erinnerungen. Schöne und nicht so schöne Erinnerungen … Und es schmerzt umso mehr, weil Oliver ein Geist ist, den ich anfassen und spüren kann, und der mich zu sich lockt und mich jedes Mal in seinen Bann zieht, wenn er in meiner Nähe ist." Ich seufze. „Das Leben ist ein Arschloch."

***

Ich gebe das Bild auf und gehe gerade noch rechtzeitig an Bord.

Als ich das Telefon ausschalten will, vibriert es und zeigt einen Anruf von Oliver an. Ich starre so lange darauf, bis die Mailbox anspringt, und versetze es dann in den Flugmodus. Während des Flugs sehe ich mir einen Film an, der mich zum Heulen bringt, weil ich blöde Kuh mir einen ausgesucht habe, der für tonnenweise Golden Globes nominiert wurde. Als ich in New York ankomme, bin ich reif für die Dusche und mein Bett, und nach einem endlosen Gespräch mit meiner Maklerin während der Taxifahrt habe ich zu alledem auch noch das Gefühl, dringend einen Drink zu brauchen. Nach einer langen Dusche mache ich es mir im Bett gemütlich und höre die Nachricht von Oliver ab. Mein Akku ist so gut wie leer, daher will ich nur noch das erledigen, bevor ich das Licht ausmache. Sobald ich seine Stimme höre, schließe ich die Augen und schlinge meine Arme um … *mich selbst.*

„Es tut mir so leid, Elle", sagt er mit einer tiefen Reibeisenstimme. „Ich weiß, dass du in New York bist, aber wir müssen reden. Bitte ruf mich an. Mir ist klar, dass du viel zu tun hast, aber ich werde hier sein, also bitte …"

Mein Handy gibt den Geist auf, bevor er seinen Satz beendet hat. Mit zitternder Hand lege ich es hin und schließe die Augen. Ich muss mich jetzt auf andere Sachen konzentrieren, und auch wenn es für andere vielleicht keine große Sache zu sein scheint, ist es das für mich sehr wohl. Wyatts Bild zu verkaufen war das eine, aber es physisch loszulassen wird noch mal etwas ganz anderes sein.

Nachdem ich am nächsten Morgen zum x-ten Mal die Schlummertaste am Wecker gedrückt habe, muss ich mich beeilen, um es noch rechtzeitig zur Wohnung der Käuferin zu schaffen. Kaum bin ich auf ihrer Etage angekommen, brummt mein Handy wieder. Ich reiße die Augen von dem Bild auf der Sackkarre des Portiers los, um in meiner Handtasche danach zu kramen. Als ich es finde, sehe ich das Bild, das ich mal abends im Krankenhaus von Oliver gemacht habe. Sein flirtfreudiges Grinsen, das Zwinkern in seinen grünen Augen, seine Grübchen, alles strahlt mich an, während ich mein klingelndes Telefon in der Hand halte. Als ich es nicht mehr ertrage, ihn anzusehen, gehe ich dran.

„Elle, es tut mir leid“, sagt er augenblicklich, als könnte ich wieder auflegen, bevor er es herausgebracht hat. Seine Worte lindern den Schmerz in mir nicht im Geringsten. Wenn überhaupt, bricht seine Stimme alles in mir wieder auf. Ich hole tief Luft, als die Fahrstuhltür aufgeht und ich in einer Eingangshalle stehe. Priscilla Woods, der Käuferin, gehört das Penthouse.

„Hey“, sage ich nur.

„Wie war dein Flug?“, fragt er, und als ich nicht antworte, redet er weiter, „Elle? Bist du da?“

„Ja, ja, ich bin da“, erwidere ich und starre die dunkle getäfelte Tür an, als könnte sie mir die Stärke verleihen, dieses Gespräch und den Termin da drin durchzustehen.

„Bist du beschäftigt?“

Ich räuspere mich, als sich die Tür für uns öffnet und der Portier die feine Dame mit der eleganten Frisur begrüßt. „Ja, ich ruf dich an, wenn ich wieder zurück bin.“

Er macht eine lange Pause, und ich kann seinen inneren Disput förmlich hören. *Soll ich sie drängen oder ihr Raum geben?* Als er endlich wieder den Mund aufmacht, klingt er resigniert. „Bitte mach das. Wir müssen reden."

Ohne ein Wort des Abschieds drücke ich auf Auflegen und blicke auf, als Priscilla den Portier hereinwinkt.

„Estelle", schenkt sie mir lächelnd ihre Aufmerksamkeit. „Schön, Sie wiederzusehen."

„Ebenso, Mrs. Woods." Ich gehe auf sie zu und gebe ihr zur Begrüßung die Hand.

„Bitte, nennen Sie mich doch Priscilla."

Ich folge ihr, und unsere Absätze klackern über den Marmorfußboden ihres luxuriösen Apartments.

„Connor, stellen Sie es einfach da ab, bitte", sagt sie zu dem Portier. Er tut wie ihm geheißen und verbeugt sich beim Hinausgehen. „Ich bin so froh, dass ich mein Bild endlich habe", offenbart sie und sieht mich wieder an. „Ich war überrascht, so schnell von Ihnen zu hören. Was hat Sie dazu bewogen, sich davon zu trennen?"

Ich starre auf das Gemälde, das immer noch im mehrere Lagen Papier gehüllt ist, und zucke mit den Schultern. „Mir ist klar geworden, dass man manchmal die Vergangenheit loslassen muss, damit es im Leben vorwärtsgeht, auch wenn es wehtut. Vor allem, wenn es wehtut", korrigiere ich mich und lächele traurig.

Priscilla nickt. Ihre makellosen Hände greifen nach den beiden Champagnergläsern, die auf dem Tisch bereitstehen, die mir aber noch gar nicht aufgefallen waren. Sie reicht mir eines davon und nimmt einen Schluck von ihrem eigenen. „Ich habe meinen ersten Ehemann verloren, als wir noch ziemlich jung waren. Wir waren so verliebt." Ihr Blickt schweift zur Seite, und sie lächelt, als sie sich erinnert. „Er kam bei einem Autounfall ums Leben. Ein betrunkener Fahrer. Wir waren erst ein paar Monate zusammen. Wir haben geheiratet, nachdem wir uns erst eine Woche kannten. Es war eine stürmische Romanze", sagt sie und lacht leise, bevor sie noch einen Schluck trinkt. „Als ich ihn verlor, dachte ich, ich würde sterben, aber so war es nicht … und ich fand die Liebe wieder, bei Matthew. Wir sind jetzt seit zwanzig Jahren zusammen. Es ist jetzt dreiundzwanzig Jahre her, dass ich Eric verloren habe, und noch immer vergeht kein Tag, an dem ich nicht an ihn denke."

Ich nehme einen großen Schluck Champagner in der Hoffnung, dass er den Kloß in meinem Hals herunterspült, und plötzlich wird mir klar, dass der Kloß nicht wegen Wyatt da ist. „Sie haben sich ein schönes Leben mit ihm aufgebaut." Ich deute auf die Bilderrahmen auf dem Kaminsims mit Fotos von ihr mit einem lächelnden Mann. Auf anderen sind Hochschulabsolventen und kleine Kinder zu sehen.

„Ja, wir führen ein schönes Leben", sagt sie und lächelt, als ihr Blick meinem folgt. Als sich unsere Augen wieder begegnen, sind ihre voller Mitgefühl. „Okay, sehen wir uns mein neues Gemälde an."

Ihr Gemälde. Ich hole Luft und merke, dass es diesmal für mich in Ordnung ist. Ich packe die Leinwand aus, und während ich Schicht für Schicht entferne, wird das Bild sichtbar. Meine Fingerspitzen streifen über den äußeren Rand des Auges, und die Erinnerung, wie ich ihm beim Malen zugesehen habe, kommt wieder hoch. Dies ist mein Abschied, sage ich mir.

Priscilla greift nach den Perlen an ihrer Kette, während sie es bewundert. „Es ist sogar noch schöner, als ich es in Erinnerung hatte", flüstert sie.

„Ja", stimme ich zu, während ich das Papier in meinen Händen hin und her drehe und auf das Auge starre, das die letzten paar Jahre über mich gewacht hat – und das ich nach Wyatts Tod noch stärker gespürt habe.

Wir unterhalten uns noch eine Weile, und als sich ihre Aufmerksamkeit meinen Kaleidoskop-Herzen zuwendet, verspricht sie, mich bald anzurufen, um sich den Rest meines Katalogs anzusehen. Als wir uns verabschieden, blicke ich noch ein letztes Mal über meine Schulter und brenne das Bild, wie es an ihrer Wand aussieht, in mein Gehirn ein.

Ich kehre ins Hotel zurück und lasse es zu, ein wenig um meine Verluste zu weinen. Nachdem ich mich ausgeweint habe, bin ich auch wieder dazu in der Lage zu lächeln. Mir geht es trotz allem gut, vielleicht sogar noch besser als vor alldem. Als es zu dämmern beginnt und mir klar wird, dass ich noch eine Nacht in der Stadt bin und nichts zu tun habe, beschließe ich, mir ein Beispiel an Wyatt zu nehmen und selbst auf Erkundungstour zu gehen.

35. Kapitel

Gegenwart

Oliver

Ich kann an einer Hand die Male abzählen, als ich in meinem Leben Angst hatte, und bin nicht stolz darauf, zu sagen, dass das hier eins davon ist und ich außerdem niemandem dafür die Schuld geben kann außer mir selbst.

Ich verbiete mir die Vorstellung, dass ich sie diesmal vielleicht verloren habe, weil ich mich einfach weigere, diese Möglichkeit zu akzeptieren. Ich nehme mein Telefon und wähle die Nummer, die ich, seit sie abgereist ist, jeden Tag anrufe.

„Was ist los?" Victor hebt nach zweimal klingeln ab.

„Hat sie schon angerufen?", frage ich.

„Junge, entspann dich mal. Vielleicht solltest du eine Extraschicht arbeiten oder so", schlägt er vor.

Ich lache. „Ich habe gerade erst vierzehn Stunden gearbeitet. Das Letzte, was ich brauche, ist eine Extraschicht."

„Ich weiß nicht, was ich dir noch sagen soll, Mann."

Ich seufze. *Sag mir, dass ich noch eine Chance habe. Sag mir, dass sie mich erwähnt hat, dass sie an mich denkt und dass sie uns nicht aufgegeben hat.* Ich sage nichts von alldem, aber nur, weil ich weiß, dass er mir das ewig vorhalten würde.

„Hast du mit ihr gesprochen?", hake ich schließlich nach. Sie ist seit zwei Tagen zurück, und ich habe noch nichts von ihr gehört.

„Vielleicht zwei Sekunden lang. Abgesehen davon, dass sie sauer auf mich ist, war sie auch sehr beschäftigt. Sie …", er macht eine Pause, und ich höre ihn ausatmen. „Sie zieht bei mir aus. Offenbar hat ihre Maklerin ihr ein Haus am Strand vermittelt, das sie liebt“, fügt er mit leiserer Stimme hinzu.

Das sie liebt. Seine Worte köcheln einen Moment in meinem Kopf. *Ich* will das Objekt dieser Liebe sein. Ich bin es nicht wert, aber ich will es sein.

„Wann zieht sie um?“, frage ich.

„Ich soll ihr dieses Wochenende helfen. Sie hat aber auch in der Galerie viel zu tun gehabt. Ich glaube nicht, dass sie dir aus dem Weg geht, ich glaube, es ist einfach nur schlechtes Timing.“

„Scheiß auf schlechtes Timing“, sage ich und schlage auf mein Lenkrad. Ich atme einmal tief und lange ein und aus.

„Ich …“, er zögert. „Bean, du bist mein Bruder, das weißt du. Du warst öfter für mich da, als ich zählen kann, aber sie ist meine kleine Schwester.“

„Ich liebe sie mehr, als du dir überhaupt vorstellen kannst“, antworte ich, und es ist mir egal, ob ich mich wie ein Weichei anhöre, denn es ist die Wahrheit.

„Ich weiß. Deswegen werde ich auch mit ihr reden, aber ich glaube wirklich, dass sie dich doch noch anrufen wird.“

„Sag es ihr einfach, bitte. Wenn du vor mir mit ihr sprichst, sag es ihr, ja?“

„Mach ich“, verspricht er. „Alles klar, ich muss auflegen. Mein Mandant ist gerade gekommen.“

36. Kapitel

Gegenwart

Estelle

Ein Wirbelsturm aus Gefühlen tobt in mir, als ich das Büro meiner Maklerin mit den Schlüsseln zu meinem neuen Zuhause verlasse.

Bevor ich ging, hat sie mir versprochen, dass sie sich bald meldet, wenn sie ein paar potenzielle Objekte für meine Galerie hat. Der Mietvertrag in meinem jetzigen Laden läuft aus, und nachdem ich mit Wyatts Mom darüber gesprochen hatte, beschloss ich, mit der Galerie näher zu mir zu ziehen. Im Moment liegt sie schön nah bei unserem alten Haus und dem seiner Eltern, aber weit weg von meinem neuen Haus und meinen Eltern. Felicia erteilte mir auch hierfür ihren Segen und sagte, ich solle damit machen, was ich für richtig halte. Sie fragte nur nach einem von Wyatts Bildern, aber sonst nichts.

Ich parke vor der Galerie. Seit einigen Wochen gehört Dallas jetzt zum Inventar, wofür ich sehr dankbar bin. Er steht direkt neben der Eingangstür, schenkt mir ein übertriebenes Lächeln und begrüßt mich wie der Gastgeber einer Gameshow.

„Oh Gott, ich hoffe, du begrüßt die Leute nicht auch so, denn sonst werden aus meinen drei Kunden bald null", sage ich und lache, als er mit den Augenbrauen wackelt.

„Meine Wenigkeit hat heute ein Bild verkauft!" Stolz zeigt er auf sich.

Vor Überraschung bleibt mir einen Moment der Mund offen stehen, bevor ich ihn anstrahle. „Was? Ist das dein Ernst? Welches?"

„Eins von Wyatt", antwortet er achselzuckend und geht auf das Bild zu, auf dessen Schild daneben sich ein *Verkauft*-Aufkleber befindet. Es zeigt eine nackte Frau … beziehungsweise ihre Silhouette. Er hat mir nie erzählt, wer sie war, aber ich vermute, seine Ex.

„Mein Gott", stoße ich atemlos hervor. „Du solltest wirklich weiterhin hier arbeiten."

Dallas lacht. „Ich tu, was ich kann. Die Papiere hab ich in dein Atelier gelegt. Übrigens ist Oliver ein paarmal hier gewesen."

Ich bleibe stehen und drehe mich um. „Und?"

„Ich wollte es dir nur sagen. Er hat eine aufgeplatzte Lippe. Sieht aber immer noch gut aus", meint er augenzwinkernd. Ich verdrehe die Augen, lächele und betrete mein Atelier. Dort greife ich nach den Papieren und nehme auf meinem Stuhl Platz. Ich blättere sie durch, vergewissere mich, dass Dallas alles richtig ausgefüllt hat, und blicke auf, als ich etwas vor mir bemerke. Auf der meinem Schreibtisch zugewandten Staffelei steht eine große Leinwand. Darauf ist Olivers Handschrift zu sehen. *Das ist unsere Leinwand. Lass sie uns so bemalen, wie wir wollen. Ich liebe dich, für immer, Oliver.*

In mir macht sich ein Glücksgefühl breit, während ich sie anstarre. Es ist so schlicht … so typisch für ihn … und ich liebe es. Ich weiß, ich muss ihn anrufen, aber jedes Mal, wenn ich darüber nachdenke, verlässt mich der Mut beim Gedanken daran, dass er weggeht. Also unterschreibe ich nur die Papiere zu Ende und lasse sie genau da liegen, wo ich sie vorgefunden habe. Als ich aus dem Raum komme und wieder auf die Tür zugehe, sehe ich Dallas, der mit seinem Handy beschäftigt ist.

„Wann hat er das gemacht?", frage ich und deute mit dem Kopf auf mein Atelier.

„Gestern Abend."

„Weiß er, dass ich noch nicht hier war, seit ich zurück bin?"

„Ich hab's ihm gesagt."

„Wenn er noch mal kommt, lass ihn wissen, dass ich es gesehen habe. Den Vertrag habe ich auf dem Tisch liegen lassen. Vielen Dank, Dal", sage ich und küsse ihn auf die Wange.

„Für dich tu ich doch alles, Süße", erwidert er. „Ich gehe in zwei Minuten Mittag essen, willst du auch was?"

„Heute nicht. Ich muss endlich richtig mit meinem Bruder sprechen und ihn überreden, mir am Wochenende beim Umzug zu helfen."

„Sag Bescheid, wenn du irgendwas brauchst", ruft Dallas, als ich die Tür hinter mir schließe.

Auf dem Weg zu Victor rufe ich Mia an und erzähle ihr von der Leinwand.

„Das ist ja süß", sagt sie. „Rufst du ihn vor oder nach deinem Umzug an?"

Ich stöhne, während ich mein Auto vor Victors Kanzlei parke. „Ich hatte noch keine Zeit, und ich glaube, das, was gesagt werden muss, lässt sich nicht übers Telefon sagen."

„Ich glaube nicht, dass er schon nach San Fran aufgebrochen ist", erwidert sie.

„Ich weiß nicht, wovor ich mehr Angst habe – dass ich ihn anrufe und er schon dort ist oder dass er noch hier ist. Wenn er weg ist, weiß ich, dass er mich für immer verlassen hat. Wenn er hier ist, mache ich mir wieder Hoffnungen, dass er vielleicht doch bleibt … Aber es ist Oliver. Er wird keinen Job sausen lassen, wenn er ihn sicher hat." Ich seufze, während ich den Motor abstelle, aussteige und auf das Gebäude zugehe.

„Vielleicht überrascht er dich ja, Elle."

„Ich weiß gar nicht, ob ich das will. Auf jeden Fall will ich nicht, dass er den Job nicht annimmt und mich dann dafür hasst."

„Du wirst es schon rausfinden."

Nachdem ich aufgelegt habe, begrüße ich Victors Sekretärin, nehme Platz und warte, bis er mit seinem Meeting fertig ist. Sie ruft ihm zu, dass jemand außerhalb seines Terminplans da ist und ihn sprechen will. Er knurrt, sie soll den- oder diejenige reinschicken, und ich sehe schon vor mir, wie er sich die Stirn reibt, als würde eine ganze Tonne Backsteine darauf lasten.

„Ich würde dich nie engagieren, wenn ich eine neue Mandantin wäre“, sage ich, als ich reingehe. Sein Kopf fährt von seinen Händen hoch, und er reißt die Augen auf. Hastig steht er auf, bleibt aber hinter seinem Schreibtisch.

„Ich hatte nicht mit dir gerechnet.“

„Hab ich gemerkt.“ Ich setze mich auf einen der Stühle ihm gegenüber. „Keine Sorge, es dauert nur zehn Minuten.“

„Ich kann meinen nächsten Termin absagen.“

Ich hebe abwehrend die Hand. „Nicht nötig.“

Seine Lippen umspielt ein Lächeln. „Bist du bereit, mit mir zu sprechen, ohne mir den Kopf abzureißen?“

„Den letzten Teil kann ich nicht versprechen, aber, ja“, antworte ich lächelnd.

Er nimmt mir gegenüber Platz.

Ich hole Luft, lasse sie wieder entweichen und überlege, wo ich anfangen soll. „Du wolltest Oliver umbringen“, sage ich und mache eine Pause, als er die Augen verdreht und den Kopf schüttelt. „Den, der in der sechsten Klasse diese Kerle zusammengeschlagen hat, die sich über dich lustig gemacht und auf dich eingetreten haben. Der für dich da war, als du es nicht in die Unimannschaft im Baseball geschafft hast, und beschlossen hat, aufzuhören, obwohl er Starting Pitcher geworden wäre. Der so oft mitten in der Nacht losgefahren ist, um dich von Partys abzuholen, weil du zu betrunken warst, um selbst zu fahren. Der dich nach Hause gebracht und dafür gesorgt hat, dass du es heile in dein Zimmer schaffst.“

„Woher weißt du das?“, fragt er kleinlaut.

„Weil er es mir erzählt hat. Weil er jedes Mal, wenn er so was für dich getan hat, zu mir aufs Dach kam, um sich mit mir zu unterhalten, weil ich noch auf war.“

Victor sieht weg, und sein Blick bleibt irgendwo zwischen der großen Globusbar in der Ecke seines Büros und dem Bücherregal daneben hängen. „Ich war stinksauer. Wir haben uns schon ausgesprochen, Elle. Es war nicht so leicht, sich damit abzufinden … und es ist Bean, verstehst du? Ich bin einfach ausgeflippt."

„Er ist ein guter Kerl."

„Er ist großartig, aber du bist mein kleines Schwesterherz. Niemand ist gut genug für dich", sagt er und schenkt mir ein Lächeln. Ich erwidere es, beuge mich vor und stütze die Ellbogen auf seinem Schreibtisch ab.

„Ich weiß nicht, ob das mit uns etwas wird", flüstere ich und senke den Blick auf den Papierstapel auf seinem Tisch.

„Warum nicht? Wegen des Jobs?"

Ich nicke und sehe ihn wieder an. „Ja. Er hat mich angelogen. Oder vielmehr die Wahrheit verschwiegen."

Victor zuckt mit den Schultern. „Das hat vor Gericht keinen Bestand, weißt du?"

Ich runzele die Stirn. „Was?"

„Die Wahrheit verschweigen … das ist eigentlich nicht dasselbe wie lügen. Wenn man sich scheiden lassen will …"

Ich hebe die Hände, bevor er den Satz beenden kann. „Victor. Kannst du bitte mal fünf Minuten nicht über die Arbeit oder Scheidungen oder das Gericht sprechen?"

Er macht ein entschuldigendes Gesicht. „Sorry. Jedenfalls finde ich, du solltest mit ihm reden, Elle. Hör dir an, was er zu sagen hat."

Ich nicke langsam und löse meine Augen von seinen.

„Woher wusstest du es?", fragt er. „Dass du ihn liebst, meine ich."

Ich zucke ebenfalls lächelnd mit den Schultern. „Eines Nachts hat er dich nach einer Party abgesetzt, und ich habe geweint wegen meines kaputten Knies. Es war an dem Tag, als ich erfahren hatte, dass ich nicht mehr würde tanzen können. Er kam zu mir hoch und unterhielt sich mit mir. Ich bat ihn wiederzukommen, und das hat er gemacht. Es war ganz unschuldig. Wir haben nur geredet, aber du weißt ja, wie Oliver ist, wenn er eine Geschichte erzählt. Er steigert sich total rein, und seine Augen leuchten, und, na ja … da habe ich mich in ihn verliebt. Ich verliebte mich in seine Art, sein großes Herz und seine Loyalität euch Jungs gegenüber. Ich schätze, seitdem liebe ich ihn", erkläre ich leise.

„Du warst mit einem anderen Mann verlobt. Offensichtlich war es eine Jugendliebe, und du bist da rausgewachsen", argumentiert er. „Ich spiele nur den Advocatus Diaboli", fügt er beschwichtigend hinzu.

„Manchmal wünschte ich, es wäre so. Du kannst dir nicht vorstellen, wie oft ich mir nichts sehnlicher gewünscht habe, als dass das zwischen uns nur eine dumme Affäre gewesen wäre. Ich habe versucht, mir selbst was vorzumachen und mir einzureden, dass es nur eine Bettgeschichte war. Unzählige Male habe ich versucht, jeden Rest meiner Gefühle für ihn zu begraben. Nichts funktioniert, Vic. Das Herz begehrt, was es will, und meins steht scheinbar eindeutig auf Schmerzen."

Er reibt sich die Schläfe. „Ich war so sauer auf ihn. Zuerst, weil er es hinter meinem Rücken gemacht hat, und dann wurde ich immer wütender, je länger ich darüber nachdachte. Er ist ein Seriendater, weißt du? Und das ist noch nett ausgedrückt. Er mag Frauen. Er mag ältere Frauen. Ich glaube, in all den Jahren ist er nur mit einem Mädchen in unserem Alter ausgegangen, und das war in der Mittelstufe. Deswegen war ich wohl irgendwie … ratlos, als ich das mit dir rausfand."

„Ich weiß. Ich versteh dich. Du siehst Bean, den Aufreißer … den Typ, der jeden Monat eine andere Frau hat … Ich verstehe das. Ich bin auch mit ihm aufgewachsen, aber ich glaube wirklich, dass er mich liebt. Auch wenn ich jünger bin als seine Frauen sonst", füge ich lachend hinzu.

Ein Lächeln deutet sich in seinem Gesicht an, als er den Kopf schüttelt. „Ich glaube auch, er liebt dich."

„Aber das spielt keine Rolle", sage ich. „Sein Beruf steht an erster Stelle, und ehrlich gesagt kann ich ihm das nicht übel nehmen. Auch das verstehe ich."

Er schließt für einen Moment die Augen und holt tief Luft. „Er war immer schon der Planer … der Perfektionist … derjenige, der seine Spieler gut aufgestellt hat, bevor er angreift. Ich kenne niemanden sonst, der eine Tabelle für die Auswahl einer Mannschaft für Fantasy Football erstellt." Er hebt die Augenbrauen. „Und ich kenne viele Nerds."

Seine Sekretärin, die über die Sprechanlage den nächsten Mandanten ankündigt, unterbricht unser Gelächter, also stehe ich auf, Victor kommt um seinen Schreibtisch herum und nimmt mich in den Arm.

„Ich hab dich lieb, und ich bin auf deiner Seite, okay? Wenn du mit ihm zusammen sein willst, ist das okay für mich. Tut mir leid, dass ich so ausgerastet bin, denn du hast recht: Wenn Bean nicht wäre, wäre keiner von uns heute da, wo er ist. Trotzdem wünschte ich, du würdest nicht ausziehen."

Ich küsse ihn auf die Brust und lehne mich zurück, um ihm ins Gesicht zu blicken. „Du willst nur, dass ich dableibe, damit ich für dich kochen kann."

Er grinst mir ins Gesicht. „Ja, auch, aber ich hab dich auch einfach gern um mich."

„Ich ziehe ja nicht weit weg, Vic."

„Ja, ich weiß. Also, dieses Wochenende?", fragt er.

„Dieses Wochenende", antworte ich schon im Hinausgehen. „Und nur fürs Protokoll, ich bin echt sauer, dass es ausgerechnet an dem Tag passiert ist, an dem du zugegeben hast, dass du was mit der kleinen Schwester deines Freundes hattest."

Victor lacht laut los. „Das hat Bean auch gesagt."

„Das kann ich mir vorstellen", entgegne ich und verlasse kopfschüttelnd den Raum. Ich stoße mit einem älteren Mann im Anzug zusammen und entschuldige mich.

„Ist die Hölle zugefroren, oder habe ich Sie gerade lachen hören?“, fragt der Mann, als ich weitergehe.

Vics Sekretärin bedankt sich bei mir dafür, dass ich ihn in gute Laune versetzt habe, und ich notiere mir im Geiste, diesen Menschen mal eine Schachtel Donuts oder so zu schicken, dafür, dass sie sich Tag für Tag mit meinem Depp von einem Bruder herumschlagen müssen. Dann lächele ich, weil ich weiß, wie glücklich ich mich schätzen kann, ihn zu haben.

37. Kapitel

Zu dem Date zum Mittagessen, das meine Mutter arrangiert hat, gehe ich nicht etwa, weil ich will.

Sondern weil sie meint, es sei eine gute Gelegenheit fürs Geschäft. Es ist auch eigentlich mehr eine Lieferung als ein Date, aber Derek sagte, wir könnten genauso gut zusammen essen, also willigte ich ein. Als ich eintreffe, fühle ich mich total underdressed, obwohl Freitagnachmittag ist und wir in einem Restaurant im Einkaufszentrum essen. Alle anderen scheinen schickere Klamotten anzuhaben, und ich trage zerrissene Jeans, Stiefel und einen schulterfreien Pullover. Ich stelle den Karton mit dem Herz ab, das seine Mutter mir abgekauft hat, nehme Platz und werfe einen Blick auf die Speisekarte, während ich nach Derek Ausschau halte. Als mein Handy in meiner Handtasche zu brummen beginnt, fange ich an, die Millionen von Sachen darin zu durchwühlen, während mein Kunde endlich kommt und sich mir gegenübersetzt.

„Ich dachte schon, du kommst nicht", sage ich, ohne hochzusehen.

„Und ich dachte schon, du beißt nicht an", antwortet eine Stimme, und mir bleibt das Herz stehen. Ich blicke auf und sehe Oliver auf dem für Derek vorgesehenen Platz sitzen, und aus den verschiedensten Gründen verwirrt mich seine Gegenwart. Ich schnappe jedoch nicht nach Luft, weil er da ist, sondern weil sein Mund immer noch angeschwollen ist und er am Kiefer genäht wurde. Seine grünen Augen blicken prüfend in mein Gesicht, und seine Lippen öffnen sich leicht vor Verlangen, das in seinem Gesicht sichtbar ist.

„Was machst du denn hier?"

„Ein Herz abholen“, sagt er und faltet die Hände auf dem Tisch. Ich lache sarkastisch auf. „Ich meine es ernst“, fügt er hinzu.

„Na gut. Es ist in dem Karton.“ Ich deute mit dem Kopf darauf.

Er bückt sich und hebt die Kiste zu meinen Füßen auf den Tisch. Als schließlich der Kellner zurückkommt, sind wir beide noch nicht bereit zu bestellen und schicken ihn wieder weg. Oliver öffnet den Deckel und schaut hinein. Er nimmt das Herz und das dazugehörige Schildchen heraus, bevor er den Karton wieder unter den Tisch stellt. Ich beobachte, wie er das Herz betrachtet, es hin und her dreht und mit jeder Bewegung seiner Hand das Licht davon zurückgeworfen wird.

„Ich habe diese Stelle angenommen, weil ich wie mein altes Ich gedacht habe – wie Oliver, der Typ, der versucht, alles in seinem Leben auf die Reihe zu kriegen, weil es perfekt sein muss“, erklärt er, und seine Augen lösen sich von dem Herz, um meinen zu begegnen. „Tut mir leid, dass ich nicht daran gedacht habe, dich zu fragen, was du davon hältst.“

„Ich war nicht sauer, weil du die Stelle angenommen hast, ich war sauer, weil du es mir nicht erzählt hast.“

Er macht den Mund auf, um etwas zu sagen, schließt ihn aber schnell wieder, bevor er den Blick erneut dem Herz in seinen Händen zuwendet.

„Ist das deine Definition von Liebe?“, fragt er, als er das Schildchen liest.

Ich schlucke und nicke.

„Liebe ist schön, zerstörerisch, bewegend und quälend. Liebe ist alles“, liest er. Seine Augen blicken in meine. „Wer definiert die Liebe?“

„Menschen, die sie haben. Menschen, die sie hatten und verloren haben.“

„Was davon bist du?“

„Beides.“ Zögernd sehe ich mich um. „Kommt Derek wirklich nicht?“

Er nimmt das Herz und legt es zurück in die Schachtel, schiebt das Schild hinterher und schließt sie. Er sieht mich wieder an, faltet die Hände auf dem Tisch, und allmählich macht sich ein Lächeln in seinem Gesicht breit. „Wirklich nicht."

„Aber ich habe doch mit ihm gesprochen."

„Und er hat gelogen, genau wie er sollte."

Ich schüttele den Kopf. „Die Menschen in meinem Leben kennen echt keine Grenzen."

„Geh heute Abend mit mir aus."

Mein Blick trifft seinen. „Warum sollte ich?"

„Weil ich dich darum bitte", erwidert er leise und greift nach meiner Hand, die ich schnell unter dem Tisch verberge. Wenn er mich berührt, sage ich Ja. Wahrscheinlich sage ich sowieso Ja, aber wenn er mich berührt, sage ich zu schnell Ja.

Der Kellner kommt vorbei und fragt uns, ob wir bestellen wollen, und wir sehen einander an. *Bleiben wir? Gehen wir? Kannst du in so einem Moment wirklich was essen?* Um Zeit zu gewinnen, bestellen wir Wasser.

„Angenommen, ich gehe mit dir aus – was dann …?"

Er seufzt. „Gib mir ein Date, Elle."

Ich ahme sein Seufzen nach und schaue weg. „Ich habe das Gefühl, so weit waren wir schon mal."

Oliver steht unvermittelt auf und kommt mitsamt seinem Stuhl um den Tisch herum, bis er schließlich neben mir sitzt. Er dreht meinen Stuhl um, sodass sich unsere Knie berühren, und als er mit beiden Händen die meinen ergreift, fängt mein Herz wie wild in meiner Brust an zu hämmern.

„Was machst du da?", flüstere ich laut und sehe mich nach den besetzten Tischen um, an denen neugierige Gäste langsam Interesse für den schönen, verrückten Mann entwickeln, der in dem ruhigen Restaurant Reise nach Jerusalem spielt.

Einer seiner Mundwinkel geht nach oben, und für einen Sekundenbruchteil verliere ich mich in dem kleinen, endlich mal nicht von seinem Bart verdeckten Grübchen, das ich sehe.

„Entspann dich. Ich mache dir keinen Heiratsantrag … noch nicht“, sagt er. Für einen Moment spielen alle meine Gedanken verrückt … *Noch nicht?*

„Was soll das dann?“

Oliver beugt sich zu mir, sein Gesicht nähert sich meinem, und ich halte die Luft an. Ich schließe langsam meine Augen, als sein Atem über mein Gesicht streift, sich sanft über meine Wangen bewegt, meine Nase … meinen Mund. Überall spüre ich seinen Hauch. Seine Lippen berühren meine Nasenspitze, meine Wange, dann meine Mundwinkel, und als ich seinen Atem nicht mehr auf meiner Haut spüren kann, schlage ich die Augen auf, um nach ihm zu schauen.

„Ich weiß, du hast in der Vergangenheit oft genug Geduld mit mir gehabt, und ich bitte dich jetzt noch einmal darum.“ Ich ziehe meine Hand nicht weg, als sich seine darum schließt.

„Ich kann so nicht weitermachen, Oliver. Ich kann damit umgehen, dass ich manchmal an zweiter Stelle nach deinem Job stehe, weil ich weiß, wie viel er dir abverlangt und wie viel schlimmer es wahrscheinlich noch wird, aber ich kann mich nicht jedes Mal aus der Bahn werfen lassen, wenn du beschließt, etwas für deine Karriere zu tun“, antworte ich und suche in seinem Gesicht nach einem Hinweis, dass er das versteht.

Er macht den Mund auf und dann wieder zu, zögert einen Moment, während er seine Augen über jeden meiner Gesichtszüge streifen lässt, als hätte er sie in den Wochen, in denen wir uns nicht gesehen haben, vergessen. „Die Stelle anzunehmen war eine reflexartige Reaktion. Ich dachte wie der ehrgeizige Single-Oliver, und ich hab Scheiße gebaut. Wie so oft. Ich habe dir nichts davon gesagt, weil ich, als ich dich auf der Grillparty gesehen habe, wusste, dass ich das mit dem Job nicht durchziehen würde. Ich will nicht vier Stunden weit von dir wegziehen.“ Er macht eine Pause, um wieder mein Gesicht zu studieren.

„Du wirst nie hinter irgendetwas in meinem Leben erst an zweiter Stelle kommen, Estelle. Ja, manchmal wird es schwierig werden. Ja, an manchen Tagen werde ich mehr Arbeit haben als an anderen, aber du wirst niemals an zweiter Stelle stehen. Das verspreche ich dir. Was wir haben, ist so besonders. So real. Ich will es nie wieder verlieren." Seine Finger verschränken sich mit meinen, während er spricht. „Davon träumen Menschen ihr Leben lang. Ich bitte dich, heute Abend mit mir auszugehen", sagt er, führt meine Hände zu seinem Mund. „Ich *flehe* dich an, heute Abend mit mir auszugehen."

Diesen Blick habe ich schon eine Million Mal bei ihm gesehen, wenn er einen Reifen wechselt oder im Krankenhaus ein Patientenblatt liest. Mir wird klar, dass das sein entschlossener Blick ist. Der, der sagt: *Ich höre erst auf, wenn du Ja sagst.* Und dann lächelt er dieses süße, charmante Lächeln des netten Jungen von nebenan, was zu sagen scheint. *Lass uns so tun, als wäre ich nicht der Wolf im Schafspelz,* und ich weiß, dass ich ihn nicht zurückweisen werde.

„Das ist das letzte Mal, dass ich zustimme", warne ich nach einer langen Pause.

„Das ist das letzte Mal, dass ich frage", erwidert er und zwinkert mir zu, als er aufsteht und mich mit hochzieht. Wir nehmen unsere Sachen und gehen, nachdem ich ihm die Adresse von meinem neuen Haus gegeben habe. Als ich später zu Hause bin, frage ich mich, ob zu seinem genialen Plan auch gehört, dass ich mit ihm nach San Francisco ziehe. Ich weiß ehrlich gesagt nicht, ob ich das tun würde, aber ich wüsste auch nicht, wie ich es nicht tun könnte. Das plötzliche Gefühl, darauf schon mein Leben lang gewartet zu haben, beschleicht mich.

Also dusche ich und ziehe mich leger an, wie er mir gesagt hat. Ich trage Jeans und Stiefel und werfe noch ein Halstuch über mein schlichtes T-Shirt. Nachdem ich alle Fenster im Haus geschlossen habe, setze ich mich draußen auf die Veranda und genieße die Aussicht, während ich warte. Das Strandhaus ist klein, und die Vordertür ist eigentlich die Hintertür, denn die Veranda geht zum Strand und die Seite, wo man das Auto parkt, zum Pacific Coast Highway. Ich bin jedoch nicht überrascht, als ich Schritte auf dem Pflaster neben dem Haus höre. Oliver hat noch nie gern die Vordertür benutzt.

Er taucht am Fuß der Treppe zur Veranda auf, hat mich aber noch nicht entdeckt oder lässt es sich zumindest nicht anmerken. Ich sehe, wie er die Augen schließt, als er dem Wasser zugewandt dasteht, und lächele. Seine Hände stecken in den Taschen seiner Jeans, sein Kopf ist leicht nach hinten geneigt, und sein Gesichtsausdruck ist der Inbegriff von Entspannung. Er fährt sich mit einer Hand durch sein hellbraunes Haar, als es von einem Windstoß durcheinandergewirbelt wird. Einen Augenblick später strafft er die Schultern und dreht sich zu mir um. Als er mich dasitzen sieht, leuchten seine grünen Augen überrascht auf.

„Ich war ein wenig abgelenkt", schmunzelt er.

„Das lässt sich auch schwer vermeiden", erwidere ich und stehe auf. Victor hat mir geholfen, die wichtigsten Sachen herzubringen, denn als ich erst die Schlüssel hatte, wollte ich nicht mehr bis zum Wochenende mit dem Einzug warten.

Oliver springt die beiden Stufen hinauf, um zu mir zu gelangen, und blickt seufzend auf mich hinunter. „Fertig?"

„Du siehst aus, als würdest du das mit dem Date bereuen", sage ich schmunzelnd.

Er wirft einen Blick über die Schulter, und meine Augen folgen ihm. Die Wellen schwappen langsam auf den Sand und verlaufen sich dort, während die Sonne allmählich hinter dem Horizont verschwindet. Sein Blick findet meinen wieder, und er lächelt.

„Hätte ich diesen Ort vorher gesehen, hätte ich das Date hierher verlegt."

Lächelnd nehme ich seine Hand und bleibe stehen, als er mich die Treppe hinunterziehen will. „Zum Auto geht's da lang", erinnere ich ihn, während er einen letzten verzweifelten Blick zum Strand wirft. „Wir können ja hierher zurückkommen", flüstere ich verschwörerisch.

Er macht ein ernstes Gesicht, als er sich wieder zu mir dreht und mit mir einen Schritt zurückgeht, bis ich mit dem Rücken gegen die geschlossene Tür stoße. Plötzlich, als hätte er mit sich selbst gerungen, atmet er tief durch und weicht zurück.

„Gehen wir. Zeig mir den Weg."

Ich bin ein bisschen perplex. Ein Teil von mir wünscht sich, er hätte mich einfach geküsst und es hinter uns gebracht. Ein anderer Teil ist froh, dass er das nicht gemacht hat, aber jener Teil ist so winzig, dass ich ihn kaum höre. Ich drehe mich um, mache die Tür auf, schließe sie hinter uns und gehe langsam durch das Häuschen, damit er sich dabei umsehen kann.

„Gefällt es dir?", frage ich.

„Ich liebe es, trifft es wohl besser", sagt er, die Augen auf mich gerichtet. Mir wird ganz anders, und ich lächele.

Wir fahren eine sehr vertraute Strecke, und er ignoriert die fragenden Blicke, die ich ihm zuwerfe, aber der Anflug eines Lächelns in seinem Gesicht verrät mir, dass er sie spürt. Obwohl ich gerne fragen würde, bin ich still und warte darauf, dass er zuerst spricht. Aber das macht er nicht, er schweigt, bis wir zu einem Haus in den Bergen gelangen. Der Wagen hält vor einem Tor, und er drückt auf einen Knopf, woraufhin es sich elegant öffnet. Er fährt langsam hinein und parkt das Auto auf einem kreisförmigen Zufahrtsweg.

„Ich muss was für Sander abgeben. Es dauert nur eine Minute."

„Okay." Ich bin nicht sicher, ob ich aus dem Auto steigen soll. Ich habe seine Schwester seit Jahren nicht gesehen. Das letzte Mal, als ich ihr begegnet bin, trug sie Sander als Baby in einem Tragetuch vor dem Bauch, und Oliver hat mir gesagt, dass der jetzt schon fast vier ist.

Er drückt den Knopf, um die Zündung auszuschalten, und schenkt mir ein Lächeln. „Eine Minute."

Also steige ich aus dem Auto und folge ihm zum Kofferraum.

„Du musst der ordentlichste Mensch sein, den ich kenne",

bemerke ich, als ich in seinen fast leeren Kofferraum blicke. Das Einzige, was sich darin befindet – ein weißer Arztkittel und ein Paar Turnschuhe –, liegt auf einer Seite auf einem ordentlichen Haufen. Er stellt die Tüte, die er in den Händen hält, auf den Boden und zieht sich den schwarzen Strickpullover, den er anhat, über den Kopf. Dabei zieht sich das graue T-Shirt mit dem V-Ausschnitt, das er darunter trägt, über seinen Bauch nach oben, und meine Augen bleiben dort hängen, bis er es sich lachend wieder herunterzieht. Meine Augen blicken hoch in seine, und mit der Hand hebt er mein Kinn an, während er sein Gesicht zu meinem senkt.

„Du, meine kleine Elle, bedeutest jede Menge Ärger", sagt er, und seine grünen Augen funkeln. Er lässt seine Hand sinken, nimmt die Tüte und geht auf das Haus zu. Ich folge dicht hinter ihm und behalte die Tür im Auge, während wir darauf warten, dass jemand aufmacht.

Eine kleine Person mit lockigem braunem Haar huscht zur Tür, und das kleine Gesicht von Sander taucht auf der anderen Seite der Scheibe auf. Seine großen grünen Augen werden so groß wie Untertassen, als er Oliver sieht.

„Es ist Onkel Bean!", ruft er. „Mommy, Onkel Bean ist da!"

„Ich hab's gehört. Ich komme", antwortet sie, kommt den Flur entlang und lächelt von einem Ohr zum anderen, als sie mich sieht. Oliver geht in die Hocke, und sobald sie die Tür aufschließt und öffnet, wirft Sander sich auf ihn, schlingt die Arme um seinen Hals und quietscht, als Oliver ihm gegen den Hals prustet. Ihn mit diesem niedlichen kleinen Jungen zu sehen ist für mich fast zu viel.

„Lange nicht gesehen, Elle", sagt Sophie und breitet die Arme aus.

„Scheint so, als hättest du jedes Mal tolle Neuigkeiten, wenn ich dich sehe", erwidere ich und streiche ihr lächelnd über den schon sehr schwangeren Bauch.

Sie schneidet eine Grimasse und schüttelt lächelnd den Kopf.

„Diese Neuigkeit war nicht geplant.“ Sie winkt uns herein, und wir folgen ihr in die Küche.

„Sander, das ist Estelle. Ich glaube, ihr seid euch einmal begegnet, aber da warst du noch ein Baby, also erinnerst du dich wahrscheinlich nicht an sie.“ Oliver hält den Kleinen verkehrt herum, sodass er mich kopfüber ansieht.

„Hi, Estelle. Du hast hübsche Haare.“

„Hi, Sander, du hast hübsche Augen.“

Oliver grinst mich an.

„Euer Haus ist schön“, stelle ich fest und blicke mich um.

„Danke. Das wird Dan sicher gerne hören“, freut sich Sophie. „Was macht das Kunstgeschäft?“

„Es läuft ganz gut.“ Zufrieden denke ich an das Bild, das Dallas verkauft hat, und die vielen Kaleidoskop-Herzen, die in letzter Zeit neue Besitzer gefunden haben.

„Ich liebe die Herzen, die du machst.“

„Apropos“, sagt Oliver und setzt Sander auf der Küchentheke ab, um in der Tüte nach der Schachtel zu greifen, die ich ihm heute Morgen gegeben habe. Er reicht sie seiner Schwester, greift noch mal in die Tüte und holt eine Superheldenfigur für Sander heraus.

„Boah! Cool! Danke, Onkel Bean“, quietscht Sander und versucht, das Spielzeug aus der Verpackung zu kriegen.

„Das ist so schön“, sagt Sophie, die das Herz in den Händen hält. „Vielen Dank.“

Ich lächele, werde ein bisschen rot und blicke auf meine Füße. Olivers dezentes Lachen lässt mein Gesicht noch heißer werden. Ich liebe meine Arbeiten. Ich bin stolz auf meine Kunst, aber es ist ein komisches Gefühl, wenn jemand wie Sophie, nach deren Anerkennung ich vermutlich insgeheim heische, sie beurteilt.

„Hör auf, so verdammt süß zu sein“, brummt Oliver in mein Ohr. Lächelnd schubse ich ihn leicht mit der Schulter weg.

„Hast du schon viele von denen gemacht?“, fragt Sophie.

„Ja, schon, aber ich werde für eine Weile damit aufhören.“

„Wirklich?“ Sie sieht überrascht aus. Olivers Augen spüre ich auch auf mir. Ich habe das eigentlich noch niemandem erzählt.

„Ich habe das Gefühl, zu viele davon gemacht zu haben. So verlieren sie ihre Einzigartigkeit. Nicht, dass sie so was Besonderes wären, aber du weißt schon, wie ich das meine.“ Wieder werde ich rot. Ich kann mich nicht erinnern, wann ich mich das letzte Mal wie unter einem Mikroskop gefühlt habe.

„Ich weiß genau, was du meinst“, sagt Sophie nickend. „So geht es mir mit meinen Geschichten auch. Ich liebe es, sie zu schreiben und zu illustrieren, aber manchmal habe ich das Gefühl, wenn ich zu viele auf einmal rausbringe, werden sie bloß eine von vielen Sophie-Hart-Geschichten sein. Ich verstehe das.“

„Genau. Daher werde ich wahrscheinlich eine kleine Pause einlegen. Ich meine, ich werde weiterhin malen und sie herstellen – ich kann mich ja nicht einfach ausschalten –, aber wahrscheinlich werde ich für eine Weile keine verkaufen.“

„Okay, Leute, wir müssen los. Ich wollte das nur vorbeibringen, bevor ich wieder zu viel zu tun habe“, unterbricht Oliver, drückt Sander ein Küsschen auf die Stirn und hilft ihm, von der Theke herunterzuhüpfen. Er geht um die Theke herum, umarmt seine Schwester und lacht über etwas, das sie ihm ins Ohr flüstert.

Ich verabschiede mich von Sander und Sophie. „Wisst ihr schon, was es wird?“, frage ich, nachdem ich sie kurz umarmt habe.

„Wir wollen uns überraschen lassen. Wir können es ja sowieso nicht mehr ändern.“ Sie grinst.

„Das ist irgendwie cool.“

„Total bekloppt ist das.“ Oliver schüttelt den Kopf.

„Fang jetzt nicht wieder damit an, Oliver.“

„Ich sag’s ja nur.“ Er zuckt mit den Schultern.

Sophie verdreht die Augen und sieht mich dann an, während

sie auf ihn zeigt. „Deswegen hat er so lang gebraucht, dich zu kriegen, das weißt du, oder?"

„Sophie", stöhnt Oliver.

„Ich sag's ja nur", äfft sie ihn nach.

Als wir zum Auto gehen, legt er mir von hinten die Arme um die Schultern und verbirgt sein Gesicht an meinem Hals. „Findest du das etwa lustig?"

„Die Tatsache, dass alle der Meinung sind, dass du in der Trotzphase hängen geblieben bist? Ja."

Er knabbert an meinem Ohrläppchen und macht mir die Tür auf.

Nachdem wir uns ein paar Minuten lang gestritten haben, wessen Musik wir hören – seinen Hip-Hop oder meinen Folk –, spielen wir schließlich keins von beiden, weil sein Telefon klingelt und die Stimme meines Bruders aus den Autoboxen dringt.

„Ist meine Schwester bei dir?", fällt er mit der Tür ins Haus.

„Ja, und du bist auf Fernsprecher", antwortet Oliver.

„Hey, Elle."

„Hey, Vic."

„Was habt ihr so vor? Jenson ist wieder mal in der Stadt und will mit uns in unserer Stammkneipe was trinken gehen, wollt ihr auch kommen?", fragt er.

Oliver sieht mich aus dem Augenwinkel an.

„Ist das ein Code für ‚Nimm sie mit zu einem Gruppendate in der Kneipe, damit sie weiß, dass du es mit ihr nicht ernst meinst'?", frage ich und blicke Oliver mit einer hochgezogenen Augenbraue an. Sein Mund bleibt offen stehen, und ein überraschtes Lachen entfährt ihm. Victor ist einen Moment still, bevor er in Olivers Gelächter einfällt.

„Himmel, nein", sagt Victor.

Oliver findet meine Hand und drückt sie. „Nur um das klarzustellen, das wird genau das Gegenteil sein. Nämlich dass ich sage: ‚Ich meine es so ernst mit diesem Mädchen, dass ich sie überall mit hinnehmen will, bei jeder Gelegenheit'", erklärt er und sieht mich an, als wir an eine rote Ampel kommen.

„Das wird ja interessant", murmelt Victor. „Ich reserviere euch zwei Plätze."

Sobald das Gespräch beendet ist, fangen wir an zu lachen.

„Ich will, dass es immer so ist, Elle", sagt er, als er vor der Kneipe parkt. Nachdem wir ausgestiegen sind, schlingt er die Arme um mich und zieht mich an seine Seite. „Ich will dich mit hierher nehmen, und wenn du dich dagegen entscheidest mitzukommen, will ich Nachrichten von dir, dass du mich vermisst."

Als wir an der Tür angekommen sind, drehe ich mich zu ihm. „Das will ich auch", antworte ich lächelnd.

Händchen haltend gehen wir hinein und werden mit einem Pfiff von Jenson und Applaus von Victor empfangen. Wir setzen uns nebeneinander, reden und lachen, wie wir es immer getan haben, aber diesmal frei und unbeschwert, und es fühlt sich an, als hätte sich endlich alles zu einem Ganzen gefügt.

38. Kapitel

„Du kannst gut mit Kindern. Willst du welche?“, frage ich, nachdem wir eine Wohltätigkeitsveranstaltung im Krankenhaus verlassen haben und Oliver durch die Stadt fährt.

Seine Hand tastet nach meiner auf meinem Schoß, und ich erhasche einen Blick in sein ernstes Gesicht. „Fangen wir wieder mit dem Frage-Antwort-Spiel an?“

„Vielleicht“, sage ich, und um meine Lippen zuckt es leicht.

„Können wir so in … drei Minuten damit anfangen? Was meinst du, wie viele Dates hatten wir mittlerweile?“

Stirnrunzelnd überlege ich. „Keine Ahnung … wow, ich weiß es wirklich nicht“, stelle ich leise fest. „Definitiv mehr, als ich gedacht hätte.“

Oliver lacht sich ins Fäustchen. „Das finde ich schön, Elle. Wirklich schön“, erwidert er, als er in die Straße zum Haus meiner Eltern einbiegt.

„Was in aller Welt?“, entfährt es mir sofort, mehr an mich selbst gerichtet als an ihn. Er drückt meine Hand und antwortet nicht, sondern zwinkert mir nur zu, während er den Wagen in der Einfahrt meiner Eltern parkt. „Du weißt, dass sie dieses Wochenende nicht da sind, oder?“

Oliver sagt nichts, sondern steigt nur aus dem Auto und umrundet es rasch, um mir die Tür zu öffnen. Er ergreift meine Hand und sieht mich an, bevor er mir seufzend einen Kuss auf den Scheitel drückt. Ich folge ihm, als er das Seitentor öffnet und hinter das Haus geht, vorbei an dem Badezimmer, in dem wir das letzte Mal gemeinsam waren. Als er die Hintertür erreicht hat, bleibt er stehen.

„Geh in die Küche. Da habe ich etwas für dich hingelegt.“

Ich starre ihn an. „Hast du etwa vor, auf den Baum zu klettern?"

Er schmunzelt. „Würdest du aufhören, Fragen zu stellen, bis es so weit ist?"

„Na gut", antworte ich und klinge wenig überzeugt. Dann schließe ich die Tür auf und gehe in die Küche. Ich hebe ein Notizkärtchen auf, auf dem steht: *Für dein Knie*. Stirnrunzelnd betrachte ich es, bis ich ein Stück zerbrochenes schwarzes Glas darunter bemerke. Ich kämpfe gegen die überwältigenden Emotionen an, die anfangen, sich in meiner Brust auszubreiten, als ich es aufhebe. Ich verlasse die Küche, gehe zur Treppe und will gerade hinaufgehen, halte aber nach Luft schnappend inne, als ich merke, dass auf jeder Stufe ein Kärtchen liegt und neben jeder davon ein Stück zerbrochenes schwarzes Glas.

Für das Tanzen.
Dafür, dass ich dich einmal in einem dunklen Raum eingesperrt habe.
Für damals, als ich deine Leinwand kaputt gemacht habe.
Für jedes Mal, als ich dich Küken genannt (und es auch so gemeint) habe.
Für jedes Mal, als ich so tat, als würde ich dich nicht sehen.
Für jeden Kuss, den ich dir nicht gegeben habe.
Für jedes Lachen, das ich verpasst habe.
Für jedes Erfolgserlebnis, das wir nicht miteinander teilen konnten.
Für jedes Mal, das ich dich verlassen habe.
Für jede Träne, die du wegen mir geweint hast.

Als ich mein Zimmer erreicht habe, halte ich elf schwarze Glasscherben in der Hand und ebenso viele Notizkärtchen, und die Tränen laufen mir nur so übers Gesicht. Mit dem Fuß stoße ich die Tür auf und sehe Oliver draußen vor meinem Fenster auf dem Dach sitzen, in den Händen eine kleine weiße Schachtel.

Ich gehe zum Schreibtisch, lege die Glasstücke darauf, ziehe den Kopf ein und klettere zu ihm. Er umfasst mein Gesicht mit seinen Händen und wischt mir mit den Daumen die Tränen ab, aber diese Geste bringt mich nur noch mehr zum Weinen, so lange, bis ich lache und gleichzeitig heule.

„Tut mir leid. Ich glaube, die Tränen hören jetzt auf", schniefe ich und wische mir mit der Hand die Nase ab, als ich mich so vor ihn knie, wie er mir gegenübersitzt. Er blickt mir in die Augen, als er die Schachtel öffnet, und meine wenden sich nur von seinen ab, um zu sehen, was in der Schachtel ist. Sie enthält noch mehr Glasscherben, aber diese sind farbenfroh und lebhaft.

„Für jedes Lächeln", sagt er, nimmt das erste Stück heraus und legt es neben uns.

„Für jede Freudenträne." Er legt ein weiteres daneben.

„Für jedes Lachen."

„Für jedes Strahlen in deinen Augen."

„Für jede gute Nachricht."

„Für jede schlechte Nachricht."

„Für jeden Streit."

„Für jeden Kuss."

„Für jede Umarmung."

„Für jeden Morgen."

„Für jede Nacht."

„Für jeden Fehler, den ich versuchen werde, wiedergutzumachen."

Als er alle Glasscherben hingelegt hat, sieht er mich an. „Ich will einen 21. Oktober", sagt er und spricht weiter, als ich ihn bloß anstarre. „Ich will in der Zeit zurückreisen und noch mal von vorn anfangen. Ich will meinem Vater sagen, dass er sich geirrt hat, was das Leben angeht. Ich will ihm sagen, dass es auf niemanden wartet und dass man die Liebe nicht auf Eis legen kann für so unwichtige Dinge wie Geld. Ich will wieder auf dieses Dach klettern und es laut herausrufen an dem Tag, an dem ich mich in dich verliebt habe. Denn ich liebe dich wirklich, Elle. Und trotz meiner Dummheiten und meinem Weglaufen habe ich nie aufgehört, dich zu lieben. Ich will wieder auf jene Party gehen und bei dir im Bett bleiben, damit ich das hier schon früher abbekommen hätte." Er zeigt auf sein Kinn. „Und wir hätten uns zusammen die Folgen überlegen können. Aber vor allem will ich zu all den Malen zurückkehren, als ich deinen Fragen über die Liebe ausgewichen bin, und dir sagen, dass ich die Richtige gefunden habe. Ich fand sie eines Nachts weinend auf diesem Dach. Ich fand sie in einem Café, als ich sie brauchte. Ich fand sie, wie sie mit einem anderen tanzte und essbare Pflanzen pflanzte. Ich fand sie, wie sie sich um Fremde und um Kinder kümmerte, die jemanden brauchten, der ein offenes Ohr für sie hat."

„Und woher weißt du, dass sie die Richtige ist?", flüstere ich und wische mir die Tränen ab, die mir erneut übers Gesicht laufen.

Er legt mir eine Hand an die Wange und streichelt mit seinem Daumen darüber. „Ich weiß es, weil ich das Gefühl habe, nicht genug Sauerstoff zu bekommen, wenn sie nicht bei mir ist; und selbst wenn ich mit ihr zusammen bin, scheine ich nicht genug Luft zu kriegen. Du hast mich gefragt, ob ich Kinder will, und die Antwort ist, dass ich alles – wirklich alles – will, was du mir geben willst. Ich will deine Morgen und deine Nächte. Ich will deine Zankereien und dein Augenverdrehen. Ich will deine Stupser, wenn ich dich nachts zu fest umschlinge. Ich will dein Stöhnen, wenn ich dir einen Witz erzähle, und dein Stöhnen, wenn du dich bei mir wohlfühlst."

„Und was kriege ich?", frage ich mit einem heiseren Flüstern.

„Du kriegst alles", antwortet er und sieht mich an, als wäre ich verrückt, das überhaupt zu fragen. „Meine Karriere fängt gerade erst an, und ich habe noch eine Million für mein Studentendarlehen zurückzuzahlen. Ich habe keine Million Dollar und kann dir noch keine Galerie kaufen." Er macht eine Pause, um mir ein Lächeln zuzuwerfen. „Oder Hunderte von Reisen mit dir machen. Und es wird vielleicht eine Weile dauern, bis ich hier eine Stelle mit geregelteren Arbeitszeiten finde, als das Krankenhaus sie zu bieten hat, aber wenn du bei mir bist, Elle, ist mir das egal. Mein Körper gehört dir." Er legt meine Hand auf seine Brust. „Mein Geist gehört dir. Meine Hände gehören dir. Mein Herz gehört dir. Alles, was ich habe, gehört dir. Alles, was ich bin, gehört dir."

Ich richte mich auf den Knien auf, löse meine Hände aus seinen und lege sie um seinen Hals. „Für jedes Mal, das du mir das Gefühl gegeben hast, klug zu sein", sage ich und gebe ihm einen Kuss auf die Schläfe. „Dafür, dass du mich ansiehst, als wäre ich das einzige Mädchen auf der Welt." Ich küsse seinen Augenwinkel.

„Du bist mein Lieblingsmensch auf der ganzen Welt", murmelt er, schließt die Augen und atmet tief ein, als beanspruche er meinen Duft für sich.

„Dafür, dass du mich behandelst, als wäre ich wichtig." Ich küsse seine Wange.

„Du bist der wichtigste Mensch in meinem Leben", sagt er und öffnet die Augen, um meinem Blick zu begegnen.

„Dafür, dass du mir Raum gegeben hast, um zu wachsen." Ich küsse ihn seitlich auf den Mund. „Dafür, dass du mich liebst." Ich küsse seinen Kiefer, oberhalb seiner Naht. Er sieht mich voller Ehrfurcht an, als ich zurückweiche und lächele.

„Heirate mich", sagt er mit einer Entschlossenheit in der Stimme, die mein Herz unkontrolliert erbeben lässt. „Ich meine nicht, dass wir uns für ein Jahr verloben und einfach zusammenleben. Ich will dir nicht einen Ring an den Finger stecken, um Anspruch auf dich zu erheben, damit der Rest der Welt weiß, dass du mir gehörst. *Ich* will wissen, dass du mir gehörst. Ich will, dass du weißt, dass ich dir gehöre und dass das nicht einfach nur eine Beziehung ist, aus der wir jederzeit wieder rauskönnen. Ich will dich für immer, und ich will, dass es jetzt anfängt." Er holt Luft, und seine Augen blicken zwischen meinen hin und her, um sich zu vergewissern, dass ich ihm noch folge. „Lass uns morgen heiraten. Wenn du eine große Hochzeit willst, können wir das hinterher machen."

Als ich zu lange zögere, weil ich völlig schockiert bin, lacht er leise. „Oder nicht. Wenn du einfach nur mit mir zusammenziehen willst, machen wir es eben so, aber ich will nicht mehr, dass wir nach unseren Dates getrennte Wege gehen. Ich will nicht das Eine-Schublade-bei-jedem-zu-Hause-Modell. Ich will den ganzen Schrank voller Klamotten von uns beiden", sagt er und umfasst mein Gesicht. „Ich will, dass wir ineinanderrennen, wenn wir uns morgens anziehen. Ich will alles, Elle. Ich will nicht …"

Ich beuge mich vor, küsse ihn und schlucke seine unausgesprochenen Worte und hoffentlich alle Gedanken, die ihm noch durch den Kopf gehen. Das Bild, das er zeichnet, ist zu schön, als dass ich es nicht wollen könnte. Ich will all seine Morgen und seine Nächte. Ich habe das Gefühl, zehn Jahre darauf gewartet zu haben, diese Worte von ihm zu hören, und obwohl ich für eine Weile die Verlobung und das Leben mit einem anderen hatte, bekam ich das *Was, wenn es Oliver gewesen wäre* nie aus dem Kopf. Wir küssen uns lange, unsere Zungen ineinander verschlungen, meine Finger in seinen Haaren vergraben, seine Hände an meinem Gesicht und unsere Herzen dicht aneinander schlagend. Als wir den Kuss unterbrechen, nicke ich heftig, und er stößt einen endlos langen Seufzer der Erleichterung aus und sieht aus, als hätte er gerade irgendeine stille Auktion gewonnen.

„Ich will das auch. Ich will alles", flüstere ich und ernte ein breites Grinsen von ihm. „Ich kann umziehen, weißt du … mein Mietvertrag für die Galerie läuft bald aus." Ich mache eine Pause, um tief Luft zu holen. „Ich kann mit dir überall hinziehen", sage ich und lächele ihn an, als wir wieder in mein Zimmer zurückklettern.

„Umziehen? Machst du Witze? Ich denke gerade darüber nach, alles auf den Tisch zu legen, was ich gespart habe, um das Häuschen zu kaufen, in dem du jetzt wohnst."

Seine Worte bringen mich zum Lachen. „Ich sage ja nur: Wenn du gehen willst, hast du meine volle Unterstützung."

„Hier ist mein Zuhause, Elle. Ich will bleiben." Als er unten auf der Treppe angekommen ist, bleibt er stehen, hebt die Hand und streift über meine Lippen. „Außerdem bin ich schlicht. Ich brauche nur dich."

Und dieses Versprechen geben wir einander. Egal, wie verrückt das Leben auch wird, wir werden immer füreinander da sein. Wir werden unsere Träume teilen, unsere Misserfolge, unser Lächeln und unsere schlechte Laune. Jeden Tag werden wir einander ein bisschen verrückt machen und uns gegenseitig daran erinnern, wie wahnsinnig verliebt wir ineinander sind. Weil das unsere Art von Liebe ist – die Art, die man nicht in Flaschen kaufen kann, womit man aber Tausende füllen kann, weil wir sie im Überfluss haben.

Epilog

Oliver

Als wir klein waren, hat meine Schwester sich immer etwas gewünscht, wenn sie eine Sternschnuppe gesehen hat.

Sie behauptete, dass deswegen all ihre Wünsche in Erfüllung gingen. Da sie älter und weiser war, glaubte ich ihr und begann, es auch so zu machen. Mit fünf wünschte ich mir Spielzeug-Dinosaurier. Mit sieben wünschte ich mir, mein Dad würde zurückkommen. Mit acht wünschte ich mir, meine Mom würde weniger arbeiten. Mit neun erkannte ich, dass es Zeitverschwendung war, sich etwas zu wünschen, weil keiner meiner Wünsche in Erfüllung gegangen war.

Trotzdem saß ich mit neunzehn auf dem Dach bei einem hübschen Mädchen und wünschte mir, die Dinge lägen anders. Mit einundzwanzig wurde mir klar, dass alles von den Umständen abhing, und wünschte mir, wir wären uns unter anderen begegnet. Mit sechsundzwanzig wünschte ich mir, dass sich die Dinge anders entwickelt hätten und ich sie nicht verloren hätte. Mit achtundzwanzig, als uns das Leben wieder zusammengeführt hatte, hörte ich auf zu wünschen und begann zu handeln.

Und jetzt stehe ich hier, mit neunundzwanzig, und sehe sie in einem langen weißen Kleid auf mich zukommen, vor der Schar unserer Liebsten, und wünschte, ich könnte diesen Augenblick in einem Standbild für die Ewigkeit einfrieren. Ich will mich an den Moment erinnern, als ihre ausdrucksvollen haselnussbraunen Augen den meinen begegnen und sie sichtlich verblüfft von den Emotionen ist, die sie in meinem Gesicht sieht. Ich weiß ohne jeden Zweifel, dass ich es niemals müde werden würde, sie auf mich zugehen zu sehen. Ich höre das Klicken des Fotoapparats neben mir und lächele, als uns ein Windstoß erfasst. Er erweckt die Wellen hinter uns zum Leben und weht Estelle ihre langen, dunklen Haare ins Gesicht. Sie braucht einen Moment, um sie mit einer Hand zusammenzunehmen und zur Seite zu streichen, während ich ihren Vater umarme.

„Ich brauche dich nicht in der Familie willkommen zu heißen, zu der du schon immer gehört hast, aber ich bin stolz, dich meinen Sohn nennen zu können. Offiziell. Wieder", sagt Thomas, lacht herzlich und drückt mich.

Ich erwidere nichts, sondern entscheide mich stattdessen für ein Lächeln. Ich bin keine Heulsuse, aber seine Worte lassen die Emotionen in mir aufsteigen. Ich wende mich der Frau zu, die seit vier Monaten meine Ehefrau ist, grinse und fühle mich wie der glücklichste Vollidiot auf der ganzen Welt, weil ich es auch bin. Wir heirateten an dem Tag nach meinem Antrag, genau wie ich es ihr gesagt hatte. Sobald ihre Eltern gelandet waren, holten wir sie vom Flughafen ab, riefen Vic und Mia an und ließen sie zum Standesamt fahren. Selbst Dallas tauchte auf und half uns beim Feiern, was ein Zusatzbonus war, denn ich verbinde ihn eigentlich mit ihrer Wyatt-Zeit oder habe es zumindest früher.

Ich zog in ihr Haus am Strand und arbeitete im Krankenhaus, bis ich eine feste Stelle fand. Es hat ein paar Monate gedauert, hat schließlich aber doch geklappt. Das Beste an meinem Job, abgesehen davon, dass ich mit einem großartigen Ärzteteam in einer guten Atmosphäre arbeite, ist, dass wir in Santa Barbara geblieben sind. Als Estelles Mietvertrag auslief, kauften wir zusammen ein Objekt in der Nähe unseres Strandhäuschens. Es ist immer noch nicht alles fertig, und obwohl ich ihr helfe, wo ich kann, ist es letztendlich ihr Territorium. Es ist ihr Traum, den sie jedes Mal zum Leben erweckt, wenn sie ihn betritt. Ich bin einfach nur froh, dass sie mich einen Teil von alldem sein lässt.

Als ich spüre, wie sich Estelles Hand in meine schiebt, lächele ich und führe sie zu dem Standesbeamten, um sie noch einmal zu heiraten, vor all unseren Freunden und Familienangehörigen.

„Du musst ihn ansehen“, flüstert sie.

„Ich bin hier, um *dich* zu heiraten, nicht ihn.“

Ihre Augen lachen zu mir empor. „Ich verspreche dir, mich kannst du den Rest deines Lebens anstarren. Aber nicht ununterbrochen, denn das wäre ja total schräg.“

Ich beuge mich zu ihr und küsse sie auf die Nasenspitze. „So wie du gestarrt hast …“

„Okay, ihr solltet jetzt echt die Klappe halten“, unterbricht Victor uns neben mir stöhnend.

„Ja, wohin das Gespräch führt, will keiner wissen“, fügt Mia hinzu.

„Bleibt bitte jugendfrei“, schaltet sich Jenson ein.

„Gleich schmeiße ich euch alle raus“, sage ich, als der Standesbeamte sich ungeduldig räuspert und die Augenbrauen hochzieht.

Die Zeremonie geht ohne Unterbrechungen weiter. Wir sprechen unsere Ehegelübde, die kurz und gewöhnlich sind, und müssen beide lächeln, als wir uns an unsere viel längeren Gelübde erinnern, die wir uns, nachdem wir unsere Ehefähigkeitszeugnisse bekommen hatten, im Bett gaben. Wir stecken uns gegenseitig die Ringe an und halten uns wieder an den Händen, und sobald wir zu Mr. und Mrs. Hart erklärt werden, wenden wir uns einander zu. Es ist, als würden alle um uns herum verschwinden. Unsere Blicke sind aneinandergeheftet, meine Hände fahren in ihr Haar, ihre umfassen mein Kinn, und wir bewegen uns fast wie in Zeitlupe, mit den Augen scannen wir Stück für Stück das Gesicht des anderen und sind völlig versunken in diesem Moment.

Als wir die Wellen sich in der Ferne brechen hören, werden Estelles Augen feucht, aber sie lächelt, und das Hochgefühl in ihren Augen passt zu dem, was ich fühle. In dem Moment, kurz bevor sich unsere Lippen berühren, fangen plötzlich Regentropfen an, auf uns zu hinabfallen. Wir weichen minimal zurück und heben die Köpfe zum Himmel. Unsere Gäste fangen an zu skandieren, dass wir uns küssen sollen. Ein paar rufen: „Jetzt macht schon! Worauf wartet ihr noch?“, aber Elle und ich verharren reglos. Wir lächeln, lachen dann, und endlich ziehe ich ihr Gesicht zu meinem, und meine Lippen schließen sich über ihren und nehmen, geben, bieten an, bitten, flehen und versprechen. Ich küsse sie mit allem, was ich bin, unvollkommen, aber voll gutem Willen, Hoffnung und Potenzial. Nimm mich, sage ich ihr mit meiner Zunge. Lass mich dir beweisen, dass ich es wert bin. Ich verspreche es dir. Und sie erwidert meinen Kuss mit derselben Inbrunst und besiegelt unseren Schwur.

– ENDE –

Band-Nr. 25929
9,99 € (D)
ISBN: 978-3-95649-567-0
400 Seiten
Auch als eBook erhältlich!

Sarah Morgan
Einmal hin und für immer

Puffin Island vor der Küste Maines ist der perfekte Ort, um abzutauchen – und der denkbar schlechteste, wenn man sich wie Emily panisch vor dem Ozean fürchtet. Überall blaues Meer! Doch um ihre kleine Nichte vor dem Hollywood-Wahnsinn zu schützen, stellt sie sich ihrer größten Angst. Bald verfällt sie selbst dem Charme der Insel – sowie ihrer charismatischen Bewohner. Insbesondere dem Jachtclub-Besitzer Ryan Cooper. Ob er alle Frauen so verführerisch küsst, die einen Sommer hier verbringen? Eines weiß Emily bestimmt: Dieser Mann ist mit allen Wassern gewaschen …

„Berührend, sinnlich, herzerwärmend.“
Kirkus Reviews

Deutsche Erstveröffentlichung

Band-Nr. 25951
9,99 € (D)
ISBN: 978-3-95649-592-2
384 Seiten
Auch als eBook erhältlich!

Sarah Morgan
Für immer und ein Leben lang

Die Archäologin Brittany Forrest ist ein echtes Inselkind – den Kopf voller Abenteuer, das Herz auf den Lippen und die Hände am liebsten tief im Schlamm vergraben. Mit stürmischen achtzehn heiratet sie den Insel-Bad-Boy Zachary Flynn – und schon in den Flitterwochen fliegen die Fetzen. Scheidung inklusive. Und wäre da nicht ein Unfall, der sie Jahre später in ihre Heimat zurückführt, bestimmt hätte sie den Draufgänger für immer vergessen. Aber wenn die Nächte länger werden auf Puffin Island, entfaltet die idyllische Insel eine besondere Magie …

**„Ergreifend und tiefsinnig …
Morgan verzaubert ihre Leser."**
Publishers Weekly